2

초판 1쇄 찍은 날 | 2016년 10월 27일
초판 1쇄 펴낸 날 | 2016년 11월 15일

지은이 | 류도하
펴낸이 | 예경원

편집 | 유경화 · 안유진

펴낸곳 | 예원북스
등록번호 | 제396-2012-000132호
등록일자 | 2012. 7. 25
YRN | 제1-0167호

주소 | 경기도 고양시 일산동구 호수로 646-24 위너스 21-Ⅱ 206A호 (우) 10401
전화 | 031-819-9431 팩스 | 031-817-9432
http://cafe.naver.com/yewonromance
E-mail | yewonbooks@naver.com

ⓒ 류도하, 2016

ISBN 979-11-5845-253-7 04810
ISBN 979-11-5845-251-3 (세트)

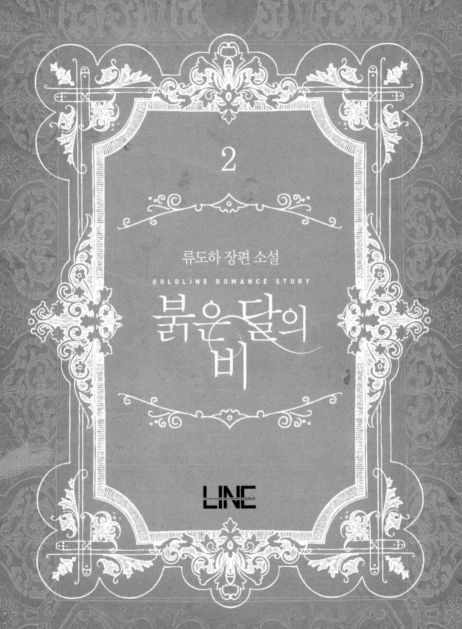

2

류도하 장편 소설

GOLDLINE ROMANCE STORY

붉은 달의 비

LINE
GOLD

❈ 目次 ❈

제 15 장
창관의 호구

"무슨 일이냐?"

무호는 영춘을 안으로 들어오게 했다.

안으로 들어온 영춘은 태자 옆에 있는 오문을 보고 흠칫 놀라 뒷걸음질 쳤다.

"너……!"

오문은 제게 손가락질하며 경악하는 영춘을 보며 퉁명스럽게 물었다.

"다 알면서 왜 놀라십니까?"

"안 놀라게 생겼느냐! 뭐 이렇게 쓸데없이 예뻐?"

"뭐라는 겁니까! 쓸데가 없다니요!"

욕인지 칭찬인지 알 수 없는 소리에 오문의 눈초리가 날카로워졌다.

"이런 얼굴을 하고 우릴 감쪽같이 속이다니! 여우 같은 계집!"

영춘이 펄쩍 뛰며 화를 내자 오문도 지지 않고 맞섰다.

"사내일 때도 예뻤습니다. 못 알아보신 분들이 잘못이지요!"

"뭐? 이게 그래도!"

둘의 다툼이 길어질 듯하자 무호가 짧은 한마디로 두 사람 사이를 갈랐다.

"할 말만 하고 나가."

"아! 살인 사건입니다."

"뭐?"

"일단 관청에서 사람이 올 것인데, 그것보다……."

영춘은 두서없는 소리를 하더니 소맷자락에서 옥패 목걸이를 꺼냈다.

"어?"

오문이 가장 먼저 그것을 알아보았다.

"네 것이 맞지?"

"예. 어디서 나셨습니까?"

"웬 사내가 계집을 죽이고 도망가기에 붙잡았더니 이걸 가지고 있더라. 혹 네 것인가 해서 일단 관청에서 사람이 오기 전에 가지고 와봤다."

"제 것은 맞습니다만……. 혹 죽었다는 여인이 얼굴 한쪽에 화상을 입지 않았습니까?"

"아는 계집이냐!"

"안다기보다…… 제가 그것을 주었습니다."

"뭐?"

태자가 이해할 수 없다는 듯이 물었다.

"아……. 그게…… 아까 그 과도하고 바꿨습니다."

"……하!"

"제 유일한 탈출 방법이었습니다."

"그렇다고 부모님의 유품과 바꾼단 말이냐?"

"부모님도 이해하실 겁니다."

"그것참 단순명료해서 좋구나."

"제 유일한 장점입니다."

두 사람의 대화가 오가는 동안 영춘은 잠깐 멍해졌지만 곧 정신을 가다듬었다.

"어, 어쨌거나 이게 네 것이라면 괜한 오해를 살 수도 있다."

"그 사내는 왜 그 여인을 죽였답니까?"

"그거야 모르지. 도망치기에 내가 일단 기절을 시켰다."

"그 사내가 깨어나서 옥패를 찾으면 곤란해지시는 건 호위님입니다. 다시 갖다 놓으십시오."

"그러긴 하겠다만 혹 모르니 네가 알고는 있어야 할 것 같아 가지고 온 것이다."

"관에서 물어보면 솔직히 말하겠습니다."

그런데 이상하게 밖이 소란스러워지기 시작했다.

"무슨 일인지 알아보고 오너라."

"예."

알아보러 간 영춘은 금세 다시 돌아왔다.

"제가 잡은 사내가 갑자기 죽었다 합니다."

"뭐?"

"창고에 갇혀 있었는데 칼에 찔려 죽어 있더랍니다."

황제의 침소는 늘 새벽까지 등불이 꺼지지 않았다.

정국이 안정된 지 그리 오래되지 않았고, 아직도 국경과 인접한 지역은 분쟁이 끊이지 않고 있었기에 황제는 늦게까지 정무에 시달리곤 했다. 그렇기에 황제는 더욱 태자가 이 자리를 함께해 주길 바랐고, 얼른 이 자리를 물려주고 싶어 했다. 하나밖에 없는 아들, 태자일 수밖에 없는 그 아들의 성정이 지금보다 조금만 더 정상이었다면 그리했을 것이다.

황제가 보기에 제 아들은 자신이 태자라는 자각조차 없는 놈 같았다.

물론, 얼마 전 태자가 직접 보내온 장계에는 나라와 백성들을 위하는 마음이 가득해서 어찌나 기특했는지 모른다.

역시 귀한 자식일수록 밖으로 내보내라는 옛 말씀이 하나도 틀리지 않았던 것이다. 황제는 제 눈을 대신해 밖에서 충실한 밀정 노릇을 해주는 태자가 장해서 당장에라도 불러들이고 싶을 정도였다.

오늘 밤도 황제는 태자가 보낸 새로운 서신을 읽고 있었다. 그는 등불 앞에서 눈살을 찌푸려 가며 지끈거리는 이마를 짚고 깊은 신음을 흘렸다. 그러더니 갑자기 읽고 있던 장계를 무참히 구겨 버리며 소리를 질렀다.

"이런 잡놈을 봤나!"

존엄하고 고매한 황제의 입에서 저속한 욕설이 튀어나왔다. 문밖에까지 들린 그 소리에 호위들까지 찔끔 놀랐으니 장계를 가져온 자는 부복한 자세 그대로 얼어붙고 말았다.

"뭐가 어쩌고 어째! 그리 큰소리치고 나가더니 여태 창기나 끼고 놀아!"

지난번 소동군의 일을 잘 처리했다는 답을 보내며 은자를 두둑히 보냈더니 태자는 황제가 뒷목을 잡을 답신을 보냈다.

『생각보다 물가가 비싸 경비가 부족하니 이왕 쓰시는 김에 더 쓰십시오. 창관 하나를 빌렸더니 빈털터리가 됐습니다. 떠날 때 기녀 하나를 사서 데리고 다녀야 할 것 같으니 경비를 좀 더 요청하는 바입니다.』

물론 태자는 경비가 부족하지 않았다. 그는 이미 죽곡현의 과부가 불법으로 축적했던 재물까지 털어온 상태라 주머니가 꽤 넉넉했다. 다만 그것을 지금 당장 쓰기에는 뒤탈이 생길 것 같아 황제께서 칭찬을 해줄 때 은자를 더 뜯어낼 속셈이었던 것이다.

다만 재주 많고 억울한 기녀를 구해 시녀로 데리고 다니겠다는 설명이 부족해 황제의 화를 사게 된 것뿐이었다.

"대체 영춘이 그놈은 태자를 어찌 보필하고 있는 게야! 내 이 잡놈들을 당장 잡아들일 것이다! 아니, 아니지! 그놈들은 더 고생을 해봐야 한다! 그놈들에게 준 경비를 전부 거둬들일 것이다! 감히 한 나라의 태자라는 놈이 어디서 그런 뒷골목 창기와 놀아……!"

주먹을 부르르 떨며 흥분하던 황제가 갑자기 말을 하다 말고 입을 다물었다. 그러고는 조용히 그 주먹을 서탁 위에 내려놓고 생각에 잠겼다.

'가만. 그러고 보니 태자가 아직 기루에서 계집을 불러 놀았다는 이야기는 들어본 적이 없지.'

문득 얼마 전 저와 대담했을 때 제가 했던 말이 떠올랐다.

「가라. 가는 길에 회포를 풀든, 술을 퍼마시든, 그동안 힘들었을 테니 맘껏 놀다 오란 말이다. 사내들 손길보다 계집의 손길이 더 좋을 것이다.」

그때 태자는 이렇게 대답했었다.

「사내들보다 더 괜찮은 손길을 가진 여인이 있을까 모르겠습니다.」

은근 그 소리가 찜찜했었는데 창기면 어떤가 싶은 생각이 들었다.

'사내가 그럴 때가 있지. 암. 바깥 구경을 하러 나갔으면 그런 객기도 부려 봐야지.'

애초에 태자에게 큰 기대를 하지 않아서였을까. 아니면 황제는 태자에게 임무를 준 것을 잊었던 것일까.

목적을 잃은 것은 태자만이 아니었다. 황제는 비로소 태자가 어른이 되는 벽을 하나 넘은 듯해 기특하다는 생각마저 들었다. 본래 감정의 변화가 빠르고 괴팍한 황제였다. 황제는 언제 화를 냈냐는 듯 서신을 써 내려갔다.

『네가 드디어 사내가 되려는 모양이다. 한데 너무 무리를 하는 것은 아닌가 걱정이 되는구나. 게다가 어째서 그런 허름하고 더러운 창관에 들었는지 아비 된 마음으로 생각해 보니 영 석연치 않다.

이런 경우를 염두에 두지 못하고 경비를 넉넉히 챙겨 주지 못한 내 불찰인 듯하다. 혹 몸이라도 상할까 걱정되니, 좀 더 좋은 곳에서 좋은 경험을 할 수 있도록 경비를 두둑이 챙겨 보내마.

그리고 아직 네가 경험이 적어 너무 심취할까 저어되니, 적당히 하거라.』

황제는 모르고 있었다. 태자의 성정이 이토록 제멋대로이고 괴팍하게 된 데는 황제의 무른 훈육법이 크게 한몫했다는 사실을. 아들을 대하는 법이 거칠긴 했지만, 하나밖에 없는 태자라는 이유로 결정적인 순간마다 너무 많이 감싸주고 있다는 것을. 그래서 후에 이 서찰을 받은 장우가 얼마나 속이 뒤집어졌는지를.

황제는 영원히 몰랐다.

밤이 시작되고 있었다. 밤하늘에 별이 촘촘하게 박히자 낮과는 다른 풍경이 땅 위에도 펼쳐졌다. 낮에는 어둡고 허름하던 뒷골목에 홍등이 걸리면서 멀리서 보기에는 꽤 아름다운 붉은 야화가 피어났다.

그 밤의 꽃 가운데 최근 살인사건으로 꽤 유명세를 탄 창관이 있었다.

뒷골목에서 일어나는 살인사건은 워낙에 흔한 일이라 사람들 입에 오르내릴 것도 아니었으나 이번 사건은 조금 특이했다.

창관에서 허드렛일을 하던 계집, 그것도 얼굴에 화상자국이 있던 계집을 창관의 진상 단골이 목을 졸라 죽였다. 한데, 그 이유를 밝혀내기도 전에 그마저도 칼에 찔려 죽었다. 이 근방에서 일어나는 살인사건의 대부분이 우발적인 다툼이 원인이거나 돈에 얽힌 원한 때문이었기에 늘 범인을 금방 잡을 수 있었다. 한데 지금 이 사건은 며칠이 지난 지금까지도 미궁에 빠져 있었다.

사람들은 온갖 상상과 추측으로 범인을 예상하는 것을 즐겼다. 그로 인해 사건의 창관은 손님들이 늘어났고, 생각보다 깨끗한 내부에 입소문을 타서 찾는 사람들이 계속 늘어나고 있는 추세였다.

한편 창관의 번영에 일등공신이라 할 수 있는 무호 일행은 이곳이 마치 객잔인 마냥 먹고 자고 하며 며칠째 떠나지 않았다.

오문은 경대 앞에 앉아 있었다. 날마다 태자가 주는 새 옷으로 갈아입고 곱게 화장을 하고는 있지만 이게 다 무슨 소용인지 알 수 없었다.

며칠 동안 무호에게 시달린 오문의 눈 밑에 그림자가 생겼다.

그는 걸핏하면 귀하고 다루기 힘든 식재료들을 오문에게 안겨 주면서 어려운 요리를 주문했다.

이제 오문도 점점 오기가 생겼다.

'이렇게 예쁘게 화장을 했는데도 거들떠도 안 본다 이거지?'

나날이 화장에 더 공을 들이고 있었다. 그런데도 그는 식충이처럼 요리만 시켰다.

'그냥 요릿집에 가! 왜 창관을 요릿집으로 만드냐고!'

며칠 사이에 창관은 오문이 처음 왔을 때와 많은 것이 바뀌어 있었다. 이제 외관만 바꾸면 아무도 여길 창관이라고 부르지 않을 것이다. 일단 기분 나쁜 미향이 완전히 사라졌을 뿐만 아니라, 낮에도 문을 열고 장사를 했다.

물론 음식 장사.

그건 어쩔 수 없는 일이었다. 태자가 사들인 식재료는 양이 어마어마했고 태자는 매끼 다른 음식을 요구했다. 창관의 주인은 남아도는 식재료로 낮에는 음식을 팔았다. 게다가 태자가 제 취향에 맞춰 하루하루 새로 들이는 가구와 이불 덕분에 창관은 고급 기루라 해도 믿을 만큼 화려하게 변하고 있었다.

그럼 뭘 하나. 저는 그냥 태자의 시동일 때와 다르지 않은데.

오문도 제 자신이 그렇게 썩 이해가 가는 건 아니었다.

'나를 진짜 기녀로 대하면 그게 더 곤란한 거 아니야?'

한데 그가 저를 너무 노비 부리듯 하니, 여인의 옷을 입고도 사내아이 취급을 받는다는 것에 자존심이 상하는 것이다.

'적어도 날 여인으로는 보게 만들어야지.'

그렇게 다짐한 오문은 불에 올려놓은 소고기 찜이 다 되었는지 보러 주방으로 갔다.

찜은 아주 잘되었다. 양념이 부드러운 육질 사이사이에 배어들어 기름진 육즙과 잘 어우러졌다.

'역시. 고기는 진리다!'

웬만해선 맛없기도 힘든 소고기 찜을 호화로운 그릇에 정성껏 담아 가니 어깨에 힘이 절로 들어갔다.

'이번에도 잘 드시겠지?'

태자에게 여인으로 보이겠다던 결심을 잊고 그가 고기찜을 맛있게 먹어주길 기대하며 경쾌하게 걸어나갈 때였다.

"어이. 너."

늙수그레한 목소리가 들렸지만 오문은 저를 찾는 게 아닐 거라 생각하고 계속 걸어나갔다.

"너 말이야. 너!"

"엇!"

오문은 하마터면 소고기 찜을 떨어트릴 뻔했다. 누군가에게 뒤에서 목덜미가 잡혀 강제로 멈춰 서게 된 것이다.

"이게 무슨 짓입니까? 헉!"

화난 표정으로 뒤돌아보던 오문은 깜짝 놀랐다.

"놀라는 걸 보니 지은 죄를 알긴 아는구먼."

그는 교육을 시켜 주겠다던 그 늙은이였다.

"아……. 몸은 좀 괜찮으십니까?"

"이년이! 누굴 놀려? 어?"

오문에게 머리를 가격당했던 늙은이는 오문을 만나길 벼르고 있었다.

"죄송합니다. 제가 그때는 사정이 좀 긴박하여……."

"이년 보게! 네년이 창기 주제에 사람을 가려서 손님을 받는다 이거냐! 젊고 잘나신 공자님은 밤낮없이 꼭 붙어서 잘해주고 나 같은 늙은이는 박대하는구나. 고얀 것!"

"그게 아니라……."

"아니긴 뭐가 아니야! 내가 제대로 교육을 시켜주마. 따라와."

"앗!"

그는 강제로 오문의 손목을 잡아끌었다. 그가 잡은 손목은 지난번에 대나무에 찔려 아직 다 낫지 않은 상태라 오문은 얼굴을 찡그리며 맥없이 끌려가야 했다. 게다가 손에 들고 있던 쟁반을 놓칠까 봐 저항할 수 없는 노릇이었다.

'소고기를 떨어트리면 안 되지!'

그런데 그때 검은 그림자가 두 사람 위로 나타나는가 싶더니 오문이 들고 있던 쟁반 위의 사기 그릇이 사라졌다.

퍽. 쨍그랑.

"……!"

그 두꺼운 사기 그릇이 박살이 나고 안에 들어 있던 뜨거운 소고기 찜이 쏟아져 나왔다.

"헉! 소고기가!"

그릇에 머리를 가격당한 늙은이는 소고기 찜을 뒤집어쓴 채 바닥으로 쿵 하고 쓰러졌지만 경악에 찬 오문의 비명은 오로지 고기 걱정밖에 없었다.

"헉! 이 아까운 걸 어쩌자고!"

흩어진 소고기가 아까워 발을 동동 굴리는데 무호의 목소리가 들렸다.

"지금 그깟 소고기 찜이 문제냐?"

늙은이의 머리에 그릇을 휘두른 무호가 눈썹을 꿈틀하며 물었다.

"문제죠! 이거 제가 새벽부터 핏물 빼고 양념에 절이고 얼마나 정성껏 만들었는데요!"

"먹은 것으로 치겠다."

"안 먹었는데 어떻게 먹은 걸로 칩니까!"

"것보다, 얘기를 들어보니 이놈이 네 첫 손님이었던 모양이지?"

"그, 그렇습니다."

"아직 숨이 붙어 있는지 보거라."

오문이 그의 코에 손가락을 대보더니 고개를 끄덕였다.

"그런 것 같습니다."

"그럼……."

"히익!"

무호가 발을 들어 올리는 것을 보고 기겁한 오문이 그의 다리를 온몸으로 안았다.

"안 됩니다! 이 사람이 뭘 어쨌다고 죽이기까지 한답니까!"

체구가 작은 오문이 무호의 다리에 매달린 모습은 안타까울 정도로 우스웠다.

하지만 무호는 오문을 마냥 귀엽게 보고 있을 수가 없었다.

"뭘 어쨌다고? 몰라서 이러느냐?"

"좀 추잡스럽고 음탕한 작자지만 손님일 뿐입니다!"

"지금 네 손님은 나다. 한데 저자가 널 건드리려고 했다!"

"후……. 건드린 건 아니지 않습니까. 저 혼자 힘으로도 상대할 수 있었으니 아무 일 없었을 겁니다."

"정말이지, 너는 방심할 수가 없다."

"예? 방심이라뇨?"

"잠깐 한눈팔면 이런 꼴이 나니 말이다! 그런데도 아무 일 없었을 거라고 큰소리나 치질 않나!"

무호의 야단에 오문은 고개를 갸웃했다.

"절…… 계속 지켜보셨습니까?"

무호는 오문의 돌발 질문에 잠깐 말문이 막힌 듯했다. 그러나 평소처럼 당당하고 오만하게 말했다.

"말 그대로다. 지켜보지 않으면 사고를 치니 감시할 수밖에."

"사고는 제가 아니라 공자님이 치신 것 같습니다. 이분 여기 단골손님이라는데……."

"이 빌어먹을 놈이 여기서 평생 단골이었다 해도 내가 며칠 올려준 매상이 더 클 것이니 신경 쓸 거 없다."

맞는 말이었다. 그릇이 깨지는 소리가 꽤 요란했는데 나와 보는 사람이 한 사람도 없다. 귀한 손님이 무슨 짓을 하든 상관 않겠다는 뜻이었다.

"후……. 모르겠습니다. 저도. 아무튼 들어가 계십시오. 전 여기 좀 정리해야겠습니다."

"잠깐."

"……!"

무호는 가지 않고 오문의 손목을 잡았다. 아까 그자가 잡았던 것과는 너무도 다른, 부드럽고 조심스러운 손길이었다. 그러면서 무호는 아직도 붕대가 감겨 있는 손목을 살피며 물었다.

"다친 데는 좀 괜찮으냐?"

"……."

금세 달라진 태자의 태도에 오문은 어떤 대답을 해야 할지 몰라 말을 놓쳤다. 방금 전까지 미친놈처럼 굴더니, 이제는 또 이렇게 친근하고 다정하게 구니 말이다. 조금 전처럼 따박따박 까칠하게 대답을 해야 할지, 공손하게 대답을 해야 할지, 챙겨 주신 것에 감사하며 말해야 할지, 제대로 말을 고를 시간이 없었다.

"의원에게 가지 않으려 한 이유가 네가 계집인 걸 들키고 싶지 않아서냐?"

"……예. 또 거짓말을 했다고 간자로 몰릴까 봐서……."

"바보 같은 짓을 했구나."

"……."

"나는 너를 창관에서 만나게 된 것이 기쁘더구나."

"예? 그게 무슨……!"

"네가 사내인 것보다는 차라리 창기인 것이 다행이라는 뜻이다."

"……!"

무호는 알 듯 말 듯한 소리를 남기고 뒤돌아갔다.

혼자 남은 오문은 그의 말을 몇 번이나 곱씹어 봤지만 선뜻 이해가 되지 않았다.

그 뒤로 이틀이 지났다.

대낮이지만 창관에는 사람들이 많이 드나들고 있어서 활기찬 분위기였다. 그리고 무호는 아직도 창관을 떠나지 않았다.

"왜 안 가십니까?"

"가길 바라는 말투군."

오문은 창관에서 빈둥거리는 태자가 못마땅했다. 여기서 만난 이후로 장우와 몇몇 친위대가 보이지 않는 걸 보면 이유 없이 여기서 묵는 건 아닐 것이다.

하지만 좋은 객잔을 놔두고 왜 꼭 여기여야 한단 말인가?

"사람들이 공자님을 뭐라 부르는지 아십니까?"

"뭐라 부르느냐?"

"창관의 호구 공자, 라고 부릅니다."

"내가 그렇게 유명해졌단 말이냐?"

"안 유명하겠습니까? 허우대 멀쩡하신 분이 벌써 며칠째 여기서 창기를 끼고 돈을 흥청망청 쓰고 계신데?"

무호가 오문을 구하느라 늙은이를 죽일 뻔한 일이 사방에 알려진 덕에 가뜩이나 유명인사였던 무호는 창기에게 홀려 집안을 말아먹을 망종 취급을 받고 있었다.

저를 온종일 데리고 있는 대가로 이미 큰돈을 지불했다니, 호구라고 불려도 태자는 억울함이 없을 듯했다. 한편으로는 얼마나 좋으면 저럴까, 공자가 반했다는 창기에 대한 궁금증도 커져서 오문을 찾는 손님들이 늘어나고 있었다.

오문에게는 좋은 일이 아니었다.

아직까지는 태자가 있어 문제가 없지만 태자가 가고 나면 도망치기가 더 힘들어지지 않겠나. 이제 사람들은 그가 언제 콩깍지가 벗겨져 창기를 버리고 떠날 것인가를 판돈까지 걸고 내기 중이라고 했다.

"창기는 누구냐?"

오문이 제 손가락으로 자신을 가리키며 턱을 추켜올렸다.

알면서 왜 물으시냐, 덕분에 정말 창기가 된 기분이다, 라는 항변이었으나 무호가 보기에는 별로 자랑스럽지 않은 일을 퍽 뿌듯해하는 듯 보였다.

"내가 널 끼고 놀았다니, 그건 억울하군. 뭘 하고 놀아봤어야지."

"이건 노는 게 아니고 뭡니까?"

"아무튼 사람들이 그리 보고 있다니 기대에 더욱 부응해야겠다."

"예?"

"호구 공자가 제가 끼고 노는 창기에게 선물 하나 안 한다면 이상하지 않겠느냐?"

"하아……. 선물이라니요? 이제 적당히 놀았으니 그만 떠나시는 게 어떻겠습니까."

창기를 데리고 논다는 세간의 소문이 오문은 많이 억울했다. 태자와는 한 방에서 잠도 같이 자본 적이 없기 때문이다. 그의 잔심부름을 도맡거나 식사를 내오는 게 다였을 뿐이다. 한데 왜 소문을 부풀린단 말인가.

"이왕 노는 김에 제대로 놀 것이다."

창관의 주인은 오문이 밖에 나가는 걸 말리지 않았다. 주인의 눈에도 오문은 창기로 두기에는 꽤 아까운 얼굴이라 밖에 다니면서 사람들에게 얼굴을 보이는 편이 낫다 여긴 것이다.

그렇게 오문은 무호와, 또 당연히 무호를 따라오는 영춘과 함께 밖으로 나왔다.

선남선녀 같은 두 사람의 모습은 순식간에 사람들의 이목을 끌었다. 여기저기서 수군거리는 소리가 들렸다. 이미 얼굴이 알려져 유명인사가 된 무호를 알아보는 이가 많았고, 그의 곁에 있는 여인은 당연히 창관의 기녀일 거라 했다. 그 수군거림 속에서 오문은 처음으로 제 기명을 들었다.

"화녀?"

"그렇다더군. 기적에도 못 오르는 창기가 유명해지니 급하게 이름을 지었더구나."

"이왕 이름을 지을 거면 잘이나 짓든가, 화녀가 뭐야!"

"오문보다는 낫지 뭘 그러냐. 그 괴상한 이름은 부모님이 지어주신 것이냐? 아니면 이름도 기억이 안 나 기예단에서 지어준 것이냐?"

"아……. 제, 제가 지었습니다. 그냥…… 눈앞에 문이 다섯 개가 보이기에……."

"네가 다른 사람의 작명 능력을 탓할 자격은 없는 듯하다."

"한데, 지금 정말 어딜 가시는 겁니까?"

"어디 보자. 갖고 싶은 게 있느냐?"

"갑자기 무슨……?"

"이왕에 하는 선물, 네가 갖고 싶은 걸 주는 게 좋겠지."

"아무것도 없습니다. 전 그냥 사람들 눈을 피하고 싶습니다."

"그건 안 된다. 갖고 싶은 게 없다면 내가 골라주마."

그렇게 또 태자는 제멋대로 오문을 끌고 장터를 누볐다.

잠시 후, 오문은 기겁할 지경에 이르렀다.

태자는 저 같은 창기를 대가 댁의 아씨처럼 머리부터 발끝까지 바꾸어 놓기 시작했다.

"대체 왜 이러시는 겁니까?"

참다못한 오문이 버럭 화를 냈다.

무호는 눈 하나 깜짝하지 않고 그런 오문을 찬찬히 훑어보았다.

"공자님! 전 창기입니다. 이런 옷과 장신구가 가당키나 합니까!"

"아직이다."

"예?"

"아직 부족해."

"공자님!"

"좀 더 화려한 게 있으면 좋겠는데……."

"하아……."

오문은 이제 자포자기했다. 마음대로 하시라, 지나가는 사람들이 저를 비웃는 것을 즐기시나 보다 그리 생각하기로 했다.

"아, 그렇지. 좋은 게 있다. 일단은 여기까지만 해도 되겠구나."

"그것참 반가운 말씀이십니다."

"그럼 나온 김에 뭐라도 먹고 가지. 먹고 싶은 게 있느냐?"

"아무거나요. 빨리 먹고 들어갈 수 있는 거면 좋겠습니다."

"죽엽청이 먹고 싶다 했던가……."

심드렁하던 오문이 눈을 반짝였다.

잠시 후 세 사람, 아니, 무호를 찾아온 장우까지 네 사람은 근방에서는 꽤 알아주는 주점에 자리를 잡았다.

사유보의 집에서 헤어진 후 장우를 처음 보는 오문이 반갑게 그를 맞이했지만 장우의 눈빛은 살벌했다. 오늘따라 더 예뻐진 오문이건만 장우는 달라진 오문을 요물 보듯 보고 있었다. 그는 태자의 앞임을 잊고 다짜고짜 오문을 추궁하기 시작했다.

"넌 어디서 뭐 하던 놈…… 아니, 계집이냐?"

"……."

"못 알아듣는 게냐, 아니면 말 못할 이유가 있는 게냐?"

"아시다시피…… 얼마 전까지는 소면을 말아 먹고 살았습니다."

"내가 아는 것 말고, 뭐 하는 놈인지 정체를 밝혀라! 우리에게 더 숨기는 게 없느냔 말이다!"

"하도 여기저기서 굴러먹느라 다 답을 드려야 할지, 정확히 어느 부분이 궁금하신지 알아야 답을 드릴 수 있을 것 같습니다."

"건방진! 어린것이 천지분간 못하고! 지금 나와 장난하자는 게냐!"

오문은 한숨을 푹 쉬며 자포자기한 듯 중얼거렸다.

"후……. 예. 열여덟이 그리 많은 나이는 아니지요."

"이……!"

장우는 오문을 사내아이라고 믿고 귀여워했던 것이 얼굴이 화끈거릴 정도라 생각할수록 화가 났다.

둘의 대치 상황을 흥미롭게 바라보던 무호는 장우의 머리가 폭발할 것 같자, 그제야 중재에 나섰다.

"그만하고, 아버님으로부터 답신이 왔느냐?"

아버님이라는 말에 오문은 속으로 놀랐다. 태자의 아버님이면 황제이시니 말이다.

장우는 더 이상 오문을 추궁하지 못하고 연락책을 통해 받아 온 답신을 무호에게 건넸다.

"귀찮다. 네가 읽고 요점만 간단히 말해."

황제로부터 온 답신을 귀찮다고 읽어볼 생각도 하지 않으니, 오문은 태자를 한심한 눈으로 쳐다보았다.

그러는 동안 장우는 황제께서 보낸 서신을 읽으며 속에서 치밀어 오르는 무언가를 억누르느라 힘들었다. 엄청난 인내심으로 표정 관리를 해낸 장우는 서신을 다시 고이 접어두었다.

"뭐라 하시더냐?"

"이런 데서 계집을 품지 말고, 기녀라도 격이 높은 기녀를 안으라고 하시며 염려하고 계십니다."

장우의 거침없는 요약에 오문의 표정이 미세하게 떨렸다.

아무 일도 없긴 했지만 오문은 화녀라는 천기의 기명을 받은 신분이었다. 황제로부터 창기를 멀리하라는 말을 직접 들으니 가슴이 뜨끔하고 기분도 썩 좋지 않았다.

그런 오문의 기분을 아는지 모르는지 무호는 답신을 꽤 만족스러워했다.

"오해가 있으신 듯한데, 뭐 잘됐군. 앞으로 종종 내가 잘 놀고 있음을 보고해야겠다. 바로 답을 드리는 편이 좋겠지."

하지만 무호는 지난번처럼 바로 서신을 쓸 수가 없었다. 그보다 빨리 음식과 술이 나왔기 때문이다.

오문은 죽엽청을 향해 입맛을 다시고 있었다.

그 모습을 보고 무호가 아주 수상하다는 듯 물었다.

"장우에게 그만하라 하긴 했다만, 하나는 짚고 넘어가야겠다."

"예? 무엇을요?"

"네 나이가 정녕 열여덟이냐?"

"왜 못 믿으십니까?"

"스스로 생각해 보아라."

그러자 오문이 고개를 갸우뚱하더니 제 가슴을 내려다보았다.

'아무래도 이거 때문인 것 같은데…….'

무호의 시선도 오문을 따라 무심코 가슴으로 내려왔다.

무호는 황당해서 한숨을 쉬었다. 오문이 무슨 생각을 하는지 모를 수가 없었다. 머리가 지끈거린 무호가 참지 못하고 들고 있던 부채를 휘둘렸다.

따악.

"앗! 왜 때리십니까?"

머리를 얻어맞은 오문이 볼멘소리를 냈다.

"네 이런 점이 바로 문제라는 게다."

"무슨 말씀이신지 모르겠습니다."

"열여덟이면 한창 부끄러움을 알 나이 아니냐? 한데 사내들 목욕하는 걸 훔쳐보질 않나……. 도무지 경계심이라고는 찾아볼 수 없구나."

"그거랑 나이랑은 상관이 없다고 봅니다."

"상관이 있다. 빨리 어른이 되고 싶거든 가슴이 아니라 여기부터 키워라."

공자는 또 그 부채 끝으로 오문의 머리를 툭툭 치며 당부했다.

그의 말을 곱씹어 보던 오문의 표정 없는 얼굴이 살짝, 아주 살짝 일그러졌다. 그리고 뚱한 입술이 열렸다.

"그럼, 가슴은 이대로도 괜찮은 겁니까?"

태자 몰래 죽엽청을 따라 마시던 장우와 영춘이 동시에 술을 뿜었다.

수성촌의 장터는 사람의 혼을 쏙 빼놓을 만큼 혼잡했다. 장터가 특별히 번화해서가 아니라 길이 너무 좁았다.

평생 도망만 다닌 오문은 무심코 무서운 생각을 떠올리고 있었다.

'오히려 이런 곳이 아무도 몰래 사람을 죽이기 딱 좋지.'

어깨를 툭 치고 지나가는 사람이 한둘이 아니라서 누군가 칼을 맞고 죽어도 누가 죽이고 갔는지 알기 힘들 것이다. 그러고 보니 문득 귀문이 잠잠하다는 생각이 들었다.

'귀문을 완전히 따돌리진 못했을 텐데, 지난번 일로 더 많은 살수들을 보내오는 게 아닐까?'

살수들이 다시 나타나지 않는 게 영 불안했다.

'내가 이렇게 어물거리다가는 정말 다 죽겠다. 얼른 북천 땅으로 가는 게 나을 텐데. 후……'

오문은 다시 진지하게 자신의 거취에 대해 고민했다.

'흠. 귀문이 당장에 어찌할 순 없겠지만 이대로는 안 돼. 일단…… 너무 느려.'

태자 일행의 이동속도가 너무 느렸다. 심지어 지금은 아예 한곳에 머무르고 있지 않나. 이건 살수들에게 친절하게 위치를 알려주는 것밖에 안 됐다. 오문은 어떻게 해야 태자에게서 벗어나 살수들의 눈까지 돌릴 수 있을까를 고민해야 했다. 예전보다 더 어려운 처지에 놓인 것이다.

'그나저나 귀문은 이해가 안 간단 말이지?'

계속해서 살수들을 보내는 건 상당히 비효율적이었다. 뭐, 저로 인해 죽은 살수들이 많으니 귀문의 위신을 세우기 위해서일지도 모른다. 하지만 살수들이란 본래 이익이 되는 일을 좇지, 자존심을 우선으로 하지 않는다. 의뢰금이 걸린 것도 아닌데 애초에 저를 놓친 그 순간부터 저를 잊어야 하는 게 맞다.

그리고 그리했었다.

그들이 갑자기 저를 다시 찾기 시작한 것은 몇 년 후부터였다. 그전에도 분명 찾으려고 했다면 찾을 수 있었을 텐데.

'이제 와 그냥 날 잡아 잡수라고 목을 내놓기엔 그동안의 고생이 너무 아깝고……. 그렇다고 딱히 내가 살아야 할 이유도 없고……'

삶을 이어 가게 하는 것, 삶에 대한 욕망과 집착은 권력도 재물도 아닌 사람에게 달려 있었다. 저는 혼자라서 죽음이란 단어에서 비극적인 슬픔을 떠올리지는 못했다. 그동안 오문은 아버지를 찾겠다는 목표로 그럭저럭 버텨왔고, 지금은 귀문이 죽이러 오기에 그냥 도망치고 있었다. 과연 이게 잘하는 짓일까.

'살수들은 아직 태자를 못 알아봤겠지? 우리 둘이 같이 있는 걸 알면 아주 좋아하겠구나.'

앞서가는 공자의 등을 바라보던 오문은 제 머리를 긁적였다. 부채로 된통 얻어맞은 자리가 살짝 부어오른 듯했다.

「못 하는 소리가 없군!」

가슴을 운운한 것은 공자가 먼저였으면서 왜 제게 야단이란 말인가.

걸음이 느려졌다고 생각했을까. 공자가 뒤를 돌아보며 얼른 오라는 듯 손가락을 까딱거렸다.

"어디 안 갑니다."

당분간은 갈 수가 없었다.

아무 생각 없이 태자의 뒤를 따라가던 오문은 길을 가던 사내들이 저만 보면 멈춰 서는 것 같은 기분이 들었다.

'에이. 그냥 기분 탓이겠지?'

태자가 새로 사 준 연분홍 옷은 소맷자락이 넓고 하늘거려서 매우 기품 있어 보였다. 옷에 맞춰 화장도 새로 하고 신도 비단신을 신었다. 발이 아프지 않아서 걷는 게 이렇게 편할 수도 있다는 걸 처음 알았다.

그러나 비단신이 웬 말인가.

저한테 어울리지 않는 것들을 몸에 걸치고 있으니 당당하게 걷지 못하고 자꾸만 위축되고 있었다.

그런데 그것이 또 지나가는 사내들의 걸음을 멈추게 한다는 걸 오문은 모르고 있었다.

바깥나들이가 익숙하지 않은, 여리고 청순하고 고운 아가씨. 게다가 어려 보이는 얼굴과 조금 작은 키 때문에 소녀 같은 맑고 순수한 분위기까지 풍기고 있었다. 커다란 검은 눈에 수줍음이 가득하니 지나가는 사내들이 그 얼굴에 가슴이 쿵 해 넋을 잃고 보고 또 보게 되는 것이다.

개중 어떤 사람은 일부러 오문의 곁에 바짝 붙어 어깨를 스쳐 가곤 했지만 오문은 워낙 혼잡한 탓에 그런 것까지 느끼지는 못했다.

"오문!"

갑자기 무호가 큰 소리로 오문의 이름을 불렀다.

이에 흠칫 놀란 오문이 뒤처지던 걸음을 빨리해 태자의 옆에 서서 볼멘소리를 했다.

"저 어디 안 간다니까요."

그러자 무호가 손을 뻗었다.

"……?"

"잡아라."

"예?"

"사람이 많으니 잡아라."

"제가 애도 아니고……."

"애보다 더 눈을 뗄 수 없으니 잡아."

누구의 명이라고 토를 달까. 오문은 조심스럽게 그의 손을 잡았다. 그의 손은 너무 컸다. 오문은 손가락만 살짝 갖다 대고는 잡았다는 눈빛을 보냈다.

그러자 무호가 오문의 작은 손을 꼭 감싸 쥐었다.

손바닥이 뜨겁게 느껴졌다. 어쩐지 다른 사내들이 쳐다볼 때보다 더 부끄러웠다. 화장을 하길 잘했다는 생각이 들었다. 이유 없이 붉어지는 뺨을 설명할 길이 없을 뻔했으니 말이다.

그런데 이상하게 아까보다 더 걸음이 편안했다. 길 가는 사람들이 어깨에 부딪치는 일도, 노골적으로 저를 쳐다보는 시선도 이제 별로 없었다.

무호는 오문의 손을 놓지 않고 점점 고급 객잔이 즐비한 곳으로 들어서고 있었다. 그러다 한 좋은 객잔 안으로 들어섰다.

태자가 드디어 창관을 떠날 건가 하는 생각에 오문은 시원섭섭함을 느꼈다.

"오문!"

"정말 오문이잖아!"

백골 기예단은 기쁨을 감추지 못했다. 무호 일행이 오문을 잡아 죽이는 건 아닌가 계속 불안에 떨다가 오늘에야 오문을 만나게 된 것이다.

"다들 여긴 어쩐 일이십니까?"

오문은 반가운 기예단 식구들을 보고 눈이 휘둥그레졌다.

"어쩐 일이긴! 우리가 널 다시 돈을 주고 구하려고 했지."

상은 무호 일행을 만나게 되기까지를 구구절절 설명했다.

오문은 겨우 두 해 함께했던 저를 진짜 가족처럼 여기고 지금까지 잊지 않았다는 데 놀라 고맙다는 말조차 나오지 않았다.

"뭐 하러 그렇게까지……."

"애 좀 봐! 뭐 하러라니!"

상이 발끈하자 나머지 사람들도 화를 냈다.

특히 금은 많이 서운해 보였다.

"우리가 쓸데없는 짓을 했다는 거냐, 뭐냐!"

"아, 아니. 그런 게 아니라 다들 너무 고생스러울 것 같아서……."

아무 말 못하고 있던 단주 광두가 한숨을 푹 내쉬며 말했다.

"우리 고생이 뭔 고생이야. 너 고생한 거에 비하면……."

"아뇨. 저 별로 그렇게 힘들지 않았어요."

사유보에게서는 금방 벗어났기 때문에 크게 힘들다고 할 수 없었다.
죽을 뻔한 고생은 전부 귀문 때문이었을 뿐이다.

하지만 기예단 식구들은 오문이 일부러 그렇게 말해준 거라고 생각했
다.

"힘들지 않기는……. 알아보니 사유보 그자가 포악하기 이루 말할 데
가 없다더라."

첨이 죄책감이 가득한 얼굴로 말했다. 그러자 화도 동그란 눈에 눈물
을 가득 머금고 오문의 손등을 쓰다듬었다.

"너 많이 맞았지? 그 집에서 너 밥도 안 주고 때리고 그랬다며?"

"어? 어떻게 알았어?"

"어떻게 알긴! 우리가 다 알아봤지!"

"아……. 몇 번 그런 적이 있긴 한데……."

곧 도망쳐서 괜찮다고 말하려고 했지만 말할 틈이 없었다.

"뭐? 몇 번이나 그랬다고? 뭐 그런 놈들이 다 있냐! 네가 때릴 데가 어
딨다고!"

화가 눈물짓자 상이 울먹이며 오문을 꼭 껴안았다.

오문은 상에게 안겨 예전에 느낀 숨 막히는 기분을 다시 느끼고 있

었다.

'와. 이 언니. 오랜만에 보니 가슴이 더 커진 것 같다.'

숙연해진 분위기 속에서 오문 혼자 딴생각을 하고 있었다.

"어린 게 밥도 잘 못 먹고……."

"어? 아니야. 언니. 나 객점에서 일해서 잘 먹었어."

"객점? 너 객점에서 일했어? 그게 얼마나 힘든데! 눈칫밥이나 먹었겠지! 내가 못 살아! 하필 그런 데로 갔니! 우리 찾아오지!"

오문은 자신의 아픔을 진심으로 함께 아파해 주는 기예단 사람들에게 묘한 감정이 느껴졌다.

가족이라는 감정이 이런 것일까?

경험해 보지 못한 따뜻함이었다.

그런데 뒤에서 뭔가 좋지 않은 기운이 느껴졌다. 슬그머니 상의 품에서 벗어난 오문이 뒤를 돌아보았다. 아니나 다를까, 태자 무호가 살벌한 얼굴로 노려보고 있었다. 가만히만 있어도 사람을 주눅 들게 하는 눈동자가 불길이 이는 듯했고, 꽉 다문 입술은 버럭 소리를 지르기 일보 직전이었다.

'왜?'

지금 여기서 누가 태자의 심기를 상하게 한 건지 도통 알 수가 없었다. 무엇 때문에 갑자기 기분이 불쾌해졌단 말인가. 도무지 종잡을 수 없는 사람이었다.

모두들 태자의 노기 어린 표정을 눈치챘는지 다들 말이 없어졌다.

용기 있는 오문이 슬쩍 입술을 뗐다.

"뭐…… 제가 잘못한 게 있습니까?"

"왜 말하지 않았느냐!"

잘못한 게 없음을 확신하고 있던 오문은 예의상 물은 말에 버럭 답이 돌아올 줄은 몰랐다.

그래서 더욱 당황했다.

"뭐, 뭘요?"

제가 또 뭘 속였다가 들켰나, 머리를 굴려 봐도 답이 없었다.

"사유보 그놈이 그런 짓을 했다고 말했어야지!"

"어…… 왜요?"

오문의 그 반문은 모두를 숨 막히게 했다. 답답해서가 아니었다. 무호의 눈치를 보느라 숨이 턱턱 막혀 온 것이다.

오문 빼고 모두 무호의 심정을 알 것 같았기 때문이다.

태자는 왜냐고 묻는 오문을 당장에라도 끌고 나가고 싶었지만, 데리고 나가 하나하나 설명을 해야 하는 게 더 비참한 기분이 들 것 같아 관뒀다.

현명한 처사였다.

대신 태자는 이 자리에서 큰소리로 버럭 내질렀다.

"젠장! 네가 그 얘기를 했었더라면 그 지랄 맞은 개 같은 새끼한테 돈을 주고 널 사 왔겠느냐!"

영춘은 오랜만에 듣는 태자의 욕설에 사람은 잘 변하지 않는다는 것을 실감했다.

반면에 장우는 바깥에 나온 뒤로는 처음 듣는 욕설이라 오히려 속이 개운해지는 것 같았다.

기예단 일동은 높으신 분이 이런 욕을 하는 걸 별로 들어본 적이 없기 때문에 괴리감과 공포감을 동시에 느끼고 벌벌 떨었다.

오문만 이 상황에 눈을 치켜뜨고 빈정거렸다.

"아, 이제 생각하니 돈이 아까우십니까? 아무리 그래도 그렇지, 고매

하신 분이 돈 몇 푼에 말씀이 지나치십니다?"

"아깝고말고! 그놈 목을 비틀어서 간단히 해결할 수도 있지 않았느냐! 내가 왜 그 노망난 늙은이에게 예의를 갖춰 흥정 따위를 하고 있었느냔 말이다!"

오문은 그의 말을 이해하는 데 한참이나 걸렸다. 어디가 간단하다는 건지도 모르겠는 데다, 딱히 그가 사유보 앞에서 예의를 갖춘 적은 없었 던 것 같아 기억을 더듬어 보느라 더 시간이 걸렸다.

"어…… 그러니까 지금 강도짓으로 절 빼 올 수도 있었다는…… 그런 말씀이신 거죠?"

"강도라니! 단죄다!"

오문은 속으로 욕지기가 치밀어 올라왔다.

나라의 태자나 되시는 분이 국법 알기를 개똥으로 알고 있으니 말이 다.

여기서 멈추게 해야지 안 그랬다간 무슨 말이 나올지 모를 것 같았다.

"후……. 그래서 제가 시시콜콜 말하지 않은 것이 큰 죄란 말씀이시지 요?"

오문이 전부 제 탓으로 안고 가려는데 무호는 여기서 멈출 생각이 없 어 보였다.

"그것뿐이겠느냐!"

"뭐, 또 있습니까?"

저는 뭐 이리 태자에게 죄가 많은가, 오문은 지쳐 가고 있었다.

"그딴 놈한테 돌아가려고 내 제안을 거절해? 내가 네 주인으로서 그딴 놈보다 못한 게 뭐가 있느냐!"

"……"

오문은 살짝 벌어진 입을 다물지 못하고 태자를 빤히 바라보았다.

주변에 어색한 적막감이 돌았지만 무호와 오문은 그것을 눈치채지 못했다.

무호가 본래 남의 눈을 별로 신경 쓰지 않고 내지르는 성정이긴 했지만 이렇게까지 부끄러움을 모르는 분일 줄 영춘은 정말 몰랐다. 솔직해도 너무 솔직해서 제가 다 낯이 뜨거워지고 있었다.

"저……. 공자님. 보는 눈이 많으니……."

그러나 장우가 영춘의 옷소매를 당겼다.

"……?"

영춘은 빙글빙글 웃는 장우의 낯이 의아했다.

장우가 그런 영춘을 뒤로 물러나게 한 뒤 귓속말로 속삭였다.

"냅둬. 재밌는데 왜?"

"……예."

장우는 재밌어 죽을 것 같았다. 세상 전부를 발끝의 때만도 못하게 보던 태자가 미천한 신분의 여인을 갖지 못해 안달하는 것이.

그것이 그냥 자존심이든, 애정이든 상관없었다. 누군가에게 먼저 다가가 본 적 없는 태자가 쩔쩔매는 게 재밌을 뿐.

"왜 대답을 못해? 나는 밥을 굶기지도, 때리지도 않았다!"

무호는 오문을 이해할 수 없었다.

제가 목욕하는 것을 훔쳐보고 절 좋아하게 될지도 모른다던 놈이 어째서 자신을 사유보 같은 놈보다 못하다 여기고 있는지가 이해 가지 않았다. 심지어 그놈은 추잡스럽게도 어린 오문을 동녀로 쓰려고 했다.

그 사실을 들었을 때만 해도 속이 부글부글 끓어올라, 당장 그놈을 찾아가 요절을 내고 싶은 심정이었는데, 어째서 오문은 그런 일까지 당했음에도 사유보를 선택할 수 있단 말인가!

제가 그보다 더, 더 쓰레기 같은 놈이란 말인가!

"말해 보래도!"

무호가 하도 성질을 내며 다그치니 오문이 천천히 입을 열었다. 아주 기가 막히다는 듯이.

"하. 어째서 그런 생각을 하시게 됐는지 도저히 저는 이해가 안 갑니다. 사유보 그자를 공자님과 비교한다는 게 가당키나 합니까?"

"내 눈치 볼 것 없다. 솔직히 말해!"

"예. 솔직히 말씀드리지요. 사유보한테서는 도망칠 자신이 있지만, 공자님한테서는 벗어나지 못할 것 같아서입니다."

오문의 대답을 들은 기예단의 표정은 해쓱해졌다. 도망치겠다는 포부를 그렇게 솔직하게 밝힐 것까지는 없지 않나.

그러나 무호는 매우 흡족해했다. 언제 화를 냈나 싶게 그의 음성은 많이 부드러워졌다.

"즉, 내가 사유보보다 여러 면에서 더 능력이 뛰어나기 때문이지."

"예. 특히나 그 집요함이 대단하시지요. 저는 한 번 물면 놓지 않는 공자님의 그 집요함이 무섭습니다."

무호는 다시 기분이 나빠졌다. 제 능력이 뛰어나서가 아니라 제 집요함 때문에 도망치지 못한다는 말이.

그러나 무호는 여기서 오문이 원하는 대답을 해줄 인간이 아니었다.

"오냐. 그럼! 내 진짜 무서운 게 무엇인지, 내 집요함을 다시 보여주마."

"굳이 그러실 것까지는……."

"왜? 집요함이야말로 내 유일한 장점이다."

제가 했던 말을 돌려받으며 오문은 매우 불길함을 느꼈다. 그리고 그 것은 적중했다.

"장우. 준비는 끝났느냐?"

"예. 끝났습니다."

영춘은 실망했다. 그래도 이성적이고 사리 분별이 확실한 장우가 태자를 말려주길 바랐건만 그는 상명하복의 원칙을 지켜 태자의 말에 무조건 따르고 있었다. 영춘이 보기에는 태자가 어디까지 막 나가는지 보는 걸 즐기는 것 같았다. 그래서 그를 원망하며 결국 제가 나설 수밖에 없었다.

"저기…… 공자님. 제 생각에는 말입니다. 아, 아버님께서 별로 좋아하실 것 같지 않습니다."

"그럼 더 좋은 일이다."

좋긴 뭐가 좋단 말인가. 전하의 아버님이 황제 폐하시다. 설마 몰라서 이러시나 싶을 정도로 개념 없는 대답이었다.

오문도 안절부절못하는 영춘이 심상치 않아서 이리저리 눈을 굴려보다 참지 못하고 물었다.

"공자님. 지금 뭐 하시려는 건지, 여쭤 봐도 되겠습니까?"

"뭐 하러? 기다려 보면 알게 될 것을. 장우 넌 가서 준비가 끝났거든 모두 집결시켜라."

"예."

장우가 부하들을 데리러 나가자 무호는 겁먹고 있는 기예단을 태연히 부채질을 하며 바라보았다.

"네놈들."

"예! 예!"

모두 한 목소리로 크게 대답했다.

"이리 와 앉거라."

"그, 그래도 될지……."

사유보의 목을 비틀겠다거나 하는 무서운 소리를 아무렇지 않게 하는 공자님이시다. 다들 실수라도 할까 봐 전전긍긍하는데 오문이 먼저 그 앞에 털썩 앉아 보였다.

"앉으세요. 어서."

그러고는 오라고 손짓한다.

상은 냉큼 다가와 오문의 귀에 대고 속삭였다.

"얘. 조심 좀 해. 내가 다 불안하다. 으이그."

오문은 뭘 조심해야 할지 알아들을 수 없었다.

"모두에게 물을 것이 있다."

태자가 말을 꺼내자 상도 후다닥 자리에 앉아 그의 말에 귀를 기울이기 시작했다.

"오문을 데려가고 싶으냐?"

"……."

오문은 왜 제 거취를 기예단에게 묻는가 싶었지만 일단은 내버려 두었다.

그런데 다들 선뜻 대답을 못 하고 있었다. 방금 전에 무호가 사유보와 자신을 비교하며 난리를 치지 않았나. 그러니 선뜻 오문을 달라 하기가 겁이 났다.

"저, 저는 같이 가고 싶어요."

어릴수록 뭘 몰라 용감한 법. 오문과 동갑인 화가 손을 들고 제 목소리를 냈다. 하지만 무호가 눈썹을 한 번 찌푸리자 화는 재빨리 입을 다시 놀렸다.

"가고 싶지만! 그, 그러면 안 된다고 생각합니다."

이에 오문이 고개를 갸웃했다. 같이 가자고 해도 귀문 때문에 제가 싫다 할 테지만 왜 안 된다는 것인가.

"왜? 왜 내가 같이 가면 안 돼?"

오문의 질문은 기예단을 당황하게 만들었다.

"그, 그게……. 이제 와서 네가 설 자리가 없달까. 곡예는 어릴 때부터 배워야 하는데……."

모두의 눈초리를 받은 단주가 억지로 입을 열었다.

"그런 거라면 문제없어요. 저 아직 줄 탈 줄 알아요."

자신 있게 생글생글 웃는 오문 때문에 모두들 죽을 맛이었다.

"그, 그래도 안 된다. 그러니까, 우리는 돈이 없어."

"그래. 저기, 네 몸값이 많이 올라서……."

금도 슬그머니 단주를 거들었다.

"알아요. 걱정 마세요. 저 거둬달라고 안 합니다."

오문은 애초에 기대도 안 했다는 표정으로 웃었다.

상은 그 모습이 짠해서 또 눈물을 찍으며 말했다.

"아까 내가 얘기를 들어보니까 여기 계신 멋지고 훌륭한 공자님께서 널 데려가려고 하셨다면서. 그러지 말고 이제라도 부탁드려 봐. 응?"

상이 보기에 저 공자는 아직도 오문을 데려가고 싶어 했고, 그래서 저희들에게 데려갈 것이냐 물은 것이다. 그러니 오문만 눈치껏 잘하면 창관에서 나올 수 있는 게 아닌가. 호구로 불릴 만큼 오문을 끼고 있는 것만 봐도 알 수 있는 부분이었다.

오문은 고개를 절레절레 저었다.

"그건 안 돼."

"왜! 왜 안 돼!"

"창관에서 나가게 되면…… 그러니까 도망을 치든 어찌하든 나가게 된다면 갈 곳이 있어."

"어디? 네가 무슨 연고지가 있다고? 어딜 갈 건데?"

"북쪽."

"북쪽? 북쪽 정확히 어디?"

국경을 넘겠다고 할 수 없어 오문은 국경과 가장 가까운 땅을 떠올렸다.

"북천 땅."

"단왕부에 가겠다고?"

"응."

"거긴 왜?"

"……."

왜냐는 질문에 또 말문이 막힌 오문이 모두의 시선을 받으며 말 같지도 않은 변명을 꺼냈다.

"눈이…… 보고 싶어서?"

"뭐?"

"이쪽은 눈이 잘 안 오잖아."

상이 오문의 팔을 찰싹 때렸다.

"야! 그걸 지금 말이라고 하니!"

"왜? 내가 요즘 더위를 너무 많이 타."

상이 눈을 부릅뜨고 진짜 이유를 말하라고 윽박지르는데, 오문은 또다른 변명이 떠올랐다.

"단왕부가 살기가 좋대! 그래서 나도 거기서 장사나 해보려고."

그러자 모두 고개를 끄덕였다.

"아, 그래. 그런 얘기는 종종 들었다. 단왕께서 그렇게 백성들을 위하신다더라. 이주민에게 세금도 감면해 준다더군."

광두가 부러운 음성으로 말하자 첨도 거들었다.

"거기 더운 날이 없어서 저 같은 사람이 살기는 딱 좋다더라고요."

"사실 나도 북천 땅이 궁금하긴 했어. 단유천 왕세자, 그분이 백성들 앞에 자주 나타나신대. 종종 억울한 일도 해결해 주고 그런다더라고. 근데 또 그렇게 잘생기셨다네?"

상의 웃음기 깃든 말에 화가 박수까지 치며 좋아했다.

"인물만 출중한 게 아니라 장수로도 최고잖아. 이번에도 적진 하나를 초토화했대."

"그러게. 얼마 전까지는 태자 전하랑 용호상박이었는데 이제는 상대도 안 될 거란 소문이 있더라."

금이 해선 안 될 소리를 했다. 이를 알 리 없는 기예단 식구들은 태자와 왕세자 둘을 놓고 누가 더 나은가 토론하기 시작했고, 오문은 말릴 시기를 놓쳐 태자의 눈치만 살폈다.

태자는 생각보다 그리 화가 난 것 같지 않았다. 다만 계속되는 그들의 이야기를 듣다가 이렇게 말했을 뿐이다.

"그래서 누가 용이냐?"

"예?"

두서없는 질문에 모두 어리둥절해하자 태자가 거만하게 등을 기대며 다시 물었다.

"용호상박이라? 용이 누구냐고 물었다."

질문의 의도를 알기 힘든 데다가 그의 음성은 너무 낮고 무거웠다. 말

한마디를 잘못했다가는 왠지 목이 날아갈 수도 있겠다는 느낌이 스멀거렸다.

"어휴! 당연히 태자 전하가 용이죠! 어휴. 왜 이렇게 당연한 걸 물으십니까? 태자랑 세자랑 급이 다른데!"

오문의 재치가 아니었다면 큰 위기가 닥칠 뻔한 순간이었다.

제 16 장
태자 무호

오문은 가마에 타고 있었다.

태어나서 가마에 타본 건 이번이 두 번째.

처음에는 도망치기 위해서 탔고, 지금은…… 지금은 강압에 의해 타고 있었다. 신분이 천한 자들은 가마를 탈 수가 없는데 태자가 강제로 가마에 태운 것이다.

오문이 저항할 수 없었던 것은 무호가 갑주를 갖춰 입고 나왔기 때문이다. 그는 반짝반짝 광이 나는 묵색 갑주를 입었다.

장우와 영춘, 그 밖의 다른 부하들도 마찬가지였다. 모두 멋들어지고 위엄 있는 갑주를 입고 객잔을 에워쌌다.

영춘이 태자와 함께 들어가 두 사람이 갑주를 걸치고 나타날 동안 객잔의 모든 사람이 숨죽여야 했다.

'뭐야, 제정신이야? 황제의 허락도 없이 군사를 일으켜?'

그 수가 얼마이든 간에, 지금 태자가 하는 짓은 영락없이 역모였다. 그러니 객잔 밖을 지나던 사람들도 정체불명의 군사들을 보고 기겁할 수밖에 없었다.

그럼에도 불구하고 오문은 갑옷을 입고 등장한 태자에게 시선을 빼앗기고 말았다.

'아우. 씨. 생긴 것만 눈부시지 않았어도!'

그랬다면 어떻게든 버텨보았을 것이다. 묵색 갑주는 태자의 미모를 더욱 환하게 만들었고, 좋은 말로 할 때 가마에 오르라는 나직한 음성이 미치도록 관능적이었다. 오문은 심장이 터져서 죽는 것을 막기 위해 기예단 식구들과 인사도 하지 못하고 순순히 가마에 올랐다.

그리고는 현재 어디를 가는지도 모른 채 군사들의 호위를 받으며 떠나는 중이었다.

"도착했습니다."

장우의 목소리와 함께 모두 멈추었다.

"헉!"

밖을 보고 싶어서 살짝 창을 연 오문은 제가 어디 와 있는지 알 수 있었다.

'사유보 그자의 집이잖아!'

여기는 왜 왔는지, 어째서 무장까지 하고 왔는지 미치도록 불안했다. 오문은 얼른 가마에서 뛰어내렸다.

"뭐 하는 짓이냐? 올라가."

갑주를 입고 부하들을 호령하는 태자는 조금 다른 모습이었다. 지금까지보다 더욱 못돼 먹은 느낌이었다.

그럼에도 오문은 꿋꿋하게 맞섰다.

"여긴 또 뭐 하러 오신 겁니까!"

무호는 대답은 않고 오문을 가만히 내려다보더니 말에서 내렸다.

"……?"

그러더니 가져온 수레를 뒤적거려 무언가를 꺼내 왔다.

"잊을 뻔했다."

오문은 태자의 손에 있는 것이 무엇인지 기억났다. 지난번에 상단으로 위장하자며 이것저것 사들인 물건 중 하나였다.

매화 나뭇가지를 닮은 비녀 위에 백옥으로 만든 매화가 영롱한 빛을 내고 있었다. 태자의 정혼자에게 주려 했던 그 비녀였다.

태자는 그것을 오문의 머리에 꽂아주었다.

"……."

"한결 낫군."

어울린다는 뜻 같은데, 오문은 이 상황을 이해할 수가 없었다.

"저기, 이걸 왜 저한테……. 이건 저기 그러니까…… 정혼하신 아씨께 드리려던 게 아니었습니까?"

그 얘기를 들은 무호가 인상을 썼다.

"그 사람은 가진 게 많을 텐데?"

많이 갖고 있고 또 얼마든지 가질 수 있는 여인에게 굳이 왜 이걸 주어야 하는지 모르겠다는 표정이었다.

"서, 선물이지 않습니까? 공자께서 직접 고르신……."

"그런 바 없다. 얼굴도 모르는 자에게 비녀 선물이라니?"

오문은 무호가 그녀에게 너무 무책임한 게 아닌가 싶었지만 지금은 그걸 따질 때가 아니었다.

"그럼 저는 가진 게 없어서 주시는 겁니까? 이걸 왜 지금 저한테 주시는 거냐고요?"

"그거야 사유보에게 본때를 보여주려는 게지."

"……?"

"저자가 누굴 건드렸는지 알게 할 것이다."

"예…… 에?"

"또한 너는 내 것이니 아무도 함부로 하지 못하게 할 것이다."

"……!"

태자가 다시 말 위에 올랐다.

하지만 오문은 움직일 수 없었다.

'지, 지금 뭐라고?'

그녀가 복잡한 심정에 혼란스러워할 때였다.

"시작하라."

"예!"

병사 하나가 횃불을 들고 나타났다. 그러자 장우가 기름 먹인 활에 불을 붙였다.

"뭐, 뭐 하시는 겁니까!"

오문의 비명과도 같은 외침이 끝나기도 전에 장우는 활을 쏘았다. 화살은 정확하게 멀리 쏘아져 나아갔다.

그리고 잠시 후.

"불이야!"

오문은 눈을 질끈 감았다. 그런데 허리에 커다란 팔이 감기는가 싶더니 몸이 붕 떠올랐다.

"엇!"

무호가 오문을 한 팔로 안아 올려 제 말 앞에 태운 것이다.

"가자. 재밌는 구경을 시켜 주마."

오문은 속으로 비명을 질렀다.

불이 난 집 안으로 뛰어들면서 재밌는 구경을 시켜 주겠다니!

"불장난하실 연치는 아니지 않습니까!"

"당연하지! 난 장난으로 집에 불을 지르지 않는다!"

진지해서 더 문제라고, 오문의 가슴속에 파르르 불길이 일었다.

낮잠을 자던 사유보는 의식 저편에서 들리는 목소리가 귀찮았다.

'불? 불이라…….'

그것은 너무 현실감 없는 단어였다. 하지만…….

"대인! 불입니다, 불!"

"뭐, 뭐? 불이라니!"

총관이 다급하게 깨우는 소리를 듣고서야 사유보는 허겁지겁 일어났다.

"어, 어서 피하셔야 합니다!"

밖이 매우 소란스러웠다. 꿈이 아닌 것이다.

"어쩌다 불이 났어! 도대체 어쩌다가!"

"그, 그건 잘 모르겠습니다만, 더 번지기 전에 어서 피하셔야 합니다!"

"피하다니! 잠깐, 이대로 그냥 갈 순 없지! 불이 어디서 났느냐! 아직은 괜찮을 것이야!"

사유보는 제 목숨보다 소중한 재물을 챙겨야 했다. 그는 허둥지둥 침상 밑의 이불을 걷어 내고 그 안에 숨겨진 상자를 꺼냈다.

그 밑에 그런 것이 있는 줄은 총관도 몰랐기에 눈이 휘둥그레졌다.

삼중으로 보관된 상자에는 불법적으로 축적한 땅문서와 어음 등이 가득했다. 그리고 또 챙겨야 할 것이 있었으니, 관청의 인사들과 거래한 내역이 담긴 장부였다. 그것을 갖고 있어야 앞으로도 쭉 관청을 쥐고 흔들 수 있으니 어찌 보면 재물보다 더 값진 보물들이었다.

벽에 걸린 족자를 치운 뒤 벽을 밀었더니 조그만 공간이 나왔다. 감쪽같이 숨어 있는 공간이었다.

"됐어! 불에 타는 건 다 찾았다."

숨겨둔 함 속의 문서란 문서는 전부 꺼내고 나서야 사유보는 몸을 피했다.

밖으로 뛰쳐나간 사유보는 제가 있던 전각 바로 뒤에서 불길이 치솟는 것을 보았다. 금방이라도 제가 있던 지붕으로 불이 옮겨 붙을 것 같아 뒷걸음질 치다 냅다 달리기 시작했다.

그러다가 아직 광에 있는 곡식들을 건지지 못했다는 생각에 아까워 미칠 것 같았다.

"한데 이놈들 다 어디 간 게냐? 왜 한 놈도 보이지 않아?"

호위들에게 곡식을 옮기라 시키려 했더니 한 놈도 보이지 않았다.

총관 역시 당황스럽긴 마찬가지였다.

"저도 모르겠습니다. 불이 난 직후부터 찾아봤는데 아무 데도 없습니다."

하인들이 소리를 지르면서 물을 퍼 나르는데 이 난리를 호위들이 모를 리가 없었다. 뭔가 잘못됐다는 직감이 들 때였다.

중문 밖을 나가자마자 사유보는 화들짝 놀라 주춤 멈춰 섰다.

시커먼 군사와 말들이 일렬로 서서 문을 막고 있는 게 아닌가!

"또 보는군."

그중 가장 앞에 선 건장한 사내가 하찮은 미물을 보는 듯한 눈빛으로 말을 건넸다.

'저자를 어디서 봤더라?'

알 듯 말 듯한 얼굴. 뺀질뺀질하게 생긴 저 재수 없는 낯을 분명히 어디선가 보았다.

'아!'

기억이 났다. 오문, 그 계집을 사간 사내였다. 분명 그때는 희멀건 졸부처럼 보였던 사내가 지금은 완전히 압도적인 분위기로 변해 있었다.

"누, 누구냐! 네놈은 누구기에 내 집에서 이런 횡포를 부리는 것이냐!"

무호는 발악하는 버러지를 타고 있는 말로 밟아버리고 싶은 것을 가벼운 비웃음으로 애써 참아 냈다.

"우, 웃어? 네 이놈! 내가 누구인지 아느냐!"

"사유보. 그대의 형님 되는 자가 고위 관직에 있다는 이유로 그 세를 등에 업고 고약한 짓을 저지르고 다닌다지. 이만하면 충분히 아는 것 같은데?"

사유보는 그것이 맞는지, 아닌지 대답할 수 없었다. 맞다고 하면 제가 했던 악행들도 인정해야 하는 게 아닌가.

"그, 그러는 네놈은 누구냐!"

무호는 한층 더 짙은 비웃음을 날려 주며 말했다.

"누구긴. 네놈에게 당한 피해자지."

"뭐, 뭐라? 이, 이놈이!"

이 정도로 각을 잡고 크게 판을 벌이기에 뭔가 대단한 놈인 줄 알았더니 피해자란다. 즉, 제게 복수하겠다며 가끔 설쳐 대는 잔챙이들과 같은 부류였다.

"네 이놈! 네놈이 힘만 믿고 눈에 뵈는 게 없이 설쳐 대는구나! 국법이 지엄하거늘, 천지분간을 못하다니 죽고 싶은 게냐!"

"지랄."

"헛!"

무호의 짧고 간결한 욕설에 총관이 숨을 들이켰다.

"이, 이……. 어디서 감히! 내가 누군지 알고도 이런 짓을 했겠다? 곧 관군이 올 것이다. 고작 이만한 병사들을 끌고 와 나를 겁박하겠다고? 네 놈들이 원하는 것이 뭔지 모르겠으나 아무것도 바라지 말라. 나는 결코 네놈들과 협상할 생각이 없느니라!"

"다 짖었느냐?"

"뭐, 뭣이!"

"사유보. 네 호위들이 어디로 갔는지 아느냐?"

"뭐?"

"내가 각자의 집으로 돌려보냈다."

"그 무슨 말 같지도 않은 소리냐!"

"어차피 돈에 움직이는 자들이라, 꽤 많은 것을 알려주고 가더구나."

"그, 그럴 리 없다!"

"그 잔챙이들까지 다 잡아 죽이려다가 네놈의 치부를 낱낱이 까발려 주었기에 그냥 보내준 것이다."

"헛소리! 그렇다 하더라도 네놈이 뭘 어쩌겠느냐! 내 뒤를 봐주는 분들이 한둘인 줄 아느냐?"

"그래. 한둘이 아니겠지. 하나, 나도 뒷배는 꽤 든든한 편이다."

"어린놈이! 뭘 믿고 까부는지 모르겠다만 후회할 것이다!"

"후회라? 난 살면서 후회라는 것을 한 번도 해본 적이 없는데, 네놈 덕분에 후회를 하게 됐다."

"그래. 후회할 것이다. 후회할 것이야!"

"네놈 따위와 거래를 한 것을 후회한다. 진작 이렇게 밟아버렸어야 했는데."

"뭐라?"

"뭣들 하느냐? 저놈 손에 든 것을 당장 뺏지 않고!"

"예! 장군!"

"헉! 이, 이놈들이, 감히 뭘 뺏겠다고?"

재산을 뺏기게 된 사유보는 방금 군사들이 무호를 뭐라 불렀는지는 듣지 못한 듯했다.

"오, 오지 마! 여봐라! 게 아무도 없느냐!"

목이 터져라 사람을 불렀지만 사유보를 구해줄 자는 아무도 오지 않았다.

사유보의 집은 순식간에 난장판이 되었다. 무호 일행은 도망치는 사람들은 붙잡지 않았지만 남아서 저항하는 사람들은 때려잡아 포박했다. 가장 먼저 붙잡혀 포박당한 사유보는 고래고래 호통을 치다가 매질을 당했다. 어찌나 비명을 질렀는지 목에 핏줄이 터질 것만 같았다.

또한 집안의 값진 물건들을 모두 찾아 끌어왔다. 이미 한 번 해본 경험이 있어 순식간에 끝났다.

그러는 동안 전각 하나가 잿더미로 변했다. 생각 같아서는 다 태워 버리고 싶었지만 무호는 이곳이 서강의 전장이 아니라는 것을 충분히 인지하고 있었다.

물론 영춘과 장우가 보기에는 그렇지 않았지만.

상황이 순식간에 종료되자 사유보는 완전히 쉰 목소리로 허망하게 울부짖었다. 가뜩이나 늙어 추레해진 그의 몰골이 그새 십 년은 더 늙어 보였다.

"이럴 순 없다. 이럴 수는 없어!"

그의 수많은 부인과 첩들도 함께 끌려나와 울었다. 개중 몇몇은 몰래 내통하던 호위무사와 함께 짐을 싸서 도주했으나 사유보는 그녀들이 없어진 것도 모르는 듯했다.

"이 정도로 절망하면 곤란하지."

"대체 내게 무슨 원한이 있어 이러느냐! 말하거라! 내 원하는 대로 주마! 내게 이런 짓을 한 건 모두 눈감아주겠다. 어서 나를 풀어다오! 어서!"

사유보는 관군이 들이닥칠 때까지 이대로 시간을 끌면 될 거라 여겼다. 이 막나가는 도적떼 같은 놈들이 물불 가리지 않고 저를 죽여 버릴 것 같았다.

상대는 고작 열 명 남짓이다. 힘 좋은 하인들이 한 방에 나가떨어지는 광경을 보긴 했지만 관군이 오면 어쩌겠는가. 이들의 자만심이 저를 살려 줄 거라 그렇게 믿었다.

"나와 협상하지 않겠다더니, 마음이 바뀌었나?"

"그, 그건……. 내, 내가 잘못 생각했다. 무엇이냐? 내게 무슨 원한이 있어? 바라는 걸 말하거라. 어서!"

무호는 시간이 지나는 것을 전혀 개의치 않았다. 그는 마치 이곳이 황궁이고 제가 황제라도 된 듯 상석에 자리를 만들고 비스듬히 앉아 있었다. 사유보가 간절히 비는 것을 즐기던 무호가 대뜸 가마를 향해 물었다.

"오문! 너는 이자를 어찌했으면 좋겠느냐?"

"오, 오문?"

사유보가 놀라서 뒤를 돌아보았지만 오문의 모습은 어디에도 보이지 않았다.

"네가 원한다면 이자를 때려죽일 수도 있다. 네가 당한 만큼 갚아주고 싶으면 그리하거라."

무호의 말에 사유보는 사색이 되었다. 한데 어디에 오문이 있다는 거지 알 수 없어 계속 두리번거리며 불안해했다.

그러자 가마 안에 있던 오문이 한숨을 쉬며 밖으로 나왔다.

사유보는 가마에서 내리는 여인을 실눈을 뜨고 살폈다.

'오문! 오, 오문이 어째서!'

창관에 있어야 할 오문이 가마에서 내렸다. 그것도 이토록 우아한 모습으로. 사유보는 이 일이 심상치 않다는 것을 깨달았다.

"말하거라. 이자의 처분은 네게 맡기마."

오문은 저를 하찮게 보던 사유보 앞으로 걸어갔다.

입장이 바뀐 것이다. 태자에게 무슨 짓이냐고 했지만 사유보가 공포에 질려 경악하는 모습은 보기 나쁘지 않았다. 태자가 왜 제게 이런 옷을 입혀서 가마를 태웠는지 알 것 같았다. 이 순간만큼은 마치 제가 사유보다 더 높은 사람처럼 느껴졌다.

"오, 오문 네가 어, 어찌!"

"글쎄 말입니다. 그리되었습니다."

"나, 나는 한때 네 주인이었다. 네가 도망을 쳤는데도 나는 널 벌하지 않았다! 그러니 은혜를 갚아야 한다!"

사유보는 사정이 아니라 강요를 하고 있었다.

"벌은 안 하셨지요. 그보다 더한 짓을 하신 게 문제 아닙니까."

어린 저를 데려다 추잡한 짓을 하고 반항하는 자신을 학대하던 정도는 지난 일이라고 용서할 수 있었다. 어쨌든 제가 돈에 팔려온 걸 어쩌겠는가.

하지만 이번에 저를 납치해 창관에 판 것만큼은 용서할 수 없었다. 그동안 이런 짓을 한두 번 저지른 게 아닐 것이다.

"아, 아니다. 뭔가 오해가 있어! 착오가 있었던 게다. 응?"

오문은 싸늘한 눈빛으로 사유보의 뻔뻔한 모습을 노려보았다. 동정할 가치가 느껴지지 않았다.

"저는 이자를 어찌해야 할지 모르겠습니다."

오문이 예상과 다른 답을 했다.

"어째서? 죽이고 싶지 않으냐?"

"저는 그냥…… 이자를 국법으로 처리하고 싶으나 그게 잘되지 않을 것 같아서 말입니다. 그 방법을 모르겠습니다."

"시시하군."

태자나 되는 사람이 국법을 시시하게 여기고 있었다.

"그, 그게 좋겠다. 국법으로 하자. 국법으로. 그래!"

사유보는 희망을 본 것처럼 흥분했다. 웬 미친놈들에게 잡혀 죽게 되었는데 법대로 하잔다. 오문의 말을 들어준다면 저들은 얼마나 어리석은 것들인가. 하지만 제발 그렇게 해달라고 간절히 빌었다.

"할 수 없지. 두 사람 다 그러길 원하니, 그리하지."

"……!"

사유보는 그의 말을 도무지 믿을 수가 없었다.

"국법대로 처리하지. 하나하나 전부 따져 가면서."

무호는 큰 선심이라도 쓰듯 사유보가 원하는 대로 해주겠다 했다.

사유보의 얼굴이 환해졌다.

반면 오문은 그가 무슨 생각을 하는지 불안해졌다. 그는 지금 태자의 신분을 감추고 있는데 어찌 국법대로 처리할 수 있겠는가.

"뭣들 하느냐? 사유보와 그의 식솔들을 당장 관청으로 압송하고 증거물들을 하나도 빠짐없이 챙기거라."

"예!"

환해졌던 사유보의 얼굴이 곤두박질쳤다. 날강도같이 쳐들어온 자들이 제 발로 관청에 가겠다니 어찌 불안하지 않을까. 그리고 보니 어째서 관청에서는 이런 소동에도 관군을 보내오지 않는가. 여러모로 이상한 일이 한두 개가 아니었다.

바로 그때.

콰앙.

대문이 열렸다.

그리고 사유보가 그토록 기다리던 관군들이 당도했다.

"어, 어서들 오너라! 어서들 와! 왜 이리 늦은 것이냐!"

사유보는 드디어 살았다며 크게 안도했다.

하지만 관군들은 사유보에게 잠시 차가운 눈길을 던졌을 뿐 누구 하나 그에게 대답을 건네지 않았다.

대신 모두가 동시에 무호의 앞에 부복했다.

"태자 전하를 뵈옵니다!"

"……!"

사유보는 제 귀가 잘못되었나 하고 사방을 둘러보았다. 한데 잘못 듣지 않은 모양이었다. 모두가 저와 같은 표정을 짓고 있었기 때문이다.

그 모두를 내려다보고 있던 무호가 석상처럼 굳어 있는 오문을 마주 보며 피식 웃어 보였다.

오문은 그 잘난 척하는 웃음의 의미를 알고 있었다.

어떠냐? 놀랐겠지만 내가 태자다.

하지만 이미 그의 정체를 알고 있던 오문은 그 때문에 이러고 서 있는 게 아니었다.

'밀정으로 나섰다면서 이게 무슨 짓입니까!'

게다가 더 큰 문제가 남아 있었다.

'하아……. 내가 귀문이라도 죽일 거면 지금 죽이러 오겠다.'

황궁에서 떨어져 멀리 나온 지금이야말로 태자를 죽일 절호의 기회가 아닌가.

"태, 태, 태자 전하라니요?"

사유보가 믿을 수 없다는 듯 물었다.

무호는 곁눈질만으로 그를 힐끗 쳐다보았다.

그 눈빛에 찔끔 놀란 사유보가 벌벌 떨며 엎드렸다.

"사유보. 그대의 뒷배는 여기 이 장부에 낱낱이 기록이 돼 있을 테니, 내 하나뿐인 뒷배에게도 청을 해두었다. 당분간 나는 이곳에 머물며 관청의 수장이 될 것이다. 새로운 관리가 올 때까지."

하나뿐인 뒷배란, 황제 폐하를 의미하는 것일 테고, 새로운 관리라는 말은 이미 저와 결탁했던 관리들이 전부 갇혔음을 뜻하는 것이리라.

앞으로 닥쳐올 일들이 까마득하자, 두려움에 질려 버린 사유보는 그만 혼절하고 말았다.

수성촌은 한바탕 전쟁을 치른 것 같았다. 갑자기 몰려온 관군들이 창관과 도박장을 비롯한 뒷골목 구석구석을 누비고 다니며 수색을 했기 때문이다.

이런 일에 종사하는 사람치고 뒤가 구리지 않은 이가 없었고, 가뜩이나 사유보를 잡기 전에 미리 현감을 비롯한 수많은 관리를 잡아둔 터라 옥사가 미어터지는 실정이었다.

상황이 이렇다 보니 관청을 점령한 태자는 역도의 무리와 별반 다를 게 없는 모양새였다.

이를 무마시키기 위해 태자는 현청의 집무실에서 황제께 보낼 서찰을 열심히 써 내려가고 있었다.

『……백성의 어려움을 살펴야 할 관리들이 불온한 무리와 결탁하여 인신매매는 물론 불법적인 창관의 운영과 금지된 약물들의 거래를 공공연히 눈감아주고 있는 실정입니다. 백성들은 국법의 보호를 받지 못하고, 노비나 창기로 팔려가는 일이 허다합니다…….

조용히 밀정의 임무를 다하고자 하였으나 도저히 이대로는 성에 차지 않아다시 중장군의 직위를 받을까 하옵니다. 물론 대장군으로 승차시켜 주신다면 감사히 받들 것이옵니다.

새로운 관리들을 보내주실 때까지 제가 잠깐 관청을 장악할 테니, 부디 오해가 없으시길 바라옵나이다.』

즉, 조용히 움직이려 했는데 도저히 참을 수가 없어서 중장군 달고 성질대로 한판 할 것이니, 괜히 역모니 어쩌니 오해하지 마시라는 내용이었다. 허락이 아니라 통보였다.

무엄하기 짝이 없는 서신을 써놓고 무호는 고개를 끄덕이며 흡족해했다.

"흠잡을 데가 없군."

그러고선 대강 밀봉해 장우에게 건넸다.

"얼른 처리하겠습니다."

"천천히 해도 상관없다."

"……예."

장우가 나가고 나자 무호는 집무실을 둘러보다가 영춘에게 물었다.

"왜 오문이 안 보이느냐?"

"글쎄요. 좀 전까지 여기 있었던 것 같은데……."

"또 도망친 건 아니고?"

무호가 눈을 부릅뜨고 벌떡 일어났다. 모두가 여기서 정신을 팔고 있었으니 오문이 충분히 도망칠 수 있었다.

"제길!"

다급히 밖으로 나온 무호가 사방을 둘러보며 욕설을 뱉었다. 어딘가에서 자고 있을 것 같아 방을 뒤져 보아도 없었다. 지나가는 군사와 관병들, 하인들까지도 그런 여인은 본 적이 없다고 했다.

따라 나온 영춘도 아차 싶었던지라 현청 밖으로 달려 나갔는데 태자가는 뒷짐을 지고 서 있었다.

무호는 힘이 쭉 빠지는 기분이었다.

'내가 태자라는데도 도망치려는군.'

태자인 걸 밝히고자 한 데는 배경을 믿고 사리사욕을 채우기 위해 악행을 저지르는 사유보 같은 놈들을 더 절대적인 배경으로 찍어 누르는 것을 보여주고 싶었기 때문이다.

하나 그보다 더 큰 이유는 오문 때문일지도 모른다. 자꾸만 도망치려는 오문 역시 태자라는 제 높은 신분을 이용해 묶어두고 싶었던 것이다.

'내가 하는 짓이 사유보와 별반 다르지 않군.'

오문이 권력과 신분에 굴복할 녀석이었다면 그전에 이미 그리했을 것이다. 왜 그걸 이제야 깨달았을까. 제가 태자라는 것을 알고 넋을 잃고 얼어붙어 있던 오문의 모습이 떠올랐다.

'내가 두려워서라도 도망치려 하겠군.'

괜한 짓을 했다고 자책하며, 오문을 포기하고 돌아설 때였다. 저쪽에서 소년의 모습을 하고 걸어오는 오문이 보였다.

'헛것이 보이나.'

한데 그 아이는 점점 더 가까워졌다. 심지어 김이 모락모락 나는 그릇을 쟁반에 받쳐 들고 저를 보며 반갑게 다가오고 있었다.

"어? 왜 나와 계십니까?"

"……!"

허상인 줄 알았던 오문이 허름한 시동 차림을 하고 예전처럼 제 앞에 서 있는 것이다.

"왜 이러고 있느냐?"

"응? 저녁 식사를 못하시지 않으셨습니까? 간단히 소면을 준비했습니다."

오문은 평소처럼 베실베실 웃고 있었다.

"옷은 왜?"

"그 옷을 입고 어찌 음식을 합니까? 들어가십시오. 면 다 불겠습니다."

무호는 여전히 저를 편히 대해주는 오문을 향해 한 번도 지어 본 적 없는 편안한 미소를 띠었다.

먼저 앞장서 들어간 오문은 보지 못한 미소였지만.

"맛이 어떻습니까?"

무호가 맛있게 먹는 것을 뻔히 보면서 오문은 그리 물었다.

물으나 마나 한 말이었다. 그래서 무호는 대답 대신 궁금했던 것을 물었다.

"정말 북천 땅에서 요릿집을 할 생각이냐?"

"……."

오문은 그저 싱긋 웃기만 했다.

"왜 대답을 안 해?"

"전하께서는 왜 제게 잘해주십니까?"

"내가 너한테 잘해주는 걸 알긴 하느냐?"

"모를 수가 없지요. 저 대신 복수까지 해주셨는데."

"그런데 왜 자꾸 넌 도망치려 하느냐?"

"하면 전하께서는 왜 자꾸 절 붙잡아 두십니까?"

"글쎄다. 아마 네가 신기해서겠지."

"신기하다고요?"

"조그만 녀석이 무슨 생각을 그리 많이 눌러 담고 사는지, 그 속을 다 알 수 없어서 신기하다. 나는 널 믿지 않는다. 분명 너는 또 내게 말 못할 많은 것을 숨기고 있겠지."

사실 속을 알 수 없다는 소리는 저도 많이 듣고 자랐으나 오문을 보니 저는 아무것도 아니었다. 저 작은 여인에게 얼마나 많은 비밀이 숨겨져 있는지 가늠할 수조차 없었다.

"비밀이라기보다…… 말할 이유가 없는 것뿐입니다."

"그럼 물으면 다 말해줄 것이냐?"

"아니요. 그건 아닙니다."

"차라리 거짓말을 하지 그러냐?"

"제가 누굴 속이겠습니까? 제화국의 태자 전하, 서강의 사신을 무슨 수로 속일 수 있겠습니까?"

오문은 웃으며 말하고 있었지만 어딘가 서글퍼 보였다.

그녀는 손가락을 꼼지락거리다가 어렵게 입을 뗐다.

"제가 말하지 못하는 것들은…… 전하께서 태자이시기 때문입니다. 제 비밀을 아시면 절 죽이고 싶어지실지도 모르니까요."

무호는 갑작스러운 오문의 고백에 놀랐으나 이내 침착하게 말했다.

"그 말을 내게 하는 이유는 무엇이냐? 다 말할 수 없다 하지 않았느냐?"

"도망갈 수 없을 것 같아서입니다. 물으십시오. 제가 감추고 있는 게 무엇인지. 무엇 때문에 북천 땅에 가려는지. 전부 대답해 드리겠습니다. 그리고 저를 죽이든, 황성으로 압송하시든, 마음대로 하십시오."

무호는 오문이 정말 간자일지도 모른다는 생각이 들었다. 북천 땅과 인접한 적국의 간자라면 본국으로 돌아가기 위해 북천 땅을 거칠 수밖에 없지 않은가.

무호는 무서운 눈으로 오문을 노려보았다.

오문은 무호의 그 눈을 피하지 않고 여전히 그 서글픈 미소를 짓고 있었다.

두 사람은 꽤 오랫동안 그렇게 서로의 속내를 살피듯이 말을 하지 않았다.

마침내 무호가 토해내듯 말을 뱉었다.

"네 정체가 나와 제화국에 위협이 되는 존재더냐?"

오문은 정말 우습다는 듯이 웃으며 고개를 마구 저었다.

"저는 그렇게 대단한 사람이 아닙니다."

"하면 소면을 만들고 줄타기를 한 네 모습이 전부 가짜더냐?"

"전부 저입니다. 소면을 말아 먹고 살았고, 기예단에 몸을 의탁하고 살았던 적도 있고, 요릿집에서 일한 적도 있습니다. 전부 제가 살아왔던 방식입니다. 다만, 그게 다가 아닐 뿐입니다."

"그럼 지금 내 앞에 앉은 너는 어떠냐? 내 앞에서 죽을 각오로 지껄이는 너는 나를 떠보려는 간사한 모습이냐? 아니면 사내 몸을 훔쳐보길 좋아하는 너의 그 자유분방한 모습이냐?"

"전하를 떠보려는 겁니다."

무호가 원한 대답은 그게 아니었다. 오문은 지나치게 솔직한 말로 무호를 점점 더 화나게 만들고 있었다.

"저를 어쩌실 겁니까? 제 전부를 알고 절 죽이실 것입니까? 아니면 전하께 위해가 가진 않으나, 비밀이 많은 저를 곁에 두시겠습니까? 그도 아니면 절 그냥 놓아주시겠습니까?"

"뻔뻔하구나. 네가 원하는 것은 세 번째겠지."

"예."

"한데 불행히도 나는 그리 너그러운 편이 아니다."

오문은 각오를 하고 있었기에 무호의 대답이 그리 서운하지는 않았다.

하지만 두렵지 않은 것은 아니었다. 두렵기도 하고, 또 한편으로는 다 내려놓을 수 있어서 속이 시원할 듯했다.

"북천 땅이라? 적어도 거기까지는 우리가 함께하겠군."

"예?"

"나는 본래 단왕부로 가기 위해 길을 떠난 것이다. 너도 마침 그리로 간다니, 너에 대한 처분은 거기서 하겠다."

오문은 예상 못한 우연과 또 예상 못한 그의 결정에 입을 벌렸다.

"왜? 당장 여기서 결판을 내고 싶었느냐?"

"저는 전하가 싫지 않습니다."

"갑자기 아부를 떠는 것이 더 수상하군."

"그래서 전하께 죄를 짓고 싶지 않습니다. 예전에 제가 말씀 드린 적도 있습니다만 저는 재수 없는 년이라 저를 곁에 두면 반드시 불행한 일이 생길 겁니다. 사유보만 해도 저 꼴이 나지 않았습니까?"

오문은 귀문을 염두에 두고 한 말이었다.

"사유보는 제 죗값을 받은 것뿐. 너는 내게 위해가 가지 않을 거라 말했다."

"그것은 다른 문제입니다!"

"그만!"

"전하!"

"그만하자. 나는 네 입에서 나오는 어떤 말도 믿지 않을 것이다. 해서 단왕부로 가는 동안 너를 계속 주시하며 네 비밀을 내가 스스로 밝혀낼 것이다. 반드시 그것을 알아내 대가를 치르게 할 것이다. 그러니 그 비밀 잘 간수하거라. 내게 들키지 않게. 알아듣겠느냐?"

오문은 알아들을 수 없었다. 그가 저를 더 철저하게 조사해 죽이고 싶은 건지, 또는 죽이고 싶지 않은 건지를.

본래도 잡음이 많은 수성촌의 민심이 크게 들썩이고 있었다.

바로 다음 날부터 수성촌의 현청은 임시로 마련된 감사청이 되었다. 수성촌 일대의 현감들과 지주격인 귀족들, 그리고 그보다 더 높은 곳에 있는 여러 관직자들이 끌려왔다. 당연하게도 사유보의 가장 큰 뒷배가 되어준 형님 사유정이 가장 먼저 끌려왔다. 그는 예전에 황성에서 제법 높은 관직에 있었으나 낙향한 후 그 연줄로 여전히 착복과 비리를 저지르는 지방 실세라 할 수 있었다.

무호에게는 사유보가 직접 불 속에서 꺼내 온 여러 증좌들이 있었고, 그것을 이용하여 다른 사람이 아닌 무호가 직접 심문하고 수사하니 아무도 빠져나갈 구멍이 없었다. 판을 벌인 이상 마무리를 잘 지어야 했다. 역도나 하는 짓을 벌였으니 아무리 제멋대로인 무호지만, 제대로 수습하지 못하면 어찌 될지 정도는 잘 알고 있었다. 때문에 무호는 밤낮없이 업무에 몰두했다.

'파도 파도 끝이 없군!'

이렇게까지 열심히 하고 싶은 생각은 없었으나 도무지 중간에 그만둘 수가 없게 되었다.

어디서부터 손을 대야 할지 모를 정도로 썩을 대로 썩어 있었기 때문이다.

"전하. 이것 좀 보십시오."

태자를 도와 함께 밤을 지새우던 영춘이 문서 하나를 들고 왔다.

가뜩이나 골치가 아픈데, 영춘이 가져온 문서가 비리와 상관없는 단순 살해 사건이라 무호는 짜증이 났다.

"일 만들지 마."

"아니. 잘 좀 보십시오. 이게 좀 수상합니다. 제가 연루된 사건이라 찾아봤는데 말입니다."

다시 보니 영춘이 살인범을 잡았던 그 사건이었다. 기록에는 여인을 겁탈하려던 한 사내가 우발적인 살해를 저질렀고, 감금된 동안 양심의 가책을 느껴 품에 숨겨놨던 칼로 자결한 것으로 잠정 결론을 내렸다.

무호는 영춘이 미심쩍어 하는 부분이 무엇인지 찾아냈다.

탐문조사에 따르면 죽은 범인은 그날 창관에 기녀들과, 또는 허드렛일 하는 여인들과 손을 붙잡고 다녔다고 한다. 소매를 걷어 손목을 확인하는 일 또한 종종 있었다.

"누굴 찾고 있었던 것 같습니다. 손목에 점이 있거나, 흉터가 있거나……. 한데, 여기 보시면 죽인 여인 손목에는 아무 흉터도 없습니다. 더군다나 그 여인을 찾던 거라면 한쪽 얼굴에 화상을 입었으니 못 찾을 리가 없고요."

사건의 기록을 위해 상세하게 그려진 시신의 그림은 몸의 작은 점까지도 놓치지 않았다.

무호는 손가락으로 서탁을 두드리며 생각에 빠졌다.

"잘못 죽였을지도 모른다?"

"예. 제 생각에는 그 여인이 화상을 입은 여인인 줄도 모르고 죽인 것입니다. 한데 손목에서 뭘 확인하려 한 것인지가 의문입니다."

"잡힌 범인에게 배후가 있고, 범인은 시키는 대로 했을 뿐, 죽은 자와는 일면식도 없는 사이. 배후는 그 사실을 들킬까 봐 범인을 죽인 것이다. 한데, 잘못 죽였다? 다 맞아 떨어지기는 하는데……."

그 여인의 무엇을 보고 죽이려 한 것일까? 그것이 의문으로 남는다. 또한 그것이 배후를 밝히는 데 가장 중요한 단서가 될 것이다.

"도대체 손목에서 뭘 찾으려 했을까요? 그 여인은 손목에 아무것도 없는데 왜 착각해서 죽인 걸까요?"

"……!"

무호는 불현듯 그 옥패를 가지고 있던 오문의 모습이 떠올랐다.

오문이 대수롭지 않게 과도와 맞바꾼 옥패 목걸이가 실은 늘상 오문의 손목에 걸려 있었다는 사실을.

범인이 죽어버린 터라 보고도 하지 않고 다시 오문에게 돌려준 옥패 목걸이는 죽은 여인이 아니라 원래 범인이 들고 있었다.

영춘은 오문이 그 옥패를 늘 손목에 감고 있었음을 떠올리지 못했으나, 무호는 제 눈으로 직접 보았기에 그 연관성이 떠오른 것이다.

"전하? 뭐가 떠오르셨습니까?"

"아니다. 머리가 복잡하구나. 해결해야 할 일이 많으니, 일단 우리 일에나 집중해."

무호는 오문의 일을 영춘에게 말하지 않았다.

모든 것이 확실해지면 그때 얘기해도 늦지 않을 거라, 그렇게 생각했다. 제가 오문에게만 관대한 것이 아니라, 더 확실히 하기 위함이라고. 애써 그렇게 되뇌고 있었다.

"제 의지로 담을 넘은 닭이라 해도 엄연히 주인이 있었으니, 닭을 돌려주든가, 그렇지 않으면 그간 주인이 닭에 투자했던 시간과 돈을 합산하여 보상하라."

무호의 판결에 희비가 엇갈렸다. 그러나 구경하던 대부분의 사람들은 박수를 쳐주었다.

다들 통쾌해하는 분위기였으나 무호는 머리가 터져 버릴 것 같았다.

며칠 전 사유보의 일은 모두 마무리가 되었다.

사유보의 악행은 이루 말할 수가 없었다. 문서를 날조하는 것은 그가 저지른 수백 가지 죄목 중 가장 작은 죄였다. 남의 아내와 딸을 겁탈하여 빼앗은 일이 비일비재했으며, 청탁으로 사람의 인생을 바꾸길 서슴지 않았다. 이 와중에 사람을 시켜 살인을 한 정황까지 드러나 참형에 처했다.

그와 연루된 많은 관리가 파직되거나 옥살이를 하게 되었고, 사유보의 충직한 개 노릇을 하며 직접적인 일에 가담한 자들 역시 모두 참수했다.

무호는 지엄한 군법을 따르던 장수였고, 철퇴를 내리는 데 일말의 동정도 없었다.

사람들은 그가 서강에서 피바람을 일으키던 무신이자 사신임을 다시 한 번 떠올렸다. 또한 그의 공명정대함을 칭송하기 시작했다.

거기까지가 좋았다.

무호는 딱 거기까지만 황제의 귀에 들어가길 바랐다. 밀정을 맡으라는 명을 어겼으니 엄청난 질책을 받을 게 아닌가. 공이 있으면 그 질책이 줄어들기 때문이었다.

한데, 황제는 질책조차 내리지 않았다.

수성촌의 물갈이가 끝나자마자 현청에 밀린 잡다한 업무들이 기다리고 있었다. 심지어 제가 온갖 현청의 관리들을 잡아들이는 바람에 다른 마을의 사건까지 고스란히 맡게 되었다.

황제께 분명 관리들을 새로 뽑아 달라 했는데, 어찌 된 일인지 당도할 때가 되었음에도 소식이 없었다.

'하! 당해보라는 것입니까.'

멋대로 일을 벌인 괘씸죄에 대한 벌인 듯했다. 오늘만 해도 온갖 시시 껄렁한 사건 사고와 다툼을 해결해야만 했다.

'닭 한 마리 정도는 알아서들 해결할 수 없는가!'

사람들은 태자를 보러 오고 싶어 아무것도 아닌 일을 신고하곤 했다.

하지만 무호는 지은 죄가 있기에 불평불만을 할 수 없었다. 게다가…….

"전하. 오늘도 정말 대단하셨습니다. 특히 그 책을 훔친 아이에게 책방의 필사를 도우라 하신 것은 참으로 현명하셨습니다! 그 아이는 이제 두 번 다시 도둑질을 안 할 겁니다."

저에 대한 칭송이 높아질수록 오문이 기뻐했다. 얼마 전에는 백골기예단이 찾아왔는데, 오문이 단왕의 왕세자보다 우리 태자님이 더 멋지다, 자랑하는 것을 엿들었다.

'태자 하지 말고 그냥 군청 같은 데서 일할까?'

제가 태자라고 할 때보다 더 좋아하는 오문을 보니 그런 생각마저 들었다.

그러니 어찌 불평을 할까. 아무리 사소한 민사라도 최선을 다해 어질고 지혜로운 판결을 내야 했다.

"남의 인생을 함부로 예측 말라."

그러나 겉으로는 이렇게 싸늘하고 무뚝뚝한 말로 오문의 흥분을 가라앉히곤 했다.

집무실에 차를 가지고 따라 들어온 오문이 너스레를 떨었다.

"에이. 좋게 생각하면 좋은 거죠."

오문은 그날 이후 다시 예전처럼 저를 대하고 있었다. 예전과 같은 옷을 입고, 예전처럼 제게 음식을 해주고, 예전처럼 아무 일도 없었다는 듯이 웃었다.

무호는 몇 번이나 그 옥패에 대해 물어보려 했지만 번번이 그녀 앞에만 서면 말이 나오지 않았다.

무호의 추측으로는 그것이 어떤 집단의 것이고, 오문은 그 집단 내부적인 문제나, 아니면 다른 집단과의 문제로 인해 살해당할 뻔했을 것이다.

나라에서는 비밀 집단을 허용하지 않았다. 역도의 무리가 이용할 수도 있고, 어쩌면 역도의 무리 그 자체가 될 수도 있기 때문이다.

하니, 오문은 그것이 비록 나라에 해가 되는 집단이 아닐지라도 함부로 말할 수가 없는 것이다.

무호는 제 추리를 거의 확신하고 있었다. 때문에 그것을 확인해 제가 오문을 추궁해야 하는 사태가 올까 봐 저어되는 것이다. 그래서 오문이 그 옥패를 누군가에 아무렇지 않게 주었다는 것에 중점을 두고 있었다.

사실 두 가지로 추측할 수 있다.

애초에 오문이 저를 쫓는 자들이 있다는 걸 알고 그 여인에게 옥패를 주었다는 것. 또 한 가지는 집단에서 나오기 위해 옥패를 버리려 했다는 것.

무호는 두 번째이길 바라고 있었다.

"내가 착각하는 것인지 모르겠다만, 너는 내가 힘들어하는 걸 즐기는 것 같구나."

"만날 빈둥거리시는 것만 보다가 이렇게 일하시는 모습을 보니 보기 좋아 그런 것뿐입니다."

무호는 변명 같은 걸 좋아하지 않지만 어째 자꾸 억울한 맘이 들었다.

"그건 내가 그동안 너무 고단하여 잠시 휴식을 취한 것뿐이다."

"저, 전하께 궁금한 것이 있는데 여쭤 봐도 됩니까?"

"네가 나한테 궁금한 것도 다 있군."

"왜요? 저 궁금한 거 아주 많습니다."

"뭔지는 모르겠다만 나는 누군가와 달리 비밀이 많지 않은 사람이다."

"그렇지 않을 겁니다. 제가 묻고 싶은 것은 전하께서 비밀리에 서강의 병영에 계실 때 일이니까요. 그것만큼 큰 비밀이 어디 있습니까. 전하야말로 사람을 잘 속이십니다."

"그 일이라면 내가 속인 것이 아니라 황제께서 그리하신 것이다."

무호는 또 그 일을 떠올리자 울화가 치미는지 표정이 나빠졌다.

"어쨌든, 모두를 감쪽같이 속이신 건 전하이시죠. 저는 그게 궁금했습니다. 군 생활이 어떠셨습니까? 뭐가 제일 힘드셨습니까? 정말로 적군이 전하만 나타났다 하면 사색이 돼서 도망치고 그랬습니까?"

오문은 정말로 궁금한 게 많은 듯했다. 어린애처럼 눈을 빛내며 묻는데 무엇이든 다 말해줄 수 있을 것만 같았다.

"좋다. 대답해 주지. 대신 너도 나와 한 가지 약조를 하자."

"……?"

"주는 게 있으면 받는 것도 있어야 하는 법이지."

"무슨 약조 말입니까?"

"무슨 일이든 상관없다. 네가 누군가에게 도움을 청해야 하는 일이 생기거든 꼭 한 번은 내게 청을 하기로 약조해라. 나는 그것이 뭐가 됐든 네 청을 들어줄 것이다."

오문은 어리둥절한 얼굴로 물었다.

"……그건…… 저한테만 좋은 일 아닙니까?"

"아니다."

"어째서요? 제 궁금증도 풀어주시고, 제 어려움도 풀어주시는 건데, 전하께서는 무슨 이득이 있는 겁니까?"

무호는 피식 웃으며 대답했다.

"그러게. 그것참 이상하구나. 왜 내가 그것을 이득이라고 느끼는 건지."

본인도 이상하다 하면서 웃기만 하는데, 오문은 어쩐지 그가 저를 매우 좋아하는 게 아닌가, 하는 엄한 생각이 떠올랐다.

'에라이! 말 같은 소리를 해라!'

그럴 리가 없다고, 오문은 방금 떠올린 생각을 깨끗이 지워 버렸다.

제 17 장
뱃놀이

드디어 수성촌을 벗어나는 날이었다. 황제로부터 서찰과 함께 새로운 관원들이 보내졌다.

무호는 황제의 무한한 애정과 근심이 담긴 서찰을 읽고 큰 감명을 받은 듯했다.

"요즘 폐하께서 따로 욕을 배우시나 보다. 도저히 당해낼 수 없는 언어의 조합을 구사하시는군."

영춘은 그런 태자에게 아낌없는 격려를 보냈다.

"아니옵니다. 곧 전하도 폐하 못지않게 잘하게 되실 겁니다. 누구 아드님이신데요."

오문은 이미 고귀하신 분의 입에서 나올 만한 욕은 나오고도 남았다고 말하고 싶었지만 무호가 영춘의 정강이를 걷어차는 걸 보고 말하지 않았다.

"그나저나 나이가 들더니 옹졸해지셨군. 고작 이런 일로 치사하게 줬다 뺏으시다니."

머리끝까지 화가 난 황제가 최소한의 경비만을 남기고 돈과 말, 그리고 밀사의 패를 빼앗아 버렸다. 대장군 같은 소리 집어치우고 말단 병사로 돌아가 걸어가라는 뜻이었다. 오랜만에 황제의 울화가 시전된 것이다.

오문은 황제를 백번 이해했다.

결과적으로 잘되었을지 모르나, 황제의 권위를 개똥으로 안 게 아니고서야 어딜 허락도 없이 군사를 일으켜 관청을 장악한단 말인가. 대신들이 알면 당장에 태자를 폐위하고 벌을 내리라 난리가 났을 것이다.

황제는 자신이 태자에게 직접 밀명을 내린 것이라 해명해서 오히려 태자에 공을 안겨 주었다.

그뿐인가. 단왕부까지 태자의 행차가 최대한 늦게 알려져야 하거늘, 이 소란이 단왕부에도 전해졌으니 밀정은 글러 먹었다.

또한 황제의 가장 큰 걱정은 귀문의 자객들이었다. 오죽하면 황제가 장계에 가장 많은 욕설을 한 것이 이 부분이겠는가. 욕설이 하도 많아서 해석을 해야 했는데, 요점만 추리자면 '그렇게 객사가 하고 싶었거든 차라리 전장에서 죽지 그랬냐'였다.

그러니 황제께서 이 정도 벌을 내리신 것은 달게 받는 게 옳았다.

"폐하께 그 많은 재물을 안겨 드렸건만 너무하시는 처사 아닌가."

착복한 사유보와 관원들의 재물을 몰수하여 나라에 귀속시키는 것은 당연한 것이었으나 태자는 그것이 제 덕이라 여기고 있었다.

물론 오문도 썩 기분이 좋은 것은 아니었다.

타박타박.

이른 아침 길을 떠나는 오문의 발걸음은 매우 무거웠다. 봇짐도 메고 다시 소년처럼 옷을 입고 있었다. 퀭한 눈과 어두운 안색이 그녀의 마음 고생을 느끼게 해주었다.

"빨리 좀 따라오너라. 목줄을 메고 끌고 가야겠느냐?"

앞서가는 태자의 성화에 오문은 굳이 대꾸하지 않았다. 목줄이라면 벌써 매고 있는 것과 다름없지 않나. 앞에는 태자, 옆에는 영춘. 뒤에는 장우와 열두 명의 친위대까지. 집요한 사내들의 감시에서 벗어나기 힘들게 되었다.

물론 끌려가게 되리란 건 알고 있었다. 하지만, 황제의 명으로 가게 되는 것은 엄연히 달랐다.

대체 왜 제 얘기를 해서는!

황제께서 직접 저를 거론하시며 숙수를 고용했다니 직접 해 먹어라, 라고 명을 내리신 것이다.

울고 싶었다. 이러다가는 단왕부에 갔다가 황궁으로 끌려가게 생긴 것이다.

"흠. 산을 타는 게 좋겠습니까? 배를 타는 게 좋겠습니까?"

갈림길에 선 영춘이 태자에게 물었다.

"산이요."

"……"

무호도 영춘도 황당하다는 얼굴로 오문을 보고 있었다. 왜 제가 나서서 대답을 하는가.

"왜?"

그래도 무호는 오문의 생각을 들어보기로 했다.

'왜'라는 말에 오문은 또 무심코 '산이 더 도망치기 좋으니까요'라고 본심이 튀어 나갈 뻔했다.

산이나 강이나 도망치기 힘든 건 똑같았지만, 그래도 산은 몸을 숨길 곳도 많았고, 주워 먹을 것도 많았다. 강 위에서 살수를 만나면 도망칠 곳이라곤 깊은 물속밖에 없다. 강물로 뛰어드는 건 계곡물로 뛰어드는 것보다 더 위험했다. 깊이도 그렇지만 유속이 만만치 않아 하염없이 떠내려가다 익사하는 꼴밖에 더 되겠는가.

대답을 고르는 짧은 찰나, 며칠 전 길에서 사람들이 수군대던 이야기가 떠올랐다.

"요즘 간간히 수적들이 나타나서 재수 없으면 다 죽는다지 않습니까."

"응? 난 처음 듣는 얘긴데?"

어제까지 관청에 보고된 일들을 처리해 왔던 두 사람은 듣도 보도 못한 이야기였다. 영춘이 고개를 갸웃하자 무호가 말했다.

"산으로 가야 네가 도망치기 더 좋아서겠지. 강으로 가자."

정곡을 찔린 오문이 뽀로통하게 입을 내밀었다.

"다음부터는 제게 묻지 말아주십시오."

"우리가 너한테 물었던가?"

오문은 태자의 말을 못 들은 척하고 앞장서서 강으로 난 길을 향해 성큼성큼 걸어나갔다.

'아무 생각도 안 해야겠다. 별일이야 있으려고.'

하지만 왠지 감이 좋지 않았다. 꼭 무슨 일이 생길 것만 같은…….

크게 굽어 돌아가는 강의 바깥쪽 강둑 저편, 울창한 숲 한가운데에 사람의 발길이 드문 곳이 있었다. 기어가는 구렁이마냥 워낙 크게 구부러진 강 모양 때문에 유속이 현저히 느려지는 부분이었다.

그렇다면 사람이 찾을 만한데도 강둑은 저주받은 숲이라는 소문 때문에 아무도 찾지 않았다. 습하고 늪이 많아 쓸모없는 땅이기도 했고, 맹수와 독충들이 들끓어 아주 위험했다. 가끔 길을 잃고 헤맨 사람들이 처참한 시신으로 발견되는 만큼 모두 다가가길 꺼려 하는 곳이었다.

버려진 땅이라지만 알고 보면 이런 곳에서도 숨어 사는 사람들이 있었다. 역모에 연루되어 죽게 된 자들, 세상에 원한이 많은 자들, 살인과 악행을 업으로 삼는 자들 등등, 독하거나 포악한 사람들이 모여 수적질로 먹고사는 것이다.

음침한 숲 곳곳에 파둔 함정들을 피해 들어오면 제법 햇볕이 잘 드는 살기 좋은 마을이 나타난다. 물론 짐승 우리보다 못한 곳에 여인들을 가둬 두고 아무 때나 짐승처럼 욕정을 풀고, 칼부림이 일어나 사람이 죽어가도 웃어젖히는 그런 곳이란 점만 빼고.

한데 오늘은 어째 고요했다. 독한 주향보다 비릿한 혈향이 진동했다. 매 한 마리가 마을 위를 뱅뱅 돌다 내려왔다. 검은 옷의 무인이 팔을 내밀어 매를 앉히고 매의 다리에 묶인 서찰을 풀었다.

『배를 탔다.』

기호로만 그려진 서찰의 내용은 짧았다. 귀문의 이급 살수, 삼귀라 불리는 검은 옷의 무인은 자신의 수하들을 돌아보았다.

모두 시신에서 옷을 벗겨내느라 바빠 보였다. 하나같이 목에 바늘을 꽂고 혀를 빼문 채 죽어 있는 시신들이었다. 불과 한 식경 전만 해도 수적이라 불린 사내들과 그들의 노리개였던 여인들이었다. 수적들의 옷을 벗기고 신속하게 그 옷으로 갈아입은 무인들은 시신에 정체 모를 약물을 부었다. 갈색 액체가 시신에 닿자, 고약한 냄새를 풍기며 거품이 부글부글

일더니 순식간에 뼈까지 녹아버렸다.

"정리가 끝났습니다."

한 수하가 보고를 하자 삼귀가 명령했다.

"실수가 없어야 한다. 표적이 물에 빠지지 않도록 각별히 유의해야 할 것이다."

"예!"

일귀와 이귀가 산을, 그리고 삼귀가 강을 맡았다.

삼귀는 표적이 강으로 온다는 소식에 기뻐하고 있었다. 얼마 전 제 수하들을 오문에게 보냈으나 수하들은 흔적조차 없이 사라졌다.

실패의 원인조차 알아내지 못하는 와중에 성급하게 일을 벌였다. 마음이 다급했던 나머지 웬 떨거지 놈 하나를 구슬려 창관으로 보냈더니 그놈은 엉뚱한 계집을 죽였다. 그래 놓고 붙잡히는 바람에 처리하는 수고까지 만들었다.

몇 번이나 눈앞에서 표적을 놓친 덕에 삼귀는 이급 살수의 직위를 빼앗길 위기에 처해 있었다.

그러던 중, 뜻밖의 사실을 알게 되었다.

오문과 함께 다니는 정체불명의 사내가 알고 보니 태자였던 것이다. 귀문이 십 년 넘게 공을 들이고 있는 태자였다. 이렇게 두 표적이 함께 있는 것은 실로 큰 행운이 아닌가.

목표는 이제 암살도 아니었다.

도륙.

표적을 위해 목적과 수단을 가리지 말고 살인멸구하라는 명이 떨어졌다. 그것은 차라리 더 쉬운 명이었다. 물론 그만큼 수뇌부에서는 이 일을 속전속결로 끝내길 바라는 것이다.

"가자. 낚시하기 좋은 날이다."

바람을 타고 날아가는 꽃씨들이 강둑을 아름답게 장식했다. 수적들이 들끓는다는 소문과 달리 나루터는 뱃놀이를 나온 사람들로 인해 활기찬 분위기였다. 악공과 기녀를 태우거나 젊은 연인을 태운 크고 작은 배들이 한가로이 노닐고 있었다.

작은 선실이 달린 호화로운 배를 빌린 오문 일행은 나른한 늦은 오후의 풍경이 멀어져 가는 것을 감상했다.

"보십시오. 저런 게 바로 꽃놀이라는 겁니다."

배 난간에 팔을 기댄 오문은 지난번에 태자가 했던 말이 기억나 태자를 가르치고 있었다.

"뱃놀이겠지."

"배를 빌려서 뱃놀이도 하고 꽃구경도 하고. 꽃은 강둑에도 피고, 배에도 있으니 꽃놀이지요."

"뭐가 됐든 저러고 뭘 하고 논다는 건지 모르겠군."

"참. 아무것도 모르십니다. 사내들이라면 기녀를 데리고 풍류를 즐기기도 하고, 또 서로 사랑하는 선남선녀가 앉아서 한가로이 아름다운 순간을 즐기는 겁니다. 아무것도 안 해도 행복하고, 이야기만 나눠도 즐거운 법 아니겠습니까?"

무호는 오문의 표정을 가만히 바라보았다. 이야기를 하는 내내 환하게 웃고 있는 모습이 보기 좋아 눈을 뗄 수 없었다.

"뭐가 그리 좋으냐?"

그 물음에 강 쪽만 바라보던 오문이 무호를 쳐다보았다.

"뭐가 말입니까?"

"남들이 꽃놀이하고 뱃놀이하는 것이 넌 뭐가 그리 좋아 헤실거리느냐?"

"대리만족이지요. 얼마나 보기 좋습니까?"

"그게 다냐?"

"그럼 다지요. 또 뭐가 있습니까?"

"우리도 배를 타고 있다."

"예?"

"여기 나는 사내고, 잘생기기까지 했지."

"……."

오문은 그의 너무도 당연한 자화자찬에 할 말을 잃었다.

"이만하면 우리도 뱃놀이하는 기분이 날 법도 한데?"

그리고 이어지는 그의 말에 정색했다.

"저희는 지금 놀러 가는 게 아니지 않습니까?"

"난 궁을 떠날 때부터 놀고 있었다."

"그리 자랑스럽게 말씀하시진 마시고요. 그리고 또 우리가 사랑하는 사이는 아니지 않습니까?"

"……."

이번에는 무호가 말문을 잃고 오문을 빤히 쳐다보았다. 오문은 무호의 눈동자가 조금 커진 것을 눈치챘다. 그러고는 제가 지금 무슨 소리를 지껄였는지 알아차렸다.

"어, 그, 그러니까 제 얘기는요……."

오문은 해명을 요구하는 듯한 무호의 표정 앞에서 어떤 변명도 나오지 않았다. 결국 목까지 새빨갛게 물들인 오문이 고개를 푹 숙이고 빌기 시작했다.

"제가 미쳤나 봅니다. 감히 전하와 저를 그런 식으로 엮으려고 하다니, 농담이라도 정말 제정신이 아니었나 봅니다."

아무리 지나가는 말이라지만 천한 저와 태자를 연인으로 묶다니 태자 입장에서는 얼마나 불쾌하겠는가.

한데 태자는 뺨을 물들이고 당황하는 오문의 모습이 귀여웠다. 지금까지 제게 온갖 소리를 해놓고 새삼스럽게 혼자 자각하고 자학하는 꾸밈없고 솔직한 모습이 아이처럼 귀여웠다. 그래서 짐짓 엄한 목소리로 혼을 내 오문을 골려주기로 했다.

"그래. 내가 너를 너무 편하게 대해준 모양이다."

오문은 풀이 죽어 어깨가 축 늘어졌다.

"예. 전하께서 너무 잘해주신 탓이옵니다. 그걸 믿고 제가 너무 주제를 모르고 설쳐 댔으니 이제부터는 제게 잘해주시 마시고 천한 노비로 대해주십시오. 전하께서 저를 사셨으니 전하의 노비이지 뭐겠습니까."

"날 원망하는 소리로 들리는군. 내 탓이라는 게냐?"

"아니. 그런 뜻이 아니옵니다. 제가 또 실수했나이다. 소, 말보다 못한 취급을 해주셔야 제가 정신을 차릴 모양입니다."

무호가 가만히 들어보니 오히려 오문은 제 속을 뒤집어놓고 있었다. 이대로 당하기엔 위신이 서지 않았다.

"소, 말보다 천한 사람을 배에 태운 적 없다. 나는 배를 탄 김에 뱃놀이라는 걸 해볼 셈이다. 나는 네 말대로 놀기 좋아하는 한가한 사람이고, 기녀도 태웠으니 이제 네가 뱃놀이를 어찌하는지 알려주면 되겠구나."

"기녀라니요?"

무호는 몰라서 묻냐는 얼굴로 오문을 빤히 들여다보았다.

제가 며칠간 기녀로 있었다는 자각을 전혀 못하고 있던 오문이 눈을 깜빡였다. 그러다가 무호가 눈썹을 치켜 올리자 불현듯 그 사실을 깨달았다.

"아!"

"아? 기명까지 받은 주제에."

"그 이름은 잊어주십시오! 전 전하의 숙수로 남고 싶은 사람입니다."

"소, 말보다 천한 노비로 대해달라 할 때는 언제고 숙수로 대해달라?"

"그…… 그건…….."

"네 몸값을 따지자면 말보다 싸긴 했다만."

무호는 오문이 있던 창관의 주인도 소환해 불법 인신매매와 미약을 취급한 정황을 들어 창관을 폐업시키고 옥에 가두었다. 그렇기 때문에 오문의 몸값을 지불한 바는 없었지만 실제로 창관의 여인들은 매우 헐값에 거래되고 있었다. 이를 잘 알고 있는 오문이 그 말에 딴죽을 걸지는 않았다.

"당연한 거 아닙니까. 저는 전하를 등에 태워 먼 길을 가지 못하는 쓸모없는 사람인데요."

"내 다리는 아직 멀쩡해서 날 등에 태워줄 말은 없어도 된다. 내가 필요한 것은……."

"전하의 배를 채워 줄 숙수가 필요하시지요."

오문의 퉁명스러운 말에 무호가 피식 웃었다. 저는 숙수가 필요해서 오문을 데려온 게 아니었다.

"노래 한 소절 해보거라."

"예?"

"죽엽청이 먹고 싶다고 하지 않았느냐? 노래를 잘하면 한 잔 주지."

지난번 객점에서도 죽엽청을 준다고 하고서는 다친 상처 때문에 안 된다며 달랑 한 모금만 마시게 했었다. 그렇게 사람을 갈증 나게 만들어놓고선 노래를 해야 술을 주겠다니, 약이 올랐다.

오문이 빙글거리는 공자의 낯을 한 대 때려주고 싶어 할 때, 영춘이 낚싯대를 들고 밝은 목소리로 다가왔다.

"역시 뱃놀이에는 낚시만 한 게 없지 않겠습니까?"

무호는 낚싯대를 내미는 영춘을 불쾌한 얼굴로 쳐다보며 말했다.

"남의 뱃놀이를 망쳐 놓는구나."

"예?"

저도 모르게 속마음이 튀어 나간 무호는 방금 뱉은 말은 모르는 척하고 영춘을 타박했다.

"낚시가 어째서 놀이인 게냐? 고기를 낚는 건 생존이다."

"왜, 왜 그러십니까? 예전에는 종종 저와 낚시를 즐기셨는데……."

"그때는 먹을 게 풍족했다."

영춘은 군 생활 이후 삶이 피폐하게 변한 태자가 마음이 아팠다.

"알겠습니다. 하면 오늘은 제가 낚시에 성공해서 꼭 저녁거리를 구하겠습니다."

"됐다. 너보단 내가 낫겠지."

태자는 미끼까지 잘 끼워진 낚싯대를 받으며 오문에게 물었다.

"너도 해볼 테냐?"

"전 뱃멀미를 하니 잠이나 자겠습니다."

그나마 태자가 하는 일 중에서는 생산성이 높아 보여 오문은 별말 하지 않고 구석에 웅크려 앉았다.

"내가 몇 마리나 잡나 내기해 보는 건 어떻겠느냐?"

"강 낚시가 그렇게 쉽지 않으실 겁니다."

"내 낚시 실력이 그리 나쁘지는 않다. 물론 강 낚시는 처음이지만."

영춘은 그런 태자에게 조심스럽게 말했다.

"저기, 그런데, 그게 아마 조금 어려우실 겁니다. 연못에서 하던 것과는 좀 다릅니다."

궁 안 연못에는 잉어가 바글바글했기에 낚싯대만 드리우면 잉어가 잡혔다. 그런 낚시만 해본 태자가 자기 실력을 오해하고 있음이 분명했다. 혹여나 태자가 망신을 당할까 봐 언질을 해주었지만 태자는 들어 먹지 않았다.

"그래. 다르겠지. 연못이고 강인데, 당연히 다르겠지."

그러면서 자신만만하게 낚싯대를 던졌다.

"보통은 던지자마자 입질이 오는데 배가 빨리 움직여서 그런지, 바로 오진 않는구나."

태자는 역시 잘 모르고 있는 것 같았다. 영춘은 뭔가 더 눈치를 주고 싶었는데, 그럴 틈이 없었다.

"엇! 그래도 금방 잡히는구나."

태자의 낚싯대가 팽팽해졌다.

"헉! 정말 대단하십니다! 엄청 큰 놈인가 봅니다! 이 힘 좀 보십시오!"

줄이 끊어질 듯 당겨지자, 영춘도 다급히 태자의 낚싯대를 잡았다.

자겠다고 눈까지 감고 있던 오문은 얼마나 큰 놈인가, 얼마나 눈 먼 놈이 이렇게 덥석 미끼를 물었나 보고 싶어 슬쩍 눈을 떴다.

마침 크게 휘어졌던 낚싯대가 위로 튀어 올랐다. 세 사람은 힘차게 물위로 솟구쳐 오른 그것을 보고 눈이 휘둥그레 커져 버렸다.

"……!"

그리고 너무 놀라 일순 침묵이 감돌았다.

먼저 입을 연 것은 무호였다.

"강 낚시는 참으로 흥미롭구나. 온갖 생물이 잡히는군."

"생물이라 부를 건 아닌 것 같습니다."

영춘이 멍한 눈으로 중얼거렸다.

하나, 영춘 말이 맞았다.

낚싯대 끝에 대롱대롱 매달린 반토막짜리 시신을 살아 있는 생물로 보기는 어려웠다.

허리 아래가 잘려 나가고 살점은 반쯤 뜯어 먹힌 채 썩어버린 시신은 형체를 알아보기 힘들었다. 생전에 입고 있던 옷마저 삭아서 너덜거리고 있는 것이 꿈에 볼까 두려운 모습이었다.

"으, 으악!"

"귀, 귀신이다!"

뒤늦게 허공에 떠 있는 시신을 발견한 사공들이 자지러지듯 소리쳤다.

"아, 아니야. 시, 시신이…… . 우에엑!"

귀신이 아니라 시신임을 알게 된 사공들은 구토를 해댔다.

낚싯대를 들고 있는 태자, 그리고 영춘만이 태연자약하게 그것을 들여다보고 있었다.

아니, 한 명 더 있었다.

"보십시오. 제 말이 맞지 않습니까? 수적들이 나온다고 했다니까요."

오문의 말에 무호가 대꾸했다.

"수적들 짓이라고 어찌 장담해?"

"그럼 자결을 하는데 몸을 반으로 갈랐겠습니까?"

퉁명스러운 반문이었다.

무호는 문득 이상한 것을 깨달았다. 시신의 허리는 물속에서 유실된 것이 아니라 인위적으로 잘려 나가 있었다. 그것은 이상하지 않았다. 문제는 오문의 태도였다. 그 반응이 너무도 자연스러워 이제야 깨달았다.

욕지기가 치밀 만큼 흉측한 시신을 두고 젊은 여인이 보이는 반응이 상당히 신선하지 않나.

때문에 무호는 그것을 지적해 그녀의 입을 닫게 하는 대신 즐기기로 했다.

"단순 살해일 수도 있지 않느냐?"

"단순 살해라면 급소를 한 번에, 아니면 서툴러서 여러 번 찔렀거나, 목을 조르거나, 아무튼 좀 더 간단했을 겁니다. 원한이 있었다고 해도 뒤에서 갑자기 도끼 같은 걸로 허리를 가격하는 일은 보통 없으니까요. 들고 다닐 만한 연장이 아니라서."

"도끼? 뒤에서 공격했단 말이냐?"

"뼈가 잘려 나간 방향을 보면 뒤에서 친 겁니다. 그리고 검날 같은 예리한 게 아니라 도끼날처럼 뭉툭하고 무거운 것에 잘렸어요."

오문은 무호와 영춘의 표정이 얼마나 싸늘해져 가는지, 저를 보는 그들의 눈빛이 어떤지 눈치채지 못하고 중얼거리듯이 말했다.

"아마, 도망가는 사람의 등을 가격한 일방적인 학살일 겁니다."

무호와 영춘이 이를 보지 못해 분위기가 무거워진 것이 아니다. 오문이 알아낸 것이 매우 대단한 것도 아니다. 관찰력만 있으면 대수로울 게 없는 것들이었다. 다만 그런 것들을 너무 대수롭지 않게 중얼거리는 태도가 문제였다. 이리되면 가뜩이나 수상한 녀석이 더 의심스러워진다.

오문도 그들의 분위기를 눈치챘다. 물어본다고 저도 모르게 너무 나불거렸다.

'미쳤군. 살수 교육을 받았다고 떠벌리지 못해 안달 났구나.'

실수를 깨달은 오문이 머리를 긁적이며 말했다.

"……라고 말하면 그럴듯하지 않습니까?"

"뭐?"

무호가 눈살을 찌푸렸다.

"예전에 제가 살던 마을에 하천이 있었는데, 시체가 종종 떠내려 왔었거든요. 아이들이랑 시체 구경하면서 장난 삼아 하던 놀이인데, 그럴듯하지요?"

"아이들이 장난 삼아 그런 놀이를 한다는 말은 듣도 보도 못했다!"

영춘이 버럭 화를 냈다.

하지만 오문의 말은 거짓이 아니었다. 오문이 기예단을 따라 돌아다닐 때 간혹 보던 광경이었다. 거기에 조금 살을 붙였을 뿐.

그때 본 아이들은 시체를 두려워하지 않았다. 언제고 자신의 부모, 형제, 그리고 제가 그리될 수도 있는 시신의 모습을 유희거리로 삼는 것이 그나마 잔인한 위안이 된 것일지도 모른다.

"굶어 죽은 시체들을 대충 묻었다가 여름에 비가 많이 오면 물도 불어나고 흙이 파여서 그렇게 떠내려 오곤 했었습니다."

이 정도만 말해도 무호는 알아들을 수 있었다. 가난으로 피폐해진 백성들의 삶은 짐승보다 못하다는 이야기를 들어 알고 있었고, 그것은 황실의 일원으로 수치스러운 일이었다. 백성들을 돌봐야 할 책임을 다하지 못한 황실이기 때문이다.

오문이 무호의 치부를 건드린 덕에 오문을 향한 의심은 더 짙어질 겨를이 없었다.

"그런 것치고는 꽤 정확하군."

"제가 머리는 나쁘지 않으니까요."

자신만만한 오문의 말에 코웃음 치며 무호가 딱 잘라 말했다.

"그렇다 해도 수적이라 단정 짓긴 어렵다. 도끼를 들고 다니는 나무꾼일지도 모르지."

"예. 뭐, 그렇습니다."

오문은 쉽게 수긍했다. 제가 더 알은체할 이유도 없고 죽은 시신에 별다른 감흥도 없었다. 봄바람에 흩날리는 시신의 축축한 머리카락과 물방울을 보며 오문은 마음속으로 나름 고인의 죽음을 애도했다.

'그래도 다행히 가족들에게 생사는 전할 수 있게 되었네요.'

또한 관에서도 수적에 대해 조사를 할 것이다. 그동안은 소문만 무성하고 전부 실종으로 처리된 듯했다.

"낚시 실력은 인정해 드리겠습니다. 웬만해선 그런 대어를 낚기 힘들 텐데."

오문이 말한 '대어'의 의미는 수적들을 소탕하고 유족들의 한을 풀어 주는 것을 의미했다.

그러나 무호는 그것을 '골치 아픈 것'이란 의미로 받아들였다. 오문이 저를 조롱했다 생각하고 있음에도 무호는 따지지 못했다. 이런 변사체를 건지면 관에 보고를 해야 했고, 그러자면 여러 가지로 귀찮아질 것 같았다.

영춘은 그보다 더 시급한 문제를 해결하고 싶었다.

"저, 근데 이 낚싯대, 이제 그만 내려놓는 게……. 아니, 시신을 수습하는 것이 좋겠습니다."

허공에 매달린 시신이 흔들릴 때마다 사공들이 물에 뛰어들 것처럼 난간을 붙잡고 발광을 했다.

잠시 후 뒤 따라오던 장우의 나룻배가 바람에 나부끼는 시신을 보고 다가왔다. 배를 넘어온 장우가 좀 더 자세히 시신을 살폈다.

"도망치다 도끼에 허리가 잘려서 상체만 먼저 물속으로 들어간 것 같습니다."

장우의 소견은 오문이 말한 것과 거의 일치했다.

"먼저?"

태자가 어째서 그런 것까지 아냐는 물음을 담았다.

"아, 좀 전에 사공들 말로는 얼마 전에 허리 아래만 남은 시신 한 구가 타다 만 배 위에 있었답니다."

그날은 비가 많이 왔다고 했다. 배가 완전히 타지 못하고 가라앉고 있는 것이 발견되었다는 것이다.

"한데 왜 그런 사건이 크게 알려지지 않은 것이냐? 그런 자료도 본 적이 없다."

"그 상선이 지금 저희가 가는 한수군의 관할로 흘러 들어간 모양입니다. 또 그쪽에서는 황성까지 일이 알려질까 쉬쉬한 것 같습니다. 수적이들끓는다고 하면, 아무래도 민심을 수습 못해 수적이 들끓는 것 아니냐고그 관에 책임을 묻게 되고……."

처리하지 못하면 더 큰 문책을 당할 것이다. 수적들을 소탕해도 본전, 괜히 들쑤시고 시간을 끌었다간 더 큰 책임을 묻게 된다. 산적이나 수적들이 잡히지 않고 활개를 치는 데는 그런 이유가 컸다.

"흐음……."

다 말하지 않아도 알아들은 무호가 고민 어린 신음을 했다. 이리되면이 시신을 관에 넘긴다고 해서 범인을 수적으로 몰아가긴 힘들었다. 상선몇 척이 사라졌다 해도 수적들 짓이라는 확실한 증거가 없었다. 자신이태자라고 밝힌다 해도 남의 관에서 제가 설쳐 대는 것이 좋아 보일 리 없고 밝히는 순간 환궁해야 했다.

순간 무호는 저도 모르게 오문을 향해 물었다.

"네 생각은 어떠냐?"

영춘과 장우가 '어째서' 냐는 표정으로 저를 바라보았지만 무호는 모르는 척했다. 왜, 어째서 오문에게 이런 중차대한 일을 묻는지 자신도 알 수 없었지만 어쩐지 묻고 싶어졌다.

그러나 질문을 받은 오문은 어이없게도 쪼그려 앉은 채 난간에 기대, 입까지 벌리고 졸고 있었다.

"……."

이를 본 영춘이 말했다.

"깨울까요?"

"입에 벌레 들어가겠다. 닫아 줘라."

무호는 고개를 절레절레 저었다.

"어찌 처리하오리……?"

장우가 물었다. 장우 생각에 가장 간단한 처리는 사공들에게 뒷돈을 쥐여 주고 자신들 대신 시신을 관에 가져가라고 하는 것이다.

시신을 건진 것이 사공들이면 간단히 끝날 문제다.

"갈 길이 머니……."

장우가 슬그머니 제 생각을 말하려고 할 때였다.

"……!"

졸고 있던 오문이 눈을 번쩍 뜨고 경기를 일으키듯 크게 움찔거렸다.

그 바람에 모두의 이목이 오문에게 집중되었다.

오문은 어쩐지 핏기 없는 얼굴로 벌떡 일어나 사방을 두리번거렸다.

"왜 그러느냐?"

무호는 봇짐을 꽉 붙들고 있는 오문의 손이 하얗게 질린 것을 보았다.

"······!"

그러면서 저 역시 흠칫 놀라며 사방을 둘러보았다.

영춘도 장우도, 그제야 심상치 않은 기운을 느꼈다. 여유로웠던 그들의 표정에 긴장감이 어리는가 싶더니 저희 말고는 아무도 없는 강을 둘러보았다.

무호는 감각을 끌어올려 보이지 않는 적을 파악해 갔다.

'하나, 둘······ 아니. 최소 열 이상. 수적? 아니야. 수적들이라면 이렇게 차분할 수 없어.'

자신들의 배를 압박해 오는 살기가 점점 더 또렷해지고 있었다. 마치 포위하듯 에워싸며 찌르는 듯한 살기는 한결같이 순수한 살의만 가득했다. 수적이라면 먹잇감을 앞에 놓고 저마다 다른 흥분과 살의를 뿜어냈을 것이다. 하지만 뱀처럼 휘도는 강의 물줄기는 고요하고 적막하기만 했다.

그 침묵을 깨트린 자는 무호였다.

"귀문······."

보이지도 않는 적. 그래서 더 위험한 적이 바로 지척에 와 있었다.

영춘과 장우는 검을 뽑았다. 친위대의 다른 무사들도 일사불란하게 싸울 준비를 마쳤다.

오문만이 무호의 목소리를 듣지 못했다. 그것을 들을 수 있는 정신이 아니었다.

'이를 어째······. 보통 살기가 아니잖아. 것도 한둘이 아니야. 다 죽이려는 거야. 여기 전부 다.'

오문은 갑자기 속이 답답해지고 어지러웠다. 제가 살려고 발버둥 쳤기 때문에 다른 사람들도 죽게 되었다는 사실을 받아들이기 힘들었다. 저와 태자가 만나서 같이 다닌 것이 큰 실수였다.

'차라리 태자 손에 죽을걸.'

그랬더라면 태자가 사유보와 얽혀 정체를 밝히는 일도 없었을 것이며, 저랑 함께 있는 것이 밝혀져 귀문에게 좋은 기회를 줄 일도 없었을 것이다.

남과 벽을 쌓아 지내 오긴 했지만 그것은 나름 오문의 배려였다. 세상과 가까워지지 않는 만큼 세상에 흔적을 남기지 않으려는.

그런데 저와 함께 있었다는 이유로 다른 사람들이 죽게 되었다. 죄 없는 사공들은 물론, 태자 일행까지.

그때였다.

'안 돼!'

뭔가가 시작되는 느낌이었다. 아직도 아무것도 보이지 않는데…….

촤악―

"헉!"

"컥!"

"으악!"

첨벙.

수면 위로 튀어나온 밧줄이 아무것도 모르고 노를 젓고 있던 사공의 목을 감고 물속으로 끌고 들어갔고, 연이어 비명을 지르는 다른 사공의 목에도 밧줄이 감겼다.

'안 돼! 나 때문에!'

또 한 명의 사공이 죽을 것 같아서, 죄책감에 휩싸인 오문은 속으로 비명을 질렀다. 다급했던 오문은 앞뒤 생각도 않고 달려 나가려 했다.

"……!"

그러나 오문은 제 옆을 스쳐 지나가는 장우의 날렵함을 보고 멈칫했다.

절도 있는 몸놀림으로 쏘아져 간 장우는 사공이 물에 끌려가기 전에 밧줄을 끊어놓았다.

'굉장해!'

기예단이 곡예나 하고 다니는 허접한 사람들로 보여도 그들 역시 무인들이었다. 그러니 단주 광두가 어린애 넷을 데리고 다니면서도 여태 큰 시비를 당한 적이 없었던 것이다. 오문과 네 명의 소년 소녀 역시 광두로부터 온갖 잡기에 가까운 무예를 배웠다. 그렇기에 오문은 방금 보여준 장우의 몸놀림이 결코 단순하지 않다는 것을 알 수 있었다.

촤아아앗—

장우가 움직이자마자, 수면이 검게 일렁이더니 물 위로 인영들이 솟구쳐 올랐다.

물속에서 배를 에워싸고 있던 살수들이 동시에 배 난간 위로 올라섰다.

"헉!"

모두 열두 명. 이토록 오래 물속에, 그것도 강물 속에서 버틸 수 있는 살수들이 귀문에 있었다.

오문도 그런 교육을 받은 적이 있었다.

그러나 지금 이들은 모두 제각각의 옷을 입고 제각각의 병장기를 들고 있어서 살수라기보다 수적으로 보였다.

'만에 하나 증거를 남기게 된다 해도 수적의 짓으로 몰아갈 작정이다.'

그사이 남은 열 명의 호위와 영춘은 이미 무호를 보호하기 위해 진을 펼쳤다.

꼼짝없이 다 죽게 되었다 여겼던 오문은 다른 열두 명의 호위까지 일사불란하게 움직이는 것을 보고 조금 전의 걱정을 누그러트렸다.

'아! 그래! 서강의 무인들이었지! 중장대의 귀신들!'

소문은 틀리지 않았다. 모두 그 무위가 상당해 보였다.

살수들의 무위가 높다 해도 암살에 능한 살수와 무인들의 정면대결에서는 아무래도 무인들이 더 유리했다. 물론 지금처럼 무인들의 실력이 출중할 때지만.

멍하게 서 있던 오문 앞에 살수 하나가 물속에서 쏘아져 왔다.

"……!"

그러자 어느새 태자가 오문의 앞을 막아섰다.

"조심하십시오!"

오문의 외침을 듣긴 한 것일까. 무호는 쏘아져 오는 살수를 피하지 않았다.

퍼억—

"……!"

살수는 태자에게 가까이 와보지도 못하고 공중에서 나가떨어졌다.

태자는 지난번 한 살수에게서 뺏은 봉을 자신의 것처럼 사용하고 있었다. 봉은 마치 태자와 한 몸처럼 움직였다. 늘어났다가 줄어들었다가 자유자재로 봉을 움직이면서 막상 그의 몸은 크게 자리에서 움직이지 않았다.

오만함의 결정체였던 무호의 자신감은 이럴 때 믿음직스러웠다.

'대단해……!'

오문은 더 생각하고 있을 틈이 없었다. 어쨌든 저 살수들은 저를 죽이러 온 자들이다. 태자 일행이 강하다 해도 피해를 줄이려면 저도 움직여야 했다.

한편 한차례의 접전이 끝나자 삼귀는 태자 일행에 대한 생각을 대폭

수정해야 했다. 이들을 전부 죽여 수적들의 짓으로 몰아가려 했는데 질긴 밧줄을 순식간에, 그것도 단칼에 베어버리는 것을 보고 섣불리 움직일 수 없었다.

'함부로 나서지 마라.'

삼귀는 눈짓으로 수하들에게 전언을 보냈다.

양측은 팽팽하게 대치한 채 누구 하나 먼저 움직이지 않았다.

그 밧줄은 그냥 동아줄이 아니라 가느다란 철실을 수백 가닥 꼬아 만들어 뼈도 으스러트리는 밧줄이었다. 그것을 단숨에 잘라 버리는 동안 나머지 무사들이 벌써 태자를 둘러싸고 진을 만들었다.

삼귀는 태자에 대해 오문과 같은 생각을 했다.

'소문은 축소되었다.'

잠깐 보았지만 태자의 움직임은 무신이라 불리기에 손색이 없었다. 태자뿐만 아니었다. 중장대가 금의대의 떨거지라며 은근히 비하하던 무리에게 이 모습을 보여주고 싶을 정도였다.

이렇게 된 이상 방향을 조금 수정해야 했다. 시신을 남기지 않고 전부 수장시키기로. 그렇다면 애써 수적인 척할 필요가 없었던 것이다.

한편 무호와 영춘, 그리고 장우도 섣불리 움직일 수 없는 것은 마찬가지였다.

궁에 몰래 숨어들었던 살수들보다는 약한 놈들 같았다. 그들보다 기척을 감추는 일이 서툴렀고 그들보다 대담하지도 않았다.

하지만 그런 비슷한 놈들이 수가 많다면 얘기가 달라진다.

일반적인 검술을 겨루는 것도 아니고 예상치 못한 공격을 해오는 데다가, 살수 특유의 군더더기 없는 날랜 움직임과 허를 찌르는 수법이 대하기 까다로웠다.

그렇게 양쪽이 날선 기세로 서로를 노려보며 실력과 공세를 가늠할 때였다.

탁―!

누군가가 움직였다.

"……!"

오문이었다. 오문이 갑자기 다람쥐처럼 폴짝 뛰어 장우가 타고 온 나룻배로 넘어갔다.

"오문!"

놀란 태자가 오문을 불렀으나 오문은 돌아보지 않았다.

그 때문에 팽팽했던 양측의 경계가 일순 흐트러졌다.

그 순간을 놓치지 않고 장우가 한 살수의 배를 찔렀다.

"흡!"

풍덩.

살수는 비명조차 지르지 못하고 뒤로 넘어가 물속에 빠졌다. 그것을 신호로 너 나 할 것 없이 노리고 있던 상대를 향해 덤벼들었다.

영춘만이 태자의 곁에 붙어 오는 적만 상대했다. 영춘은 절대 태자 곁에서 떨어지지 않을 셈이었다.

촤르륵― 철컹.

영춘이 태자의 목을 향해 날아오는 밧줄을 아래로 내리찍었다. 밧줄이 끊어지진 않았지만 그 힘에 의해 손목에 밧줄을 감은 살수가 영춘의 앞으로 내동댕이쳐졌다. 살수는 재빨리 몸을 비틀어 바닥에 뒹구는 참사를 막았으나, 착지하는 순간 머리 위를 찍어 내리는 영춘의 검을 마주해야 했다.

사방에 피가 튀었다.

얼굴을 피로 물들인 영춘이 곧장 태자를 살폈다. 그러나 없었다. 그 잠깐 사이 태자는 오문이 넘어간 배로 올라타고 있었다.

"전하!"

태자가 나룻배를 향하는 것을 보고 삼귀는 마음이 다급해졌다. 이들의 실력은 제가 상상했던 것 그 이상이라 이러다가 태자와 오문, 둘 다 놓칠 것 같았다. 그 얼마나 무의미한 짓인가!

'머리부터 없애자.'

삼귀가 영춘보다 빨리 움직였다. 영춘의 앞에 살귀들이 막아섰기 때문이다.

"이놈들!"

악에 받친 영춘의 목소리가 쩌렁쩌렁하게 울렸다.

배를 넘어간 오문은 다급하게 봇짐을 풀었다.

'몇 명이라도 나를 따라오겠지. 일단 분산시켜야 해.'

그리고 제가 계속 거기 있으면 싸우는 데 방해만 될 뿐이었다. 오문은 다급하게 봇짐을 뒤졌다. 그리고 그 안에서 식칼을 꺼내 들었다.

"오문!"

오문의 어깨가 크게 튀어 올랐다. 바로 뒤에 따라붙은 그 목소리의 주인은 저를 따라오면 안 될 분이었다.

"왜……?"

오문은 하얗게 질린 얼굴로 태자를 올려다보았다.

"왜냐니? 아무리 겁이 나도 그렇지, 무턱대고 혼자 도망치면 더 위험하다!"

사공들도 무사들 곁을 떠나지 않고 웅크리고 있는데 오문이 홀로 이렇게 움직이는 것은 표적이 되기 딱 좋았다. 가장 먼저 등에 칼을 맞고 죽었을 것이나, 장우가 먼저 공격했기 때문에 산 것이나 다름없었다.

"비키십시오!"

태자의 잔소리를 듣던 오문은 하얘지다 못해 새파래진 얼굴로 외쳤다.

태자의 뒤로 살수 하나가 검을 세우고 화살처럼 쏘아져 오고 있었다.

삼귀였다.

이를 눈치챈 무호가 무서운 얼굴로 뒤를 돌아보았다.

하지만 이미 살수의 검이 안으로 파고든 이상 봉으로 막긴 힘든 모양새였다. 무호의 길어진 봉이 다시 짧아질 틈조차 없었다.

한데 삼귀와 무호의 눈이 얽히는 순간 절망감을 느낀 것은 삼귀였다.

'헉!'

삼귀는 무호의 흐트러짐 없는 새까만 눈동자에 자신이 먹혀 들어가는 기분을 느끼고 주춤했다.

무호는 삼귀가 흐트러지는 순간에 망설임 없이 부채를 들었다. 그의 부채에서 길고 얇은 칼날이 삐죽 튀어나와 삼귀의 어깨를 사선으로 베었다.

"큭!"

삼귀는 무호가 부채를 내미는 순간 본능적인 감으로 뒤로 물러났다.

그 덕에 심장이 갈라지진 않았지만 이미 사정권에 든 이상 다 피할 수는 없었다. 어깨부터 반대쪽 옆구리까지 갈라진 살에서 피가 분수처럼 솟았다.

허를 찌르는 공격을 지겹도록 본 무호는 저 역시 그런 것들을 연구했다.

'아깝군.'

조금만 더 가까웠으면 하고 혀를 찰 때였다. 그의 뒤에서 오문이 쏜살같이 튀어 올랐다. 그러고는 그가 막을 새도 없이 그 작은 몸이 비틀거리는 살수의 몸에 부딪쳐 갔다.

"오문!"

태자는 오문을 잡으려고 했으나 오문은 그 힘 그대로 배에서 떨어져 살수와 함께 풍덩 물속으로 가라앉았다.

"이런 미친!"

가슴은 철렁한데, 욕설이 튀어나왔다. 난간을 붙잡고 오문을 삼킨 물속을 보는데 깊이 내려갔는지 보이지 않았다.

"너는 물에 뛰어내리는 게 취미더냐!"

무호는 난간에서 몸을 떼고 황급히 주변을 돌아보았다.

영춘은 두 명의 살수에게 둘러싸여 발이 묶였고, 장우의 사정도 좋지 않았다. 하지만 살수의 수가 조금 줄었고 자신들 쪽은 아직 부상자만 있는 듯했다.

'금방 처리되겠구나.'

하지만 오문은 금방 죽을 것이다. 무호의 눈에 나루터에 배를 묶는 굵고 긴 밧줄이 보였다. 무호는 얼른 달려가 그것을 제 허리에 감았다.

'늦지 않아야 할 텐데……'

풍덩.

물속으로 뛰어드는 소리가 영춘의 귀에 들렸다. 오문이 뛰어드는 것을 저도 보았다. 태자가 소리치는 것도 들었다. 그런데 또 누군가 물에 뛰어들었다.

막 제 목을 후려치려는 낫을 피해 허리를 숙인 영춘은 그대로 빙그르 몸을 돌리며 상대의 무릎을 자르고 일어났다. 불안한 영춘의 눈이 빈 배로 향했다.

'전하! 전하가 안 보여!'

다급해진 영춘이 자신을 막는 살수의 목에 칼을 꽂고 배를 넘어왔다.

그리고 팽팽해진 밧줄을 발견했다.

"장우 형님! 전하께서!"

태자가 잘못됐다는 말에 가슴이 서늘해진 장우가 영춘을 돌아보았다. 그리고 상대하던 살수들을 잠시 내버려 두고 도망치듯 배를 넘었다. 그 바람에 살수들 역시 장우를 쫓아왔고 장우의 빈 등을 노리고 독침을 쏘려 한 살수는 영춘의 칼에 목을 찔렸다.

"어찌 된 일이냐!"

또 다른 살수는 장우의 가차 없는 칼날에 옆구리가 갈라져 죽었다. 이제 남은 살수는 세 명 남짓. 부하들에게 맡겨도 괜찮았다. 문제는 태자였다.

"밧줄에 몸을 묶고 뛰어내리셨습니다. 제가 들어가 보겠습니다. 뒤를 맡아주십시오."

"알았다. 어서 모시고 나오너라!"

강물로 뛰어든 영춘은 밧줄을 붙잡고 물속으로 내려갔다.

얼마 전 황제는 태자로부터 기가 막힌 장계를 받았었다.

짧은 인사말로 시작한 서찰을 보며 황제의 표정이 시시각각 변했다. 아들을 기특해하다가도 한 번씩 분노가 치밀었다가, 또 어떤 대목에서는 놀라움과 걱정으로 뺨이 떨렸다.

『……폐하의 깊은 배려에 몸 둘 바를 모르겠나이다. 보내주신 돈은 함부로 쓰지 않고 귀한 곳에 써 백성들을 돌보고자 하시는 폐하의 마음을 헤아릴 것이옵니다.』

'암. 암. 그래야지!'

『해서 소자, 그 돈으로 가장 먼저 창관에서 만난 창기를 노비로 거두었나이다.』

'뭐! 이런 썩을 놈! 창기를 품지 말라고 돈을 줬더니, 아예 끼고 다니겠단 말이냐!'

그러나 그다음 구절을 읽으며 황제는 태자의 깊은 속뜻을 알고 감탄했다.

태자는 창관에서 보고 들은 일을 소상히 기록했다.

기분 나쁜 미약으로 창관을 찾는 손님들과 기녀들을 중독시키는 것은 물론, 불법적인 인신매매로 기녀를 사고팔고 있다는 것. 또한 이를 눈감아주는 관청의 행태를 보고했다.

『백성들은 국법의 보호를 받지 못하고, 노비나 창기로 팔려가는 일이 허다합니다. 이러한 유착관계가 관행처럼 버젓이 일어나고 있어 이제 궁지에 몰린 백성들은 사람을 사고파는 모습에 익숙해하고 있었나이다…….』

황제가 모든 것을 다 알고 바로 잡을 수는 없었다. 그렇기에 어느 정도 알면서도 외면해 왔던 일이다.

태자가 직접 보고 느꼈다는 보고를 올린 이상 그냥 넘어갈 일이 아니었다. 뿌리 깊게 썩은 관행들을 뽑아낼 칼을 들 때가 온 것이다.

한데, 다음을 읽어 내려가며 황제는 차마 입에 담지 못할 상스러운 욕설을 퍼부었다.

『……제가 잠깐 관청을 장악할 테니, 부디 오해가 없으시길 바라옵나이다.』

그러나 황제를 근심하게 만든 것은 그 때문이 아니었다.

『……제가 떠난 것을 혹 눈치챈 자가 있는지 알아봐 주시옵소서. 황성을 나서는 순간 잠깐이지만 살기를 느꼈사옵니다. 혹시나 했사온데, 한 번은 부딪쳐 혈전을 치렀습니다. 다행히…….』

태자가 궁 밖에 나간 것을 아는 이는 거의 전무하다 봐야 했다. 궁 안에 있는 태자의 최측근들 모두를 궁 안에 감금시키다시피 하였으니 벌써 태자의 일이 밖으로 새어 나갈 리가 없었다. 그렇다면 태자의 적은 태자와 가까운 사람, 즉 태자의 사람 중에 있다는 뜻이니 황제의 시름이 깊을 수밖에 없었다.

『제게는 친위대와 영춘이 있으니 염려하지 않으셔도 됩니다. 하나, 만약을 대비한 지원군을 보내주십시오. 저는 이번 기회에 물러서지 않고 그 배후를 밝히고자 합니다.』

지난 몇 년간 잠잠했던 살수들이 또다시 나타났다.
그리고 태자가 스스로 미끼가 되겠다, 자청하고 있었다.
아버지로서, 황제로서, 제화국의 황제는 깊은 시름에 잠겼다.

제 18 장
밀월

물속으로 가라앉으며 오문은 양다리로 살수의 몸을 꽉 끌어안은 채 양
손으로 식칼을 찔러 넣고 있었다.

　살수는 물에서 오래 버틸 줄 알기에 물속에서 그를 죽인다는 건 가당
찮은 일이었다. 그러나 오문은 무호가 만들어준 기회를 놓칠 수 없었다.

　살수의 벌어진 상처를 보는 순간, 퍼뜩 방법이 떠올랐다. 생각이 떠오
르니 몸이 저절로 움직였다. 살수의 벌어진 상처, 그 속에 있는 심장을 향
해 식칼을 꽂으며 함께 풍덩 강물 속으로 빠졌던 것이다.

　물속으로 가라앉으며 삼귀는 제 심장을 노리는 오문의 칼을 양손으로
붙잡았다.

　'독한 계집!'

　칼끝이 조금만 더 파고들면 제 심장에 닿을 것이다. 뿐만 아니라 물속
이라 피가 더 빨리 빠져나가고 있었다.

'어서 이 계집을 죽이고 올라가야 한다.'

하지만 오문도 같은 생각인 듯했다. 오문은 제 몸을 돌보지 않고 온 힘으로 칼을 누르고 있었다. 힘을 줄수록 더 숨이 막힐 것인데도.

'그리 나오겠다면!'

삼귀는 자신이 살기를 포기했다. 어차피 이대로 가다가는 피가 다 빠져나가 죽을 테니, 그전에 오문을 죽여야 했다.

'물건은 이후에 회수하면 된다.'

삼귀는 밀어내고 있던 오문의 칼에서 손을 뗐다. 저항하는 힘을 잃은 칼이 그의 심장을 깊숙이 찌르는 순간, 삼귀의 소매 속에서 가느다란 무언가가 튀어나와 오문의 손목을 칭칭 감았다.

'⋯⋯!'

심장을 찔린 삼귀가 아래로 축 늘어져 강바닥으로 가라앉자, 강 위로 올라가려는 오문의 팔을 당겼다.

'안 벗겨져!'

철실이 죄어들자 오문의 손목에서 피가 나기 시작했다.

가느다란 철실이 손목을 파고들어 이러다가는 손목이 잘리거나 꼼짝없이 살수와 함께 가라앉게 생겼다.

'그냥 자를까.'

손목 하나를 잃고 살아난다면 손해 보는 것은 아니지만, 손목을 잃고도 죽을지 모른다는 생각에 선뜻 결정할 수 없었다.

오문은 멀어 보이는 수면을 바라보았다. 살수들이 조금 더 따라올 줄 알았다. 이왕이면 한 명이라도 더 데려가겠다고 비장하게 몸을 던졌는데⋯⋯.

'아무도 안 오네.'

살수들과 태자 일행이 처참하게 싸우고 있을 거란 생각에 가슴 한쪽을 무거운 돌덩이가 짓누르는 듯했다.

'한 명도 다쳐선 안 되는데……'

모두들 제게 잘해준 분들이다. 누구 하나 다치거나 잘못되지 않았으면 했다.

'난 어차피 언젠가 이런 날이 올 줄 알았지만.'

점점 참을 수 없이 숨이 가빠왔다. 버티고 있던 손목에서 더 많은 피가 흘러나왔다. 이러지도 저러지도 못하고 오문은 귀한 시간을 그냥 흘려보내고 있었다.

'괴로워.'

뱉어 내지 못한 숨과, 새 공기를 마시고 싶은 욕망이 제 안에서 퍼덕거렸다.

'죽는다는 게 이런 거구나.'

검은 물속은 죽음을 기다리는 오문을 고독하게 만들었다. 나름 즐거운 일들이 많았던 것 같은데 딱히 떠오르는 게 없었다.

'죽을 때 가져가고 싶은 기억조차 없다니.'

그런데 오문의 눈에 헛것이 보이기 시작했다.

'전하?'

태자가 보이다니, 참 이상한 일이었다. 저와 가장 짧은 시간을 함께한 태자가 떠오를 줄이야.

그러나 마지막 순간까지 함께해서일까.

태자와 있었던 일이 하나하나 기억나기 시작했다. 황당하거나, 우습거나, 또는 통쾌한 기억들이었다. 그 즐거운 기억들이 저를 고독함 속에서 꺼내주고 미소 짓게 만들었다.

그런데 태자의 환영을 보던 오문의 미소가 점점 사라져 갔다.

'설마······!'

그럴 리가 없는데 저 멀리서 저를 향해 돌진하는 모습이 실체 같아 보였다. 오문은 인어처럼 다가오는 존재를 바라보았다.

'와······!'

이 와중에도 오문은 새삼 발견한 태자의 아름다운 유영 모습에 감탄했다. 우아하면서도 힘 있는, 그리고 사내지만 선이 고운 그 얼굴이 더욱 고와 보였다.

하지만.

'제정신이신가? 대체 여긴 왜 들어온 거야?'

그의 문제는 늘 같았다. 겉은 멀쩡한데 정신이 온전치 못하다는 것.

오문에게 정신병자 취급을 받는 줄도 모르고 무호는 오문의 멍한 표정을 오해했다.

'감동받았군.'

그러고 보니 물속이라 그런 것일까? 커다란 눈을 동그랗게 뜨고 홀린 듯한 표정으로 저를 보는 오문은 색다르게 보였다.

'열여덟······.'

앳된 계집의 얼굴이 청초한 여인으로 보였다.

'이럴 때가 아니다.'

다행히 살수는 죽었는지 강물에 속절없이 떠밀려 가고 있었다. 그런데 이상한 것은 오문 역시 떠내려가고 있다는 것이다.

'왜 가만있지? 발을 다쳤나?'

살려고 발버둥이라도 쳐야 하는데 가만있는 모습이 멀쩡해 보이지 않았다.

'뭘 멍청히 있어!'

저는 이렇게 마음이 급한데 오문은 아무것도 하지 않고 저를 보고만 있었다.

'윽!'

허리에 감은 밧줄이 무호의 몸을 더 내려 주지 못했다.

'제길! 조금만 더 길었어도!'

오문은 점점 더 내려가고 있었고 이대로는 영영 놓쳐 버릴 것 같았다.

괜히 제가 오문을 끌고 오는 바람에 오문까지 살수들에게 휘말렸다 생각하니 가슴이 따끔거렸다.

'할 수 없지.'

그는 자신의 허리에 묶인 줄을 풀어버렸다. 한 손으로 그 줄을 잡고 한 손으로 손을 내밀었다.

오문이 손만 내밀면 잡을 수 있었다.

'자, 어서 잡아!'

오문은 태자가 줄을 푸는 모습을 보고 더욱 눈이 커졌다.

'어째서 그런 위험을 감수해 가면서까지……'

태자의 얼굴이 진심으로 다급하고 안타까워 보였다.

'나 때문에?'

오문은 늘 자신을 감추고 살았던 만큼 누군가를 위해 자신을 희생한다는 것도 생각해 본 적이 없었다. 기예단을 나올 때도 은혜를 갚을 목적이었고, 사실은 저는 도망갈 수 있다는 자신감에 자진했을 뿐이었다. 제 한 몸 건사하기도 힘든 처지에 남의 아픔과 불행까지 돌아볼 겨를이 없기도 했다. 때문에 그의 행동을 어찌 받아들여야 하나 낯설고 곤란한 기분에 휩싸였다.

'뭐 하고 있어! 어서 잡지 않고!'

그의 표정이 그렇게 저를 다그치고 있는 것 같았다.

하나 그가 내민 손을 잡을 수가 없었다. 그러자면 이 철실을 더 당겨 손목을 끊는 것밖에 방법이 없었기 때문이다.

'어서!'

무호는 다급한 표정으로 재촉했다. 더 시간을 끌면 숨이 막혀 버티기 힘들 듯했다.

오문은 태자의 단호한 표정을 보자 결심을 굳혔다.

'손을 버리자.'

그렇게 생각하자마자 오문은 철실이 묶인 팔을 당겼다.

"……!"

무호는 오문이 팔을 당기는 순간 사방이 붉게 물드는 것을 보고 기겁했다. 그제야 그의 눈에 그녀의 손목을 옭아 맨 가느다란 철실이 보였다.

'이런! 무슨 짓을……!'

오문이 하려는 짓을 차마 두고 볼 수 없었던 무호는 생명줄 같은 동아줄을 놓아버리고 오문에게로 헤엄쳐 갔다.

'에?'

오문은 무호가 뭘 하려는 건지 그의 행동이 갈수록 이해가지 않았다.

'미치셨습니까? 그러다 죽습니다!'

무호는 오문의 표정을 무시하고 품속에서 단검을 꺼내 철실을 끊기 시작했다. 흐르는 물속이라 쉽지 않았지만 그래도 철실은 생각보다 빨리 끊어졌다. 철실이 아직 오문의 손목에 감겨 있지만 그건 지금 중요하지 않았다. 지금 중요한 건…….

'오문!'

오문이 기어이 정신을 잃었다는 것이다.

무호는 한 팔로 오문을 안고 멀어져 가는 밧줄을 잡기 위해 발버둥 쳤지만 쉽지 않았다. 그때 저 위에서 밧줄을 잡고 내려오는 영춘이 보였다.

'영춘아!'

'전하!'

애타게 서로를 붙잡으려 했지만 두 사람은 가까워지지 않았고 영춘 역시 밧줄을 놓아버렸다.

그 모습을 본 무호는 배 위로 올라가는 건 포기했다.

'이렇게 된 이상 나가서 만나자.'

영춘도 태자의 뜻을 알아듣고 고개를 끄덕였다.

어디서 만나게 될지는 모르겠지만 물살을 헤치며 무호는 수면 위만을 바라보며 올라갔다.

"콜록! 콜록! 흐웃. 콜록!"

무호는 쇳소리까지 내며 기침을 해댔다. 간신히 강둑을 타고 올라왔으나 흙을 밟는 순간이 잘 기억나지 않을 정도로 정신이 혼미했다.

물속에서 영춘이 저를 따라오려고 애쓰는 것을 보았는데 갑자기 빨라진 물살에 떠밀려 가면서 생사를 알 수 없게 되어버렸다. 문득 올해는 물가에 가지 말라 했던, 황성 장터의 점쟁이 말이 떠올랐다.

'뭐, 내가 살았으니 영춘도 살았겠지.'

그렇게 긍정적으로 마음을 추스르며 숨까지 돌린 후에야 자기가 건져 올린 생명체를 바라보았다.

"쿨럭! 하아……. 그래. 내가 낚시에 소질이 있긴 하구나."

오문은 아직 살아 있었다.

죽어가는 생선처럼 축 늘어져 있었지만 아직 살아 있는 것은 확실했다.

"흠……. 네가 정말 열여덟…… 이 맞긴 하구나."

오문의 작은 체구는 물에 젖어 그 가녀린 굴곡이 그대로 드러났다. 핏기 없는 얼굴은 마치 밀납 같았고, 물속에서 봤던 모습 때문인지, 그런 오문이 성숙한 여인으로 보였다.

'정신 차려라!'

스스로를 나무란 무호는 사심을 떨쳐 내고 오문의 옷고름을 풀었다.

잠시 망설였지만 파랗게 질려 가는 오문의 입술이 무호를 재촉했다.

풀어헤친 저고리 안에 가슴을 압박하고 있는 천마저 벗겨내자, 봉긋한 젖가슴이 서늘한 기운을 풍기며 꼿꼿하게 모습을 드러냈다. 어쩐지 눈을 똑바로 뜨고 있으면 안 될 것 같은 그런 죄책감이 들었다.

하지만 무호는 그런 것을 오래 곱씹는 신중한 사람이 아니었다.

'너도 내 몸을 실컷 만졌으니 이것으로 공평해지자!'

무호는 오문의 가슴 가운데 양손을 얹었다. 그리고 무게를 실어 오문의 흉부를 압박……!

"……!"

"콜록! 컥!"

무호는 힘을 주려던 동작 그대로 멈췄다.

"하아……."

한차례 물을 토해낸 오문이 한숨을 쉬며 눈을 떴다. 게슴츠레 뜬 눈에 무호의 모습이 아른거렸다.

"……."

"……."

두 사람을 둘러싼 공기마저 얼어붙은 듯 둘은 미동도 없이 한참이나 서로를 응시했다.

오문이 눈을 깜빡였다.

무호를 향하던 시선이 제 가슴으로 향했다.

"지금…… 이게……."

오문의 질문이 끝나기도 전에 무호가 당당하게 말했다.

"심폐소생술이다."

"심폐…… 소생술?"

"그래. 이상한 것 아니니 수치스러워할 건 없다."

오문은 살짝 미간을 찌푸렸다.

"……왜 제가 수치스러워해야 합니까? 절 범하려던 분이 수치스러워해야지요."

"범하다니! 내 말을 듣지 못했느냐?"

"하셨습니까?"

"뭘 해! 넌 도대체 무슨 음험한 생각을 하는 게냐!"

"음험하다니요? 심폐소생술 말입니다. 제 심폐가 소생했느냐 말입니다."

"아직! 지금 하려던 참이었는데…… 스스로 소생했군."

무호가 무안한 듯 오문의 눈을 제대로 보지 못하고 중얼거렸다.

그러나 오문은 계속 담담했다.

"그럼 이제 또 뭘 소생시켜야 합니까? 전하께서 아직 제 가슴에 손을 얹고 계셔서 말입니다."

"아."

무호는 오문의 가슴에서 손을 뗐지만 뻔뻔하게 말했다.

"아주 멀쩡하구나."

"우웩! 컥!"

"……!"

멀쩡하다는 말이 끝나자마자 오문은 몸을 뒤틀며 물을 토해내며 괴로워했다.

무호는 당황하지 않고 오문의 고개를 뒤로 젖히게 하고, 좀 전에 하려던 심폐소생술을 시전했다.

"커익! 컥. 흐읍. 하아, 하아……!"

물을 다 토해낸 오문이 그제야 한결 편안해진 안색으로 숨을 내쉬었다.

"이제 살 것 같으냐?"

"죽을 것 같진 않습니다."

힘은 없지만 태연하게 말한 뒤 오문은 무거운 몸을 일으켜 등을 돌리더니 다시 가슴 가리개를 감기 시작했다.

물에 젖은 옷감이 무거워 잘되지 않는지 한참을 끙끙대며 투덜거렸다.

"후. 이걸 왜 풀어가지고……."

"도와주랴?"

"모르는 척해 주시는 것이 도와주시는 것입니다."

"그럼 그러지."

무호는 아무렇지 않은 듯 투덜거리고 빈정거리는 오문의 표정을 보지 못했다.

뺨에 핀 홍조와 잘근거리는 입술을.

사실은 부끄러워 죽을 것 같은 오문의 얼굴을 보지 못했다.

그래서 오문이 대수롭게 생각지 않는 것을 다행이라 여기고 있었다. 그렇지 않았으면 어색함을 견디기 힘들었으리라.

"다 입었느냐?"

부스럭거리는 소리가 들리지 않자 무호가 물었다.

"······예."

오문이 간신히 뺨의 열기를 식힌 후에 대답했다.

"손."

"······?"

다시 오문을 마주 본 무호가 오문의 손을 가져가며 인상을 썼다.

아직도 피가 흐르는 손목은 물에 불어 상처가 더 파고든 것처럼 보였지만 다행히 혈관까지 잘린 건 아니었다.

"좀 아프겠지만 참아라."

"윽!"

무호는 단검 끝을 상처 안으로 넣어 철실을 끊었다.

"으으······."

"쯧쯧. 잠깐 여기 있거라."

"······?"

무호는 오문을 남겨두고 주변 숲으로 들어갔다.

혼자 앉아 있던 오문은 제가 왜 여기서 태자를 기다리고 있어야 하나 고민했다.

'지금 도망칠까?'

하지만 오문은 일어나지 못했다. 눈꺼풀이 무겁게 감기고 온몸에서 힘이 빠져나갔다.

'가야 하는데……'

아무도 없는 지금이야말로 떠나기가 딱 좋은데, 몸은 자꾸만 땅속으로 가라앉는 기분이었다.

'가자. 잠깐만 자고……'

결국 오문의 머릿속도 아득한 어딘가로 떨어져 버리고 말았다.

잠시 후, 약초를 캐서 돌아온 무호는 나무에 기대 완전히 곯아떨어진 오문을 발견했다.

살짝 벌어진 입술과 완전히 늘어트린 어깨를 보면 죽은 사람이라 해도 믿을 것 같았지만, 쌔근쌔근 숨소리가 단잠을 자고 있노라 알려주는 듯했다.

무호는 그걸 그냥 본체만체 내버려 두고 약초와 돌을 깨끗이 씻어 약초를 빻기 시작했다.

따닥. 따닥. 딱. 딱……

가끔 어디서 까마귀와 이름 모를 새들이 우는 것 외에는 적막한 곳이었다.

돌이 부딪치는 소리가 꽤 크게 들렸지만 오문은 무호가 상처에 약초를 발라주어도 깨어나지 않았다.

핏빛 노을이 강가를 물들였다. 날이 저무는 강둑은 어쩐지 적막하고 서늘한 기운이 감돌았다.

"어흑! 커억. 컥! 하아, 하아……. 아으으으! 으아아아!"

땅을 뒹굴며 물을 토해낸 영춘은 대자로 누워 짐승 같은 소리로 포효

했다.

눈앞에 보이는데, 손만 뻗으면 닿을 듯한 거리였는데, 태자는 무심히 멀어져 갔다. 그것을 떠올리자니 미칠 것만 같았다.

어딘지도 모르는 땅을 무작정 기어올랐으나, 살았다는 안도감도 잠시뿐, 치밀어 오르는 울화를 감당할 수가 없었다.

"으아아아아! 폭포에 강물에! 자꾸 이렇게 물만 먹이실 겁니까! 대체 저더러 호위를 하라는 겁니까, 말라는 겁니까! 오문! 오문 그 계집이 뭐라고 대체! 아아아아으! 하아!"

애꿎은 풀을 쥐어뜯으며 한참을 발광하던 영춘이 벌떡 일어났다.

"후우……. 살아 계시면 만날 수 있겠지."

아니, 태자는 꼭 살아 계셔야 했다.

"단왕부로 가시는 것은 분명하니, 길이 엇갈리진 않겠지. 우선 가까운 마을부터 찾아봐야겠다."

영춘은 태자가 살아 있다는 전제하에 움직였다. 물에 젖은 옷과 지친 몸 때문에 영춘의 걸음은 무척 무거워 보였다.

"에잇! 물만 먹었더니, 배가 고프네!"

가뜩이나 젖어서 쌀쌀한데 허기 때문인지 추위까지 느껴졌다.

'그러고 보니 그 국수 맛있었지.'

따뜻했던 오문의 국수를 떠올리니 더욱 배가 고파졌다.

오문이 정신이 든 것은 강 너머로 해가 넘어가고 있을 때였다. 타닥타닥, 나무가 튀는 소리와 따뜻한 기운을 느끼고 눈을 떴다. 눈을 비비며 둘러보니 공자가 모닥불을 피우고 있었다.

"어……. 그런 것도 할 줄 아십니까?"

오문은 태자가 스스로 모닥불을 피운 게 신기했다.

"군영 경험담을 더 들려줘야 하느냐?"

"아! 맞다! 엄청 구르셨다고 하셨죠!"

"그렇게까지 말한 적은 없다만."

"에이……. 딱 들어보니 고문관이셨던데."

무호는 그 말을 못 들은 척하고 물었다.

"손목은 좀 어떠냐?"

"아, 이제 좀 괜찮은…… 어?"

오문은 다친 손목에 약초가 발라진 것을 보고 정색한 표정으로 공자를 빤히 쳐다보았다. 무호는 턱을 쳐들고 뿌듯하게 말했다.

"감동할 것까진 아니다."

"……아무 풀이나 뜯는다고 약초가 되는 게 아닙니다."

오문은 진심으로 제 손목이 걱정되었고 무호는 진심으로 울컥했다.

"내가 그리 모자란 놈인 줄 아느냐?"

"조금 염려되는 분이긴 합니다. 제 손목도 괜찮아야 할 텐데 말입니다."

"그렇게 몸을 사리는 녀석이 어째서 그리 무모한 짓을 해!"

"……무모한 게 아니라, 저도 같이 떨어질 줄은 몰랐습니다."

오문은 무호가 저를 의심하는 것 같아 궁색한 변명을 했다.

"그 얘기가 아니다. 무턱대고 손을 자르려고 하지 않았느냐? 정말 잘렸으면 어쩔 뻔했어? 물에서 나오기 전에 죽었을 것이다."

"그럼 어떡합니까? 숨이 막혀 죽을 것 같은데."

"매사에 너무 극단적이지 않느냐? 내게 도와달라 신호라도 보냈어야지! 그럼 손이 이 지경까지 되진 않았을 것 아니냐."

"전하께서 제게 하실 말씀은 아닌 듯하옵니다."

예리한 지적이었으나 무호는 제 자신이 무모하다고 생각해 본 적이 없기에 당당하게 말했다.

"나는 생각 없이 행동하지 않는다. 결정이 빠를 뿐이다."

"그래서 뛰어내리셨습니까?"

오문은 사실 따지려던 게 아니었다. 아까부터 궁금했던 것을 순수하게 물었을 뿐이었다. 제 목숨을 뭘 이렇게까지 신경 쓰는지가 진심으로 궁금해서였다.

"뭐?"

"흐응……."

오문은 수상한 콧소리를 내고는 슬금슬금 무호의 앞으로 다가왔다.

의심 가득한 눈초리로 그의 앞에 얼굴을 들이밀자 태자 역시 눈살을 찌푸렸다.

"저한테 뭐 숨기는 거 있으시죠? 아무리 정신이 온전치 못한 분이라 해도 상식적으로 납득이 안 가서 말입니다."

"무슨 말인지 모르겠군."

"무슨 생각을 하시고 빠른 결정을 내리셨는지는 모르겠지만 제가 보기에는 무모하셨습니다. 전하께서는 말보다 값싼 제 목숨을 구하러 강물에 뛰어들면 안 되는 분이십니다."

무호는 저를 꿰뚫어보는 듯한 오문의 초롱초롱한 눈망울을 응시하며 피식 웃었다.

"웃음으로 어물쩍 넘어가려 하지 마십시오."

"너야말로 용감하더구나."

"예?"

"음식 하는 연장은 사람한테 쓰지 말라 했건만 그걸 쥐고 덤비다니, 다시 보았다. 보통의 계집들은 숨어서 울기 바쁠 텐데, 너는 되레 사람을 죽이겠다 덤비더구나."

"주, 죽이겠다는 게 아니라! 가, 같이 싸우려고 한 겁니다! 사람을 죽이다니, 절 어찌 보시고!"

오문은 무호의 지적이 제가 사람을 죽이는 일에 익숙해 보인다는 소리처럼 들려서 크게 당황했다.

"방금 말하지 않았느냐? 용감하더라고. 그런 놈들을 어찌 사람이라 하겠느냐? 짐승만도 못한 벌레 같은 놈들이다. 그런 놈들을 죽이는 데 죄책감은 필요 없다. 용기만 있으면 돼."

"……!"

인두겁을 쓴 짐승.

무호의 말은 어머니의 말씀을 떠올리게 했다.

"아, 아무튼 저는 그렇다 치고, 전하께서는 그러시면 안 됩니다!"

"너야말로 용기도 좋다만 무모한 짓 그만하거라. 대체 그놈들이 누군지나 알고 덤빈 것이냐?"

"누구긴요! 수…… 수적이죠."

살수라고 말할 뻔한 오문은 얼른 수적으로 말을 바꾸었다. 아까 그 살수들의 모습은 누가 봐도 수적이었으니까.

무호는 오문에게 그놈들이 귀문에서 보낸 살수이며 제가 늘 그들에게 위협당하고 있다는 것을 자세히 설명해 줄까 하다가 그만두었다. 괜히 겁을 먹을 바에야 모르는 게 낫다 여겨졌다.

"수적인 줄 알면서 그랬다니 너는 간을 어디에 빼놓고 다니는 모양이다."

"솔직히 말씀드리자면, 전 그냥 예전의 그 내기가 생각난 것뿐입니다."

"내기?"

"예! 도망갈 기회였으니까요! 저는 전하께서 그 수적 놈을 죽인 줄 알았단 말입니다. 설마 살아서 저까지 물귀신처럼 끌고 갈 줄은……."

오문은 입술을 삐죽거리며 이게 다 전하 탓이라는 듯 제 손목을 어루만졌다.

"하면 넌 다시 나한테 잡혔구나. 삼 일은 고사하고 일 다경도 안 돼서. 약조는 잊지 않았겠지?"

무호의 음성이 스산해졌음을 느끼고 오문은 흠칫 놀라 고개를 들었다.

역시나 그가 아주 잔인한 얼굴로 웃고 있었다.

어느새 완전히 어둠이 내려앉았다. 붉은 모닥불이 바람에 흔들릴 때마다 어둠도 함께 흔들렸다.

오문은 그 일렁이는 모닥불 앞에서 주먹을 꽉 쥔 채 떨고 있었다.

무호가 불 속에서 무언가를 꺼내 오문을 돌아보며 말했다.

"지금이라도 늦지 않았다. 내기를 포기하고 다시는 도망가지 않겠다면 용서해 주마."

"아뇨. 절대."

오문은 무호의 다정한 속삭임을 딱 잘라 거절했다.

"쯧쯧. 쓸데없는 고집을 부리는구나. 나야 상관없다만, 매번 이렇게 낙인이 늘어날 텐데 너무 가여워서 말이다."

"그런 걱정은 안 해주셔도 될 것 같습니다."

"그렇다면 뭐."

무호는 겁을 주듯 천천히 오문에게 다가왔다.

오문은 무호가 제 앞에 바짝 와서 서자 분한 듯 입술을 깨물었다.

무호는 오문의 이마에 무엇인가를 꾹 눌렀다. 오문은 잔뜩 인상을 쓰며 주먹을 더 꽉 쥐었다.

"다 됐군. 아주 보기 좋게 됐다."

무호가 조롱하는 소리에 오문은 벌떡 일어나 냇가로 달려갔다.

"……!"

물에 비친 자신의 모습을 내려다보며 오문은 억센 풀을 세게 움켜쥐었다. 자신의 이마에 거꾸로 보이는 새까만 두 글자. 치욕스러운 글귀에 오문은 결국 무호를 향해 버럭 소리를 질렀다.

"제가 왜 식신입니까!"

무호는 붓을 대신했던 검은 숯을 들고 뿌듯한 음성으로 말했다.

"다시 봐도 명필이구나."

"제가 왜 식신이냔 말입니다!"

"다음번에 잡히면 뺨에다가 걸신이라 적어주마."

"유치하게 이게 무슨 장난질입니까! 당장 지워 버릴 겁니다!"

무호는 숯으로 모닥불을 휘적거리며 웃는 얼굴로 부드럽게 타일렀다.

"안 지우는 게 좋을 텐데. 진지해지길 바란다면 안 될 건 없다만?"

부드럽게 말하고 있는데 듣는 오문은 갑자기 한기가 느껴졌다. 진지하게 진짜 낙인을 찍으면 곤란하지 않나. 그래서 아무 말 않고 모닥불 앞으로 가 쪼그려 앉았다.

무호는 소리 나지 않게 피식 웃었다.

"비웃지 마십시오."

"귀도 밝다."

"그런 편입니다."

"눈도 밝고, 기감도 좋고."

"예?"

"수적들이 오는 걸 너도 미리 눈치챘더구나."

"아……."

"줄 타는 걸 보면 무리도 아니지. 감각이 예민하지 않으면 그리할 수 없을 것이다."

오문은 무호가 알아서 좋은 쪽으로 생각해 주니 다행이라 생각하고 얼른 말을 돌렸다.

"그래서, 이 글자는 언제 지워 주실 겁니까?"

"묻는 말에 대답을 잘하면 획 하나씩 지워 줄 수도 있다."

"겨우 한 획이라니요? 통도 크신 분이 이러시깁니까?"

"흠……. 좋다. 그럼, 내가 정말 궁금한 것 딱 두 가지만 묻겠다. 대답이 진실되면 한 글자씩 지워 주지."

"좋습니다. 물으십시오."

"남장을 하고 사내들의 목욕을 훔쳐본 것 말이다."

"아……. 그 얘기는 왜 또 하십니까……."

"어디까지 봤느냐?"

"어, 어디까지라니요!"

"왜? 대답하기 곤란한가?"

"하나도 안 곤란합니다! 중요한 건 못 봤단 말입니다!"

오문이 억울하다는 듯 외치자 무호는 기가 막혔다.

"하! 중요한 게 도대체 무엇이냐?"

"그것도 질문에 들어간다면 대답해 드리겠습니다."

"됐다. 별로 듣고 싶지 않군."

"아깝네요. 전 대답해 드릴 수 있었는데. 아무튼 제 대답이 마음에 드셨습니까?"

오문은 무호를 향해 이마를 내밀었다.

양손을 모으고 얼굴만 쭉 무호에게 내민 오문의 모양이 꼭 고양이 같아서, 무호는 속으로 다음번에는 글자가 아니라 코 옆에 수염을 그려줘야겠다 다짐했다.

"좋다. 그 말은 믿어보지."

무호는 오문의 이마를 손으로 문질러 '신' 자를 지웠다.

"자, 이제 '식' 자만 남았다."

"왜 하필 그 글자만 남기셨습니까? 사람 이마에 '식'이 뭡니까? 제가 식재료도 아니고!"

"그래야 네가 더 필사적으로 답을 할 테니까."

"좋습니다. 다음 질문은 뭡니까?"

오문은 그 비슷한 질문을 할 거라고 생각했다. 예를 들면 태자 자신의 몸은 어디까지 봤냐라든가…….

"사람을 죽여본 적이 있느냐?"

"……"

전혀 예상치 못한 뜻밖의 질문이었다.

오문은 심장이 어딘가에 들러붙고 간이 쪼그라든 것 같은 기분이 들었다. 무슨 말이든 해야 하는데 도무지 입술이 떨어지지 않았다.

무호는 오문의 대답을 오래 기다려 주었지만 결국 다시 물었다.

"왜? 내 질문이 너무 무서웠느냐?"

오문은 진실을 요구하는 그의 검고 깊은 눈동자에 사로잡혔다. 거짓을 말할 수 있을 것 같지 않았다.

"……저, 저는……."

그러자 갑자기 무호가 오문의 이마로 손을 뻗었다. 말을 하려던 오문이 흠칫 놀라 저도 모르게 목을 움츠렸다.

무호는 놀란 오문의 이마에 손을 대고 쓰다듬듯 부드럽게 닦아주었다.

"실수했군. 내가 너무 당연한 걸 물었다."

배에서 내린 장우는 부하들과 함께 한수군의 한 관청으로 갔다.

사공 한 명이 죽었고, 세 명이 실종, 다섯 명의 부상자, 그중 한 명은 중상에 가까웠다. 그에 비해 배를 공격한 수적들 전부가 사망했다. 아직은 태자의 실종을 알려 그를 더 위태롭게 만들 수 없었던지라 장우는 그 부분에 대해서만 말을 아꼈다.

예상대로 관청에서는 이번 일을 수적의 소행으로 몰아가고 싶지 않은 눈치였으나, 스스로를 추밀사라 밝힌 장우의 직책과 관청에 던져 놓은 수적들의 시신 덕분에 군수가 직접 나설 수밖에 없게 되었다.

"수적들을 죄다 죽여놓고 우리더러 조사를 하란 말이오? 무엇을? 온강과 숲을 뒤져 수적들의 본거지를 찾아 소탕이라도 하란 말이오? 무엇보다 댁들을 어찌 믿고? 밀사의 패도 없으면서 추밀사라 주장하니 믿을 수가 있어야지!"

군수는 매우 비협조적으로 나왔다. 황제의 귀에 수적 이야기가 들어갈 것이고, 문책을 받게 될 것이다. 하면 수적에 대해 조사할 단서 하나라도 있어야 조사를 할 게 아닌가. 전부 죽여 버리면 도대체 뭘로 조사를 하란 것인지 심사가 뒤틀렸다.

"수적은 더는 없을 것입니다."

"뭐요? 설마 고작 이 열 구 정도의 시신이 수적 전부라는 것은 아니겠지요?"

장우는 비아냥거리는 군수의 말투에 신경 쓰지 않았다. 그보다 더 급한 일이 있기 때문이다.

"황제께서는 수적을 소탕했다는 제 장계를 의심하지 않으실 겁니다."

장우는 누가 봐도 군에 몸담은 사람이었다. 말투도 행동거지도 영락없는 장군. 그런 그가 확신을 담아 말하니 군수는 믿을 수 없다하면서도 장우의 말을 추밀사의 말로 듣고 있었다.

"또한 군수께서 직접 소탕하신 것으로 알고 계실 겁니다."

"그게 무슨……?"

군수는 기뻐하기보다 경계하고 의심했다.

"그보다 더 중한 일이 있다는 뜻입니다."

장우는 품속에서 화상을 꺼냈다. 무호가 직접 그린 오문의 화상이었다.

"군수께서 이 아이를 찾아주셔야겠습니다."

"이 아이가 누구기에……?"

"실종된 세 사람 중 한 명입니다. 이 아이만 찾으면 나머지 두 사람도 찾을 수 있습니다."

태자의 화상을 함부로 뿌릴 수는 없기에 장우는 오문의 화상만을 건넸다.

"수적과 싸우는 틈에 강을 헤엄쳐 갔으나 어디로 갔는지는 모릅니다.

확실한 것은 이들이 북천 땅을 향할 것이며 반드시 마을을 거쳐 갈 거란 겁니다. 하니, 북천으로 가는 길에 거쳐 갈 수 있는 모든 마을에 이 화상을 붙여 주십시오."

장우는 이 화상을 붙이면 태자 일행이 알아서 관으로 찾아올 거라 믿었다.

"대체 이들이 무슨 죄를 지었기에 폐하의 밀사가 직접 이들을 호송하는 게요?"

"그걸 알려 드리면 군수의 화상도 붙게 될 겁니다."

지금까지와는 기도가 다른 장우의 나직한 협박에 군수는 움찔 어깨를 떨었다.

"나는 모르는 게 좋겠소. 한데, 강을 헤엄쳤다니, 살아 있긴 한지 모르겠소."

장우의 얼굴이 또 다른 의미로 험악하게 굳었다.

"살.아. 있습니다. 살아 있지 않으면 살려내야 합니다. 아시겠습니까?"

무호는 잠결에 공기가 너무 후끈하다고 느꼈다. 버릇처럼 '영춘아'를 두어 번 외쳤으나 뒤척일 때마다 바스락거리는 소리가 이불이 아니라 풀이 쏠리는 소리라는 걸 깨달았다.

'아. 노숙 중이었지.'

그렇게 점점 잠이 깨는 중에 의문이 생겼다.

'노숙 중인데, 덥다?'

모닥불을 피웠다 해도 봄 날씨의 밤은 바람이 쌀쌀했다.

'팔이 무거워. 어째서?'

또 다른 의문이 든 순간, 귓가를 파고드는 쌕쌕거리는 숨소리가 들렸다.

무호는 눈을 번쩍 떴다.

"……!"

그는 제 팔을 베고 제 품에 안긴 생명체의 조그만 머리꼭지를 쳐다보았다. 팔을 누르는 무게의 정체는 오문이었던 것이다.

"잠버릇하고는……."

투덜거리던 무호의 표정이 점점 흐뭇한 표정으로 변해 갔다.

'내가 그런 것이 아니다. 네가 안긴 것이지.'

조그만 녀석이 품에 쏙 들어와 있으니 강아지를 데리고 있는 것 같았다. 그냥 안고 있을까, 옆으로 눕힐까 고민하던 무호가 귀엽다는 듯이 오문의 코를 눌렀다.

"……!"

그런데 무호는 오문의 몸에 손을 대자마자 화들짝 놀라 손을 뗐다.

'열이……!'

그제야 잠결에 저를 괴롭히던 후끈한 공기의 원인을 알 수 있었다.

제 몸에 닿았던 오문의 뜨겁고 거친 숨결 때문이었던 것이다.

"병이 나지 않는 게 더 신기하긴 하다만."

오문이 아프다는데 무호는 오히려 안도했다. 여인의 체력이란 게 뻔하지 않았나. 지난 며칠간 함께했던 고생 외에도 거지들과 함께 내내 밖에서 먹고 자고, 심지어 여기저기 다치기까지 했다. 그런데도 단련된 영춘이나 저만큼 멀쩡하다는 건 상당히 부자연스러웠기 때문이다.

"이제야 좀 평범해 보이는군."

무호는 몸을 일으켜 오문의 상태를 살펴보려 했다.

"으…… 음."

"……!"

그런데 갑자기 오문이 신음을 흘리며 움직이려는 무호의 몸을 와락 껴안았다.

"이런……."

오문은 확실히 여인이었다. 불덩이 같은 몸이 무호의 품으로 파고들자, 무호는 그 낯설고 보드라운 감각에 놀라 당황했다.

"계집이 먼저 안기게 두다니, 내 불찰인가?"

혼잣말로 안쓰럽게 중얼거린 무호는 어디에 두어야 할지 몰랐던 손을 오문의 등에 갖다 댔다.

그녀를 안으니 제 옷자락을 꽉 쥔 채 떨고 있는 것이 느껴졌다.

무호는 오문의 등을 토닥거렸다.

그러자, 오문이 메마른 입술이 달싹이며 조그맣게 중얼거리기 시작했다.

그 소리에 귀를 기울였더니, 잠꼬대처럼 누군가를 부른다.

"어머니……."

이제는 확실히 알아들을 수 있는 말에 무호는 멈칫하고 토닥거리던 손을 멈추었다.

불의의 사고로 어릴 때 어머니를 잃은 무호에게 그 단어는 금기어나 마찬가지였다. 누구도 어린 무호 앞에서 그 말을 꺼낼 생각을 못했기에 자연히 금기시되어 왔다.

"음……. 어머니. 나랑…… 같이 있어요……."

오랜만에 들어보는 단어에 그렇지 않아도 괜히 심란해지는데, 칭얼거리는 듯한 오문의 중얼거림에 가슴이 찌릿 조여왔다.

「무호야. 네 탓이 아니다. 괜찮다. 아가.」

언제나처럼 웃으며 머리를 쓰다듬어 주셨던 어머니는 끝내 괜찮지 않
으셨다.

그래서 어머니의 죽음은 결국 무호 탓이 되어버렸다.

"가지 마요……. 그러지 마세요."

무호는 오문의 등을 쓰다듬으며 그녀를 향해 물었다.

"네 어머니가 어디 가셨기에? 널 버리고 재가라도 하셨더냐?"

오문은 더욱 무호의 가슴팍에 파고들어 안겨 왔다.

"흐음……. 나도 데려가요……."

열에 들뜬 오문의 목소리가 평소와 달리 처량한 음색이었다.

무호는 자꾸만 가슴팍으로 파고드는 오문을 뿌리칠 수가 없었다. 그는
안심하라는 듯 오문을 꼭 껴안아주었다.

그러자 무호의 품에서 파르르 떨던 오문이 울 것 같은 목소리로 말했
다.

"……나 안 죽였어요."

"……!"

"사람…… 안 죽였어요."

등골을 따라 오싹한 소름이 돋았다. 아직 소녀 같은 앳된 여인의 입에
서 나올 말이 아니었다.

오문은 아주 많이 어렸다. 그렇게 작고 어린데 마음속에는 시커먼 소

용돌이가 돌고 피가 끓어올라 뜨거워 죽을 것만 같았다.

단단한 석벽에 머리를 들이받고 피를 토하며 죽어가는 어머니의 모습을 그냥 서서 지켜봐야 했다.

죽음의 의미를 그때야 알았다.

단절. 끝. 돌이킬 수 없는.

마음속으로 떠도는 어머니를 향한 수많은 외침들이 단 한 마디도 튀어나가지 못한 것은 그 때문이었다.

끝났다.

저와 그녀의 세상은 단절됐다.

입을 열어 그녀를 불러 본들 대답을 들을 수 없다. 조금 전까지 말을 하던 여인은 한순간에 먼 곳으로 가버렸다. 지금 저기 피를 흘리고 있는 것은 그 여인이 남기고 간 껍데기뿐. 붙잡을 수 있는 시간은 이미 지나 버렸다.

그래서 어머니를 부르지도, 어떤 말로 그녀를 떠나보내지도 않았다.

'이미 가버렸으니까. 내 목소리가 들리지 않을 테니까.'

그런데 지금, 입을 열지 않으면 자신이 타 죽을 것 같았다. 너무 뜨거워서. 말하지 못한 외침들이 활활 타 올라서 저를 삼킬 것만 같았다.

[오문!]

그때 낯선 음성이 파고들었다.

[오문!]

낯설지 않았다. 누구 목소리인지, 알 것 같았다.

'누구더라?

기억이 날 듯 말 듯 한데 답답하다기보다는 어쩐지 뜨거웠던 피가 식어 가는 기분이었다. 소용돌이치던 검은 구덩이가 닫히고 머리가 시원해지는 느낌. 한결 편안해진 기분 때문일까.

[그만 일어나라!]

음성의 주인을 기억해 냈다.

'아! 태자다!'

목소리의 주인을 안 순간 오문은 훌쩍 커져 버렸다. 십 년이 넘는 세월을 단숨에 뛰어넘은 것처럼.

"잠꼬대 한번 요란하구나."

"흐음……."

오문은 힘겹게 눈을 떴다. 아교가 붙은 듯 눈꺼풀이 잘 떨어지지 않았지만 빛이 스며드는 것을 보니 해가 뜬 지는 좀 된 것 같았다.

"무슨 몸살을 그리 요란하게 앓는지……."

'몸살? 내가?'

"그러다 몽유병까지 오겠더구나."

태자의 빈정거림에 지끈거리는 이마로 손을 올리는데 차가운 무언가 만져졌다.

"어……?"

찬 수건이 이마에 얹어져 있었다.

"밤새 열이 높았다."

"……."

수건은 아직도 차갑고 촉촉하게 젖어 있었다. 조금 전에 간 것이다.

그렇다면 태자가 밤새 제 열을 식혀주었다는 게 되는데 믿기지가 않았다.

"……폐를 끼쳤습니다."

제가 원한 건 아니지만 그리되어 버렸다.

"괜찮다. 덥다고 옷을 벗어 제치는 통에 좋은 구경을 했다."

벌떡.

오문은 튕기듯이 벌떡 일어나 앉았다.

"다 나았나 보구나. 역시 열이 날 때는 몸을 식혀주는 게 낫다더니."

"무, 무슨 말씀이십니까? 제가 뭘 어쨌다고요?"

무호는 가식적일 만큼 인자한 표정으로 다가와 오문의 어깨를 토닥거리며 말했다.

"괜찮다. 부끄러워할 것 없다."

"사, 사람 이상하게 만들지 마십시오. 보는 사람이 없었다고 그러는 거 아닙니다!"

"내가 왜 없는 말을 지어낸단 말이냐? 아픈 정신에 옷을 벗겠다고 몸부림칠 수도 있지. 난 이해할 수 있다."

"전하께서 어찌 보시든지 그게 중요한 게 아니라, 제가 그런 적이 없다는 게 중요한 겁니다."

"네 마음이 편한 대로 생각하거라. 의외구나. 네가 부끄러운 걸 알다니. 하면 또 옷을 벗고 돌아다닐까 걱정되니 앞으로는 아프지 않게 몸 간수를 잘하거라."

"누가 옷을 벗고 돌아다녔다는 겁니까?"

"하도 잠꼬대를 요란하게 해서 일어나 보니 네가 윗옷을 벗고 끙끙대고 있지 뭐냐."

"아니요! 그런 바 없습니다!"

"그럼 내가 그 물수건을 어디서 구했을 것 같으냐?"

"무, 물 수건요?"

오문은 제 손에 든 물 수건을 만지작거렸다. 그리고 보니 낯이 익다. 조금 두껍고 긴……!

"헉! 이, 이건!"

혹시나 하고 제 가슴을 더듬어 보던 오문이 소스라치게 놀라 소리쳤다.

"새삼스럽구나. 어차피 서로 웬만한 건 다 본 사이 같은데."

태자는 마치 이제 발가벗고 놀아도 될 사이인 것 마냥 대수롭지 않게 말하고 있었다.

"정말 미, 미치지 않고서야 그딴 사이가 어디 있습니까! 왜 남의 옷을 함부로! 혹시 제가 천하다고, 저한테 이렇게 해도 된다고 생각하시는 겁니까?"

"나야말로 미치겠군. 옷을 벗고 안겨드는 너에게 몇 번이나 옷을 새로 입혀 주었는지 아느냐?"

"전 그런 버릇 없습니다! 제가 무기력한 틈을 타서 태자께서 제 옷을 마음대로 벗기시……!"

목소리를 높였더니 현기증이 일었다.

"쯧. 무리하지 말고 좀 더 누워 있어라. 마실 물을 갖다 줄 테니."

그러면서 일어나는 무호가 한쪽 어깨를 두드리며 '끄응' 소리를 냈다.

"찬 데서 잔 것도 모자라, 밤새 팔을 썼더니 영 몸이 좋지 않구나."

어쩐지 불안한 마음에 오문이 물었다.

"팔을…… 어디에 쓰셨는데요?"

한 걸음 내딛던 무호가 스윽 뒤를 돌아보았다.

"어디에 썼을 것 같으냐?"

그렇게 말하는 가는 눈초리가, 말려 올라간 입꼬리가, 뺨을 때려주고 싶을 만큼 사악해 보였다.

　요란한 아침을 보낸 두 사람은 한시바삐 마을로 가기 위해 걸음을 서둘렀다.

　사실 아픈 오문은 빨리 걷지 못했고 마음이 급한 건 무호였다.

　"안 되겠다. 업히거라."

　"……."

　오문은 대답할 가치도 없다는 듯 무호를 지나쳐 갔다.

　"그 걸음으로 언제 숲을 벗어나겠느냐? 여기가 어딘지도 모르는 판국에."

　"정 답답하시면 버리고 가십시오. 저는 급할 게 없는 사람입니다."

　"그렇군. 그러고 보니 나도 서두를 이유가 없군."

　그러더니 무호는 길가에 핀 조그마한 보라색 꽃으로 다가갔다.

　그리고 그것을 뽑아 아예 풀줄기 전체를 오문에게 건넸다.

　"달개비 꽃이네요."

　"해열에 좋은 약꽃이다. 먹으라고 있는 꽃이지."

　"저도 압니다. 쪄서 달여 먹어야 하는 거란 것도 압니다."

　"너도 참 별걸 다 아는구나. 일단은 그냥 먹어둬라."

　"전하야말로 별걸 다 아십니다."

　오문은 달개비 꽃을 힘없이 씹기 시작했다.

　"몇 년을 밖에서 굴러서 그렇다."

　"서강에 가신 것은 살수들을 피해 가신 것이지요?"

　"……."

　"저도 다 압니다. 그렇게 싫은 곳에 가계셨으니 살수들에 대한 원망이 크시겠습니다.”

“원망보다는 분노지.”

“얼마나 화가 나시는데요?”

“귀문의 잔당들을 뿌리째 뽑아, 그 이름과 흔적을 세상에서 모조리 지울 것이다.”

“귀문은 어릴 때부터 살수들을 훈련시킨대요. 그 아이들도 다 죽이실 겁니까?”

“아무리 어려도 사람을 죽이는 것을 익힌 아이들이다. 살문에 든 아이들을 그냥 둔다면 또 다른 귀문이 세워질 뿐이다.”

오문은 ‘역시 그렇겠지요’ 하고 어두운 안색으로 힘없이 중얼거렸다.

“내가 잔인한 것 같으냐?”

무호는 오문의 반응이 신경 쓰여 물었다.

오문은 고개를 가로 저으며 웃어 보였다.

“아닙니다. 옳으신 말씀이십니다.”

무호는 오문의 표정이 석연치 않았지만 대수롭지 않게 생각했다.

“그나저나 영춘이 놈은 살아 있긴 한 건지.”

“참 일찍도 찾으십니다.”

단왕부에는 세상에 모습을 잘 드러내지 않는 아름다운 여인이 살고 있었다. 오직 태자비가 되기 위해 길러진 온실 속의 화초 같은 여인이었다.

그녀는 늘씬한 난초처럼 청초하고 고아했다. 때로는 그것이 북풍한설 속에 홀로 서 있는 듯 독하고 차가운 인상을 주기도 했다.

그 때문에 그녀를 오랫동안 돌보았던 사람들마저도 그녀에게 다가가기를 힘들어했다.

"아직 날이 찬데, 여기서 뭘 하고 있느냐?"

북천 땅은 아직 봄이라 하기 무색한 날씨였다. 꽃봉오리 하나 맺히지 않는 화원에는 거칠고 메마른 잡초밖에 없었다.

단유천은 제가 오랫동안 아끼고 바라본 여인을, 산호라 불리는 그 여인을 다정하게 나무랐다.

"오셨습니까?"

여인이 돌아보며 부드러운 웃음으로 인사를 했다.

단유천은 잘 웃지 않는 산호가 제게만 보여주는 그 웃음이 사랑스러워 미칠 것 같았다.

당장에라도 그녀를 껴안고 농염하게 입을 맞추고 싶었다.

하지만 그럴 수 없다. 그녀의 마음속에는 그녀가 얼굴도 한 번 보지 못한 태자가 있다.

그녀는 모르고 있다. 그녀의 손으로 태자를 죽여야 할지도 모른다는 것을. 또는 혈육처럼 돌봐준 단왕 부자가 태자를 죽일지도 모른다는 것을.

단왕 부자가 귀문임을 알 리 없으니 모르는 게 당연했다.

"제 옥패는 찾으셨습니까?"

산호는 옥패가 필요했다. 황제께서 옥패를 요구해 온 것이 약 육 년 전이었다. 그것이 없으면 진짜 은도명의 여식인 산호를 증명할 길이 없다한 것이다.

혼기가 되기 전까지는 그 옥패에 대해 아무 말 않고 있던 황제였다.

그는 능구렁이처럼 단왕을 시험한 것이다. 단왕은 이제 와서 그것은 없지만 이 아이가 산호가 맞다 우길 수 없었다.

애초에 산호의 존재는 황제께 충심과 우정을 보이려는 단왕의 방패였을 뿐이었다. 한데 연이어 태자 시해를 실패하자 계획을 바꾸었다.

단왕은 아무것도 모르는 산호에게 옥패를 주고 황실로 들어가게 할 셈이었다. 그리고 태자비가 된 산호는 자신도 모르는 사이에 태자를 죽이게 될 것이다.

그래서 그는 옥패를 가지고 있는 진짜 산호를 붙잡기로 했다.

그러나 단왕의 아들 단유천은 생각이 달랐다.

단유천은 산호를 태자에게 뺏기는 것도, 그녀가 죽게 되는 것도 마음에 들지 않았다. 그래서 태자를 죽이는 데 앞장섰다.

「산호를 제가 가질 것입니다. 하니, 산호를 궁에 들이시더라도 혼인은 없게 할 것입니다. 산호의 태자는 저 단유천이 될 테니까요.」

단왕은 아들의 젊은 패기가 그렇게 싫지 않았다.

「더 좋은 방법이 있지 않느냐? 그전에 태자를 죽이면 그만이다.」

단유천은 태자의 목을 아비에게, 그리고 산호의 옥패를 산호에게 바쳐 제 원대한 꿈을 이루고 말 것을 믿어 의심치 않았다.

한 번도 실패해 본 적이 없는 사내.

그것이 바로 저니까.

그는 산호의 질문에 당황하지 않았다.

"조급해할 거 없다."

"제겐 시간이 별로 없습니다."

"곧 찾을 수 있을 것 같다. 옥패와 태자가 함께 있는 모양이더구나."

이해하기 힘든 말이었다. 의연했던 산호의 눈동자가 흔들렸다.

"왜? 신경 쓰이느냐?"

"무슨 말씀이신지 모르겠습니다."

"오문과 태자가 동행하는 중이라는구나. 태자가 계집을 끼고 동행하다니 뜻밖이다만, 서강의 개망나니를 풀어놓았으니 그럴 만하지 않겠느냐?"

산호는 저를 흔들어놓으려는 단유천의 의도에 휘말리고 싶지 않았다.

"결국 서강의 개망나니도 붙잡은 오문을 세자저하께서는 아직도 붙잡지 못하셨군요."

이죽거리던 단유천의 얼굴에서 웃음기가 사라져 버리는 것을 보면서 산호는 시선을 거두고 안으로 들어가 버렸다.

제 19 장
빗방울에 멍든 꽃

달개비 꽃 때문인지, 어젯밤 무호의 간호 덕분인지는 모르겠지만 오문의 열은 많이 내려 있었다. 열이 내리니 몸이 좀 가벼운 기분이 들었다.

"길은 알고 가시는 겁니까?"

"처음 와보는 길이다."

"한데 뭘 믿고 그리 당당히 가십니까?"

"어디든 나오겠지."

무호는 태연하게 말했지만 미로같이 빽빽한 숲에서 길을 찾기란 어려웠다.

"배가 고프네요."

오문이 힘없이 말했다.

"불행히도 이 근방에서 풀떼기를 제외하고 먹을 거라고는 벌레밖에 없구나."

"버, 벌레요?"

"그거라도 먹겠다면 잡아다 주마."

"됐습니다."

"네가 아직 배가 덜 고픈 게다."

"그런데 이상하지 않습니까? 어째서 발 달린 동물들이 안 보일까요?"

"나도 그게 좀 의문이다."

시간이 지날수록 두 사람은 태연할 수 없었다. 허기가 지기도 했고 사방에 음습한 기운이 도는 데다가, 갈수록 길이라고 부를 수 없는, 수풀이 무성한 길이 나오고 있었다.

"사람이 지나온 흔적이 없습니다."

"그렇군."

"그렇군, 하고 끝날 일이 아닌 것 같습니다. 길을 잘못 든 게 아닐까요?"

"이 길이 맞다."

"뭘 믿고 그리 확신하십니까? 설마 돌아가기 귀찮아서 이러시는 건 아니시죠?"

"귀찮긴 하지."

오문은 태자의 개념 없는 대답에 한숨이 절로 나왔다.

"귀찮은 문제가 아니라 생사가 달려 있으니 드리는 말씀입니다."

무호는 피식 웃었다. 오문이 하는 짓을 보면 그렇게 목숨을 중히 여기는 놈 같지도 않은데 엄살을 부리는 것이 귀여웠다.

"죽기야 하겠느냐?"

"어휴. 저도 모르겠습니다."

오문이 보기에 이제 길은 아예 없다고 봐야 했다. 수풀을 헤치는 태자의 손에 생채기가 가득할 정도였다. 그런데 길고 거친 풀숲을 헤치고 나자 길은 없고 시커먼 늪이 나타났다.

"보십시오! 길이 없지 않습니까? 돌아가야 합니다!"

끈적끈적하고 시커먼 늪이 사방에 깔려 도저히 지나갈 길이 보이지 않았다.

무호는 얼굴을 찌푸리고 있었지만 늪 건너편을 노려보기만 할 뿐 도저히 물러설 기미가 안 보였다.

"후……."

오문은 더 잔소리할 기운도 없었다.

그러자 무호가 그녀를 바라보며 진지하게 물었다.

"건너자."

"예? 어딜요?"

"늪."

"딱 봐도 깊어 보이는데 어찌 건너자는 말씀이십니까?"

"내가 던져 주마."

"……."

"줄타기를 하는 걸 보니, 착지는 문제없을 것 같더군. 던져 주겠다."

"사람을 던지겠다는 발상이 어디서 나오는 겁니까?"

"날 믿어라."

"헉!"

무호는 오문의 만류에도 불구하고 그녀를 안아 높이 들어 올렸다.

"늪으로 던지시는 건 아니시죠!"

"날 믿어라."

"윽!"

그 말이 끝나자마자 무호는 정말 오문의 몸을 멀리 멀리 던졌다.

자신을 믿으라는 태자의 말 때문인지 의외로 별로 겁나지 않았다. 단단한 땅이 보이자 오문은 머리부터 떨어지려는 몸을 회전시켰다.

쿵.

아슬아슬했지만 그래도 무사히 땅을 밟을 수 있었다.

벌떡 일어난 오문이 외쳤다.

"전하는 어찌 오실 겁니까?"

"뛰겠다."

"……?"

무호는 뒤로 크게 물러났다. 그리고 호랑이처럼 달려오더니 늪 바로 앞에서 있는 힘껏 땅을 박차고 멀리 뛰었다.

"……!"

오문은 그가 땅을 찰 때 땅이 흔들리는 것 같은 착각마저 들었다.

그는 활처럼 쏘아져서 오문의 앞에 떨어졌다. 하지만 '쿵' 하는 소리가 들리지 않았다.

"헉! 전하!"

한 발의 차이로 무호는 그만 늪에 빠지고 만 것이다.

"제길."

무호가 빠져나가기 위해 앞으로 걸으려 하면 더 빨리 가라앉았다.

그런데 눈앞에 조그만 손이 뻗어 나왔다.

"잡으십시오!"

오문이 옆에 있는 나무를 껴안고 손을 뻗고 있었다.

"……."

"어서요!"

무호는 제가 여인의 도움을 받는다는 것이 탐탁지 않았다. 게다가 오문은 저를 도와주기에 몸집이 너무 작았다.

"그러다 네 팔이 빠지거나 너도 늪에 빠질 것이다."

"절 믿으십시오."

오문은 태자가 했던 말을 똑같이 했다.

"절 믿고 잡으십시오."

그 확신 어린 말에 무호는 오문을 믿어보기로 했다.

무호가 손을 뻗었다. 두 사람의 시선이 촘촘하게 얽히고, 맞잡은 손을 더 단단히 붙들어 잡았다.

"어서 올라오십시오."

고개를 끄덕여 보인 무호가 오문의 팔을 잡아당기며 발을 움직였다.

"헉! 으악!"

"……!"

오문은 그만 무호가 당기는 힘을 이기지 못해 나무를 붙잡고 있던 반대 손을 놓치고 앞으로 튕겨 나갔다.

그 순간 무호가 제 가슴으로 오문을 받아냈고 다행히 오문은 늪에 빠지지 않을 수 있었다.

"헉!"

무호는 기가 막힌다는 듯 제 가슴에 기댄 오문을 보며 말했다.

"믿으라며?"

"이렇게 무거우실 줄 몰랐지요!"

오문은 민망해서 어쩔 줄 몰라 하면서도 억울하다는 듯 따졌다.

"네가 사내 알기를 우습게 안다 했다."

"그런 거 아닙니다!"

무호는 오문의 볼멘소리를 더 듣고 있을 시간이 없었다. 가라앉는 속도가 빠르진 않았지만 벌써 무릎까지 잠겼다.

"조금만 더 들어가면 마을이 나온다."

"예? 마을요?"

"가서 사람을 데려오너라."

"어디에 마을이 있다는 겁니까?"

"내가 눈이 좋은 편이다. 깃발을 보았다."

그 말에 오문이 눈을 모아 멀리 내다보았다. 어렴풋이 푸른 천처럼 보이는 무언가가 펄럭이는 듯했다.

"정말이네요!"

"그럼 없는 말 하겠느냐?"

"아니, 그럼 그렇다고 말씀을 해주시지, 그거 말해주는 게 어려우십니까?"

"와 보면 알게 될 걸 꼭 입 아프게 말을 해야 하는 게냐?"

"무턱대고 따라오라 하시니 짜증만 나지 않았습니까!"

"짜증? 지금 날 짜증스러워했단 얘기냐?"

"아뇨. 뭐 진짜 그랬다는 게 아니라 말만 그렇다는……. 아, 아무튼 금방 뛰어갔다 오겠습니다. 잘 버티셔야 합니다. 아셨죠?"

다투고 있을 시간이 없기 때문에 오문은 서둘러 앞으로 달려갔다.

"오문."

무호의 부름에 오문이 잠깐 돌아보았다. 걱정스러운 무호의 표정을 보며 오문은 싱긋 웃으며 대답했다.

"절 믿으십시오. 도망 안 갑니다!"

오문의 몸은 곧 수풀에 삼켜지듯 사라졌다.

"······아니. 조심하란 뜻이었다."

무호는 오문이 가고 난 후에야 중얼거리듯 당부했다.

오문은 마음이 급했다. 어서 구하지 않으면 태자는 늪 바닥으로 가라앉고 말 것이다. 뛰는 것에는 자신이 있기에 깃발이 보이는 방향으로 정신없이 달렸다.

깃발은 가까워지고 있었다. 한데, 뭔가 이상했다.

'너무 조용해!'

비록 멀리 떨어져 있지만 어렴풋이 마을이 보였다. 조금 더 다가가니 목책을 둘러 요새처럼 만든 작은 마을의 풍경이 들어왔다. 한데 이상한 것이 아무도 살지 않는 것처럼 쥐 죽은 듯이 조용했다.

"헉. 헉! 아무도 안 계십니까!"

오문은 마을이 보이기 시작하자 큰 소리로 외쳤다. 한데 아무도 답을 하지 않았다. 마을에 도착해 보니 오래된 마을도 아니었다. 빨랫줄에 옷가지가 널려 있거나 밥을 해 먹은 흔적까지 남아 있었다.

"전부 어딜 갔나?"

한 명도 남기지 않고 마을 사람 전부가 사라진다는 것도 상당히 이상했지만 오문은 고민을 멈췄다.

'일단 태자부터 구해야지. 그러니까 왜 무모하게 거길 뛰어! 진짜 손이 많이 가는 분이시라니까.'

오문은 속으로 투덜거리면서도 집중해서 주변을 살폈다.

'저거면 되겠다!'

사람을 부를 수는 없지만 튼튼해 보이는 빨랫줄에 눈이 갔다.

단유천의 분노는 그가 가진 서신을 태우고도 남을 만큼 활활 타올랐다.

"모자란 놈들!"

일귀로부터 온 서신은 삼귀가 이끄는 조가 전멸했다는 소식이었다. 태자와 오문 일행을 한 번에 처리하려던 놈들은 멍청하게도 시신을 관에 남기기까지 했다는 게 아닌가.

수적으로 분하여 작전을 세웠다면 죽더라도 물귀신이 되어야 했다. 그렇게 떼거지로 시신을 남기면 분명 이상한 점을 찾게 된다. 관원들도 바보는 아니니 놈들이 수적이 아니라는 것쯤은 금방 알게 되지 않겠는가.

"일을 복잡하게 만드는군!"

한동안 시끄러워질 테고 귀문에 대한 조사가 들어가면 아무리 자신들이 신출귀몰하다 해도 몸을 사릴 수밖에 없었다.

그래도 한 가지 희망이 있었다. 태자와 오문이 함께 물에 빠져 친위대가 찾고 있다니, 어쩌면 둘 다 죽었을지도 모른다.

"일이 잘 안 풀리시나 봅니다."

단유천은 폭발할 듯한 감정에 휩쓸려 누가 들어온 줄도 모르고 있었다.

"산호!"

"무슨 일이십니까? 오문을 또 놓친 겁니까?"

산호는 제 옥패를 훔쳐 달아났다는 오문이란 아이를 증오하고 있었다. 그 아이로 인해 저는 아직도 세상 밖을 나가지 못하고 단왕부 깊숙이 갇혀서 사람들과 단절된 삶을 살아오고 있지 않나. 옥패만 있었다면 저는 육 년 전에 태자를 만나러 황성으로 갔을 것이다.

한데 그 계집이 이제 태자와 함께 있다고 하니 제 인생을 도둑맞은 듯한 기분이었다.

"걱정 마라. 오문의 곁에 든든한 배경이 있는 탓에 일이 쉽지 않은 모양이다."

단유천은 일부러 그렇게 말하고 산호의 표정을 살폈다. 얼음 같던 산호의 뺨이 파르르 떨렸다. 든든한 배경이 누구인지 못 알아들을 산호가 아니었다.

"그 아이의 속셈이 무엇인지 아십니까?"

"글쎄다. 붙잡으면 물어보마."

"붙잡을 수 있으시겠습니까?"

산호가 도발하듯 물었다.

한데 단유천은 싱긋 웃었다. 지난번에도 이런 말로 제 자존심을 건드렸지만 그렇다해서 화가 나지는 않았다.

이런 점이 바로 산호의 매력이 아닌가. 아기 때부터 보살펴 준 은혜로운 자신들에게조차 산호는 꼿꼿했다. 쓸데없는 정을 주지 않겠다는 듯.

태자비가 되고 황후가 될 거라는 걸 인식한 순간부터 그녀는 세상 꼭대기에 스스로를 올려놓은 듯했다. 하지만 그 오만함이 미치도록 아름다웠다. 산호를 제 것으로 만들면 저 오만함을 꺾을 수 있다. 제가 태자가 되면 저를 우러러볼 것이다. 이 얼마나 짜릿한가!

"그깟 계집이 태자를 유혹할까 걱정이라도 되느냐?"

이번엔 단유천이 빙글빙글거리며 산호를 도발했다.

"태자께서 그 간사한 계집에게 속으실까 염려되는 것뿐입니다."

"그거야 모르는 일이지. 태자가 싫다는 그 계집을 데리고 다니는 건지도 모르지 않느냐?"

"그럴 리 없습니다."

"뭘 믿고 그리 장담하지? 태자도 사내야. 심지어 많은 계집을 거느릴 수 있는 신분이지. 최근에는 창관에서 창기를 끼고 머무르기도 했다는구나."

단유천은 그 창기가 오문이라는 말은 일부러 하지 않았다. 그저 태자를 방탕한 자로 만들고 싶었기 때문이다. 아니나 다를까, 이번에는 산호가 표정을 숨기기 힘들어 보였다.

"화날 만도 하지. 너는 여태 병들고 폐위된 태자에게조차 의리와 정절을 지키고 살아왔거늘, 바깥 구경에 심취해 천한 계집들을 끼고 다니다니. 많이 실망했느냐?"

산호는 단유천을 차갑게 노려보았다. 그녀도 알고 있었다. 단유천이 저를 어떤 눈으로 보고 있는지, 어릴 때부터 알고 있었다. 그는 늘 다정했지만 태자 이야기만 나오면 이죽거렸다.

"태자를 깎아내린다고 해서 오라버니가 태자가 되는 것은 아닙니다."

"……!"

단유천의 표정이 활활 타오르는 눈만 빼고 싸늘하게 굳었다.

"저는 오라버니의 것이 될 마음이 조금도 없습니다."

산호가 칼같이 선을 그으며 돌아섰다.

"멈춰라!"

단유천이 전에 없이 크게 호통치며 그녀를 불러 세웠다.

그가 산호에게 이렇게 소리친 것은 이번이 처음이었기에 산호도 조금 놀란 얼굴로 돌아보았다.

"무슨 뜻으로 하는 말이냐?"

"무슨 뜻이라니요?"

"내 것이 될 마음이 없다는 게 무슨 말이냐?"

"몰라서 물으시는 겁니까?"

"똑바로 대답해! 내가 태자가 아니라서 내 것이 될 마음이 없다는 뜻이냐!"

산호는 무섭게 다그치는 단유천의 무서운 얼굴 앞에서도 짙은 비웃음을 매달고 대답했다.

"왕세자 저하."

"······!"

오라버니라 부르며 격 없이 지내던 산호가 그를 세자로 불렀다.

"저는 열등감에 휩싸인 사내를 좋아하지 않습니다."

"뭐라!"

"그런 사내는 창기를 끼고 놀아도 부끄러운 줄 모르는 떳떳하고 당당한 사내보다도 더 못나 보이는 법입니다."

단유천의 부릅뜬 눈이 더 커졌다. 그는 욕지거리가 올라오는 것을 꾹 삼키고 산호를 노려보았다.

"물론, 저하께서 그렇다는 것은 아닙니다."

"날 놀리는 것이냐?"

"그리되지 않으시길 바라는 마음에 드린 말씀입니다."

"나는 누구에게도 열등감을 느끼지 않아!"

"태자가 되고 싶으십니까? 저를 갖는다고 해서 태자가 되실 수는 없습니다."

"그 반대다! 내가 너를 태자비로 만들어줄 것이다!"

뜻하지 않은 때에 단유천은 제 안의 비틀어진 욕망과 포부를 고백하고 말았다.

이미 눈치채고 있던 산호는 놀란 기색이 없었다.

"그깟 계집 하나 찾지 못해 쩔쩔매시는 분이 태자의 자리에 오르시겠다는 말씀이십니까?"

"……!"

"저하. 저하께서 육 년이나 놓친 그 아이를 태자께서는 불과 한 달여만에 옆에 두고 계십니다. 그런데도 느끼는 것이 없으십니까?"

신랄한 질책에 단유천의 안색이 수치와 분노로 시뻘게졌다.

"차라리 태자 전하께 사람을 보내십시오. 그 요망한 계집의 죄를 밝히고 내어달라 하십시오. 그게 더 빠를 것 같지 않습니까?"

"나더러 태자께 고개를 숙이라는 게냐?"

"세자께서 태자께 고개를 숙이는 것이 어찌 어렵다는 말씀이신지 모르겠습니다. 역모를 생각하고 계시다면 제 앞에서는 자중해 주십시오. 저는 태자 전하의 안사람이 될 몸입니다. 부디 제 친 혈육과도 같은 은인을 제가 상하게 하는 일이 없길 바랍니다."

산호는 벌써 태자비라도 된 듯 엄중한 경고를 내렸지만 이번엔 단유천이 웃었다.

"산호야. 다 가진 자보다 가지지 못한 자가 더 강해지는 법이다. 열등감이라 했느냐? 곧 너도 그것을 느끼는 날이 올 것이다. 하면 너도 이해하게 되겠지. 어떤 자가 최후에 웃게 되는지를."

단유천은 가짜 산호의 위엄과 오만을 비웃은 것이지만 지금의 산호는 그의 의미심장한 말을 조금도 이해할 수 없었다.

❖

비록 가슴까지 늪에 빠져 진흙 범벅이 되었지만 무호는 아무 탈 없이 밧줄을 붙잡고 나올 수 있었다.

"진짜 큰일 날 뻔했습니다. 왜 그렇게 대책 없이 움직이십니까! 제가 빠졌으면 벌써 죽었을 겁니다. 다행히 키가 크셔서 무사하신 줄 아십시오."

무호는 오는 길 내내 주절거리는 오문의 잔소리를 무시하고 마을을 둘러보았다.

"정말 아무도 없군."

"그렇다니까요! 꼭 사람이 증발한 것처럼 사라지고 없습니다."

"하면 할 수 없지. 그냥 들어가는 수밖에."

"예? 어딜 들어간다는 말씀이십니까?"

"마을을 찾았으니, 예서 묵어가야지, 뭘 묻느냐?"

"주인도 없는 집에 그냥 들어가자는 말씀이십니까?"

"하는 수 없지 않느냐? 문단속도 하지 않고 집을 텅 비운 집 주인의 탓이다."

"그렇다고 폐가도 아닌 집에 뻔뻔하게 아무도 없는 줄 알았다며 들어가자는 겁니까? 누가 그 말을 믿겠습니까? 도둑으로 몰려도 할 말이 없지요."

세상 전부가 제 집인양 거들먹거리는 태자가 얄미워서 오문은 어떻게든 안 된다고 잔소리를 했지만, 태자에게는 씨알도 먹히지 않았다.

"뒷일은 나중에 생각하고 배부터 채우자. 먹을 게 있는지 찾아보거라."

"저더러 도둑이네 어쩌네 하시더니, 남의 집 털어 먹자는 말씀이 어찌 그리 자연스러우십니까?"

"이런 데서 목책까지 두르고 숨어 사는 놈들이야말로 뒤가 구린 놈들이지. 피차 마찬가지일 텐데 따질 것도 없다."

그러면서 무호는 빨랫줄에 걸린 옷들을 뒤적거리고 다녔다. 맞는 옷을 골랐는지, 이내 진흙투성이의 옷을 벗어 던지기 시작했다.

"헉! 벌건 대낮에 밖에서 뭐 하는 짓…… 아니, 뭐 하시는 겁니까!"

"어차피 너와 나밖에 없는데 뭘 그러느냐?"

"저는 사람도 아닙니까!"

그러자 무호가 가늘어진 눈으로 비난하듯 오문을 힐끗 쳐다보았다.

그 눈빛을 보니 찔리는 게 생각났는지 오문은 냉큼 고개를 돌렸다.

"그, 그때는 그냥 호기심에 신기하기도 하고……. 따, 딱히 뭐 그런 걸 좋아하고 그래서 그런 건 아니었습니다. 뭐."

"아. 이제 호기심이 충분히 충족될 만큼 질리게 보았으니 더 볼 필요가 없겠구나."

"무슨요! 조금밖에 안 봤습니다! 제가 언제 질릴 정도로 봤다는 겁니까? 매도하지 마십시오!"

"그래? 그럼 아직 더 볼 게 남은 모양이군."

"아우! 제가 보길 원하십니까? 그래서 그러시는 거지요? 네. 봐드리겠습니다. 빤히 지켜봐 드리지요!"

하고 큰소리친 오문이 돌아보았다.

그런데 무호는 벌써 옷을 다 갈아입은 후였다. 평민의 옷을 입고 있는데도 무호의 귀태는 별로 달라지지 않았다.

"……."

"표정 관리 좀 하지. 아쉬워하는 기색이 역력하다."

"자꾸 사람 이상하게 만들지 마십시오!"

잠깐 투덕거리긴 했지만 너무 허기가 졌던지라 오문은 서둘러 먹을 것을 찾아다녔다. 그러면서 또 한 가지 사실을 알게 되었다.

"이 마을 사람들은 전부 부자인 모양입니다. 먹을 것이 넘쳐나요."

잠시 후 두 사람은 말린 고기와 야채를 볶아서 밥을 해 먹었다. 점점 해가 저물어 가는데도 사람들이 돌아오지 않았다.

"진짜 이상합니다. 집 안에 재물이며 먹을 거며 잔뜩 쌓여 있는데 사람이 없다니. 어쩐지 으스스합니다. 예전에 읽은 책에서 이런 데가 나왔거든요. 알고 보니 우리가 방금 먹은 고기가 사람 고기고 뭐 그런 거 말입니다. 날이 밝으면 쌀밥이 구더기로 변해 있고."

"글자를 배워 쓸데없는 것만 읽었군."

"무섭지 않으십니까? 차라리 사람들이 다 죽었다면 모를까 시체 하나 없이 사람만 없는데요."

"그것만 이상한 줄 아느냐?"

무호가 심각한 음성으로 묻자 오문이 목을 움츠리며 투덜거렸다.

"무섭게 왜 목소리를 깔고 그러십니까? 또 뭐가 있다고……."

"마을에 여인들의 흔적이 없다."

"예?"

"사내들끼리 모여 사는 그런 냄새가 나. 집 안 어디에도 계집의 장신구나, 아이들 물건 하나가 없다. 가정을 이루고 사는 게 아니란 얘기지. 그런데도 식재료가 잘 정리돼 있거나 빨래를 널어놓은 걸 보면 일하는 계집은 있었다는 뜻이지."

무호는 마을에 들어섰을 때부터 병영에 들어선 듯한 냄새를 맡았다.

그것이 신경 쓰여 더 유심히 살펴보았는데 정말로 여인과 함께 산 흔적은 없었다.

"그렇다는 말씀은……."

"여인들이 있지만 종처럼 부린 게지. 그리고 이렇게 길도 제대로 나 있지 않은 험한 곳에 숨어 사는 자들. 가진 것이 많은데도 불구하고 돌아오지 못하고 있는 자들. 누구인 것 같으냐?"

"수적! 여기가 수적들 소굴인 모양입니다!"

무호의 질문이 끝나자마자 오문이 손뼉을 치며 외쳤다.

"그래. 그럼 그 수적들은 어찌 된 것 같으냐?"

"……헉!"

오문은 흔적조차 남지 않고 사라진 수적들이 이미 죽었다는 것을 알아차렸다.

"귀문의 살수들이 한 짓이다. 수적처럼 보이고 싶었던 모양이지."

"그, 그럼……. 여, 여기 있던 수적들이야 그렇다 치고, 잡혀 왔던 여인들까지도 전부……."

"죽었겠지."

오문은 주먹을 꽉 쥐었다. 실종된 여인들을 기다리는 가족들이 있을 것인데, 죄 없는 그들마저 이렇게 죽여야 했단 말인가. 저와 태자를 죽이겠다고 뱃사공을 비롯해 죄 없는 사람들이 너무 많이 죽고 있었다.

"이래서 나는 귀문을 뿌리 뽑고 싶은 것이다."

"……."

오문은 태자가 귀문의 아이들까지 전부 없앤다 했을 때 서운해했었다.

"아직도 내가 잔인해 보이느냐?"

그때도 그렇지 않다고 대답했었지만 태자는 그리 듣지 않았던 모양이었다.

"그리 생각하지 않습니다."

"그래. 다행이다."

제 생각이 뭐가 그렇게 중요하다고 다행이라고까지 말하는 것일까.

오문은 태자가 참 이상한 사람이라 생각했다. 보통 높으신 분들은 제 생각만 중요하지 남의 의견을, 그것도 저보다 신분이 낮은 자들의 의견을 들으려 하지 않는다. 심지어 그들이 어떤 평가를 내리는지도 신경 쓰지 않았기 때문에 사유보 같은 인간들이 그토록 많았던 것이다.

갑자기 할 말이 없어져서 잠깐이지만 어색한 시간이 지났다.

"손은 좀 어떠냐?"

이럴 때는 안부를 묻는 것이 가장 자연스러운 법이었다.

"나빠지진 않았습니다."

"너는 계속 손목이 고생이구나."

오문도 그 얘기를 듣고 보니 그랬다. 대나무에 찔린 곳도, 살수의 공격에 잘릴 뻔한 곳도 같은 손목이었다.

"하필 그렇습니다. 재수가 없나 봅니다."

"손목 얘기가 나와서 말인데……."

무호는 잠시 뜸을 들였다. 이 얘기를 해도 될까 잠깐 망설였지만, 오문이 눈을 깜빡이며 다음 말을 기다리는 것을 보고 조심스레 말을 이어 갔다.

"그때 그 창관에서 살해당한 계집 말이다."

"예."

"내가 관청에서 그 자료를 좀 읽었는데, 이상한 점이 있더구나."

"뭐가 말입니까?"

"죽은 범인이 그날 밤 계속 여인들의 손목을 확인하고 다녔다는 정황이 있었다."

"예? 손목을요?"

"그래. 한데…… 죽은 여인의 손목에는 아무것도 없어서 그냥 주사를 부린 모양이다, 결론을 내렸더구나. 한데 나는 그것이 연관이 있을 듯해. 무엇을 확인하려 여인들의 소맷자락을 들추고 다녔는지, 또 그 여인의 손목을 보고 죽였다면 그것이 무엇인지 궁금해지더구나."

그 말을 하면서 무호는 오문의 표정을 살폈다.

"흠……. 그러네요. 제가 생각해도 그건 좀 이상합니다. 왜 손목을……!"

오문은 발끝에서부터 싸한 기분이 올라왔다.

손목!

그리고 그 여인에게 주었던 옥패!

귀문이 다리 위에서 제 손목을 건드렸던 일도 있었다. 그때는 그것이 옥패를 노리고 한 짓인 줄은 몰랐었다. 저를 다리에서 떨어트리려고 그러는 줄로만 알았었다.

'설마, 귀문이 이 옥패를 노리고 있다고?'

오문은 앞에 태자가 있는 것도 잊고 생각에 빠졌다. 그래서 태자의 안색이 어두워지는 것을 보지 못했다.

'너도 옥패를 떠올리고 있는 모양이지? 대체 그 옥패가 무엇이기에 너를 죽이려 하는 것이냐?'

태자는 속으로 신음하며 어두운 안색을 감추었다.

"아, 참. 손 이리 다오. 상처를 좀 봐야겠다."

갑자기 들려온 목소리에 오문은 화들짝 놀라며 생각에서 깨어났다.

"아, 아닙니다. 이제 별로 아프지도 않……!"

무호는 오문의 말이 끝나기도 전에 그녀의 손목을 낚아채며 소매를 걷어 올렸다.

"그러고 보니 그 옥패가 안 보이는구나."

"아! 아, 바, 발목에 감았습니다."

"그렇구나."

무호는 대수롭지 않게 넘기며 붕대를 풀었다.

오문은 제가 눈치챈 사실을 혹 그도 눈치채지 않았을까 불안했다.

'아니야. 내가 늘 손목에 옥패를 감고 다닌다는 것도 모르잖아.'

이번에 발목에 감아 두기 시작했는데, 그러길 잘했다는 생각이 들었다. 제가 혼자 찔릴 뿐이지, 옥패 때문에 그녀가 죽었을 거라고 다른 사람은 생각 못 할 것이다. 오문은 그렇게 위안했다.

그동안 태자는 옥패 이야기는 다 잊은 사람처럼 오문의 상처만 살펴보다가 낮은 신음을 흘렸다.

"흠……. 더 어두워지기 전에 처치를 새로 하는 게 좋겠다."

"아, 아닙니다."

"기다려라. 약초를 구해오마. 수적들 소굴이니 재수가 좋으면 연고도 있을 게다."

오문은 괜찮다고 하고 싶었지만 태자가 먼저 일어나 움직이는 바람에 어정쩡하게 앉아서 기다렸다.

'괜찮을 거야. 모르실 거야…….'

만약 눈치챘다 하더라도 어쩌겠는가. 실은 저도 이것이 뭔지 잘 모르지 않나.

'옥패 때문에 쫓기는 거라면 이유를 모르는 건 나도 마찬가지. 괜히 뜨끔해서 감추려 하면 더 의심만 사게 돼.'

스스슥.

"······!"

바람이 불었는지 저 멀리서 풀이 스치는 소리가 크게 들렸다. 음침한 분위기 탓일까. 아니면 예민해진 탓일까. 풀숲에는 바람밖에 없는 듯 아무것도 느껴지지 않았지만 오문은 소름이 돋았다.

"전하?"

무호가 그쪽으로 가지도 않았건만 혹시나 하고 무호를 불러보았다.

스스스슥.

"······!"

오문은 뭔가 이상한 낌새를 눈치챘다. 바람 소리가 아니었다. 바람이 점점 다가올 리가 없지 않나.

"누, 누구십니까!"

주춤거리며 일어나 다가오는 바람소리를 향해 물었다. 이렇게 다가오는 자가 호의를 갖고 다가올 리는 없었다.

'수적은 아니야······.'

아무런 인기척이 느껴지지 않는 자들. 하지만 가까이 다가올수록 따끔한 살의가 느껴지고 있었다.

'하아······. 이제 지긋지긋해!'

오문은 벌떡 일어났다. 그러고는 바닥에서 제 주먹만 한 돌을 주워 소리가 다가오는 방향으로 있는 힘껏 던졌다.

퍽.

풀이 움직이고 돌멩이가 바닥으로 떨어지는 소리가 났다. 풀숲에 엎드린 누군가가 피한 것이다. 하지만.

퍼억!

"헉!"

두 번째 돌멩이가 바로 이어서 날아온 것은 보지 못했다. 정통으로 돌을 맞은 인영이 헛바람을 일으키며 벌떡 일어났다.

오문은 몸을 일으킨 사내를 빤히 바라보았다.

갑작스럽게 돌에 맞은 사내 역시 살기를 감추지 않았다. 도망가기는커녕 되레 제게 돌을 던지다니 황당하기도 한 모양이었다.

"아깝다. 머리를 맞췄어야 했는데……."

오문이 겁도 내지 않고 아쉬워하자 상대는 눈썹을 찌푸렸다.

'이 계집애가 보통은 아니군. 저년만 만나면 다들 죽어나간다 하더니 이유가 있었어.'

이귀는 조금 전까지만 해도 삼귀의 실패를 크게 비웃었다. 관청의 시신에는 삼귀가 보이지 않았다. 오문과 함께 물에 빠진 뒤로 떠오르지 않았다 했다. 이귀와 일귀는 삼귀와 오문, 그리고 태자의 흔적을 찾아 흩어졌다. 그런데 재수 좋게 자신이 먼저 발견한 것이다. 방심만 하지 않으면 태자와 어린 계집 단둘을 처리하지 못할 이유가 없다.

'나는 혼자가 아니니까.'

이귀의 옆으로 사방에서 풀이 들썩였다.

"……!"

오문은 살수가 혼자가 아니라는 걸 보고 놀라는 듯했지만 입술을 깨물고 식칼을 꽉 쥐었다.

그리고.

"전하아―!"

오문은 있는 힘껏 목청이 터져라 소리를 질렀다.

"도망가십시오! 이리로 오시면 안 됩니다!"

'저 미친!'

마을을 쩌렁쩌렁하게 울린 오문의 커다란 외침이 오히려 살수들을 놀라게 했다. 도와달라 청해도 부족할 판국에 제 편을 살리려고 하고 있다.

'저러니 귀문에서 도망치는 멍청한 짓을 하지!'

살수에게 동정심이라니 가당찮았다. 이귀는 네 명의 수하에게 눈짓해 오문을 맡으라고 한 뒤, 나머지 수하들을 끌고 태자를 찾아 나섰다.

그러는 동안 오문은 늘 그렇듯 있는 힘껏 달렸다.

'네 명 다 걸려들면 좋을 텐데.'

오문이 그들을 유인한 곳은 늪이었다. 벌써 많이 어두워져서 늪을 구분하기 힘들 것이다.

'뛰어들게 해야 해.'

아까 태자가 늪으로 뛰어든 것처럼 한 번에 들어가게 해야 했다.

오문은 먼저 달려가 늪 바로 앞에 식칼 끝이 하늘로 향하게 솟구치게 꽂아놓았다. 그러고 나니 살수들과의 거리가 고작 한 걸음밖에 차이 나지 않았다. 오문은 망설임 없이 늪으로 뛰어들었다.

뒤를 쫓던 살수들은 어둠 속에서 빛나는 서슬 퍼런 칼날을 보았지만 멈추지 않았다. 연이어 오는 네 명의 살수는 달려오던 힘을 이용해 발을 굴러 오문의 바로 뒤로 떨어졌다.

"헉!"

하지만 땅을 밟는 소리가 나지 않았다.

오문은 살수들이 당황해하는 것을 보고 씨익 웃었다.

"여기 꽤 깊더라고요. 누구 하나 밟고 가면 살 수 있을지도 몰라요."

"이……!"

키가 작은 오문은 벌써 엉덩이 아래까지 잠겼다. 살수들은 가만히 놔둬도 죽을 오문은 내버려 두고 저희끼리 싸우기 시작했다. 늪에서 그렇게 발버둥을 치니 잠기는 속도가 더 빨랐다.

'의리 없는 놈들.'

가라앉고 있는 건 저도 마찬가지였지만 오문은 그들의 싸움을 즐겁게 보고 있었다.

순식간에 두 명이 죽었다. 남은 두 명은 서로 싸울 필요가 없다는 걸 알았다. 죽은 동료의 몸을 밟고 뛰어 올라가면 그만이니까.

그러나 오문이 그렇게 두지 않았다. 오문은 그들이 싸우는 동안 아까 낮에 매어 두었던 밧줄에 매듭을 만들어 한 명의 목에 감았다.

"컥!"

한 명이라도 더 죽여야 태자가 살 확률이 높아졌다.

목이 감긴 살수는 가라앉는 늪에서 발버둥치고, 목을 조여오는 밧줄을 푸느라 정신을 차릴 수 없었다. 그러는 동안 나머지 살수 하나가 밖으로 기어 나갔다. 그는 배까지 잠긴 오문이 동료를 끌고 들어가는 것을 보고 검을 빼 들었다. 동료를 구하고 싶어서라기보다 저희를 감쪽같이 속인 오문에 대한 분노였다. 검을 높이 치켜들고 이제 가슴까지 잠긴 오문의 머리를 베어버리려고 했다. 그러다가 문득 잔인한 생각이 떠올랐다.

'이 개고생을 했는데 편하게 죽게 할 수 없지.'

그는 검을 내려놓았다. 그리고 오문이 잠겨가는 것을 웃으면서 바라보았다.

오문도 그의 의도를 알아차렸다.

그래서 오문은 잡아당기던 줄을 느슨하게 풀었다.

"끄으……!"

그랬더니 살려고 발버둥 치던, 목이 감긴 살수가 앞서 늪 밖으로 나간 살수의 발을 붙잡았다.

"헛!"

그 순간 오문이 줄을 더 세게 잡아당겼다.

"커억!"

"……!"

밧줄을 따라 뒤로 끌려간 살수 때문에 발목이 잡힌 살수 역시 늪으로 끌려 들어왔다.

'혼자 죽을 것이지!'

그는 잔뜩 짜증을 내며 칼을 들어 제 동료를 베어버렸다.

"흡!"

오문은 제 앞에서 피가 튀자 숨을 멈추며 고개를 돌렸다.

"끈질긴 년!"

간신히 다시 기어 올라간 살수가 오문을 그냥 죽이기로 마음먹고 칼을 들었다.

이제 목까지 잠겨 버린 오문은 어차피 살 수 있을 거라 생각지 않았다. 한 번에 죽을 수 있다면 오히려 다행이었다. 그래서 살수가 검을 휘두르는 것을 목을 빼고 쳐다봐 주었다.

퍽.

"끄윽!"

"……!"

오문은 눈을 크게 떴다.

검을 휘두르려던 살수의 목에 어디선가 작은 화살이 날아와 박혔다. 비틀거리던 살수는 이내 검을 떨어트리고 털썩 쓰러졌다.

턱까지 잠겨 가던 오문은 입을 벌릴 수가 없었지만 그 정도로 놀랐다.

저쪽 마을 쪽에서 목책을 넘어 달려오는 검은 인영을 보았기 때문이다. 그 달려오는 모양새와 건장한 모습만 보아도 누구인지 알 것 같았다.

'태자!'

대체 어떻게 그 짧은 시간에 그 많은 살수를 혼자 처리하고 달려올 수 있단 말인가.

"흐읍!"

오문은 숨을 크게 들이마시고 손으로 코를 막았다. 이제 정말 조금만 늦으면 머리가 다 잠기게 생겼다.

"오문!"

무호가 다급한 표정으로 한달음에 달려왔다.

말을 할 수는 없지만 오문은 기뻤다.

한 손에 쇠뇌(석궁)를 들고 나타난 무호를 보니, 어떻게 저 멀리서 화살을 쏠 수 있었는지, 그가 어떻게 싸워서 이겼는지 알 수 있을 것 같았다.

'그건 또 어디서 주웠답니까?'

오문은 제 눈이 웃고 있음을 태자가 눈치챘으면 좋겠다고 생각했다. 살 수 있어서 얼마나 기뻐하고 있는지를 그가 알아주면 좋겠다고, 처음으로 그런 생각을 하고 있었다.

잠시 후, 무호는 간신히 늦지 않고 오문을 구할 수 있었다.

거의 머리까지 진흙을 뒤집어쓴 채 웃고 있는 오문을 보면서 무호는 크게 가슴을 쓸어내렸다.

"거기가 어디라고 뛰어들어!"

"……!"

숲을 뒤흔들어 놓을 만큼 큰 호통 소리였다.

"그자들을 봤으면 나를 찾아 도망쳤어야지! 이 무슨 어리석은 짓이냐! 약아 빠진 놈인 줄 알았더니 정작 중요할 때 바보짓을 하는 멍청한 놈 같으니!"

무호가 어찌나 오문을 야단치는지, 오문은 살이 떨릴 정도였다. 그녀는 무호의 호통에 기가 죽어 입도 뻥긋 못하고 얼어붙었다.

그러자 매섭게 노려보던 무호가 돌연 진흙투성이의 오문을 감싸 안았다.

"······!"

오문은 눈이 휘둥그레져서 조심스럽게 손으로 그를 밀쳐 내려 했다.

"어······. 저, 더, 더럽습니다."

하지만 그는 더 세게 오문을 끌어안고 크게 숨을 가다듬었다.

"네가 죽은 줄 알았다."

"······."

"내가 너무 늦게 와서 이미 늦었을 거라 생각했다."

무호는 진심으로 그것을 두려워하고 절망했다.

도망치라는 오문의 외침을 듣는 순간, 마침 무호의 앞에 쇠뇌가 보였다. 그것을 집어 들고 오문이 있는 곳으로 달려가려는데 제 앞을 가로막는 무리와 마주쳤다.

쇠뇌가 연사가 된다는 것이 이럴 때는 아주 유용했지만 적의 움직임도 꽤 빨라 혼자 싸우려니 애를 먹었다. 그러는 동안 오문은 틀림없이 죽었을 거라 여겼다. 무슨 수로 이런 자들을 혼자 상대할 수 있단 말인가.

하지만 오문이 해냈다!

무호는 벅차오르는 감격을 주체할 수 없었다.

"살아줘서 고맙다."

"······!"

누구로부터도 들어본 적이 없는 말이었다.

'살아줘서 고맙다고?'

오문은 입을 열 수가 없었다. 갑자기 몸이 마구 떨리고 다리에 힘이 풀렸다.

"오문?"

누군가 제가 살기를 간절히 바라고 있다. 죽어도 아무 상관없는 저를 원하는 사람이 있다. 그것도 제가 동경해 마지않던 태자 무호가.

하지만 그 때문일까. 단단하게 무장하고 있던 오문의 독기 어린 강함이 스르륵 풀려 버렸다. 매달리고 싶고 의지하고 싶고, 그래도 괜찮을 것 같은 그런 사람이 제 곁에 있는 탓에. 오문이 바닥으로 주저앉자 무호도 얼른 앉아서 오문의 여기저기를 살폈다.

"어디 다친 게냐!"

오문은 대답 대신 고개를 저었다.

무호는 오문이 사실은 겁에 질려 있었다는 걸 깨닫고 안쓰러워졌다. 제가 오지 않을 거라 여기고 혼자 다 감내하고 있었을 미련한 계집이었다.

"안 되겠다. 업혀라."

오문은 그의 너른 등을 보면서도 움직이지 못했다.

"뭐 하고 있어! 어서!"

"전하…… 걸을 수 있습니다."

"한데 왜 이러고 있어?"

"좀 놀랐나 봅니다."

오문은 전처럼 활짝 웃으며 벌떡 일어났다.

"정말 괜찮으냐?"

무호는 의심 반 걱정 반이 섞인 표정으로 조심스럽게 물었다.

"여기서 얼른 도망치지 않으면 둘 다 안 괜찮을 것 같습니다. 전하께서 친위대와 떨어져 있는 것을 눈치챈 모양이니, 어서 몸을 피하는 게 좋을 것 같습니다."

"그 말은 맞다만……."

"정말 아무렇지 않습니다. 그러니까 어서요."

오문은 옷을 갈아입고 말고 할 여유도 없이 태자와 함께 무작정 도망쳐야 했다. 태자에게 폐를 끼치고 싶지 않아 열심히 달렸다. 그러나 거의 밤새 달리던 오문의 걸음이 점점 무거워지고 있었다.

새벽이 밝아 오고 있었다.

오문은 제 머리가 텅 빈 것 같은 기분이었다. 좀 전까지 태자와 무슨 이야기를 나눈 것 같은데, 그게 언제였는지, 얼마나 걸었는지도 기억나지 않았다. 그저 멍한 표정으로 터벅, 터벅 걸을 뿐이었다.

'하아……. 열이 다시 오르고 있어. 달개비 꽃을 찾아봐야겠다. 영춘 님은 왜 안 오시지. 우리랑 터무니없이 먼 게 아닐까. 영원히 못 만나면 어쩌지.'

달개비 꽃. 열. 태자. 호위무사.

처음에 그나마 구체적이던 생각들이 점점 단어들만 반복되어 머릿속을 떠다니고 있었다. 그러다가 문득 태자가 눈앞에 없다는 생각이 들었다.

'어? 좀 전에는 내 앞에 있었는데…….'

사실 무호는 그런 오문을 뒤에서 따라가고 있었다. 그것도 잔뜩 얼굴을 찌푸린 채로.

무호가 보기에 오문의 걸음은 힘든 것을 떠나 위태로웠다. 그런데도 오문은 식은땀을 뻘뻘 흘리면서 쉬어 가자는 말 한마디 하지 않았다.

'왜 이럴 때는 따박따박 말대답할 때처럼 지껄이지 않고 입을 다물지?'

힘들어 죽겠으니까 잠깐 앉았다 가자 투덜거릴 만도 한데, 꾹 입을 다물고 있었다. 그래서 결국 제가 먼저 조금 쉬어 가자고 말을 꺼냈다.

그런데 말이 없다. 말만 없을 뿐만 아니라 그냥 앞만 보고 멍하게 걷더니 저를 지나쳐 가는 게 아닌가. 기가 막혀 그것을 지켜보는데 몇 걸음 걷고 나서야 제가 없는 것을 알았는지 우뚝 멈춰 섰다.

무호는 두리번거리는 오문의 뒤로 다가갔다.

"어?"

오문은 제 몸이 붕 뜨는 기분이었다. 그런데 그게 기분이 아니었던지 하늘이 보이고 몸이 둥실 떠올랐다.

오문은 태자의 양팔에 몸을 뉘인 채 안겨 있었다.

"전하?"

"업히라 할 때 업혔어야지."

"힘드십니다. 내려 주십시오."

"이게 힘들었으면 벌써 죽었다."

"힘자랑하시는 겁니까?"

"네가 가볍다는 뜻이다."

오문은 앞만 보고 걸어가는 태자의 턱을 응시했다. 도도한 자존심과 고집을 꺾는 것이 도리어 폐를 끼치게 되는 것 같았다.

"그럼…… 조금만 신세지겠습니다."

"그래. 잠깐 자거라."

오문은 자고 싶지 않았다. 기분이 묘하게 따스하고 어쩐지 편안했기 때문에 좀 더 이 기분을 느끼고 싶었다. 게다가 턱수염이 까슬한 그의 얼굴을 보는 것도 재밌지 않나. 특별히 깔끔 떠는 분은 아니지만 흐트러진 모습도 자주 보이는 분이 아니시기에 오문은 태자의 이런 꾸미지 않은 거친 모습이 새로웠다. 오히려 더 사내답고 멋있다고 느껴질 만큼.

그러나 곧 졸음이 몰려왔다. 그의 일정한 걸음 덕에 몸이 흔들리고 있었다. 오문은 아기처럼 잠이 들었다.

무호는 오문이 제 팔에 의지해 늘어지는 것을 느꼈다. 그래 봐야 아까보다 조금 무거워졌을 뿐, 오문의 체구는 한쪽 어깨에 걸쳐질 만큼 작아 보였다.

앞만 보고 가던 무호가 오문을 내려다보았다.

열꽃이 핀 오문의 양쪽 뺨.

조그맣게 벌어진 입술.

오똑하지만 앙증맞은 코.

긴 속눈썹이 내려온 눈.

동그란 이마.

무호는 그것을 하나하나 천천히 눈에 담았다.

이 곱고 여린 얼굴로 오문은 믿기지 않는 소리를 했었다.

「어머니. 나도 데려가요. 제발. 난 아무도 안 죽였어요. 나도 이제 편해지고 싶어요.」

오문은 밤새 앓으며 그런 소리를 중얼거렸다.

오문의 정체를 알게 되면 저는 과연 오문을 살려둘 수 있는 것일까? 지금이라도 정을 떼는 게 낫지 않나, 차라리 놓아주는 게 좋지 않을까.

'그런데도 나는 왜 이 아이에게 집착하는 걸까?'

거기까지 생각했을 때 오문의 뺨에 뚝 하고 물이 떨어졌다. 똑똑 물이 떨어질 때마다 감겼던 오문의 눈썹이 파르르 떨렸다.

무호가 하늘을 올려다봤다.

비였다. 후드득, 떨어지기 시작한 빗방울이 순식간에 굵어졌다.

'하필 이럴 때……!'

폭포에 강물에, 이제 물이라면 지긋지긋한데 비가 내린다. 비를 피할 곳도 없는 데다 병자까지 있는 마당에.

"헤……. 비다."

"……?"

차가운 빗물을 느낀 오문이 게슴츠레 눈을 뜨고 있었다.

"시원해……."

오문이 잠꼬대처럼 중얼거렸다.

불안감이 짙어진 무호의 안색도 어두워졌다.

'이대로는 안 돼. 쉴 곳을 찾아야 한다!'

무호는 일단 오문을 뒤로 돌려 등에 업었다. 어딜 가도 질퍽한 땅뿐이라 쉴 곳을 찾기란 쉽지 않았다.

쏴아—

굵어진 빗방울은 세상 전부를 때렸고 두 사람은 이내 흠뻑 젖고 말았다.

피할 곳을 찾던 무호의 앞에 나루터가 나타났다. 쉴 곳은커녕 길마저 사라진 그 앞에서 망연자실한 무호는 작은 나룻배를 발견했다.

오문을 나룻배에 눕히고 거적을 그녀의 몸에 덮어주었다. 그런 후, 한 번도 잡아본 적이 없는 노를 잡았다.

'별걸 다 해보는군.'

끼이익.

오래된 배가 노를 저을 때마다 기분 나쁜 소리를 냈지만 생각보다 잘 흘러갔다. 어쨌거나 기분 나쁜 땅은 벗어난 셈이었다.

피로감이 중첩된 무호가 잠시 노를 놓고 오문의 곁에 털썩 누웠다.

'뭐 어떻게든 되겠지.'

무호는 잠든 오문을 제 몸으로 감쌌다.

그리고 이내 잠이 들었다.

텅 빈 수적들의 마을은 이제 너부러진 시신 덕분에 더 소름 끼치는 풍경을 만들어냈다.

마을로 들어선 영춘은 끔찍한 시신들의 모습보다 다른 것에 놀랐다.

"밥을 해 먹었잖아!"

두 사람이 밥을 먹은 흔적이었다. 마을에 집도 많은데 밖에서 밥을 해 먹었다면 이방인이 분명했다. 더군다나 치우지도 못하고 사라졌다.

영춘은 태자와 오문이 이곳에서 식사를 하다가 살수들을 만났음을 알 수 있었다. 두 사람의 시신은 보이지 않는 걸 보면 둘 다 무사한 것이다.

'후. 다행이긴 한데……'

영춘은 크게 안도했다. 하지만 이내,

"밥을 해 먹다니!"

크게 분노했다.

영춘은 허기가 져서 죽을 것 같았지만 태자를 찾겠다는 일념으로 달려왔다. 태자와 달리 무인이라도 황실에서 곱게 큰 영춘은 먹을 수 있는 풀과 버섯조차 잘 알지 못했다.

두 사람이 저만 빼고 밥을 해 먹었다니 서글프고 배신감이 들었다. 그러면서 이제 오문이 밥을 해주던 시간들이 그리워졌다.

태자도 걱정이지만 오문은 괜찮은지, 혈전의 흔적들을 보면서 문득 걱정이 됐다.

꼬르륵.

배곯는 소리가 네 걱정이나 하라는 듯, 그런 영춘을 나무랐다.

제 20 장
과부촌의 우상

오문은 뭔가 아주 편안하고 아늑한 기분을 느꼈다. 제가 누운 자리가 매우 푹신하면서도 따스한…….

　'어? 이상하다. 비를 맞고 있었던 것 같은데…….'

　푹 젖어서 찝찝한 기분을 느껴야 하는데 몸은 희한하게도 뽀송뽀송한 느낌이었다.

　'그럴 리가 없잖아!'

　오문은 눈을 번쩍 뜨고 잠에서 깨어났다.

　낯선 천장이 가장 먼저 보였다. 고개를 돌려 살펴보니 처음 보는 오두막 안이었다.

　매우 정갈하고 아늑한 오두막.

　깔끔하게 정돈된 것은 물론, 집 안 구석구석 주인의 손길이 닿지 않은 곳이 없는 듯 애정이 느껴지는 집이었다.

오문은 제가 덮고 있는 이불을 만져 보았다.

낡긴 했지만 아주 깨끗하고 햇볕에 잘 말라 바스락거리는 촉감과 냄새가 기분 좋았다. 그러고 보니 옷도 제가 입고 있던 게 아니었다. 조금 헐렁하긴 했지만 여인의 옷이었다.

'뭐야! 누가 갈아입힌 거야!'

침상에서 벌떡 몸을 일으키던 오문은 아찔한 어지러움을 느끼고 다시 누워야 했다.

'아. 답답해. 태자는 어딜 가신 거야?'

태자와 함께 뛰던 것까진 기억나는데 그 다음은 기억이 잘 나지 않았다. 곰곰이 생각해 보던 오문은 그가 저를 안아준 것이 얼핏 떠올랐다.

'설마 꿈인가?'

하지만 꿈이라기엔 너무나 생생하게 하나하나 떠오르기 시작했다. 만져 보고 싶다고 느낀 태자의 턱수염과 제게는 없는 톡 튀어나온 목울대.

그리고 나중에는 업혔던 것 같다. 그의 등에 뺨을 대고 편안함을 느꼈다. 절대 무너지지 않을 것 같은 강인한 등에 제 몸 전부를 기댔다.

'꿈이 아니야. 근데 그 다음엔 어떻게 된 거야?'

태자가 보이지 않아 마음이 조급했다. 무슨 일이 생긴 게 아닌가. 어떻게 이렇게 된 건지 알아보고 싶어서 가만히 누워 있을 수 없었다. 억지로 몸을 일으키고 있는데 문밖 저 멀리에서 웃음소리가 들렸다.

'응?'

까르르 넘어가는 듯한 여인들의 웃음소리였다.

기억의 마지막을 떠올리자면 처참했던 싸움과 다급한 도주, 추적거리는 빗속 같은 장면들이었다. 그런데 이렇게 햇살 따뜻한 곳, 아늑한 오두막에서 여인들의 근심 걱정 없는 웃음을 들으니 전혀 연결되지 않고 어울리지도 않았다.

그때 문이 열리고 누군가 들어왔다.

"어머나. 일어났네!"

호들갑스럽게 반기는 여인의 목소리에 오문도 그녀를 바라보았다. 후덕하게 생긴 중년의 여성은 억척스럽게 보이면서도 인심 좋은 인상이었다.

오문은 그녀를 어떻게 대해야 할지, 무슨 말을 해야 할지 몰라 눈만 크게 뜨고 쳐다보았다.

"정신이 없죠? 어찌 된 건가 싶을 거야. 죽부터 좀 먹어야지? 어휴. 그래도 다행이네. 새댁 낭군이 어찌나 걱정을 하던지 보는 사람들이 다 질투가 나더라니까."

'뭐? 낭군?'

오문은 그게 무슨 말인가 당혹스러워했다.

"왜? 낭군이 안 보여서 걱정돼? 어휴. 눈 뜨자마자 찾는 것 좀 봐. 누가 신혼 아니랄까 봐. 걱정 마. 지금 나무하러 갔어."

그러면서 그녀는 오문이 다른 질문을 하기도 전에 죽을 가져오겠다며 부산을 떨었다.

오문은 그녀가 다시 돌아오길 기다리지 않고 비틀비틀 일어나 밖으로 나갔다. 얼마나 오래 누워 있었는지 발이 바닥에 닿는 것이 어색할 정도였다.

문을 열자, 창으로 들어오던 햇볕과는 비교도 되지 않는 밝은 빛이 오문을 덮쳤다. 팔을 들어 눈을 가려야 할 정도였다. 덕분에 다시 머리가 어지러웠지만 여인들의 청량한 웃음소리에 정신을 가다듬을 수 있었다.

오문은 우물가에 모인 여인들의 뒷모습을 발견했다. 수다를 떨며 빨래를 하는 풍경이, 오문이 처음 오두막에서 눈을 떴을 때의 느낌과 같았다. 평화롭고 아늑한 분위기.

그런데 여인들이 갑자기 '어머나' 하는 소리를 내며 일어나더니 순식간에 소란스러워졌다.

호기심을 느낀 오문이 그들에게로 다가갔다.

"어머나! 저 팔뚝 좀 봐!"

"팔뚝만 실한 게 아니라 저 등 근육 좀 봐. 미치겠네. 진짜."

"아이구. 저 가슴에 한 번 안겨봤으면 좋겠네."

"얼씨구. 주책이야!"

여인들은 자기들끼리 속닥거리다가 크게 웃음을 터트리곤 했다.

오문은 그녀들의 품평회 대상이 무엇인지 알아차렸다.

'헉! 뭐 하고 계신 겁니까!'

기절할 것만 같았다.

태자가 웃통을 벗고 도끼질을 하고 있었다.

그가 도끼를 내리칠 때마다 장작이 한 번에 쩍쩍 쪼개졌고, 팔과 가슴의 근육이 살아 있는 듯 꿈틀거렸다.

"어머. 저것 좀 봐. 도끼질이 어쩜 저렇게 차지지?"

"그러게 말야. 우리는 그동안 사내랑 산 게 아니었나 봐."

"죽겠네, 정말. 저 넘치는 힘을 다 어디다 풀려고 저러나. 저러다가 도끼질을 밤새 하겠네."

또 한 번 깔깔 웃음이 터졌다. 그녀들의 농담은 화끈하고 거침없었지만 조롱은 아니었다. 순수할 만큼 무호의 몸을 보고 반해 있는 것이다.

오문도 그녀들의 마음을 이해했다.

'그럼요. 저게 보통 몸이 아니라니까요. 훔쳐보고 싶어지는 그런 몸이

거든요.'

저만 음탕한 게 아니라서 크게 안심이 되었다.

여인들은 번들거리는 땀으로 젖은 그의 가슴에서 눈을 떼지 못하고 있었다. 한 번씩 얼굴에 흘러내린 땀을 훔칠 때마다 여인들의 입새에서 탄식이 흘러나왔다.

"무슨 사내가 힘만 센 게 아니라 저렇게 고울 수 있지?"

"나도 다시 태어나면 저런 사내랑 살아 보고 싶네."

"그러게. 뭘 얼마나 착하게 살아야 내세에 저런 복을 누려 볼까?"

"착하게만 살아서 될 일이야? 나라라도 구해야지."

"그럼 우린 다 글렀네."

여인들은 빨래도 잊고 무호를 보며 떠들고 웃느라 여념이 없었다.

칭찬 일색의 이야기를 듣던 오문도 고개를 끄덕이며 흐뭇해했다. 그러다가 얼굴을 돌리며 웃음을 터트린 한 여인과 눈이 마주쳤다.

"어머나! 일어났네!"

여인의 비명과도 같은 목소리에 모두의 이목이 집중되었다.

심지어 무호마저도 도끼를 든 채로 고개를 돌렸다.

무호와 오문의 시선이 얽혀 들어갔다.

오문은 무호의 강렬한 시선에 저도 모르게 그만 뒷걸음질 쳤다. 그러다가 또다시 어지러움을 느끼고 비틀거렸다.

터엉—

무호가 도끼를 던지고 달려왔다.

그 기세에 놀란 여인들이 길을 내주자, 무호는 거침없이 뛰어와 비틀비틀 넘어지려던 오문의 등을 팔로 받쳤다.

"괜찮소?"

"……."

무호의 팔에 기댄 오문은 눈을 깜빡였다.

'지금 뭐라고?'

그가 제게 말을 높인 것 같은데 귀가 상한 건가 의심스러워서 섣불리 대답을 할 수가 없었다.

"깨어나면 누워 있을 것이지, 왜 나왔소. 날 찾아 나온 거요?"

아무래도 귀가 잘못된 게 아닌 것 같았다. 제 귀가 문제가 아니라 태자의 머리가 이상해진 게 분명했다. 오문이 걱정스럽게 그를 불렀다.

"……저기……."

"쉿!"

"……!"

그의 손가락이 오문의 입술을 찍어 눌렀다.

"무리하지 마시오."

간지러울 정도로 다정한 목소리에 오문의 팔에 오솔오솔 소름이 돋았다.

'미치셨다! 태자께서 드디어 완전히 정신이 나가신 게다!'

경악한 오문의 표정을 보며 태자가 싱긋 미소를 지었다. 그러면서 그녀를 두 팔로 안아 걸어나갔다.

뒤에서는 '꺄악' 하는 여인들의 부러움 섞인 비명이 들렸다.

그녀들과 조금 떨어진 후 무호가 말했다.

"이 짓도 할 만하군."

"헉! 정신이 돌아오셨습니까?"

태자의 퉁명스러운 말투가 이렇게 반가울 줄 누가 알았겠는가?

"돌아오다니? 내가 미치기라도 했단 말이냐?"

"후. 전 또 그런 줄 알았지요. 그나저나 왜 이러고 계신 겁니까?"

"말하자면 길다."

나룻배에서 쓰러지듯 잠이 들어버린 무호는 오문과 함께 싸늘하게 체온이 식어 가고 있었다. 둘 다 위태로운 상황이었다.

그런 그들을 발견한 것이 이곳 여인들이었다.

부군을 여의고 자기들끼리 의지하며 살아가는 작은 부락민 들이었다. 숨어 사는 것은 아니고, 마을에서 조금 떨어진 한적한 곳에서 모여 살며 혼자 사는 외로움을 달래며 오순도순 살아가는 여인들이었던 것이다.

과부라는 타인의 비난 어린 시선에서 자유로우며, 혼자 사는 위험을 걱정하지 않아도 되는 데다가 관에서도 정절을 지키겠다는 그녀들의 뜻을 높이 사 보호해 주고 있었다.

본래 사내는 출입할 수 없는 곳이었지만 흘러온 나룻배에 꼭 껴안고 잠이 든 두 사람을 그녀들은 함께 데려갔다. 그리고 낯선 두 사람을 지극정성으로 보살폈다.

무호가 눈을 떴을 때 그녀들은 이미 무호와 오문을 부부로 여기고 있었다. 그뿐만 아니라 집안의 반대를 무릅쓰고 사랑의 도피 중인 아름다운 연인이 돼 있었다.

무호는 그것을 그냥 내버려 두었다. 왜냐면 그녀들의 상상으로 인해 자신들이 매우 안락한 잠자리와 따뜻한 음식을 제공받을 수 있었고, 결정적으로 그녀들이 최선을 다해 소문이 나지 않도록 저희들의 존재를 숨겨 주고 있었기 때문이다.

그리고 그 대가로 무호는 여인들이 하기 힘든 잡일을 선뜻 도맡아 해주었다. 겨울이 아직 멀리 있었지만 겨우내 쓰고 남을 만큼 장작을 팼고, 집 안 곳곳에 망가진 곳을 수리해 주었다.

여인들은 그를 매우 좋아했다.

어떻게든 그가 자신의 집에도 무언가 남겨주길 바랐다. 그래서 평소라면 자신들이 할 수 있는 일에도 무호를 불렀다. 바람에 넘어가 버린 빨랫줄이라든가, 간단한 못질도 갑자기 못 하게 되어버렸다.

평소에는 그다지 신경 쓰이지 않던 삐걱거리는 문도 무호가 오고부터는 신경이 쓰였다. 그러면 무호가 문을 수리해 주었다. 약간 기울어진 듯한 식탁은 사용하는 데 큰 문제가 없었지만 무호가 오고부터는 매우 경사진 것처럼 느껴졌다. 그러면 무호가 식탁 다리를 톱질해 주었다.

그렇게 무호는 이 집 저 집 불려 다니며 쉴 틈 없이 일했다. 마치 일 잘하는 노비 같았다.

겨우 며칠 동안 무호는 마을에 없어선 안 될 귀중한 인재가 되었고, 무호가 그렇게 해준 만큼 오문은 더 귀한 대접을 받았다.

오문의 이불은 날마다 새 이불로 바뀌었다. 여인들이 번갈아가며 오문의 몸을 날마다 닦아주고, 심지어 팔다리를 주물러 주며 정성껏 병간을 해준 것이다.

다시 침상에 누운 오문이 물었다.

"그럼 제가 얼마나 이렇게 누워 있었단 겁니까?"

"이레는 넘었지."

"헉! 왜요?"

"손목의 상처 때문에 열이 심하게 오른 데다가 비를 맞고 무리를 한 탓에 몸이 많이 상해 있었다더구나."

"제가 그렇게 몸이 약한 편이 아닐 텐데요."

"어디서 나온 근거 없는 자신감이냐?"

"정말이라니까요. 고뿔 한 번 잘 안 걸렸는데 이레나 앓아누웠다니 아무래도 이상합니다."

"뭐가?"

"저기 저분들이 절 일부러 재운 건 아닐까요?"

오문이 은인들을 의심하자 무호가 눈썹을 찌푸렸다.

"약 같은 걸로 재운 걸지도 모르잖습니까?"

"왜?"

"우리 둘이 부부라고 알고 있다면서요. 제가 안 일어나야 전하를……
그러니까……."

오문이 머뭇머뭇 말하기를 주저하는데 마침 처음 봤던 아낙이 죽을 들
고 들어왔다.

"아이고. 둘이 이러고 붙어 있으니 얼마나 보기 좋아, 그래! 자, 얼른
이거 먹고 털고 일어나. 낭군 그만 애태우고."

"가, 감사합니다."

의심이 무색할 만큼 친절하고 따뜻한 호의였다. 뺨을 붉힌 오문이 죽
을 받으려고 손을 뻗었다.

그런데 태자가 중간에서 그것을 빼앗아 들었다.

"……?"

여인은 그 모습을 아주 자연스럽게, 그리고 흐뭇하게 바라보았다.

"뜨거우니까 잘 식혀줘요."

"예. 감사합니다."

태자는 숟가락으로 죽을 잘 저어 후후 불어서 오문의 입에 가져갔다.

"돼, 됐습니다. 제가 먹겠습니다."

"고집 부리지 마시오. 그대는 아직 병자요."

또 온몸에 소름이 돋았다. 오문은 진심으로 태자의 이런 말투를 견디

기 힘들었다.

"저, 저기……."

"어휴. 내가 보고 있어서 새댁이 부끄러운가 봐! 알았어. 알았어. 내가 나가주면 되잖아."

여인이 다 안다는 듯 눈까지 흘기며 웃었다.

"아, 아니. 그게 아니라……."

"마음 편히 먹고 푹 쉬어요."

그렇게 여인이 나갔는데도 무호는 수저를 놓지 않았다.

"입 벌려."

물론 말투는 바뀌었다.

"그냥 제가 먹을게요. 손을 못 움직이는 건 아니니까요."

"손목을 다쳤으니 내가 먹여주는 게 자연스럽다."

"아무도 없는데 누가 본다고요."

"다 봐."

그러고 보니 무호의 목소리가 매우 작았다.

이상한 느낌에 흘끗 눈을 돌리던 오문은 열려진 창틀과 문틈으로 다닥다닥 붙어 있는 수많은 눈동자를 보고 흠칫 놀랐다.

"저게 다 뭐예요?"

오문 역시 소리를 낮췄다.

"뭐긴. 구경꾼들이지."

"이런데도 의심이 안 드십니까?"

"안 들어. 내 앞에 누워 있는 계집도 똑같은 짓을 하니까."

"……."

오문은 할 말이 없어졌다.

"자, 그러니까 입 벌려."

"혹시 즐기시고 계신 건 아닙니까?"

"뭐?"

"아까 다 들으셨죠? 못 들은 척하시면서도 다 듣고 계시지 않았습니까? 다들 멋지다고 떠받들어 주니까 신나시죠?"

"네가 잘 모르는 게 있나 보군."

"제가 뭘 모른다는 겁니까?"

"나는 나를 바라보는 그런 식상한 반응들에 익숙하다."

"……."

어련하실까. 잘나시고 잘나신 태자 전하에, 서강을 호령했던 중장군 무호 아니신가.

"좋은 말 할 때 입 벌려."

오문은 그의 거칠고 가식적인 병간호를 받아들이기로 했다. '아', 하고 입을 벌리는 것이 이다지도 어렵고 어색한 일인 줄 몰랐지만, 입안으로 들어온 죽은 참으로 고소하고 달았다.

일귀는 서두르지 않았다. 이귀로부터 소식이 끊겼으니 필시 당한 것이다.

'멍청한 놈. 그 두 놈을 못 당해?'

물론 태자에게 숨겨둔 한 수가 있었을 테지만 지금까지 그렇게 당해온 걸 보고도 방심한 것을 어리석다 여기는 것이다.

'신중하자.'

일귀는 몇 번이나 스스로를 다독였다. 공을 세우는 것보다 실수하지 않는 게 더 중요했다. 칼을 빼 들었으면 마무리를 지어야 한다. 만약 이번에도 실패하면 제가 살아 돌아간다 해도 죽게 될 것을 믿어 의심치 않았다. 귀문은 연이은 실패로 이쪽 업계에서 이미 웃음거리가 되고 있었다.

그래서 그는 태자가 아니라 살아 있는 친위대 쪽을 주시하고 있었다.

태자는 반드시 그들을 만나러 올 것이다. 장우가 오문의 화상까지 여기저기 뿌려놓았기 때문에 살아 있다면 찾아올 수밖에 없었다. 일귀는 친위대의 움직임을 주시하는 한편, 태자가 찾아올 길목마다 부하들을 풀어놓았다.

'친위대를 만나기 전에 우리가 먼저 처리해야 해.'

한편 장우는 벌써 이레 전에 황제께 태자의 실종을 고했다. 그런데도 황제께서는 아직 이렇다 할 명을 내려 주지 않고 계셨다. 태자께서 사라지신 지 벌써 열흘이 다 돼 가고 있었다. 이제는 태자께 다른 위험이 닥친 게 아닌가 하는 생각이 들었다.

'뭔가 사정이 있지 않고서야 이럴 리가 없다.'

큰 부상을 입어 어딘가에서 숨어 계시거나 계속해서 귀문의 추격을 당하고 있을 가능성이 높았다.

'어느 쪽이 더 최악이라 할 수 없지만, 부상당한 몸으로 추격을 당하고 있다면 가장 끔찍한 경우지.'

담대했던 장우도 이제 가만히 있을 수가 없었다. 황제의 명이 당도하기 전에 제가 먼저 군권을 빌려서라도 대대적인 수색을 벌여야 할 것 같았다.

"저, 대인! 좀 나와 보십시오!"

마침 누가 장우를 불렀다. 밖으로 나간 장우는 낯익은 사람들이 기다리고 있는 것을 보았다.

"무슨 소식이라도 있느냐?"

얼마 전 오문의 얼굴이 또 방에 붙은 것을 보고 백골기예단이 놀라서 찾아왔다. 자초지종을 들은 후부터 자신들도 돕겠다 하고 있었다.

"여기, 수상한 자들이 있어 잡아 왔습니다."

단주 광두가 흥분한 목소리로 말하자 금과 첨이 웬 여인 두 명을 앞세웠다.

"이 여인들이 왜?"

"글쎄, 이 두 여인이 오문의 방 앞에서 수군거리지 뭡니까. 누굴 닮았네, 어쩌네 하는 걸 들어보니 심지어 오문이 계집인 걸 알고 있었습니다."

"그게 사실이냐!"

그러자 상이 다급한 목소리로 대답했다.

"예! 한데, 더 수상한 것은 이들이 저희한테 들킨 후로는 딱 잡아떼고 있지 뭡니까."

장우는 겁에 질린 여인들을 위협하듯 노려보며 한마디 던졌다.

"매를 쳐야만 바른 소리가 나오겠군."

그러자 사색이 된 여인들이 서로 마주 보며 쩔쩔맸다.

장우는 말을 아꼈다. 더 다그치지 않아도 겁 많은 여인들은 금방 입을 열 것 같았다.

아니나 다를까.

"저…… 호, 혹시 저 새댁의 가문에서 보낸 분이십니까?"

여인이 입을 열었다. 한데, 알아들을 수 없는 질문이었다.

"새댁?"

"이미 자기들끼리 혼례를 올렸다 합니다. 어찌 그런 인연을 억지로 떼놓을 수 있겠습니까?"

"예. 옆에서 지켜보기도 짠합니다. 죽고 못 사는 두 사람인데 그냥 두시면 안 되겠습니까?"

장우는 두서없이 사정하는 여인들의 말에 당혹스럽다 못해서 짜증이 났다.

"무슨 소리인지 알아듣게 얘기하라!"

무호가 나무를 하러 산에 간 사이에 오문은 여인들이 모여서 수다 떠는 자리에 함께했다.

"얼마나 다행이야. 이렇게 털고 일어나고! 보는 우리가 다 조마조마했네."

"감사합니다. 이 은혜를 어떻게 다 갚아야 할지."

오문은 당장 떠나는 것이 좋을 것 같았는데 무호가 아직 오문이 다 낫지 않았다며 고집을 부려서 이렇게 염치없이 밥만 축내고 있는 실정이었다.

"걱정 마. 은혜는 그쪽 낭군이 다 갚고도 남았으니까. 올 겨울은 우리가 아주 훈훈하게 보내게 생겼어."

"훈훈하다 뿐이야? 불길이 아주 활활 타겠더라. 뜨거워 죽겠네."

여인들이 장작을 무호의 정력에 빗대 농담을 했다. 확실히 여인들끼리 모여 사는 데다가 다들 경험이 있는지라 이런 농이 자연스러웠다.

오문은 그녀들과 함께 수다를 떨며 믿기지 않을 만큼 평온한 시간을 보내고 있었다. 잠시나마 의심했던 것이 미안할 만큼 과부촌의 여인들은 참으로 살갑고 정이 넘쳐서, 오문은 잠시나마 이렇게 사람들과 어울려 사는 아늑한 삶을 그려보았다.

"여기서 살면 참 재미날 것 같아요."

"뭐라는 거야? 여기서 살려면 그쪽 낭군이 죽어야 해."

"큭큭큭. 그냥 버리고 여기서 살까요?"

그러자 아낙들이 탄식하듯 말했다.

"농담이라도 그런 소리 말아."

"그래. 누구 약 올려?"

"에휴. 사연이야 딱하지만 그래도 행복한 줄 알아. 자기 위해주는 사람 한 명 있는 게 얼마나 큰 복인지 몰라서 그래."

"그래. 둘이 좋으면 그만이지. 어디서든 둘만 변하지 않으면 행복하게 살 수 있어."

과부들은 자신들이 정착하고 사는 땅을 좋아했다. 하지만 그들의 깊은 외로움은 무엇으로도 채워지지 않았다. 잠시나마 무호와 오문을 보면서 그 허전함을 채울 수 있었던 것만으로도 즐거웠던 것이다.

"마침 저기 오네. 늠름하기도 하지."

"어쩜 저렇게 힘든 내색 하나 없을까."

저 멀리서 무호가 다가오고 있었다. 여인들이 전부 황홀한 눈으로 그런 무호를 바라보았다.

지게 위에 겹겹이 쌓아 올린 장작은 하나도 위태로워 보이지 않았다. 그가 들고 있으니 오히려 가벼워 보였다.

"나도 저 지게 위에 한번 올라가 보고 싶네."

그 농에 오문도 따라 웃었다. 그러다가 문득 장난기가 발동했다.

'가만. 금슬 좋은 부부 행세를 먼저 시작한 게 누구더라?'

저도 그 장단에 맞춰주었으니, 태자도 곤란하게 만들고 싶었다.

오문이 벌떡 일어나며 말했다.

"그러고 보니까 저도 지게에는 안 타봤네요."

"응?"

"제가 가서 한번 타보고 올게요!"

그녀는 뒤도 돌아보지 않고 명랑하게 달려 나갔다.

"뭐, 뭐?"

"아니, 누구 염장 질러?"

"어이구. 저거 뛰는 거 봐. 다 나은 거 아니야?"

"꾀병이네. 꾀병!"

"어휴! 서러워서 못 살겠네."

여인들은 큰 소리로 원망하고 투덜거리면서도 오문을 귀엽다는 듯이 따뜻한 눈길로 바라보았다.

"전하. 나무는 많이 해오셨습니까?"

오문은 무호가 지게에서 나무를 내리는 걸 보고 다정하게 물었다.

"보면 모르냐?"

무호는 생글생글 다가오는 오문을 무뚝뚝하게 대했다.

"저기 보는 사람도 많은데 부드럽게 대해주십시오."

그러자 무호가 오문의 뺨을 쓰다듬었다.

"이렇게?"

"악!"

쓰다듬던 손가락이 뺨을 꼬집었다.

"아픈 사람이 왜 뛰어다녀? 어?"

"너무 심심하고 갑갑하니 그러지요!"

"누구는 죽어라 나무하고 있는데, 심심해?"

"그래서 말인데, 저도 나무하는 데 따라가겠습니다."

"필요 없다."

"가서 저도 나뭇가지 같은 거라도 주우면 일도 더 빨리 끝나고 전하도 심심하지 않을 것 아닙니까."

"난 안 심심했다. 쓸데없이 돌아다니지 말고 쉬어라."

"그럼 제가 힘들지 않게 지게를 타고 가면 되지 않겠습니까?"

"……."

"좋은 생각이지요? 네?"

나뭇짐을 내려놓던 무호가 귀를 후벼팠다.

"왜 대답이 없으십니까? 싫으십니까?"

"내가 잘못 들은 것 같아서."

"지게 타고 싶습니다. 태워주십시오."

"내가 왜?"

오문은 태자의 퉁명스러움에 굴하지 않았다.

기회는 지금뿐이다. 이때가 아니면 제가 언제 제정신으로 태자의 등에 올라타 보겠는가. 그리고 이건 태자께서 자초하신 일이지, 제 잘못이 아니지 않나.

"모두들 지켜보고 있는 거 안 보이십니까? 전하께서 힘이 어찌나 좋으신지, 나뭇짐을 이렇게 지고도 무거운 내색이 없다고 칭찬이 자자하지 뭡니까. 그래서 제가 자랑 좀 했습니다."

"뭐라고?"

"나뭇짐 위에 제가 올라타도 끄떡없을 거라고요."

무호는 오문을 가만히 내려다보더니 한 손을 그녀의 조그만 머리에 턱 올렸다. 마치 쓰다듬는 것처럼 보였지만 이내 무호는 손가락에 힘을 주어 그 머리를 아프게 잡았다.

"아! 아! 아픕니다!"

"아프라고 하는 거다."

"어휴. 알겠습니다. 못 한다고 말하면 되지 않습니까."

"누가? 누가 못 해?"

"그럼 못 한다고 해야지, 안 해준다고 해야 합니까? 우리 두 사람이 목숨 건 사랑의 도피를 했는데?"

무호는 오문이 저를 골탕 먹이려고 잔머리를 썼다는 걸 알았다. 하지만 어쩌겠는가. 이렇게 귀엽게 구니 한 번쯤 당해줘도 될 것 같았다.

"후……."

그는 지게를 탈탈 털어놓고 다시 어깨에 멨다.

"타."

오문은 좋아 죽겠다는 표정으로 훌쩍 지게로 올라갔다.

"꽉 잡아."

"꽉 잡았습니다."

무호가 일어서자 오문은 신이 나서 저쪽에 있는 여인들에게 손을 흔들며 소리쳤다.

"나무 많이 해서 올게요!"

그 소리를 들은 무호가 야단쳤다.

"네가 탔는데 나무를 어떻게 많이 해!"

"쉿! 누가 듣겠습니다. 다정하게 대해주십시오."

기가 막혔던 무호는 이제 헛웃음이 났다.

"내가 태자인 걸 알면서도 이럴 수 있는 자는 너밖에 없을 것이다. 감히 태자에게 지게를 지게 하고 올라타? 죽을 각오는 돼 있겠지?"

"전하께서 절 죽이시기 전에 멀리멀리 도망가야겠습니다."

"이마에 걸신이라고 써주길 바라는 모양이구나."

티격태격 주거니 받거니 하면서도 두 사람은 환한 얼굴로 산에 오르고 있었다.

지게 위에 올라탄 오문은 싱그러운 나뭇잎이 얼굴을 스칠 때마다 눈을 찡긋하며 즐거워했다. 하지만 오문은 모르고 있었다. 무호가 길 쪽으로 난 나뭇가지가 보일 때마다 무릎을 굽혀 오문에게 부딪치지 않도록 해주고 있다는 것을.

오문은 그저 지금 누리는 호사를 만끽하기 바빴다.

그러던 오문이 돌연 차분한 음성으로 자조 섞인 웃음을 지으며 말했다.

"한데 전하. 저도 저지만 전하 같은 분도 없으실 겁니다."

무호는 오문의 음성이 바뀐 것을 알았지만 모르는 척 장난스럽게 물었다.

"여러 면에서 나 같은 놈이 없긴 하다만, 네가 말하는 건 어떤 면에서냐?"

"세상에 저 같은 천한 계집을 이렇게 업어주고, 안아주고, 목숨까지 구해주시는 태자께서 어디 있겠습니까?"

자신을 위해 주는 한 사람. 위기에 처할 때마다 나타나 구해주신 분.

혼자 쫓기며 살았던 때로 다시 돌아간다면 못 견딜 것 같았다.

함께 있는 동안 제가 혼자 살았을 때보다 더 많은 우여곡절을 겪었다.

그런데도 생각해 보면 그렇게 힘들지 않았다. 심지어 돌이켜 보니 즐거웠다는 생각마저 들었다.

살아 줘서 고맙다고 속삭여 주던 그의 목소리가 떠올랐다. 무모한 짓을 한다고 진심으로 화를 내며 야단쳐 주던 것도.

'할 수만 있다면 놔드리고 싶지 않습니다. 이렇게 둘이 평화롭게 살면 좋겠습니다.'

하지만 오문은 자신의 처지를 잘 알고 있었다. 그와 함께한 이 단비 같은 시간이 전부 거짓이라는 것도, 안타깝지만 너무 잘 알고 있었다.

'언젠가 전하께서 제게 칼을 들이댈 때가 생긴다면 함께했던 이 시간들을 조금만 기억해 주셨으면 좋겠습니다. 저는 그저 이렇게 평범하게 사람답게 살고 싶은, 그냥 그런 계집일 뿐이었다는 걸, 귀문의 종자 따위가 아니라는 걸 말입니다.'

과연 태자가 그렇게 이해해 줄까. 오히려 이 기억들이 그를 더 화나게 만들지도 몰랐다. 우스꽝스러운 부부 행세를 하며 노비처럼 지내 온 이 시간을 끔찍하게 생각하며 분노할지도 모른다.

"내가 왜 그러는 것 같으냐?"

오문은 무호가 그렇게 물을 줄 몰랐기에 당황했다.

"그, 글쎄요. 그걸 왜 저한테 물으십니까?"

"정말 모르겠느냐?"

"전하의 그 깊은 마음을 저 같은 게 어찌 알겠습니까? 뭐 불쌍한 백성 하나를 아버지 같은 마음으로 돌봐주셨거나……."

"아버지라니. 내가 너만 한 딸이 있으려면 얼마나 나이를 먹어야 하는지 아느냐?"

"그럼…… 오라버니?"

"내가 왜 네 오라버니 같은 존재가 되고 싶겠느냐? 혈연이 아니면 이렇게 해줄 사람이 없겠느냐?"

"모르겠습니다. 저는 아버지도 오라버니도 기억이 안 나서 말입니다."

오문이 처연한 이야기를 태연하게 꺼내자 무호는 무안한 듯 어렵게 말을 꺼냈다.

"그거 말인데, 네가 믿지 못할까 봐 말을 못 했다만……."

"예?"

"어머니에 대한 기억도 아무것도 없느냐?"

"그, 그건 왜 물으십니까?"

"네가 잠꼬대를 해서 들었다. 네가 어머니를…… 찾더구나."

"……!"

어머니를 찾았다니, 그게 사실일까?

제가 정말 그랬나, 가슴이 철렁했다. 꿈속에서 제가 무슨 헛소리를 한 게 아닌가, 더럭 겁도 났다.

"정말…… 기억 못하느냐?"

우물쭈물거리던 오문은 차라리 이번 기회에 어머니에 대해서라도 사실대로 말하는 게 좋다는 생각이 들었다.

"실은…… 어머니는 조금 기억합니다."

"그래? 그런데 어쩌다 헤어지게 된 것이냐?"

"저희 어머니는 정신이 온전치 못하셨습니다."

"뭐?"

"사람들이 어머니를 미친년이라고 불렀습니다."

"……."

"그래서 저는 어머니께 아무 얘기도 들을 수가 없었습니다."

"그럼…… 어머니는 지금……?"

"돌아가셨습니다. 자해를 하시다가. 제가 너무 어렸던 탓에 말릴 수가 없었습니다."

뭐라 말을 해야 할지. 말할 시기를 놓쳐 버리자 그것으로 대화는 끝나 버렸다.

무호는 제가 왜 이 말을 꺼냈을까 후회했다. 또한 저도 데려가라, 같이 가자 했던 잠꼬대의 의미를 알게 되었다.

'함께 죽자는 얘기였구나.'

어릴 때부터 얼마나 험한 꼴을 겪으며 살아왔을지, 무호가 감히 상상도 하지 못할 삶의 불행이 느껴졌다.

오문이 그 뒤로 어떻게 살아왔든지 간에, 지금 한 말은 거짓이 아닐 것이다. 쫑알쫑알 새처럼 지저귀던 녀석이 갑자기 입을 다물고 있지 않나.

그래서 무호도 결코 누군가에게 한 적 없는 이야기를 꺼내야 했다.

"너는 어려서 어머니를 구하지 못했지만, 나는 내 어머니를 죽게 했다."

"……!"

혼자만의 생각에 잠겨 있던 오문은 무호의 갑작스런 고백에 놀라, 눈을 들었다.

오문이 알기로는 황후마마께서는 누구의 탓도 아닌 지병으로 승하하셨다. 그렇기에 지금 무호의 고백이 어리둥절했다.

무호는 오문이 아무 대답도 하지 않았지만 잘 듣고 있다는 것을 알고 있었다.

"나는 어린 주제에 말을 타고 싶어 했지."

무호는 그때로 돌아간 듯 담담한 음성으로 말했다.

"폐하께서는 그런 나를 위해 아주 좋은 백마를 준비해 주셨다. 내가 타기에는 조금 큰 말이었지만 나는 그 말을 아주 마음에 들어 했어."

오문은 회상에 젖은 태자의 음성이 정말 들뜬 아이의 것처럼 들렸다.

"말 타는 법을 완전히 배우기 전까지는 절대 혼자 말을 타서는 안 된다고 주의를 들었지만, 어느 날은 도저히 참지 못하고 그 말을 타고 말았다."

잠시 태자는 말을 멈추었다. 우연히 떠올리는 것조차 끔찍한, 외면하고 싶은 기억을 스스로 되짚어 가기란 쉽지 않았다.

오문은 듣지 않아도 말을 탄 어린 태자에게 무언가 아주 나쁜 일이 생겼다는 것을 예감했다.

"안 하셔도 됩니다."

무호는 우뚝 걸음을 멈추었다.

"힘들어하지 마십시오. 제게 미안해서 그러시는 거라면 그러실 필요 없습니다."

무호는 이럴 때의 오문은 저보다 더 어른 같다고 생각했다. 꼬마 아이처럼 천진난만해 보이던 그녀가 제 마음을 들여다보고, 저를 다독여 주는 것이 신기하고 기특했다.

"공평해야지. 네가 감추고 싶은 것을 어렵게 고백해 주었으니, 나 역시 그러는 것이 맞다."

"저 같은 것과 전하가 어찌 같사옵니까?"

무호는 지게의 끈을 고쳐 매고 다시 걸어나가며 말했다.

"그러지 마라. 너 같은 것을 어깨에 짊어지고 가는 내가 부끄럽지 않겠느냐?"

"……."

무호는 입만 열었다하면 지금처럼 반박하기 힘든 말을 하곤 했다.

"어린놈이 말을 타겠다고 서툴게 올라타면서 말을 자극했겠지. 말이 날뛰기 시작했다. 나는 떨어지지 않으려고 말 목을 꽉 끌어안는 것밖에 할 수 있는 게 없었지. 그래서 몰랐다."

오문은 무호의 이야기에 빠져들어 마치 제가 그 자리에 있는 듯 손바닥이 촉촉해졌다.

"내 어머니께서 그 말을 멈추게 하려고 말 앞으로 달려가셨던 것을. 난…… 보지 못했다."

"……!"

불길한 예감은 결국 이것이었다.

"소리만 들었지. 말이 어머니의 뼈를 부러트리는 소리와 궁녀들이 어머니를 부르는 비명 소리를."

무호는 되돌릴 수 없는 실수를 뼈아파 하고 있었다. 오문은 그의 아픔이 느껴져 감히 입을 열 수가 없었다.

"말은 날 떨어트리려 한 죄로 참수되었고 어머니는 돌아가셨지. 내가 좋아하던 이들을 한 번에 다 잃고 만 것이다. 그러니까 네가 나보다는 낫구나. 넌 적어도 네 어미를 죽이진 않았으니까."

"그, 그건…… 이상합니다. 분명 황후마마께서는 지병으로……."

"지병이 아니라, 그 뒤로 의식이 돌아오지 않고 더 이상 차도가 없어 외가에서 요양을 하신 게다. 태자가 제 어미를 죽게 했다고 할 순 없으니, 황제께서 숨기신 것이다."

"그, 그런……."

"무슨 말로 위로할까 고민할 필요 없다. 어차피 되돌릴 수 없는 지난 일이다. 후회한들 무슨 소용이겠느냐?"

태자의 목소리가 다시 평소와 같이 돌아왔다.

오문은 저 높이 계신 태자에게도 보통 사람들처럼 아픔이 있다는 것을 알았다.

"황제께서 비밀로 하신 것을 제가 감히 알아버렸으니 어쩌면 좋습니까?"

"방법이 없진 않다."

"방법이랄 게 어디 있겠습니까. 제가 입 꼭 닫고 살면 되지요."

"있다. 들어보겠느냐?"

"왠지 불안한데, 안 듣고 싶습니다."

"네가 황궁으로 들어가면 된다."

"아앗! 안 듣겠다고 하지 않았습니까! 어우! 저더러 궁인이 되란 말씀이십니까! 전하의 숙수가 되라고요?"

"넌 어째 그런 생각밖에 못하느냐! 궁에 들어가자는 말이 고작 그렇게밖에 안 들린단 말이냐?"

"그럼 또 뭐가 있습니까?"

오문이 정말 모르겠다는 듯이 고개를 갸우뚱했다.

무호는 깊은 한숨을 쉬었다. 사내가 함께 가자는데, 태자인 제가 제 집인 궁으로 함께 가자는데 왜 제 부인이 되는 것을 떠올리지 못한단 말인가! 제게 정혼자인 태자비가 있기 때문에?

저 역시 그 부분은 생각조차 못하고 꺼낸 말이었다. 충동적으로 말을 꺼내고 보니 데리러 가야 하는 그 여인이 마음에 걸렸다. 하지만 저는 태자다. 마음만 먹으면 여러 부인을 거느릴 수 있다. 그것을 모르지 않을 터.

눈치가 없는 건 둘째 치고 아예 거기까지 생각도 못하니, 제 속마음이 들키지 않아 다행인 건지, 답답해야 하는 건지 혼란스러웠다.

"하아. 이러니 네가 어린애 취급을 받는 게다. 그 가슴이 문제가 아니라!"

"여기서 가슴 이야기는 왜 또 꺼내십니까? 문제가 아니라면서 왜 걸핏하면 가슴을 걸고넘어지시냔 말입니다."

"문제가 아니라는데도 네가 신경을 쓰니 나까지도 눈에 밟히는 것을 어쩌란 말이냐!"

"바, 밟히다니요! 태자 전하 되신다고 너무 함부로 하시는 거 아닙니까?"

어느새 이야기가 가볍게 변했고 둘은 또 말다툼을 시작했다.

나무를 해가기로 한 것은 둘 다 잊어버린 게 분명했다.

장우는 부하들과 굳이 따라가겠다는 백골기예단까지 이끌고 두 여인을 따라 과부촌으로 향했다. 그녀들의 말을 다 믿을 수는 없지만 남녀의 인상착의를 보아서는 분명 그냥 넘어갈 수 없는 부분이 있었다.

한데 좁은 길목에 들어서고부터 끈적끈적한 시선이 등 뒤에 달라붙는 듯한 불쾌한 기분이 들기 시작했다. 아무래도 이들이 좋은 의도로 다가오는 것은 아닌 듯했다.

장우는 부하들에게 눈짓을 보냈다.

그의 신호를 알아들은 부하들은 갈림길에서 각자 여인을 한 명씩 데리고 둘로 나뉘어 갔다.

기예단은 잠깐 당황했지만 그냥 장우를 따라가기로 했다.

장우의 느낌은 틀림없었다.

친위대를 주시하던 일귀와 그의 부하들은 갑자기 둘로 나눠진 대열에 당황했다. 애초에 친위대보다 먼저 태자를 찾으려던 계획부터 틀어졌다. 마을로 들어서는 길목마다 지켰지만 태자는 어디에 숨었는지 움직이지 않고 있었다. 결국 일귀는 장우가 태자를 찾는 순간, 방심하고 있을 그때를 노리기로 했다.

하지만 너무 따라붙었다.

장우 역시 전장에서 오랜 시간 살아남은 명장이었다. 그들은 무호의 그늘에 가려진 장우에 대해 너무 몰랐다. 사실 장우가 무호보다 전장의 경험이 더 많았고, 버릇처럼 언제 어디서나 경계를 늦추지 않았다. 기감으로 따지자면 장우 역시 무호 못지않았던 것이다.

장우가 그들의 존재를 먼저 눈치챈 것을 알았더라면 일귀는 미행을 멈추었을 것이다. 그러나 둘로 나뉘어 가는 것을 본 일귀는 그들도 태자가 어디 있는지 확실히 몰라 찾고 있다 여겼다.

'할 수 없지. 우리도 둘로 나눈다.'

일귀의 부하들은 서로 눈짓을 교환한 뒤 민첩하게 행동을 옮겼다.

그러나 그것이 실수였다. 일귀들이 둘로 나뉘어 움직이기 시작한 바로 그때, 장우 일행도 돌아서서 달려오기 시작한 것이다.

'제길! 들켰나!'

잠깐 당황했지만 일귀는 태자가 없는 지금, 그의 부하라도 없앨 수 있다면 오히려 향후의 행보가 쉬워질 수 있으니 좋게 생각하기로 했다.

'저 계집 둘만 남기고 모두 없애라!'

일귀의 명에 살수들은 더 이상 모습을 숨기지 않고 쏟아져 나갔다.

그러나 장우가 그들을 비웃으며 무언가를 하늘 위로 쏘아 올렸다.

펑—

붉은 연기가 치솟았다. 그제야 일귀의 안색도 어두워졌다

"어라? 무슨 소리 못 들으셨습니까?"

다행히 자신들의 목적을 잊지 않은 오문과 무호가 열심히 나무를 하고 있을 때였다. 오문은 잔가지를 줍다가 멀리서 '펑' 하는 작은 소리를 듣고 멈춰 섰다.

"들었다."

"전에도 저런 소리를 한 번 들은 것 같은데……."

"그럴 리가."

무호가 딱 잘라 그럴 리 없다고 말했다.

"어? 아는 소리입니까?"

"안다."

"그런데 왜 제가 들었을 리 없다고 단정하시는데요?"

지게에 마지막 가지를 쌓아 올린 오문이 손을 털며 물었다.

무호도 나무를 지게에 단단히 매어서 묶으며 태연하게 말했다.

"내가 준 신호탄 소리니까."

"예에?"

오문은 눈이 휘둥그레졌다.

"아니. 그러니까 지금 저걸 쏜 분이 호위무사님이거나 아니면 친위대장님이거나 그런 겁니까?"

"장우한테 줬다."

"근데 왜 이리 태연하십니까!"

"무사한 모양이군."

"아! 살아 있다는 신호군요!"

"아니. 도와달라는 신호다."

"전하!"

오문은 지게를 메는 무호를 큰 소리로 불렀다.

"귀청 떨어지겠다."

"지금 지게가 중요하십니까? 얼른 도와주러 달려가셔야지요!"

"어째서 도와줄 사람이 나밖에 없다고 생각하느냐?"

"그럼 또 누가 있습니까!"

"장우는 나를 찾으러 관청으로 갔을 것이다. 그래야 관군들의 도움으로 수색을 할 수 있으니까. 즉, 저 신호는 관군들에게 보낸 것이다. 아마 우리를 쫓던 귀문의 잔당들을 찾은 게지."

"헉! 정말입니까?"

"그래. 그러니까 우리가 이 마을을 떠나야 할 때가 온 듯하다. 마지막이니 좋은 모습은 보여주고 가야 하지 않겠느냐?"

오문은 옳은 말씀이라고 크게 고개를 끄덕였다.

"그럼 올라타."

"예?"

"진짜 괜찮은 사내놈을 낭군으로 둔 것을 과시하러 가야지."

오문은 그가 나뭇짐 위에 저까지 올리고 갈 수 있다고는 믿어지지 않았다. 그래서 손사래를 치며 극구 사양했지만 무호의 고집을 꺾을 수 없었다.

"으으악! 너무 높습니다! 저 떨어지겠습니다."

211

"하! 줄타기를 하던 놈이 높다는 소리가 나오느냐?"

"그건 제 두발로 가는 거지만 이건 잘못하면 미끄러질 것 같습니다."

"그럼 내 목을 끌어안아."

"어떻게 그럴 수 있습니까!"

"왜? 목을 조르라는 것도 아닌데."

"으으악!"

갑자기 몸이 크게 휘청한 오문이 소리를 지르며 무호의 목을 양팔로 끌어안았다.

"못하겠다더니?"

"일부러 흔드신 거 아닙니까?"

"너야말로 내 핑계 대지 마라."

두 사람 다 말은 얄밉게 하고 있었지만 서로의 표정을 볼 수 없어 진심을 보여주지 못했다.

무호는 귓가에 닿는 오문의 머리카락과 따뜻한 숨결에 귀가 간지러웠다. 그래서 그런지 자꾸만 웃음이 났다.

그리고 오문은 무호의 이 단단함이 좋았다. 허리를 숙여 무호의 목을 안았으니 그에게 몸을 전부 기대고 있는 것이나 마찬가지였다. 이렇게 하고 있으면 절대로 떨어지지 않을 것 같았다. 내려가는 산길이 조금만 더 길었으면, 무호의 발걸음이 조금만 더 느려졌으면 하고 오문은 바라고 있었다. 이 말도 안 되는 놀이가 끝나면 저는 다시 태자의 노비나 다름없는 신세가 될 것이고, 무호는 태자로 돌아갈 테니, 다시 오지 못할 지금 매순간이 소중했다.

"전하."

"왜?"

"솔직히 말씀드리자면 저는 전하가 좋습니다."

오문의 속삭임은 무호의 귀뿐만 아니라 그의 심장까지 간질이는 것 같았다.

무호는 피식 웃었다.

"알고 있다."

"헉! 어찌 아십니까?"

"네가 나를 구하려고 소리치지 않았느냐? 이리로 오지 말고 도망가라고. 큰 소리로 외쳐 놓고 모르는 척하려고 했느냐?"

"겨우 그걸로요?"

"어찌 겨우 그것이겠느냐? 내가 너를 죽일지도 모른다는데, 그런데도 너는 나를 구하려 했다."

"듣고 보니 제가 참 바보 같습니다."

"과연 그럴까? 내 생각엔 너는 아주 영악하다."

"왜 그리 생각하십니까?"

"나를 좋아한다며 사람 마음을 흔들어놓았으니, 내가 너를 죽여야 할 때가 오면 난 어찌해야 하느냐?"

그의 독백 같은 질문에 오문이 배시시 미소를 지었다.

"전하께서 저를 죽여야 할 때가 온다면 죽일 수밖에 없으실 겁니다."

"나를 아주 인정머리 없는 놈으로 보는구나."

"절 죽여야 할 때라는 것은 전하께서 저를 믿지 않으실 때일 테니까요."

오문의 대답을 들은 무호가 신음처럼 낮고 무겁게 중얼거렸다.

"그도 그렇겠구나."

제 21 장
부적절한 관계

산을 내려와 마을로 들어서던 무호는 마을의 풍경을 보고 걸음을 멈추었다.

아직 지게 위에 있던 오문의 표정도 웃는 얼굴 그대로 굳어버렸다.

그리고 마을에서 이들을 기다리고 있던 장우 일행의 표정도 굳었다.

더불어 몰려온 군마와 병사들에 둘러싸여 두려움에 떨던 마을 여인들도 양쪽의 눈치를 살피느라 쩔쩔맸다.

"······."

긴 침묵이 그들 사이를 지나갔다.

그동안 장우의 얼굴은 몇 번이나 붉으락푸르락해졌다.

왜 아니겠는가. 조금 전까지만 해도 자신들은 귀문의 살수들과 피 터지게 싸웠다. 태자의 목숨이 경각에 달렸을지도 모르기에 긴 시간 피가 마르는 기분으로 태자를 찾아다녔다.

한데, 예서 천한 계집과 노닥거리고 있지 않나! 아주 자유분방하고 평화롭게!

장우는 너무 화가 나서 고삐 줄을 잡은 손이 부들부들 떨릴 정도였다.

그래서 이번에도 가장 평정심을 유지하고 있던 태자가 먼저 입을 열었다.

"왔느냐?"

장우는 뱃속 깊은 곳에서부터 치밀어 오르는 황당함과 분노를 억누르느라 바로 대답을 할 수가 없었다. 일단 머릿속을 떠도는 수많은 욕설과 질문 중 가장 적절한 말을 골라야 했다.

"지금…… 뭘 하고 계십니까?"

그 질문의 숨은 뜻을 이해하지 못할 이가 별로 없었다.

정체를 모르는 마을 여인들 외에는 대부분 알아들었다.

"보면 모르느냐? 나무하고 왔다."

그 간결하고 대수롭지 않은 대답이 억누르고 있던 장우의 분노를 폭발시켰다.

"나무를 하러 가셨으면 나무만 해 오시지 뭘 싣고 다니시는 것입니까!"

왜 태자가 노비 꼴이 돼 있는가. 사지가 멀쩡한데 왜 이런 곳에 처박혀 있는가. 어째서 오문이 태자의 어깨 위에 있는가! 쏟아지는 질문 중 가장 묻고 싶은 말이었다.

그 질문이 던져지자마자 가슴이 뜨끔했던 오문이 후다닥 지게 위에서 뛰어내렸다.

그와 동시에 태자의 대답이 들렸다.

"오문이 아팠다."

"어디가요! 멀쩡해 보입니다!"

지게 위에서 훌쩍 뛰어내린 계집의 건강함을 눈으로 확인했다.

그러자 태자가 오문을 곁눈질로 힐끗 보더니 말했다.

"어젯밤까지. 아니, 오늘 아침까지."

장우는 그냥 넘어갈 생각이 없는 듯했다.

"아프면 누워 있든지, 왜 지게 위에 올라탑니까!"

그러자 태자가 말했다.

"그렇게 됐다."

그렇게 되긴 뭐가 그렇게 됐단 말인가.

하지만 무호는 그 한마디로 더 이상의 모든 질문을 막아버렸다.

"후……. 어쨌든 무사하셔서 다행이옵니다. 일단은 한수군의 군청으로 가시는 게 좋겠습니다."

"알았다."

"우선…… 그 지게부터 내려놓으십시오. 뭣들 하느냐. 가서 전하의 짐을 내려 드리지 않고."

장우가 부하들에게 나직이 명하자, 함께 따라온 관군들과 과부촌의 여인들이 멍한 표정을 지었다.

관군들 중 가장 지위가 높은 부장이 참지 못하고 슬그머니 물었다.

"저……. 방금 전하라고 하셨습니까?"

장우는 관군들을 스윽 돌아보며 짐짓 위엄 있는 목소리로 말했다. 마치 지금 태자의 굴욕적인 모습을 다 잊으라는 듯, 이런 꼴을 하고 있어도 실은 제화국의 태자 되시는 분이라고 강조하려는 듯이.

"태자 전하께 예를 갖추어라."

장우의 뜻대로 그 말의 파장은 꽤 묵직하고 컸다.

소동군에 태자가 나타났다는 소문을 모르는 이 없었다. 누가 태자를 사칭하겠는가. 장우의 말을 의심하는 자는 아무도 없었다.

태자를 처음 영접한 군사들이 땅에 엎드려 감격한 음성으로 태자를 불렀다. 자신들이 실종된 태자를 구하는 데 일조했으니 자자손손 자랑거리로 삼을 큰 공이 아니겠는가.

그러나 태자를 노비처럼 부렸던 과부촌의 여인들은 백지장 같은 얼굴로 쓰러지듯 털썩 무릎을 꿇었다. 태자의 몸을 훔쳐보며 시시덕거리고 온갖 잡일을 부려 먹었던 일이 떠올랐다. 엄청난 불경죄를 저지른 것이다.

그것도 악명 높은 서강의 사신, 무호에게.

장우가 내미는 옷으로 갈아입고 나온 무호는 바깥에 꿇어앉은 마을 여인들을 스윽 둘러보았다.

겁에 질린 여인들은 태자를 감히 올려다보지도 못했다.

"전하. 이들이 전하께 큰 무례를 범하였다 죄를 청하고 있나이다."

장우의 이야기에 무호가 무언가를 곰곰이 생각하다 한참 만에야 입을 열었다.

"내 며칠 이곳에 있어 보니 불편한 점이 한두 개가 아니었다."

태자는 단순히 제 소감을 말하고 있을 뿐이었지만 듣는 여인들은 오금이 저리고 가슴이 철렁했다.

오문은 옆에서 못마땅한 듯 눈살을 찌푸렸다. 불편한 거야 자신들이 이들을 속인 것 때문이지, 이런 식으로 은인들을 불편하게 만드는 것이야말로 죄가 아닌가.

"그래서 그러한 것들을 개선시키기로 했다."

"……?"

불평을 늘어놓으며 벌을 내릴 것처럼 하더니 뜬금없는 소리가 이어져,

모두를 어리둥절하게 만들었다.

"듣자 하니, 과부촌은 군청에서 적극 지원한 마을이라 하더군. 한데, 어째서 여인들만 사는 마을에 쓸 만한 일꾼 하나 없단 말인가. 힘 좋은 노비를 들이도록 할 것이다."

그 말을 들은 여인들의 얼굴이 점차 펴졌다. 그러자 오문도 활짝 웃으며 거들었다.

"이왕이면 몸도 좋고 잘생긴…… 그러니까 음, 여인들이 놀라지 않게 너무 험상궂은 사람은 안 된다, 이 말입니다."

오문을 가만히 쳐다본 태자가 눈을 가늘게 뜨며 말했다.

"그렇게 해주어라."

여인들은 서로를 쳐다보며 웃음을 참지 못하고 있었다.

태자는 오문의 귓가에 입을 가까이 하고 작게 속삭였다.

"너무 밝히는 게 아니냐?"

"뭐, 뭐가요?"

"사람은 자고로 생긴 게 다가 아니다."

"누, 누가 그걸 모르나요. 그냥 뭐……."

오문의 얼굴이 화악 붉어졌다.

"넌 내가 험상궂게 생긴 사람이었으면 날 좋아하지 않을 셈이었느냐?"

"어…… 그건…… 제가 전하가 좋다고 말씀드린 것 때문에 그러시는 거라면 저는 그런 뜻으로 말씀드린 게……."

"말 돌리지 말고 확실히 말해."

"아마…… 좋아했을 겁니다."

머뭇거리며 하는 말을 무호가 비웃었다.

"거짓말을 잘도 하는군."

"아닙니다. 처음엔 좀 무서웠을 테지만 곧…… 잘생겨 보일 겁니다."

"어째서?"

"조, 좋은 분이시니까요. 제 눈에는 잘생겨 보일 겁니다……. 분명히."

그렇게 잘 말해놓고 오문은 조금 전보다 더 터질듯 붉어진 얼굴을 하고는 후다닥 도망을 쳤다.

어디론가 뛰어가는 오문을 보며 태자가 피식피식 실없이 웃었다.

이를 본 장우가 눈 밑을 씰룩거리며 다가왔다.

"전하. 방금 저 아이가 뭐라 하고 간 것입니까?"

"별 얘기 안 했다."

"별 얘기가 아닌데 왜 그리 웃으십니까?"

장우는 부쩍 가까워진 두 사람의 모습이 수상하고 못마땅했다.

"그것보다 저놈들은 뭐냐?"

무호는 귀찮다는 듯 장우의 질문을 무시하고 저 뒤쪽에서 고개를 빼고 있는 다섯 남녀에게 시선을 던졌다.

장우를 돕겠다 나섰던 백골기예단이었다.

태자가 그걸 몰라 물은 것은 아닐 테니 어째서 여기 있냐는 질문일 것이다.

"단왕부로 가려는 길이었답니다. 오문과 전하께서 실종됐다는 얘기에 발 벗고 나서서 도왔습니다."

"도움이 될 리가 없지. 괜한 놈들까지 끌어들이지 마라."

무호는 오문과 가까운 사람들, 특히 오문이 돌아갈 자리를 만들어줄 수 있는 자들이 탐탁지 않았다. 그들이 가까이 있으면 가뜩이나 제 곁에 있지 않으려는 오문을 더 흔들어놓을 게 아닌가.

한데 무호의 냉정한 말에 의외로 장우가 정색했다.

"그게 그렇지 않았습니다."

"······?"

"전하가 여기 계신 것을 알게 된 것도 저들의 도움이 컸습니다. 또한 오는 길에 살수들과 마주쳤는데······."

살수들을 포위한 장우는 백골기예단과 여인들을 뒤로 물려놓았다.

한데 한참 싸우다 보니 대열이 흐트러져 벽이 무너졌고 살수들을 뒤로 보내고 말았다. 안타깝지만 그들까지 보호하며 싸우기에는 살수들이 그리 만만한 상대가 아니었다.

그런데 이게 웬일인가. 허접 쓰레기 같던 기예단이 각자 곡예에 쓰던 병장기를 꺼내 다섯이 한 몸처럼 움직였다.

박도를 든 광두, 삼지창으로 멀리 있는 적을 상대한 금, 화는 귀여운 얼굴로 가차 없이 단검을 던졌고, 첨은 둔하게 생긴 것과 달리 현란한 곤봉술을 보여주었다. 특히 쌍검을 휘두르던 상의 가차 없는 칼질이 인상적이었다.

그들 덕분에 여인들도 무사하고 자신들도 마음 놓고 살수와 싸울 수 있었다.

"기예단도 무술을 익힌 자들은 맞는데 저희가 몰랐던 것 같습니다. 그러고 보면 오문도 줄 타는 재주 하나는 있지 않습니까."

무호는 그들의 쓸 만한 재주가 하나도 아깝지 않았다.

"그래서 저놈들도 데려가자는 뜻이냐?"

"뭐 어쩌겠습니까? 단왕부로 가는 길이라는데 목적지가 같으니 자연스럽게 동행할 수밖에요. 더군다나 오문이 아는 자들이라 가다 보면 같이 어울리게 될 듯합니다."

무호는 마침 오문이 백골기예단과 손을 잡고 반가워하는 광경을 보고 더욱 눈살을 찌푸렸다.

잠깐 어울리다 영원히 어울리면 어찌 되는가.

"단왕부가 살기 좋다는 헛소문을 진작에 없앴어야 했는데."

중얼거리는 태자의 말에 장우가 고개를 갸웃했다.

"그게 헛소문이었습니까?"

"헛소문이어야지. 내가 그리 만들 것이다."

장우는 비록 자신들이 단왕부의 실정을 살피러 가는 밀사들이긴 하지만 태자가 갑자기 단왕부에 적개심을 가지는 이유를 알 수 없었다.

태자 일행이 귀문의 살수들을 소탕하고 살아 돌아오고 있다는 소식이 벌써 한수군 전역에 알려졌다. 때문에 무호가 한수군의 중심으로 들어서자 백성들이 나와서 환호성을 터뜨렸다. 특히 한수군의 군수는 가장 선두에 나와 태자를 영접했다.

"전하! 신이 부족하여 이런 망극한 일이 벌어졌나이다. 죽여주시옵소서. 전하."

그는 자신의 관할에서 태자가 시해당할 뻔하자 제게 불똥이 튈까 전전긍긍했다. 그럴 수밖에 없는 것이, 살수들이 수적들로 꾸며 일을 저질렀다는 것이 가장 큰 문제였다. 수적들을 소탕하지 못하고 방만했던 것이 이런 큰일로 이어진 게 아니고 뭐겠는가. 누군가 그것을 지적하는 순간 저는 비난에서 자유로울 수 없었다.

"소신이 전력을 다해 귀문의 남은 잔당들을 색출하여 이 죄를 갚을 것이옵니다. 반드시 그 불온한 역적들을 이 손으로 잡아 찢을 것이니 기회를 주시옵소서, 전하!"

그의 충심 가득한 포부와 각오를 모두 들은 무호는 표정 없는 얼굴로 나른하게 물었다.

"어떻게?"

"예?"

"어떻게 귀문의 잔당들을 색출할 것인지 방법을 말해보라."

"그, 그것은 아직……. 하, 하오나 병력을 전부 모아서라도 샅샅이……."

"그 병력을 전부 빼면 한수군의 치안은 누가 맡을 것인가?"

"어, 어찌 전하의 일과 치안을 비교할 수 있겠사옵니까?"

"수적들을 날뛰게 두는 바람에 이런 일이 벌어졌음에도 아직 그런 소리를 할 수 있군."

"……!"

군수의 가슴이 철렁 내려앉았다. 다른 누구도 아닌 태자께서 직접 죄를 묻고 있지 않나.

"쓸데없는 데 힘 빼지 말고 바쁠 텐데 백성들이나 잘 돌보시게. 귀문이 그대 손에 잡힐 놈들이었다면 진작 내 손에 잡혔을 것이야."

"저, 전하! 소신……!"

"아, 그만. 죽여달라네 어쩌네 그런 소리는 진짜 죽고 싶을 때만 하시게. 난 그런 소리를 들으면 진짜 죽여주고 싶으니까. 그것보다 오는 길에 수적들의 본거지를 찾았으니 가서 정리나 좀 하는 게 어떻겠나?"

무호가 한수군의 군수를 쩔쩔매게 만드는 동안 뒤에서 백골기예단이 수군거렸다.

"오문아. 너도 참 고생이 많다. 어찌 저리 까칠하시냐."

"그러게 말이다. 나이 많은 군수를 너무 몰아세우네."

아무리 태자라 해도 높은 분들끼리는 서로의 체면을 지켜 주곤 했다.

잘못했다고 비는 사람을 이 많은 사람들 앞에서 무안 주는 경우는 보기 드문 경우 아닌가.

그러나 오문은 어깨를 으쓱했다.

"별로 저한테는 까칠하지 않으십니다."

"그래?"

"예. 아무거나 해드려도 잘 드십니다."

"아니, 뭐 그것만 갖고 하는 얘기가 아니라……."

"저는 뭐, 그거면 됩니다."

오문은 천진난만한 얼굴로 싱긋 웃어 보였다.

아무래도 한수군의 군수는 눈치가 없는 사람 같았다. 아니면 미리 준비를 해두어서 물릴 수 없었을지도 모른다.

무호는 거하게 차려진 잔칫상 앞에서 내내 지루한 얼굴로 앉아 있었다.

"전하, 곤하시면 먼저 들어가 쉬시옵소서."

장우가 눈치껏 말하지 않았더라면 무호가 먼저 자리에서 벌떡 일어나 잔치 분위기를 싸하게 만들었을 것이다.

무호는 잔치는 장우에게 맡기고 병졸의 안내를 받으며 처소로 향했다. 그런데 저 앞에서 들리는 오문의 목소리에 우뚝 멈춰 섰다.

"이제 뭘 하면 됩니까?"

"괜찮은 계집들로 잘 골랐느냐?"

가만 보니 군청에서 잡무를 도맡은 사내가 오문에게 지시를 하고 있었다.

"예. 전하께서 좋아하실 만한 여인들로만 들였습니다."

"그래. 잘했다. 전하께서는 깔끔한 성정이시라니 방 안 곳곳도 다시 한 번 살펴서 차질이 없도록 해라."

"예. 알겠습니다. 한데, 저는 전하께서 좋아하시는 음식을 만들러 가야 할 것 같습니다."

"이미 만찬을 즐기시고 오실 텐데 무슨 음식을 만든단 말이냐? 어차피 가벼운 안주거리는 주방에서 다 알아서 내올 것이다. 너는 시키는 일이나 똑바로 하거라."

"전하께서는 제가 해드리는 음식을 좋아하십니다. 항상 이런 데 오시면 제 음식을 찾으셨습니다. 그러니까……."

"어허! 오늘은 한수군의 내로라하는 실력자들만 불러 요리를 했다. 그들이 네 음식 솜씨보다 못할까! 군소리 말고 어서 움직이지 못해!"

"아……. 알겠습니다……."

오문이 시무룩한 표정으로 자리를 뜨는 것을 보고 무호는 뒷짐을 진 채 생각에 잠겼다. 그러고는 오문이 다시 돌아와 준비가 끝났다는 이야기를 하는 걸 보고서야 그들 앞에 나타났다.

무호는 제 앞에 공손하게 손을 모으고 선 오문에게 눈길조차 주지 않고 준비되었다는 방으로 들어갔다.

"태자 전하를 뵈옵니다."

방 안에는 오문이 뽑았다는 여인들이 세 명이나 다소곳이 앉아 있었다.

무호는 그들을 스윽 살펴보다 입을 열었다.

"그래. 너희들이 내 취향이라고?"

"예?"

여인들은 서로를 마주보며 태자의 말을 이해하려고 애썼다.

그러거나 말거나 태자는 돌아서서 나왔다. 그러고는 큰 소리로 오문을 불렀다.

"오문!"

"예? 예?"

그렇지 않아도 시무룩하게 서 있던 오문이 화들짝 놀라 다가왔다.

"저 방에 있는 것들이 무엇이냐!"

"어……. 저, 전하를 위해 준비한……."

"나를 위해 저런 것들을 준비해?"

그러자 아까부터 오문을 부려 먹고 야단치던 사내가 앞으로 나섰다.

"전하. 제 불찰이옵니다. 이 아이가 전하를 곁에서 오래 모셨다기에 일을 맡겼사온데……. 당장 저 계집들을 치우고 다른 계집들로……."

태자는 그의 말은 깡그리 무시하고 오문에게 말했다.

"왜 내 처소에 낯선 여인들이 들어와 있는 것이냐!"

"그게…… 그렇지요. 저는 들이면 안 될 것 같다고 했는데요……."

오문이 말을 흐리며 옆에 있는 사내를 노려보자 그가 오문의 눈을 피하며 헛기침을 했다.

"다 필요 없으니 전부 치우거라."

"예, 예!"

"그리고!"

"예."

"가서 죽엽청 한 병과 간단히 요기할 걸 들고 오너라."

"죽엽청이요? 술은 안 드시지 않습니까?"

"가져오라면 가져올 것이지!"

"알겠습니다. 얼른 가져오겠습니다."

"서두를 것 없다. 천천히 만들어 오너라."

무호가 가져오는 게 아니라 만들어 오라고 하자 오문은 신이 났다.

"알겠습니다! 정성껏 맛있게 만들어 오겠습니다."

제게 잔소리를 하던 사내에게 제 말이 맞지 않느냐, 하는 표정을 지어 보이며 힘차게 뛰어갔다.

그 모습을 보고 저도 모르게 웃던 무호가 사내와 눈이 마주치자 표정을 싸늘하게 바꾸었다.

"네가 무슨 권한으로 오문을 부리느냐?"

"예? 저, 저는……."

"저 아이는 태자인 내 것이지, 네 것이 아니야."

"저, 저는 다만 전하를 오래 보필한 아이인 줄 알고……."

"네가 함부로 부려도 되는 아이가 아니다. 주제도 모르고 설쳐 댔다가 명을 재촉하지 말라."

무호는 단단히 으름장을 놓으며 휭하니 바람을 일으키고 돌아섰다.

한편 오문은 주방에 들어가고 얼마 되지 않아 버섯을 볶아 죽엽청과 함께 들고 나왔다. 콧노래까지 흥얼거리며 걸음을 바삐 움직이는데 어딘가에서 저를 부르는 소리가 들렸다.

"오문! 여기다."

태자의 목소리였다. 그런데 주변을 둘러보아도 태자는 보이지 않았다.

"응?"

"위쪽이다."

무호는 두리번거리는 오문의 모습이 보이기라도 하는 듯 방향을 알려

주었다.

오문이 고개를 들자, 무호가 가장 높은 지붕에 올라 천천히 손을 흔들고 있는 게 보였다.

"헉!"

"올라오너라."

"거긴 왜 올라가셨습니까?"

"달구경 중이다. 그것 가지고 올라와."

오문이 옆을 보니 사다리가 놓여 있긴 했다. 손에 쟁반을 든 채 사다리를 밟고 올라가면서 오문은 계속 투덜투덜거렸다.

"어디까지 주문을 시키시는 겁니까? 제가 줄을 잘 타는 거지, 사다리를 잘 타는 건 아니란 말입니다."

그러면서도 잘만 타고 올라와 무호의 앞에 쟁반을 내려놓았다.

무호는 죽엽청 한 잔을 따라 오문에게 주었다.

"자, 올라오느라 수고가 많았다."

죽엽청 잔이 제게 돌아오자 삐죽거리던 오문의 입술이 활짝 벌어졌다.

"그럼 감사히 잘 받겠습니다."

오문이 죽엽청을 달게 마시는 걸 보고 무호가 물었다.

"너는 그게 맛이 좋으냐?"

"사내대장부 되시는 분이 몰라서 물으십니까? 이게 얼마나 맛있는데요."

"글쎄다. 난 모르겠다."

"이걸 마시면 세상이 전부 달달해집니다. 그러니 맛있을 수밖에요."

"세상이 달달해진다고?"

"네. 살아가는 맛이 참 달콤해집니다."

그 얘기를 들은 무호가 미심쩍은 눈을 해 보이더니 마셔보라는 오문의 눈빛에 못 이기는 척 잔을 받았다.

오문이 무호의 잔에 넘치도록 술을 따라주자, 그는 평소와 달리 음미하듯 술을 입에 살짝 머금었다가 삼켰다.

"어떠십니까?"

무호는 제 얼굴을 빤히 바라보며 묻는 오문을 지그시 바라보며 말했다.

"글쎄다. 한 잔 더 마셔봐야 알겠다."

오문은 냉큼 술을 더 따라주었다.

무호는 그 술로 오랫동안 천천히 혀를 적셨다. 천천히 조금씩, 오문에게서 눈을 떼지 않으며 술 한 잔을 비웠다.

오문은 한 잔의 술 때문인지 달빛에 물들어서인지, 뺨이 붉어지고 있었다.

무호가 조금씩 그녀의 얼굴을 깊이 들여다보며 가까이 다가갔다.

코가 부딪칠 만큼 가까워졌는데도 오문은 그를 피하지 않았다.

그의 숨결이 얼굴에 닿고 긴장한 입술이 바짝바짝 타들어 가고 입안에 갈증이 느껴졌다. 그의 무표정한 얼굴이 저를 향해 따뜻하게 미소 짓고 있는 듯 보였다.

콩닥콩닥 뛰는 가슴에 입술을 잘근거리며 숨을 참아 보려는데, 무호의 입술이 그녀의 입술에 닿았다.

닿고, 부드럽게 쓰다듬고, 그리고 베어 물었다.

오문의 입술에 촉촉함과 향기로움을 남기고 떠나간 그의 입술이 열렸다.

"그래. 이게 참 달콤하구나."

무호는 오문의 상기된 얼굴과 반짝거리는 눈동자를 보며 자신 있게 말했다.

그러자 오문이 고개를 숙이며 힘없는 목소리로 말했다.

"저, 저는…… 잘 모르겠습니다."

예상 못한 오문의 말에 무호는 당황했다.

"미안하다. 내가 취해서 실수했나 보구나."

"저…… 그게……."

"네가 날 좋아한다는 건 그런 뜻으로 한 말이 아닐 텐데……."

"그게 아니라…… 저도 한 잔으로는 잘 모르겠습니다."

오문은 제가 들고 있던 술병을 그대로 입으로 가져가 벌컥벌컥 들이켰다.

"후아!"

"……!"

그러고는 병에서 입을 떼고 대신에 무호의 입술로 제 입술을 가져갔다.

무호는 저돌적으로 짓누르는 오문의 입술을 뿌리치지 않았다. 오히려 그녀의 입술을 더욱 깊숙이 빨아들이며 그녀의 등을 끌어안았다.

입맞춤은 꽤 오래 이어졌다.

무호는 오문에게 '좋아요'의 뜻을 알려주고 싶었다. 죽엽청보다 더 취하는 게 있다는 걸.

'물론 이게 다 죽엽청 덕이겠지만.'

그리고 오늘부터 술을 가까이 하기로 했다.

한편 오문의 머릿속에는 제가 좋아하는 수많은 것들이 떠다니고 있었다. 그중 가장 좋아하는 음식들과 죽엽청이, 무호의 입맞춤이 이어져 가는 동안 하나씩 머릿속에서 지워져 갔다.

'위험해!'

오문은 당분간 술을 멀리해야겠다고 다짐했다.

서로의 가치관을 바꿀 만큼 강렬한 입맞춤이었다.

무호 일행은 다음 날 새벽 일찍 떠나기로 했다. 백성들이 모두 잠든 시각. 전날의 요란함을 경험한 터라, 떠날 때도 그럴까 봐 조용히 한수군을 나가기로 한 것이다.

군수는 매우 아쉬워하며 조금 더 무호에게 좋은 인상을 남기지 못해 안타까워하는 듯했다.

무호는 그런 군수에게 짧은 위로와 인사말을 건넸다.

"내가 여기 머물면 머물수록 그대에 대한 믿음이 사라질 듯하니 내가 떠나주는 것을 고맙게 여기게."

그러면서 무호는 황제에게 압수당했던 말과 수레를 한수군에서 조달했다. 물론 협박이 있었다.

떠날 준비를 마친 오문은 수레가 생긴 것을 기뻐하며 제가 탈 수레를 살펴보고 있었다. 그런데 장우가 오문을 불렀다.

"오문. 너 이리 좀 와봐라."

어젯밤 일을 생각하느라 넋을 잃고 있던 오문이 뜨끔한 목소리로 대답했다.

"왜, 왜요?"

과부촌에서 온 뒤로 저만 보면 눈을 부라리는 장우 때문에 오문은 되도록 그와 마주치지 않으려 하고 있었다. 한데 부르면 가야지 어쩌겠는가.

장우는 오문에게 옷을 건넸다.

"당장 이걸로 갈아입고 나오너라."

오문이 그것을 받고 보니, 사내아이의 옷이었다.

"남장을 하라고요?"

"그래."

"왜요?"

"다들 사내 녀석들인데, 네가 계집 옷을 입고 살랑거리면 정신 사나울 게 아니냐."

그럴지도 모르겠다 생각하던 오문은 문득 저만 여인이 아니라는 생각이 들었다.

"그치만 상 언니랑 화도 있는데요?"

그러자 장우가 급 당황하는 듯했다.

"그건……! 그래. 그러니까 여인들이 너무 많아 신경 쓰이니 너라도 이걸 입으라는 뜻이다."

늘 칼같이 말하는 장우의 말투가 아니었다. 변명하듯 하는 말이 수상하기 짝이 없지 않나.

오문은 미심쩍은 눈으로 그를 올려다보며 날카롭게 쏘아붙였다.

"혹시…… 언니랑 화는 어차피 남장이 안 될 것 같아서 저만 시키시는 겁니까?"

장우가 눈썹을 찌푸렸다. 그러니까 그건 그 두 여인들은 너무나 여성스러운 몸이라 남장이 불가능하고 오문은 생긴 것도 사내 같으니 해도 되는 거냐, 이렇게 묻는 것이었다. 한편으로는 틀린 말 같지 않지만 그래도 장우의 의도는 결백했다.

"그건…… 자격지심이냐?"

"정말 너무하십니다. 사람을 이런 식으로 망신을 주십니까?"

오문은 이미 그렇게 단정 짓고 있었다. 그게 아니면 저만 남장을 시킬리 없다 생각했다.

"아니, 너는 일도 하고 계속 바삐 돌아다닐 테니……."

"입으면 될 거 아닙니까. 입죠 뭐. 원래도 이렇게 입고 거지처럼 굴러먹던 인간인데!"

"저, 저놈이! 누가 뭐랬다고!"

오문은 씩씩거리며 옷을 갈아입으러 들어갔다.

장우는 땅이 꺼져라 한숨을 푹 쉬었다. 실은 어젯밤 지붕 위에 있던 두 사람을 보고 말았다. 태자가 어떤 여인을 품든 제가 상관할 바는 아니지만 오문만큼은 안 된다고 생각했다.

'큰일이다. 전하께서 오문을 생각하시는 마음이 너무 깊어.'

그냥 여인을 품는 것과 여인을 마음에 두는 것은 엄연히 다르다.

태자가 마음에 품은 여인의 신분이 천하고 귀하고는 사실상 크게 문제되지 않는다. 어차피 태자비가 되는 건 다른 문제였고, 그 외에도 태자의 곁에 있을 수 있는 여인은 많으니까. 하나, 그렇다 하더라도 오문은 안 된다고 생각했다.

'신분이 불확실하고 위험 요소가 많은 계집입니다. 훗날 큰 상처로 남을 아이입니다.'

장우는 어떻게든 적극적으로 두 사람을 갈라놓기로 마음먹었다.

"왜 또 그러고 있느냐?"

사내 옷을 입고 나타난 오문을 보고 무호가 물었다.

'혹시 어제 그 입맞춤 때문인가.'

무호는 오문이 어젯밤 일을 후회하는가 싶어 걱정이 되기 시작했다.

그러자 오문이 볼멘소리로 대답했다.

"대장님이 이렇게 입으라고 하십니다."

"왜?"

"모르겠습니다. 이래야 부려 먹기 편한 모양입니다. 계집애처럼 입고 있으니까 뭐 정신이 사납다나……."

"잘됐군."

"잘됐다니요?"

제 편을 들어주지 않는 것이 서운해서 오문은 예민하게 굴었다.

"설마 제가 사내 옷을 입는 게 더 좋으십니까?"

그러자 무호가 말에 훌쩍 올라타며 말했다.

"타라."

"예?"

"그리 입고 있으니 말을 타기는 더 수월할 것이다."

"어, 어딜 타라고요?"

오문은 믿을 수 없는 제안에 눈을 깜빡이며 되물었다.

"걱정할 것 없다. 나만 붙잡으면 돼."

그런 문제가 아니지 않나. 말을 타는 게 겁이 나서 그러는 게 아니지 않나!

무호는 너무 태연했다.

"지금 전하의 말에 같이 타란 말씀이십니까?"

"넌 가벼우니, 괜찮을 게다."

"글쎄, 그런 문제가 아니라……."

"지게 위에도 올라탄 녀석에게 다른 문제가 있단 말이냐?"

그러자 사방을 둘러본 오문이 태자에게 다가가 낮은 목소리로 말했다.

"대장님이 아시면 절 또 얼마나 죽일 듯이 노려보겠습니까?"

"그래서? 싫다는 말이냐?"

곤란하다는 듯 찌푸렸던 오문의 얼굴이 스윽 펴지는가 싶더니 활짝 웃으며 명쾌하게 말했다.

"아니요. 장우 대장님 얼굴이 얼마나 볼만해질지, 기대됩니다."

오문이 무호의 뒤로 훌쩍 올라탔다.

그것을 본 사람들의 이목이 집중됐지만 두 사람은 전혀 개의치 않았다.

"허리를 꽉 잡아라. 아니, 그렇게 말고."

무호는 오문이 어설프게 잡고 있던 손을 붙잡고 끌어당겨 제 배 쪽으로 가져갔다.

"이렇게 꽉 안고 있어야 한다."

"네! 절대 놓지 않겠습니다."

두 사람이 탄 말은 일행에게 신호도 주지 않고 먼저 달려 나갔다.

오문은 얼굴을 스쳐 지나가는 바람을 피하듯 무호의 등에 얼굴을 파묻었다.

두 사람이 말을 멈춘 곳은 얕은 개울가 앞이었다.

장우 일행이 바짝 뒤쫓고 있었기 때문에 무호에게는 시간이 별로 없었다.

그는 아무도 없을 때 대뜸 오문의 바짓단을 걷었다.

"왜, 왜 이러십니까?"

오문이 놀라면서 주춤 물러나는데도 무호는 기어이 발목을 붙잡더니 옥패를 가져갔다.

"헉! 그건 왜요?"

무호는 옥패를 자신의 손목에 감아 소매 속에 잘 감춰둔 뒤 퉁명스럽게 말했다.

"네가 도망가지 못하게 가지고 있어야겠다."

"그것 때문에 제가 도망가지 않을 거라 여기십니까? 아닙니다. 저한테 그 옥패는 별 의미가 없는 물건입니다."

"어차피 네가 가진 거라곤 이것밖에 없지 않느냐? 그렇다면 이거라도 갖고 있어야겠다."

"후……. 마음대로 하십시오. 전 모르겠습니다."

무호는 어이없어 하는 오문을 설득했다.

"그리고 아무래도 이 물건이 저주받은 듯하다."

"예?"

"네가 전에 말했지. 보물에 피를 묻히면 저주받은 물건이 된다고."

"에이. 뭘 그런 걸 다 기억하고 계십니까?"

"이 물건을 차고 있다가 네 손목이 몇 번이나 날아갈 뻔했느냐? 그러니 그냥 내가 가지고 있겠다."

"하면, 그러다가 전하 손목이 위험해지면 어쩌시려고요?"

"나는 악운에 강해서 이깟 저주쯤은 날 어쩌지 못한다."

"그거야말로 근거 없는 자신감이십니다."

무호는 이 옥패가 오문의 손에 있는 것이 어쩐지 불안했다. 이것으로 인해 무언가 큰 사달이 일어날 것 같았다. 그래서 차라리 제가 가지고 있는 편이 안심이 됐다.

"내가 운이 없는 놈이었다면 벌써 수백 번도 넘게 죽었을 것이다."

"그건 아닌 것 같습니다. 전하께서 운이 좋으신 분이라면 저를 만나지도 않았을 겁니다."

"그게 무슨 뜻이냐?"

"저처럼 재수 없는 년을 만나신 것부터가 운이 나쁘시다, 이 말씀입니다."

"오문."

무호가 조금 화난 목소리로 그러나 차분하고 진지하게 오문을 불렀다.

"예? 왜, 왜 그렇게 무서운 얼굴을 하고 계십니까?"

"네가 재수가 없다는 말은 하지 마라."

"그게 뭐 그렇게 화낼 일이시라고……."

"나는 너를 만난 것이 행운이라 생각한다. 그러니 너 자신을 아끼거라. 네 인생이 정말 그리 재수가 없었다면 어찌 나를 만났겠느냐? 나는 이 나라의 태자다. 내게는 너를 죽이고 살릴 수 있는 권력이 있고 재물이 있다."

오문은 속으로 그게 문제라고 생각했다. 무호가 태자이기에, 저는 무호를 만난 것을 악연이라 생각하고 있었다. 제 생사여탈권을 쥐고 있는 사람에게 사로잡혔으니 이보다 더 운이 나쁠 수가 없지 않나. 하필 그런 사람을 좋아하게 된 것도 지독히도 나쁜 운이었다. 한데 태자는 아무것도 모르니 좋을 대로 생각하는 것 같았다.

"그런 내가 너를 곁에 두고 있는데, 너는 나를 배경으로 두고도 재수 없다는 소리가 나오느냐?"

"전하께서…… 제 배경이 되어주신다고요?"

"되어주겠다는 게 아니라, 나는 이미 너를…… 정말 몰라 이러는 게냐?"

오문은 전날 밤 지붕 위에서 나눈 입맞춤을 떠올렸다. 밤새 그것을 떠올릴 때마다 알 수 없는 갈증에 몸부림쳐야 했다. 그가 제 배경이 되어준다는 말이 어젯밤의 입맞춤과 다르지 않게 야릇한 느낌이 들었다.

"정말 몰라?"

"전하……."

"아니다. 관두자. 차차 알게 될 테니 서두르지 않겠다."

오문은 괜히 미안한 마음이 들었다.

'저…… 알거든요?'

알면서도 안다고 말하지 못하는 게, 모르는 척해야 하는 게 계속 가슴을 무겁게 하고 있었다.

'알지만, 전하를 위해서 모르는 척해 드리는 겁니다.'

아니, 어쩌면 제 자신을 위해서인지도 모른다. 저는 태자의 사랑을 받을 자격이 없었다. 그러니 그의 사랑을 갈망하지 않도록 여기까지만 하는 게 제 자신을 위해 좋은 일이었다.

한편 멀리서 이 두 사람을 보며 달려오던 장우는 무호가 오문의 발목을 걸 때부터 울화가 치밀었다.

물론 그전부터 따라오며 잔뜩 성이 난 상태였다.

'어떻게든 두 사람을 떼어놔야 해!'

그렇게 장우의 시어머니 노릇이 시작되고 있었다.

그로부터 며칠 후, 밥을 해 먹고 다 같이 쉬고 있을 때였다.

"오문!"

태자에게 다가가려던 오문은 갑자기 눈앞에 불쑥 나타난 장우에게 가로막혔다.

"예?"

"이것 좀 빨아 둬라."

장우는 대뜸 병사들의 옷을 잔뜩 가져와 오문에게 안겼다.

"엇!"

오문은 킁킁거리며 옷감의 냄새를 맡더니 투덜거렸다.

"아직 안 빨아도 될 것 같은데요. 전에는 더 냄새 나는 것도 입었었는데."

"날이 점점 더워지고 있으니, 위생에 각별히 신경을 써야 한다."

"그렇긴 합니다만 옷을 먹을 것도 아니고……. 예. 빨아야지요. 빨겠습니다."

장우의 눈꼬리가 점점 올라가는 것을 보고 오문은 말꼬리를 내렸다.

개울가로 빨랫감을 가져가는 오문의 표정은 불만이 가득했다.

이번뿐만이 아니었다. 장우는 며칠째 오문이 한가한 꼴을 보지 못했다. 없는 일도 억지로 만들어내는 통에 도통 쉴 수가 없었다. 혹 태자가 저를 따라가겠다 하면 무슨 수를 써서라도 태자를 데리고 가버리고 제게는 더 많은 일감을 던져 주었다. 그러다 보니 일이 끝나면 저도 모르게 지쳐서 잠이 들어버렸다.

'후. 전하와 이야기라도 좀 나눌까 했더니.'

"오문아. 내가 도와줄까?"

이를 본 상이 쪼르르 다가왔다.

"어? 아니. 괜찮아. 언니가 왜 이런 걸 해."

"왜? 도와줄게."

"아니야. 언니가 나처럼 팔려간 신세도 아니고. 잡일 하지 마."

"우리 때문에 팔려간 건데. 그리고 사실은 내가 뭐 좀 물어보고 싶은 게 있어서."

"응?"

상은 주변을 둘러보더니 은근한 목소리로 말했다.

"저쪽 친위대 대장이란 분 말이야."

"장우 대장님?"

"어. 그분 어때?"

"어떠냐니?"

"혼인은 하셨겠지?"

"했지."

"아…… 역시."

상은 실망 가득한 얼굴로 탄식했다.

"사별하셔서 지금은 세 살 난 아드님을 어머님이 키워 주고 계신대."

"헉! 정말? 잘됐…… 아, 아니. 마님이 돌아가셔서 정말…… 안됐다."

상은 장우가 군사들을 이끄는 모습을 보고 감탄했다. 뿐만 아니라, 살수들과 싸울 때도 누구보다 강하고 압도적인 무위를 보여주었다.

그 모습에 완전히 반하고 말았다.

한데, 지금 부인과 사별하고 혼자 아이를 키운다니 그가 더 멋지게 보이기 시작했다.

'세상에. 부인을 얼마나 사랑하셨으면! 여태 혼자 전장을 떠돌고 계실까!'

물론 장우는 그런 식으로 말하고 다닌 적이 없었고 오문도 그렇게 말하진 않았다.

"정말 마음이 따뜻하신 분 같지?"

"따뜻한 분이…… 왜 나한테만? 날 싫어하시나?"

오문이 그럴 리 없다는 듯 말하자 상이 야단치듯 말했다.

"넌 왜 그렇게 눈치가 없니? 저분은 네가 싫은 게 아니라, 네가 태자 전하 옆에 있는 게 싫은 거야."

"뭐? 왜?"

"왜겠니! 그걸 내 입으로 말해야 해?"

"아니, 그러니까 내 말은, 내가 뭐 태자 전하 옆에 평생 있을 것도 아닌데 왜 날 떼놓지 못해 안달이냐는 거지."

"말은 잘한다. 그렇게 고목나무에 매미마냥 붙어 다니면서 뭐 평생 있을 건 아니야?"

"당연하지! 태자 전하는 태자시니까 궁으로 가고, 나는 내 갈 길 가야지."

"쉬워서 좋다, 너는. 전하 생각도 같을지 모르겠다만."

오문은 사람이 만나면 언젠가는 다 헤어질 것을 염두에 두는 거라 생각하고 있었다. 그런데 지금 상과 대화를 나누다 보니 당연한 줄 알았던 제 생각이 뭔가 잘못되었다는 것을 깨달았다. 태자와 헤어질 거라고 제 입으로 말하면서도 가슴이 따끔따끔한 것이 썩 기분이 좋지 않았던 것이다.

"전하가 뭐……. 아무튼 그건 그렇고, 장우 대장님은 왜 물어보는 건데?"

"아, 너랑 나랑 상부상조하자고."

"뭘?"

"내가 장우 대장을 맡을게."

"뭘 맡아? 싸우자고?"

오문은 상이 원하는 바를 정확히 이해하기 힘들었다.

"어휴. 이 답답아! 내가 장우 대장님을 상대할 테니까. 넌 네가 좋아하는 태자 전하를 실컷 보라고. 궁에 안 따라가겠다며! 그럼 같이 있는 동안은 질리도록 붙어 있어!"

오문은 그제야 고개를 끄덕였다.

"그거 정말 좋은 생각이네. 근데 어떻게 상대하려고? 은근 까다로운 분이라서 상대도 안 해줄 것 같은데."

"왜이래? 날 뭘로 보고. 나한테는 커다란 무기가 있어."

"커다란 무기?"

빨래를 하던 상이 가슴을 펴며 턱까지 치켜 올렸다.

그 순간 오문은 큰 깨달음을 얻었다.

빨래를 끝낸 오문이 경쾌한 걸음으로 무호를 찾아 나섰다.

마침 무호가 제 말을 돌봐주고 있는 것이 보였다.

그런데 또 어디선가 장우가 나타나 오문의 앞을 막았다.

"……!"

"너. 어디 가는 길이냐?"

"전하께 가는 길입니다."

"왜?"

"그냥요……. 얘기나 좀 할까 하고."

"전하가 네가 얘기 나누고 싶으면 아무 때나 찾아가는 말벗이라도 되는 줄 아느냐? 네 벗들은 저기 있지 않아!"

장우가 큰 소리로 야단치는데 불쑥 상이 나타났다.

"저 찾으셨나요?"

"뭐?"

상은 장우에게 바짝 다가가 얼굴을 내밀었다.

"절 부르신 것 같아서."

"아니. 난 널 부른 적이 없는데……."

장우는 상이 제게 너무 가까이 다가오는 것 같았지만 본래 자유분방하게 떠돌던 여인이라 그러려니 했다. 너무 예민하게 굴면 도리어 제가 이상해 보일까 봐 짐짓 아무렇지 않은 척하고 있었다.

상은 장우가 뒷걸음치지도, 저를 밀쳐 내지도 않자 회심의 미소를 지었다. 역시 그는 제 예상대로 남의 눈을 많이 신경 쓰는 사람이었다.

"그렇구나. 제 귀가 잘못된 모양이에요. 근데 이왕 왔으니 뭐 좀 여쭤봐도 될까요?"

"무슨……?"

"그때 쓰신 검 말이에요. 실력이 아주 상당하시던데, 어디서 배우셨나 해서요. 실은 제가 아는 무관에서도 비슷한 검을 쓰시는 분이 계시거든요."

"그럴 리가. 이건 우리 집안에서 내려오는 가전검술이다."

"아! 그렇구나. 제가 식견이 짧아 잘 몰라 오해했나 봅니다. 너무 고강한 검술이라 자꾸 잊히지 않네요."

상은 장우가 뼛속까지 무인임을 알아보았다. 그래서 그녀는 검술로 이야기를 유도하고 있었고 그것은 기가 막히게 잘 먹혀 들어갔다.

그러는 동안 오문은 여유롭게 빠져나가 무호를 만날 수 있었다.

"어쩌 너를 오랜만에 만나는 듯하구나. 내 느낌이냐?"

무호의 질문에 오문이 고개를 끄덕였다.

"맞습니다. 오랜만입니다."

"우리가 같이 가고 있던 것은 맞지?"

"예. 그리고 장우 대장님이 계속 같이 가시면 아무래도 앞으로는 더 자주 못 뵐 듯싶습니다."

"역시 장우 그놈 하는 짓이 이상해 보인다 했더니 내 느낌만이 아니었군."

"어휴. 시어머니가 따로 없습니다. 어째 전하 주변 분들은 다들 그리 저를 못 잡아먹어 안달입니까?"

"그러게 말이다. 내가 무슨 세 살 먹은 어린애도 아니고, 영춘이 없으니 이제…… 응? 잠깐. 그러고 보니 영춘이 안 보이는군."

"헉! 그렇습니다! 어째서 잊고 있었을까요?"

"흠……."

무호는 인상을 쓰고 낮게 신음했다.

"무사하시긴 한 걸까요? 잘못되신 거면 어쩌죠? 저희도 살수를 만났고, 대장님도 만났는데, 호위님도 살수들을 마주쳤을 겁니다. 혼자서 상대하다가 잘못되기라도 한 거라면……."

오문이 불길한 상상으로 말을 다 잇지 못했다.

그러자 무호가 갑자기 인상을 펴며 말했다.

"아니다. 그럴 일은 없을 게다. 생명력이 잡초보다 질긴 녀석이라. 다만……."

"다만 뭐가 걱정되십니까?"

"그놈 속이 좁아서 말이다."

"예?"

"저를 찾지 않은 걸 알면 한동안 꽤 귀가 시끄러울 것이다."

펑—

멀리서 폭죽 소리가 들렸다.

영춘은 힘없이 감기는 눈을 들었다.

'이 소리는……'

영춘은 이 소리가 무엇인지 잘 알고 있었다.

'지원을 부르는 소리다. 관군? 관군이 왜? 혹시 장우 형님이 관군을 부른 건가? 그렇다면……!'

감겨 가던 영춘의 눈이 번쩍 떠졌다. 그는 지금 셀 수 없는 밤낮을 굶어 기운이 하나도 없는 상태였다.

'으……으. 전하께서 살아 계신다. 조금만 더 힘을 내자!'

영춘은 마지막 힘을 짜내 거의 기다시피 산을 내려왔다. 그가 산을 내려왔을 때는 이미 해가 지고 새벽이슬에 풀잎이 촉촉이 젖어 있을 때였다.

'마을이다.'

영춘은 사람이 사는 마을을 발견하고 그만 털썩 쓰러져 정신을 잃고 말았다. 여기까지 온 것만으로도 대단했다.

영춘이 차가운 땅에 얼굴을 처박고 쓰러져 있는 동안 점점 해가 떠올랐다.

"엄마야! 이게 뭐야!"

아직 잠이 덜 깬 여인이 물을 기르러 나왔다가 기겁했다.

그 소리에 놀라 하나둘 집 밖으로 나왔다.

"무슨 일인데 아침부터……!"

"어머나 세상에! 이게 무슨 일이래!"

밖으로 나온 사람들은 전부 여인들이었다. 오문과 무호가 묵어간 과부촌이었던 것이다. 공교롭게도 영춘은 무호 일행이 떠난 바로 다음 날 아침에 과부촌에 도착했다.

여인들은 웅성거리며 영춘 주위로 몰려들었다.

"아직 살아 있긴 한 거지?"

"비쩍 마른 거 보니까 산에서 길을 잃은 것 같은데?"

"그러게. 이 팔 좀 봐. 뼈가 튼실한 걸 보니 원래는 꽤 건장한 사내였나 봐."

"키도 훤칠하네."

"그래. 이 정도면 아주 쓸 만하겠어."

"당분간은 노비를 보내주지 않으셔도 되겠는데?"

여인들은 무호와 오문이 떠나고 적적하던 참에 새로 찾아온 인연이 무척 반가웠다.

제게 닥칠 운명도 모른 채 영춘은 들것에 실려 누군가의 집 안으로 들어갔다.

제 22 장
갈 길이 멀다

태자 일행은 매우 험한 길로 들어섰다.

태자의 목적지는 아직 밝혀지지 않았으니 지금부터만 조심한다면 단왕부로 가, 밀정을 살피는 것도 불가능한 것이 아닌 듯했다. 그래서 한수군에서 얻은 재물로 그럴 듯하게 상단 흉내를 내서 돌아다니던 중이었다.

이왕이면 사람들과 부딪히지 않는 게 좋을 듯해 산길을 택한 것이 문제였을까.

덜컹. 덜컹. 쾅.

"으으으윽!"

오문은 도저히 수레에 타고 있을 수 없었다.

오문뿐만이 아니었다. 말 또한 험한 길을 오느라 지쳤고 말을 탄 사람도 마찬가지였다. 매번 걸리는 돌부리에 짜증도 나고 좁은 길을 지날 때는 수레의 짐을 전부 빼고 수레를 들어야 하는 경우도 있었다.

"전하. 좀 이르지만 쉬어 가는 것이 좋을 듯싶습니다. 모두들 너무 지쳐 있습니다."

"그러자."

무호는 급할 게 없었기 때문에 태연히 나무 그늘로 갔다.

장우는 남몰래 한숨을 쉬며 일을 시키려고 오문을 찾아 수레 쪽을 바라보았다.

한데 오문은 벌써 수레에서 내려 무호의 뒤를 쫓아가고 있었다.

사실 장우는 요즘 매우 신경이 예민해져 있었다. 험한 길 탓도, 일정이 늦어진 탓도, 짜증나는 태자 때문도 아니었다.

"오……!"

"대장님!"

지금처럼 오문을 부르려고 할 때마다 제 앞을 가로막는 여인, 상 때문이었다. 눈살을 찌푸리던 장우는 그녀를 못 본 것처럼 차갑게 돌아섰다.

"저기, 대장님!"

모르는 척 걸어가려던 장우가 주먹을 꽉 쥐며 돌아섰다.

"왜 또 이러느냐!"

"예? 또, 또라니요? 그것보다 지금……."

상이 무언가 말하려고 했지만 장우는 더 듣지 않겠다는 듯이 말을 잘라 먹었다.

"몰라서 묻느냐? 왜 자꾸 내 뒤를 졸졸 따라다니며 날 못 살게 구느냐?"

그러자 상은 눈을 깜빡깜빡거리며 고개를 갸웃했다.

"제가요?"

아무것도 모른다는 표정에 장우는 부글부글 끓어올랐다. 오문과 태자를 감시하는 것만으로도 날카로워져 있는데 그 감시를 방해받으니 짜증이 몽글몽글 솟아나는 것이다.

"계속 날 지켜보고 감시하는 것을 모를 줄 알았더냐! 쓸데없는 일로 나를 불러 세워 이것 좀 해달라, 저것 좀 봐달라, 물어볼 게 있다는 둥, 언제까지 이럴 것이야! 그래, 이번에는 또 무슨 일이냐!"

"……!"

상이라는 여인은 오문을 부를 때만 제 앞에 나타나는 게 아니었다. 처음에는 검술 이야기로 저를 부르더니 나중에는 노골적으로 지도를 부탁하지 않나, 벌써 친해진 것처럼 살갑게 굴며 이것저것 부탁해 왔다. 게다가 밤이나 낮이나 어딘가에서 끈적끈적한 시선이 느껴져서 보면 저를 보고 있다가 고개를 돌리는 상을 발견하곤 했다.

상의 시선과 상의 콧소리 섞인 말투, 그리고 유독 가슴을 강조한 상의 몸짓은 저를 향한 노골적인 흑심을 담고 있었다.

장우는 무호가 서강에서 겪은 괴로움을 이해할 정도였다. 자신은 겨우 한 사람이지만 무호는 수많은 사람들에게 그런 시선을 받으며 살아왔다.

오늘 오전에는 물통의 마개가 빠지지 않는다며 낑낑거리는 것을 모르는 척했더니 기어이 제게 가져와 부탁해 왔다. 그러고 나서 얼마나 지났나. 또다시 제 앞에 나타난 것은 아무리 봐도 고의적이었다.

"왜 대답을 못 하느냐! 일부러 이런다는 것을 누가 모를 줄 알았느냐!"

참지 못한 장우가 그렇게 소리를 지르자 상은 크게 뜬 눈을 슬며시 내리깔고 공손히 고개를 숙였다. 그러면서 공손하게, 얼핏 차갑게 느껴질 만큼 예를 갖추어 이렇게 말했다.

"송구합니다. 저를 그리 보고 계실 줄은 꿈에도 몰랐습니다."

"뭐라?"

"오해를 일으켰습니다. 다시는 이런 일 없도록 처신을 바로 하겠습니다."

장우는 기가 막혀서 펄쩍 뛰었다.

"뭐? 그러니까 네 말은 내가 너를 오해하고 있다는 말이냐? 오해라니! 무슨 오해!"

상은 차분하게 고개를 저으며 더욱 정숙하게 뒤로 물러나며 말했다.

"대인께서 무슨 잘못이 있겠습니까? 그저 저 같은 것에게도 친절하게 해주신 죄밖에 없으신 걸요. 이게 다 제가 주제도 모르고 기고만장해진 탓입니다. 앞으로는 좀 더 행동거지를 바로 하겠습니다."

"자, 잠깐!"

장우는 돌아서려는 상을 붙잡았다. 이대로 상을 돌려보내면 자신만 이상한 사람이 되고 만다. 상이 저를 좋아한다고 오해해서 화를 냈다는 게 아닌가.

다행히 지금 주변에는 아무도 없지만, 상이 그렇게 생각한다는 것은 너무나 억울했다.

저는 오해하지 않았다. 분명히 상이 저를 좋아하고 있다고 강렬한 신호를 보내지 않았던가! 장우의 자존심으로는 이런 오해를 용납할 수 없었다.

"이만 물러가 보겠습니다."

"기다리라지 않느냐!"

그 말에 상이 조신하게 돌아보았다. 여전히 눈을 들지 않고.

부아가 치밀어 오르는 모습에 장우는 숨을 크게 들이마시고 차분히 말했다.

"나는 오해한 것이 아니다. 네가 분명히 내게 노골적으로 접근하고 나를 좋아한다는 눈빛을 보내지 않았더냐!"

"예. 다 제 잘못입니다. 그러니 마음 쓰실 것 없습니다. 앞으로는 절대 그런 오해, 아니, 그런 일 없을 것입니다. 모든 것이 다 저의 불찰입니다. 제가 생각해 보니 충분히 그런 마음 드실 수 있습니다."

"그게 아니지 않아!"

미칠 것 같았다. 차라리 부끄러워하며 부정한다면 이해가 갔다. 그런데 지금 그녀의 말투는 오히려 제가 부끄러워할까 봐 위로하고 다독이는 말투 아닌가.

"뭐라 말씀하셔도 다 제 잘못입니다. 그리 생각하시고 마음 푸십시오. 두 번 다시 얼굴을 보이지도, 눈앞에 제 옷자락 하나 나타나지 않도록 주의, 또 주의하겠습니다."

"누가 그렇게까지 하라더냐!"

"하나, 또 그런 오해를 하시면……."

"글쎄, 누가 오해를 했단 말이냐!"

"예. 제 잘못으로 인해……."

"그만!"

다람쥐 쳇바퀴 돌듯 같은 이야기가 계속되고 있었다. 장우는 이 돌림 말에서 벗어남과 동시에 상이 부정할 수 없도록 확실히 승기를 잡을 수 있는 말을 골라야 했다. 숨을 고르고 이성적으로 돌아온 장우가 엄한 얼굴로 물었다.

"그렇게 네가 떳떳하다면 지금 나를 찾아 온 연유 또한 중요한 일이겠지? 그렇지 않느냐? 실없는 일로 나를 사사로이 부르지는 않았겠지?"

상은 눈을 들어 의기양양해하는 장우의 얼굴을 바라보다 조용한 음성으로 입을 열었다.

"지금까지 제가 사사롭게 굴었는데 그것이 중요하겠습니까. 하나, 이왕 물으셨으니 답을 해드리겠습니다."

"질질 끌지 말고 어서 답하라!"

"뱀이…… 대인의 다리를 올라타고 있기에……."

"뭐!"

본능적으로 발을 내려다본 장우가 눈을 부릅떴다. 정말로 뱀 한 마리가 제 신을 칭칭 감고 올라오고 있는 게 아닌가!

"이, 이!"

장우는 얼른 뱀을 손으로 잡아 냅다 던지며 소리쳤다.

"이걸 왜 이제 말해!"

상이 찔끔 놀라며 뒤로 물러서더니 울먹이면서 말했다.

"말하려고 했는데…… 자꾸 말을 못 하게 하셔서……. 송구합니다. 다 제가 아둔한 탓입니다."

장우는 이제 얼굴이 시뻘게졌다. 사내대장부가 여인에게 수치를 주며 쫓아내려 한 것으로도 모자라 잘못했다고 비는 가여운 여인을 더욱 닦달하는 꼴이었다.

'아니야! 이게 아니잖아!'

제가 따지면 따질수록 모양이 이상해지고 있었다. 여인이 저를 좋아한다고 멋대로 착각에 빠진 꼴불견에다가 점점 더 졸렬하고 비겁한 사내가 되고 있었다.

"후……. 나는…… 나는 그렇게 함부로 오해하고 그런 사람이 아니다. 충분히 그럴 만한 상황이지 않았느냐."

"예. 제가 생각해도 그렇습니다. 전부 제가 조신하지 못하게 함부로 나

댄 탓입니다. 떠돌이로 살다 보니 사람들과 격 없이 지내는 것이 버릇이 되어버려 그만……. 대인께 큰 무례를 범했습니다."

"아니야. 넌 지금 진심으로 내게 사죄를 하는 것이 아니지 않느냐! 네가 지금……!"

장우는 진실해 보이는 그녀의 태도에 정말 제가 잘못 안 것인가 싶어 홀린 듯한 기분마저 들었다.

"제발 그만해 주십시오. 충분히 뉘우치고 있습니다. 소녀 부끄러우니 이만 가보겠습니다."

상은 울음을 참지 못하고 울면서 뛰어갔다.

"하……! 대체 이게 무슨 꼴인가!"

장우는 망연자실한 채 그곳에 서 있을 수밖에 없었다.

한편 오문은 상의 도움으로 무호에게 접근할 수 있었다.

"저기…… 제가 드릴 말씀이 있는데요."

무호는 새삼스럽다는 눈으로 오문을 쳐다보았다. 그러다가 그럼 그렇지, 하는 표정으로 입꼬리를 말아 올리며 말했다.

"그것 때문이냐?"

"예! 그것 때문입니다."

무호는 오문이 그날 그 지붕 위에서 입을 맞춘 후로 저를 피한다는 느낌이 들었다. 이상하게 찾으면 보이지 않고 이것저것 안 해도 될 일을 만들어서 하고 있는 걸 본 것이다.

그는 그게 전부 장우가 시킨 일이라는 것을 모르고 있었다. 장우가 저와 오문이 함께 있는 걸 볼 때마다 까칠하게 굴고 떼놓으려 한 것은 알았지만 그 정도일 줄은 몰랐던 것이다. 물론 식사를 할 때나 제 시중을 들어

주곤 할 때, 또는 지금처럼 쉬고 있을 때 만나기는 했지만 대화가 많지는 않았다.

게다가 오문은 뭔가 말을 할 듯 말 듯 하다가 그냥 말을 흘려보내고 다른 실없는 소리를 하곤 했다.

무호는 단지, 그녀가 수줍어하고 어색해하고 혼란스러워하고 있다 생각했다. 그래서 그녀가 입맞춤에 대해 묻거나 말을 꺼내기만 한다면 당황하지 않고 대답해 주기 위해 준비를 해두었다. 그리고 그녀가 한시 바삐 물어주길 기다리고 있었다.

"앉아라."

"아니, 단도직입적으로 말씀드리겠습니다."

"그걸 꼭 서서 해야 하는 게냐?"

단도직입적으로 말하겠다니, 얼마나 귀여운가. 제게 이 얘기를 꺼내기까지 그녀가 얼마나 많은 고민을 했으며 어떤 각오로 찾아왔는지 알 것 같아 웃음이 났다.

"그냥 여기서 바로 말씀드리고 싶습니다."

앉으면 각오가 흐트러질 것 같은지 오문은 저돌적인 모습으로 눈에 힘까지 주며 말했다.

"그래. 알았다. 말해보거라."

"제 옥패 돌려주십시오."

"……."

오문은 당당하게 제 물건을 돌려주십사 요구하고 있었다.

머리를 한 대 맞은 것처럼 멍해졌다.

고작 이 말을 하려고 그렇게 뜸을 들이고 며칠이나 빙빙 겉돌았단 말인가. 그럼 지붕 위에서의 입맞춤은? 그것은 옥패보다 더 생각할 가치가 없었단 말인가?

결국 그걸 생각하고 마음에 두고, 심지어 설레고 있었던 것은 저만이었던 모양이다. 황당함과 허탈함이 지나고 나자 화가 나기 시작했다.

그러나 겉으로 보기에 무호의 표정은 변함없었다. 그는 심술을 감추고 퉁명스럽게 물었다.

"중요한 게 아니라더니? 아쉬우냐?"

오문은 딱딱하게 굳은 표정으로 말했다.

"없애 버릴 것입니다."

"없애다니?"

"아무리 생각해도 재수 없는 물건입니다. 그걸 전하께 맡긴 것이 아무래도 신경 쓰입니다. 뭐 하러 그딴 걸 가지고 있단 말입니까? 깨부수든가, 아니면 물에 던질 것입니다. 아무도 찾지 못하게 말입니다."

그러자 굳어 있던 무호의 입가에 서서히 부드러운 미소가 번지기 시작했다.

"왜 웃으십니까? 거짓말 아닙니다. 진짜 없앨 것입니다."

"내가 그 재수 없는 물건을 갖고 있는 게 걱정되느냐?"

"그럼 안 되겠습니까? 저 때문에 전하까지 재수 없이 잘못되시면……."

오문이 진심으로 저를 걱정해 주는 것이 느껴졌다. 그래서 기분이 좋았다.

"글쎄, 내 악운이 더 강해 이겨낼지도 모르지."

"악운이 두 배가 되겠지요. 어쨌거나 돌려주십시오."

"버릴 거라면 버려라."

"예. 그러니까……."

"네가 버린 것을 내가 주운 것이다. 그러니 이제 내 것이다."

또한 무호는 그녀가 이 옥패와 관련된 집단에서 벗어나려 하고 있다고 생각했다.

오문에게서 옥패를 뺏은 뒤에 그 문양을 살펴보았다.

크기도 작은 데다 반쪽짜리다 보니 문양 전체를 알 수는 없지만, 맹수 같은 사나운 짐승에 날개가 돋아난 듯한 문양이었다. 이런 특이한 문양은 집단의 정체성을 드러내고 자신들만이 알아볼 수 있도록 비밀스러운 집단에서 사용하곤 했다.

오문이 그런 집단에 있었던 것이 분명했다. 하지만 확실한 것은 그곳에서 벗어나려 하고 있다는 것이다.

그 이유가 무엇이겠는가?

저와 함께하고 싶기 때문일 것이다.

무호는 도망치려고만 하던 오문의 태도가 달라진 듯해서 매우 기뻤다.

"그런 억지가 어디 있습니까!"

오문은 펄쩍 뛰었다. 태자가 옥패를 가지고 있는 것이 불안해서 버리겠다는데, 버린 것을 줍겠다니 무슨 소용인가!

수레를 타고 오는 동안 오문은 많은 생각을 했다. 특히 귀문이 정말 옥패를 노리고 있는 것인가를 곰곰이 생각해 보았다. 그러다가 몇 년간이나 저를 찾지 않던 귀문이 갑자기 저를 찾을 수 있었던 이유가 옥패 때문이라는 생각이 퍼뜩 들었다.

처음에는 제 이름을 어디서 들었나 했지만 이름이란 건 같은 이름도 있고, 무엇보다 저는 사내아이로 위장해 나이까지 속이고 살지 않았던가. 넓은 제화국 땅에서 오문이란 이름을 가진 여아의 존재감은 좁쌀보다 못한 것이니, 이름이나 나이와 성별만을 단서로 절 찾은 것은 아닐 것이다.

귀문이 저를 찾을 수 있었던 이유. 하필 몇 년 후부터 다시 저를 찾은 이유.

'그때가 아니면 찾을 수가 없었던 거야.'

오문이 『원조미각』이라는 요릿집에서 일할 때였다. 잔치를 준비하느라 대가 댁을 드나들 때마다 옥패에 대해 묻고 다녔었다. 오문 생각에, 아마도 그때 귀문의 귀에 들어간 것 같았다.

'그들이 다시 나타난 것이 그즈음이었으니까.'

국수집을 할 때도 그랬다. 이름 있는 집을 드나들 기회가 있으면, 또는 그럴 수 있는 손님이 오면 옥패에 대해 묻곤 했었다. 살기를 느끼고 도주하던 날도 돌이켜 보면 다 이해가 갔다. 저는 그 살기가 태자 일행의 것이라 오해하고 도주하였던 것이다.

'세상에. 그런 줄도 모르고……. 내가 위치를 다 알려주고 다닌 셈이네.'

귀문은 옥패를 찾고 있는 것이 확실했다. 그러니 남장을 해도, 나이를 속여도 제가 있는 곳을 안 것이다.

'귀문이 나를 죽이고 이 옥패를 가져가려는 이유가 뭘까? 어머니는 이 옥패를 왜 갖고 계신 거지?'

아무것도 알 수 없지만 태자에게 옥패를 준 것이 찜찜했다. 확실한 것은 아니지만 귀문이 태자를 노리고 살수를 보냈다기보다 저와 옥패를 노리고 있다가 우연히 태자의 존재를 알게 된 것 같았다.

'내가 짊어져야 할 일이야. 전하께서 그것을 감당하실 이유가 없다.'

저를 찾아 죽이려는 이유가 이 옥패라면, 이것 때문에 그 가엾은 창관의 여인이 죽은 것이라면, 태자께 맡길 수 없었다.

"그냥 버리지 않을 겁니다. 다 부숴 버릴 것입니다. 그러니 제게 주십시오!"

"난 이 옥패가 마음에 든다."

"전하!"

"내가 가질 것이다. 그러니 버릴 거라면 포기하거라."

"왜 이러십니까!"

오문이 발까지 동동 굴리며 달라고 졸랐지만 무호는 태평한 말투로 물었다.

"그것보다 내게 할 말이 그것밖에 없느냐?"

"예?"

"다른 할 말이 있지 않느냐?"

"……제가 할 말이 있다고요? 제가요?"

태자의 말은 상당히 이상한 것이었다. 딱히 할 말이 없는데 할 말이 있을 거라니. 그것도 확신에 찬 어조로 말하고 있었다. 저보다 제 속을 더잘 안다는 게 이상하지 않은가.

'신기가 있으신가?'

워낙에 이상한 분이시니 그럴지도 모르겠다고 실없는 생각을 하고 있는데, 불현듯 머릿속에 스치는 말이 하나 떠올랐다.

'그렇지! 그 말을 해야지!'

오문은 제 대답을 기다리는 무호의 기대에 찬 얼굴을 바라보며 주저없이 말했다.

"오늘 저녁은 뭐가 드시고 싶으십니까?"

"……."

무호는 '망할! 내가 식충이냐!' 라고 소리칠 뻔했으나, 침착하게 마음을 가라앉히며 위기를 잘 넘겼다.

"그래……. 오늘 식사는 뭐가 좋을 것 같으냐?"

오문은 무호의 기운 빠진 목소리를 눈치채지 못하고 진지하게 저녁 식사를 고민했다.

"음……."

그때였다.

툭—

"헉! 엄마야!"

오문의 어깨 위로 무언가가 툭 떨어졌다. 축축하고 기분 나쁜 촉감과 묵직한 무게감에 놀란 오문이 펄쩍 뛰어오르며 무호의 허벅지 위로 올라가 안겼다.

"……!"

"뭐, 뭐예요?"

오문이 돌아보지도 못하고 무호의 가슴에 얼굴을 파묻은 채 물었다.

무호는 처음 보는 오문의 약한 모습에 당황하며 그녀가 스스로 제게 안겨 있는 모습을 믿기 어렵다는 듯이 쳐다보고 있었다.

"뭔데요, 네?"

겨우 정신을 가다듬은 무호가 오문의 등에 슬쩍 팔을 감고, 싱긋 웃으며 말했다.

"뱀."

"허억! 치워 주십시오. 어서요!"

다급한 오문과 달리 무호는 계속 빙글빙글거렸다. 뱀은 그렇게 크지도 않은데다가 독도 없었기 때문이다.

"뱀은 무서우냐?"

"그럼요! 무섭죠. 무섭고말고요. 어서 치워 주십시오!"

무호는 이제 노골적으로 오문을 안고 있었지만 오문은 모르는 것 같았다.

"네가 무서운 게 다 있다니, 신기하군."

"저는 귀신도 호랑이도 안 무서운데, 뱀은 무섭습니다!"

"왜? 독이 있을까 봐?"

"아니요!"

"그럼 왜?"

"쟤는 껍질 벗기면 막 꿈틀거린단 말입니다!"

"……."

"목이 잘려도 막 꼬물꼬물 난리를 친단 말입니다."

그래. 그런 걸 보면 무서울 수도 있겠다 싶지만 보통 여인들이 무섭다고 생각하는 것과는 조금 달라서 뭐라 말을 해줘야 할지, 무호는 말문이 막혔다.

평범한 이유가 많지 않나? 껍질이 징그럽다든가, 기어 다니며 똬리를 트는 것이 혐오스럽다든가, 사악해 보이는 눈초리나 날름거리는 새빨간 혓바닥 등등. 그러나 오문은 평범한 여인이 아니었다.

"솥에 넣으면 뚜껑에서 나오려고 난리를 치는데, 얼마나 공포스러운데요! 시체가 움직인다고 생각해 보세요!"

"그래……. 알았다."

무호는 오문의 몸을 타고 내려가는 뱀을 잡아 들고 풀숲으로 던지려 했다. 그런데 갑자기 좋은 생각이 났는지 씨익 웃으며 짓궂게 말했다.

"좋다. 그럼. 오늘 저녁은 뱀 요리로 하자."

제 품에 안긴 오문의 몸이 나무토막처럼 굳어가는 것이 느껴졌다. 그래서 무호는 오문을 조금 더 오래 안을 수 있었다.

이급 살수들 세 사람이 모두 실패했다는 소식이 귀문에 알려졌다. 문주인 단왕은 아들 단유천을 불러 매우 심하게 꾸짖었다.

"내 뭐라 했느냐! 태자의 시해는 그만두라 하지 않았더냐! 오문에게서 옥패만 빼앗으면 될 일을, 괜한 짓을 해서 아까운 이급 살수만 잃지 않았느냐!"

단유천은 무릎까지 꿇고 앉아 있었으나 이를 바득 갈며 아버지의 말에 불복하고 있었다.

"그런 미온적인 태도로 무슨 큰일을 도모할 수 있겠습니까!"

"뭐라!"

"제가 지금 무호를 이기지 못한다면 제가 태자가 되는 것이 무슨 의미가 있겠습니까!"

"내가 네놈 속을 모를 줄 아느냐! 산호, 그 아이 때문에 이러는 게 아니냐!"

"그것이 무엇이 잘못되었습니까! 사내대장부로서 제 마음에 든 여인에게 최고의 사내가 되고자 하는 것이 어째서 잘못입니까!"

단유천은 무엇이든 무호보다 뛰어나고자 했다. 무예도, 학식도, 인품도. 그 무엇도 제가 최고가 되기 위해 발버둥 쳤다. 가식이라도 백성들로부터 최고의 군주로 칭송 받고자 최선을 다했고, 서강에서 무호의 소식이 들려올 때마다 제가 더 많은 공을 세우려고 무리수를 두곤 했다.

그것이 전부 누구 때문인가.

무호 이야기가 들려올 때마다 얼굴이 환해지는 산호 때문이다. 산호에게 제가 더 대단하다는 것을 알게 해주고 싶기 때문이다. 무호가 죽으면 보다 더 확실해진다. 살수 따위에게 목숨을 잃는 나약한 태자 따위, 산호가 경멸하지 않겠는가.

"너는 정치를 몰라! 그리 무모하게 힘겨루기를 하는 것이 정치인 줄 아느냐! 산호가 태자비가 되어 그 아이가 태자를 죽이는 것이 가장 확실한 방법이거늘!"

단왕의 말도 틀린 것은 아닌지라, 단유천은 불만스러워도 입을 꾹 다물 수밖에 없었다.

"내 너의 젊은 포부가 기특해 잠시 내버려 두었다만 더는 이를 망치는 꼴을 보지 못하겠다. 이러다가 괜히 꼬리가 밟혀 황제의 의심이 우리 쪽으로 향하면 어찌할 것이냐! 그때는 산호가 태자비가 되지도 못할 것이다! 정녕 반란을 일으켜 황위를 차지하길 바라느냐!"

단왕은 내란이 일어나는 것은 원치 않았다. 그렇게 황권을 잡으면 자칫 황권이 약해지고 나라가 위태로워질지도 모른다. 제가 원하는 것은 풍요롭고 건재함을 자랑하는 근엄한 제화국의 황위였다.

그것은 단유천도 마찬가지였다.

"객기를 부리는 것도 여기까지다! 산호를 태자비로 보낼 것이다. 하니, 오문의 옥패를 빼앗아라. 괜히 태자를 들쑤시지 말란 말이다. 그렇지 않아도 그 너구리 같은 황제가 우리를 탐탁지 않게 여기는 분위기다. 안 그랬다면 옥패 따위는 무시하고 산호를 데려갔을 것인데!"

"그러게 처음부터 옥패는 잃어버린 듯하다고 솔직히 말씀하셨더라면……."

"닥쳐라! 오문 그 계집이 가지고 있는 것을 보았는데, 어찌 그럴 수 있단 말이냐! 나중에라도 문제가 생길지도 모르는데, 일을 그리 허투로 처리하는 게 아니다."

단왕은 주혜령이 죽던 날 오문이 그녀의 시신에서 옥패 목걸이를 가져
가는 것을 보았다. 그때는 그것이 무엇에 쓰는 물건인지 몰라 대수롭지
않게 생각했었다. 나중에 황제에게서 증표로 준 옥패를 보이라는 말을 듣
고서야 땅을 치고 후회했다. 그때부터 오문을 찾아 제화국 곳곳을 뒤졌으
나 쥐새끼처럼 숨은 계집 하나를 찾기란 쉽지 않았다.

한데, 누군가 날개 달린 짐승의 문양에 대해 묻고 다닌다는 정보를 듣
고 오문의 꼬리를 잡을 수 있었다. 그렇게 금방 잡을 수 있을 줄 알았던
오문은 요리조리 잘도 빠져나가다가 이제는 아예 든든한 호위를 붙여 다
니고 있었다.

'운 좋은 계집! 하필 태자를 만나 목숨을 부지했구나!'

연이은 실패로 귀문은 큰 타격을 입었다. 더 이상 태자를 자극할 필요
가 없다는 게 단왕의 결론이었다.

"하나, 이제 오문만을 따로 제거하는 것이 더 어려운 일입니다."

"설마 계속 붙어 있을까!"

"계속 붙어 있을 작정인 듯 보입니다."

"뭐라?"

"소문에는 오문 그 계집이 태자를 단단히 홀린 듯합니다."

"그럴 리가?"

"창관에서 있었던 소문을 듣지 못하셨습니까? 뿐만 아닙니다. 무호가
오문 그 아이를 끔찍이 아껴 큰돈을 써서 데리고 다닌다고 합니다."

"흠……. 그게 사실이었단 말이냐? 그놈이 병영에만 있더니 이성을 잃
은 모양이군. 하긴, 오문이 주혜령을 닮았으니 그 아이 미색도 나쁘진 않
지."

"하니, 이제 어쩔 수 없습니다. 더 많은 인원을 보내서라도 모두를 없애는 수밖에요."

단왕은 뒷짐을 진 채 서성였다.

다른 방법을 찾아야 했다. 귀문에는 죽은 이급 살수들의 자리를 대신할 많은 실력자가 있었다. 보낼 자들이 없어서 고민하는 것이 아니었다.

"단순한 숫자 싸움이 아니다. 살수는 본래 은밀하게 움직여야 하는데, 이렇게 떼로 몰려다니면 누구 하나라도 생포되거나 변수가 생기기 마련이다. 우리는 벌써 몇 번이나 실패했다. 더 이상 같은 방법으로는 승산이 없다고 봐야 한다."

"하나, 방법이 없습니다."

"있다. 하나 있지."

"알려주십시오. 아둔한 소자는 도무지 모르겠습니다."

"무호를 이기고 싶다 했지?"

"예!"

"하면 네가 직접 무호를 상대하라."

"예?"

"너는 귀문의 일급 살수다."

"……!"

"무호를 죽이라는 것이 아니다. 무호에게서 오문을 빼앗아 오너라. 오문의 옥패가 되었든, 오문이든!"

아버지의 명을 들은 단유천의 표정이 급변했다. 무언가 큰 깨달음을 얻은 것처럼 눈동자가 벌어지고 각성한 듯 흥분한 얼굴이 되었다.

"해보겠느냐?"

"맡겨만 주십시오!"

단유천은 되도록 제 손으로 무호를 죽이고 말리라 다짐했다. 아버지, 아니, 귀문의 문주에게 살수인 저의 진정한 실력을 보여줄 셈이었다.

오문은 뱀탕을 끓이지 못했다. 뱀이 무서워서가 아니었다. 오늘 저녁 은 도저히 식사를 할 수 없는 분위기였다.

"뭣들 하고 있어? 어서 무릎 꿇지 않고!"

수십 명의 산적 떼들이 일행을 둘러싸고 있었다. 그런데 문제는 그들 의 흉흉한 위세가 아니었다.

"이놈들이 귀가 먹은 것이냐! 감히 태자 전하의 앞에서 그리 고개를 빳 빳이 들고 있어!"

아무리 봐도 산적 같은 놈들이 태자 앞에서 태자라고 하는데, 기가 막 힌 것이다. 물론 그중에 한 놈은 꽤 생긴 것도 멀쩡하고 곱게 차려 입은 것이, 무호로 변장한 노력이 보이긴 했다.

하지만 그 외의 사람은 전부 엉망이었다. 방금 영춘을 흉내 내고 큰 소 리로 저희를 나무랐던 사람은 상당히 못생긴데다가 나이도 많아 보였다. 다행히 몸은 좋아 보였기 때문에 호위라고 우길 수는 있을 듯했다.

그런데 장우에 대한 정보는 상당히 잘못되었거나 흉내 내기가 어려웠 던 모양이다.

장우는 꽤 단정하게 생긴 얼굴이었고, 행동거지도 늘 병적으로 깔끔한 사람이었다. 그런데, 장우가 서강의 천호장이었다는 것만 생각하고 그를 우락부락하고 험상궂은 자로 여긴 모양이었다. 기골이 장대해서 마치 거 인을 보는 듯한 험상궂은 사내가 말은 않고 눈알만 부라리며 일행을 위협하고 있었다. 하지만 안타깝게도 이 중에 누구도 그들의 위협과 겁박에 두려움을 느끼는 이가 없었다.

"전하. 이것들이 아무래도 너무 놀라서 얼어붙은 모양입니다."

영춘을 흉내 낸 자가 비웃으며 말하자 태자라는 공자가 부채를 들고 앞으로 나섰다.

"그러게 말이다. 가엾은 백성들에게 그리 소리를 지르니 다들 놀라는 게 아니냐. 부드럽게 대해주거라."

"예!"

두 사람의 우스꽝스러운 대화를 듣던 오문의 양쪽 눈썹이 갈수록 가까워지고 있었다.

"크흠! 이놈들! 우리 태자 전하께서 백성들을 사랑하는 마음이 이토록 깊으시다. 모두 많이 놀란 듯하니, 무릎을 꿇지 않은 것은 용서해 주겠다."

용서를 안 해주면 어쩔 거냐, 하고 싶은데 갑자기 태자가 앞으로 나섰다. 그러더니 한 번도 들어본 적 없는 공손한 어투로 말했다.

"용서해 주신다니 감사합니다. 한데, 저희들은 믿을 수가 없습니다. 정말 태자 전하가 맞으십니까?"

오문은 더욱 인상을 쓰며 태자를 바라보았다.

'그걸 질문이라고 하십니까? 당신이 태자 전하이시거든요?'

태자의 질문을 받은 가짜 태자 일행은 이런 질문을 받을 줄 알았다는 듯 더욱 어깨를 펴며 품속에서 무언가를 꺼냈다.

"자, 이걸 보고도 우리를 의심할 테냐?"

그들이 꺼낸 것은 금으로 만든 네모난 패였다. 그 금패에는 달과 용이 새겨져 있었다. 그것은 오문이 보기에도 조잡스럽기 짝이 없었다. 오문은 태자를 힐끗 바라보았다. 저번의 그 객잔에서처럼 난동을 피울 것 같았기 때문이다.

한데 태자는 매우 감격한 얼굴로 그들에게 다가가며 말했다.

"정말 태자 전하이십니까?"

진짜 태자를 만나 감격한 사람처럼 태자의 목소리에는 물기마저 느껴졌다.

"그렇다! 그러니 어서 무릎을 꿇지 않고 뭣들 하고 있느냐! 목을 쳐야 정신을 차릴 것이냐!"

가짜 영춘의 꾸지람을 들으며 오문은 힐끗 진짜 태자를 쳐다보았다. 또 무슨 반전을 보여주시려고 저런 표정을 짓고 있을까 싶어서였다.

무호는 한 걸음 더 앞으로 나서며 물었다.

"금패는 누구나 흉내 낼 수 있지 않습니까? 그것보다 진짜 태자 전하시라면 정말로 한 손으로 바위를 쪼갤 만큼 강한 분이시겠지요?"

"어허! 지금 태자 전하께 무위를 보여달라 그 말이냐! 감히 태자 전하의 신분을 확인하려 들다니, 네놈은 목숨이 여러 개인 모양이구나! 이런 발칙한 놈!"

무호는 이들이 어떤 놈들인지, 무엇을 하는 놈들인지 더 알아봐야 했다. 그래야 이 자리에서 목을 치든, 관에 끌고 가든 할 게 아닌가. 그래서 그는 머리를 긁적이며 어수룩하게 말했다.

"아…… 송구합니다. 상인이란 것들이 원래 이렇습니다. 의심이 많지요."

"감히 이 나라의 태자 전하를 의심하다니! 네 죄를 네가 알렷다!"

"무엇으로 죄를 갚아야 할지 모르겠습니다. 전하를 뵙는 영광된 자리에 이러한 큰 실수를 범했으니 참으로 송구합니다. 뭣들 하느냐! 어서 무릎을 꿇지 않고!"

태자의 명에 모두 두말 않고 무릎을 꿇었다.

그러나 오문은 새침한 눈으로 태자를 노려보며 속으로 구시렁거렸다.

'자기만 서 있으려고 은근슬쩍 우리더러 꿇으라고 소리쳤어!'

저희들이라고 저런 놈들에게 무릎을 꿇고 싶겠는가!

오문은 그의 소맷자락을 살짝 잡아당기며,

'같이 꿇으셔야죠?'

라고 눈빛을 보냈으나, 윽박지르는 태자의 눈빛에 눌려 슬그머니 소맷자락을 놓으며 눈을 내리깔았다.

'나 좀 봐. 아무렴, 태자가 어떻게 무릎을 꿇어.'

방금 제가 진짜 태자 전하한테 무슨 짓을 하려 했나 반성하면서.

"커흠! 이렇게 금방 죄를 뉘우치니 한 번은 용서해 주겠다. 그렇지 않아도 우리가 너희들에게 부탁할 것도 있으니 우리의 부탁을 들어주는 것으로 그 죄를 갚게 해주겠다."

무호는 이제야 본론에 들어가는구나, 몰래 회심의 미소를 지었다.

"그것으로 용서받을 수 있다면 무슨 부탁이든 들어드리겠나이다."

"역시 상인이라 상황 판단이 빠르구나. 큼. 너희도 소문을 들어 알겠지만 우리가 지금 은밀하게 각 군현을 돌며 백성들의 사정을 살피고 그들의 억울함을 풀어주고 있다."

"예. 그 소문이 참일 줄은 몰랐습니다."

오문은 그의 뻔뻔함에 치가 떨렸다.

'그냥 분풀이한 거면서!'

물론 고맙고 통쾌했지만 제가 보기에 태자는 밀정으로 백성들을 보살필 각오나 책임감은 없어 보였다. 단왕부로 가는 길에 가볍게 식도락을 즐기는 듯했다. 사유보를 혼내 주면서 그와 연계된 부패한 관리들을 처단했을 뿐인데 백성들의 칭송을 들은 것뿐 아닌가. 그러니 자신을 칭찬하는 말에 부끄러워하지 않는 모습이 참으로 뻔뻔해 보였다.

"보다시피 그 소문은 참이다. 한데, 우리가 그렇게 백성들을 돌보다 보니 자금이 많이 부족하게 되었다. 황궁에 자금을 요청하려니 너무 멀고, 도와주어야 할 백성들은 너무 많다. 하니, 어쩌겠느냐? 너희들이 우리에게 가진 것을 조금 빌려준다면 나중에 돌아가 꼭 갚겠다."

놈들은 이제야 본색을 드러내고 있었다. 태자를 사칭해 이런 식으로 돈을 뜯어내는 사기꾼이거나 도적들이 확실했다.

"만약 저희가 빌려 드릴 수 없다면 어찌하실 것입니까?"

무호의 의미심장한 질문에 가짜 영춘은 비릿한 웃음을 지으며 대답했다.

"하면, 너희 모두를 죽여 이 자리에 묻을 수밖에."

그 순간 오문은 그들에게서 피 냄새를 맡았다. 조금 전까지만 해도 우스꽝스러웠던 그들은 지금까지와는 다른 음산한 분위기를 풍기고 있었다. 그들의 말은 진심이었고, 이런 식으로 사람을 죽이거나 재물을 약탈해 왔던 것이 분명했다. 단순한 도적들이 아니라 태자를 사칭한 산적들인 것이다.

이를 눈치챈 것은 오문 한 사람이 아니었다. 그래서 모두들 아무 말 않고 태자가 어찌 나올지를 지켜보았다.

"하면 우리 말고도 그런 벌을 받은 자들이 있었습니까?"

"물론이다. 태자 전하를 뵙고도 고개를 빳빳이 든 죄, 용서받을 수 있는 기회를 주었음에도 명을 거역한 죄. 목숨이 아니면 무엇으로 갚을 수 있겠느냐?"

가난을 이기지 못하거나 원한으로 인해 산적이 되는 백성들이 많기는 했지만, 이들에게서는 그런 사연보다는 사악한 냄새가 풍기고 있었다.

"목숨과 함께 재물도 거두셨겠습니다?"

"어리석은 자들이지. 죽고 나면 재물이 다 무슨 소용이겠느냐? 그러고 보면 어제 만난 놈들은 참으로 현명했다. 재물만 바치고 목숨을 구걸한 덕에 모두 살 수 있었다. 네놈들에게도 전하께서 자비를 베풀어주실 용의가 있으니 현명하게 행동하거라."

마침내 듣고 싶은 말을 전부 들은 무호는 고개를 끄덕였다.

"그렇군."

그가 평소처럼 퉁명하고 그 특유의 재수 없는 말투로 툭 내던지자, 꿇어앉아 있던 친위대가 갑자기 흉흉한 기세로 일어났다. 뒤에 서 있던 기예단도 얼떨결에 일어나 돌아가는 추이를 흥미롭게 바라보았다.

"뭐, 뭐냐!"

"네, 네 이놈들! 갑자기 이게 무슨 짓들이냐!"

"이놈들이! 감히 누구 안전이라고!"

상대는 당황해서 더 큰소리를 쳤다. 그런데 그들의 떨리는 음성에는 당황해서라기보다 두려움이 묻어나오고 있었다.

그도 그럴 게, 살벌한 전장에서 굴러먹다 온 군사들의 묵직하고 시커먼 기운은 산적 나부랭이들이 감당할 만한 성질이 못 되었다.

일행은 산적들의 욕설에 누구 하나 응답하지 않고 일사불란하게 대열을 갖추었다.

"다행이다. 거침없이 죽여도 괜찮은 놈들인 듯하니."

태자의 말은 죽이라는 명과 같았다.

챙—

십 수 명의 사내가 칼을 뽑는 소리가 한 사람의 것처럼 들렸다.

가짜 일행들은 사색이 되었다. 저희들의 숫자가 서너 배나 많은데도 섣불리 움직일 수 없었다. 자신들과는 확연히 다른 기도를 내뿜고 전열을 갖추는 것을 보고 있노라니, 저희들이 상대할 수 있는 자들이 아니라는 것을 이제야 깨달은 것이다.

"무, 무슨 짓이냐! 네 이놈들! 감히 태자 전하께 칼을 빼 들다니, 미친 것이냐!"

할 수 있는 것이라고는 이렇게 소리치며 슬금슬금 뒷걸음치는 것이 전부였다.

무호는 그들을 싸늘하게 바라보며 장우를 불러 물었다.

"태자를 사칭한 죄와 이를 이용해 산적 짓을 일삼으며 살인까지 저지른 무리다. 굳이 관청까지 끌고 갈 수고를 할 필요가 있겠느냐?"

장우는 서슴없이 대답했다.

"갈 길이 멀고 밀정의 임무가 중하니, 이 자리에서 조용히 처리하는 것이 좋겠습니다."

"시작하라."

두 사람의 대화를 듣던 가짜 태자와 가짜 영춘이 서로를 마주 보며 불안한 듯 눈동자를 굴리더니 서서히 다가오는 장우를 향해 물었다.

"호, 혹시…… 너희들도 태자 일행이냐?"

그 질문은 상당히 이상했다. 보통은 '진짜 태자냐'라고 묻는 편이 자연스럽기 때문이다. 일행은 그것이 어색하다고 느끼면서도 겁에 질린 놈들이 말이 헛나왔으리라, 대수롭지 않게 넘겼다.

그러나 무호는 그냥 흘려들을 수 없었다. 그것이 무슨 뜻이냐 물으려고 입을 열려 할 때였다. 장우의 행동이 쓸데없이 빨랐다.

"오냐. 내가 바로 전하의 친위대장 장우다! 전하의 흉내를 내려거든 좀 더 그럴싸한 대역을 내세웠어야지."

서걱.

"커으윽!"

장우는 말이 끝나기가 무섭게 멀뚱히 서 있던 한 놈을 베었다. 단칼에 죽어나가는 동료를 보고 가짜들은 두려워하며 소리쳤다.

"네 이놈들! 정녕 죽고자 하는 것이냐!"

"네놈들도 칼 밥을 먹고사는 모양이니, 그만 떠들고 칼이나 뽑아!"

장우의 일갈에 놈들이 허둥지둥 칼을 뽑았으나 그들의 행동은 태자 일행이 보기에는 어린아이처럼 서툴고 느리게 보였다. 결국 가짜 영춘도 칼을 뽑기 무섭게 장우의 칼에 목이 떨어져 나갔다.

"헉!"

그 모습을 본 놈들은 뒤로 주춤거리며 도망치기 시작했다. 그들 중 가장 강한 자가 단칼에 죽어나가는 걸 봤으니 오금이 저리는 게 당연했다.

"한 놈도 남기지 말고 모두 없애라!"

장우는 숲이 쩌렁쩌렁하게 울리도록 소리치며 가짜 장우에게 달려갔다. 제 흉내를 내는 놈이 적어도 제 반만큼은 강하길 바라며 검을 휘둘렀지만 가짜 장우는 힘만 셀 뿐 빈틈투성이였다. 제 발끝에도 미치지 못하는 놈이 제 흉내를 냈다는 사실에 분개하고 부끄러워하며 인정사정 봐주지 않고 검을 몰아쳐 갔다.

'와! 이러니 내가 반하지!'

상은 저 뒤에서 장우의 용맹하고 강인한 모습을 황홀하게 바라보았다.

그런 상의 옆에서 금은 화난 얼굴로 그녀를 쏘아보았다.

'이게 어딜 오르지도 못할 나무를 쳐다보고 있어!'

그리고 오문은 태자를 보고 있었다.

칼을 들고 덤비는 놈들 옆에서 태자는 커다란 주먹을 뻗거나 발길질로만 상대를 하고 있었다. 강한 사내가 되게 해주겠다며 권각술을 알려주겠다던 태자의 말이 떠올라 웃음이 났다.

'잘하긴 잘하십니다.'

태자가 자신만만해하던 것이 이해는 됐다.

잠시 후 일방적인 살육과 같은 싸움이 끝났다. 죽은 산적들의 시체가 쌓여 눈살을 찌푸릴 만했지만 오문은 그들을 동정하지 않았다. 태자를 사칭한 죄는 그냥 참형으로 끝나지 않았을 테니, 이곳에서 싸우다 죽는 것이 그들에게는 오히려 다행이었기 때문이다.

태자를 사칭했던 한 명만 살아남아 장우의 손에 끌려왔다.

장우가 그를 태자 앞에 꿇어앉히고 목에 칼을 겨누었다.

태자는 겁에 질려 떠는 가짜 태자를 무심한 눈으로 내려다보며 물었다.

"네놈들의 본거지가 어디냐?"

"저, 저희가 전부입니다."

"산적 소굴이니 보물이 많을 게 아니냐?"

"그걸 알려 드리면 제 목숨은……."

"손가락 한 마디씩 자르는 수고를 해야 하느냐?"

무호는 지키지도 못할 약속은 하지 않았다.

이 와중에도 오문은 익숙한 태자의 협박을 보며 생각했다.

'만날 손가락을 자르신대지. 자꾸 들으니까 이제 식상하네.'

어쩌면 그는 막상 이렇게 잔인한 고문 같은 건 못하는 여린 심성일지도 모른다는 생각이 들었다. 칼보다 권각술을 잘하는 것도 피를 싫어해서

277

일지도 모르지 않나.

'다음에 또 붙잡히거나 그러면 한번 버텨봐야겠다.'

오문과 달리 무호의 살벌함을 처음 마주해 본 가짜 태자는 결국 길을 알려주고 편안한 죽음을 맞이했다.

일행은 시신까지 깨끗이 정리한 후에 놈이 알려준 산적 소굴을 찾아갔다.

잡혀 온 여인들이나 다른 일당이 남아 있지 않을까 했지만 정말로 이들이 전부였던 모양이었다. 텅 빈 산채는 폐가처럼 보일 정도였다. 더군다나 모아둔 재물도 생각보다 많지 않은 걸 보면 영업을 시작한 지 오래된 산적들은 아닌 듯했다.

쓰러져 가는 오두막을 훑어보며 무호는 짜증을 냈다.

"돈 되는 게 있을 줄 알았더니…… 쯧."

무호는 민생을 위해 산채 하나를 무너트렸다는 뿌듯함보다 빈집털이가 쏠쏠하지 못한 것이 안타까워 보였다.

어쨌거나 산채 하나를 탁탁 털어 먹고 경비를 충당했다. 산적들이 끌고 가던 수레에는 여기 남은 것보다 더 많은 재물이 있었고, 수레까지 하나 더 생겼다.

"오늘은 여기서 묵어가자."

빈 집이 된 산채는 노숙자들에게 좋은 잠자리와 주방을 제공해 줄 수 있었다. 오문은 넘치는 식재료를 살피며 뭘 만들어야 하나 콧노래를 흥얼거렸다.

"오문."

그런 오문을 무호가 불렀다.

"예? 뭐 드시고 싶은 게 있으십니까? 뭐든 말씀만 하십시오. 재료도 많고 주방도 있어서 아무거나 다 만들 수 있을 것 같습니다!"

전에는 이런 얘기를 하면 아주 기뻐했을 무호였다. 한데 지금은 기쁜 듯한 표정이 아니었다.

"왜 그러십니까? 입맛이 없으십니까? 어디 편찮으십니까? 아침에 드신 게 안 좋으셨나……."

한 번도 이러신 적이 없었기 때문에 오문은 걱정이 되어 계속 물었다.

"그런 거 아니다. 오늘 저녁은 네가 하지 마라."

"예? 제가 안 하면 누가 합니까? 친위대 무사님 중에 본래 요리 담당이 있는 겁니까?"

"우리가 계속 객식구를 공짜로 먹여주고 있는데 네가 일까지 할 필요가 있겠느냐?"

"객식구요?"

무호는 대답 대신 고개를 돌려 화기애애한 백골기예단을 바라보았다.

오문도 무호를 따라 고개를 돌리다가 피식 웃었다.

"에이. 제 식구들인데 뭐 어떻습니까?"

기예단을 살갑게 생각하는 말투에 무호가 발끈했다.

"누가 네 식구냐? 잊었나 본데, 널 창관에서 빼 온 것은 나다. 내가 네 주인이고 식구다."

뭘 또 그렇게 꼬치꼬치 따지실까, 오문은 입을 삐죽거렸다.

"그렇긴 합니다만…… 혹시 식비가 아까워서 그러시는 것입니까?"

무호는 오문의 질문에 대답할 가치를 느끼지 못해 눈만 부라렸다.

그 눈빛에 찔끔한 오문이 태자의 눈치를 살피며 조심스럽게 말했다.

"그럴…… 리가 없으시죠. 하하……. 그럼 그냥 제가 하겠습니다. 저 사람들보다는 제 요리 실력이 더 나으니까요."

"너는 따로 시킬 일이 있다. 앞으로는 저놈들에게 밥을 하라 시킬 것이니 그런 줄 알아."

오문은 요리하는 것을 좋아했다. 그런데 좋아하는 일을 뺏기고 다른 일이 많아지다니, 빨래같이 귀찮은 일이면 어쩌나, 걱정이 앞섰다.

"따로…… 시키실 일이라니요? 그게 뭡니까?"

무호는 잠시 뜸을 들이다가 매우 신중하고 조심스럽게, 그리고 진중한 표정으로 말했다.

"나와…… 놀자."

제 23 장
대도 무호

오문은 귀를 후벼팔 뻔했으나 올라오던 손가락을 가까스로 엉덩이 옆
에 붙이고 물었다.

　"……예?"

　"놀아다오."

　"……."

　"영춘이 없어서 심심하다."

　오문은 호위무사 영춘의 일이 태자와 놀아드리는 것인 줄 오늘에야 처
음 알았다. 물론 영춘도 제 일에 대해 잘 모르고 있을 것이다.

　"뭐, 뭘 하고 놀아드려야 할지……. 저도 잘 놀아보지 못해서 말입니
다."

　"전에 네가 말하지 않았느냐? 뱃놀이 같은 거 말이다."

　"여긴…… 산인데요?"

"아무튼 그 비슷한, 그러니까…… 뭔가 둘이서 할 수 있는 그런 거 말이다. 뱃놀이 할 때 어찌 노는지 네가 말하지 않았더냐?"

무호는 남녀가 앉아 풍경을 감상하며 자연스레 대화를 나누는, 그런 광경을 떠올리며 물었다. 서로 좋아하는 남녀가 만나면 별 얘기 하지 않아도 즐겁다 하지 않았는가. 한데 오문은 제가 했던 얘기를 다 잊은 듯했다.

"악기도 없고…… 악공도 없고……. 제가 며칠 창기로 살긴 했습니다만 웃음을 팔 정도로 노련하진 못합니다."

무호는 입맛이 쓰고 속이 답답해서 고개를 저으며 이죽거렸다.

"됐다. 내가 어린 너를 붙잡고 무슨 소리를 하는지 모르겠구나."

"왜 자꾸 어리다 하십니까! 제 나이를 왜 못 믿으십니까!"

"누가 네 나이가 어리다 했느냐? 몽정도 모르는 어린 녀석과 놀 생각을 한 내 잘못이다."

제 가슴에 미련이 많은 오문은 나이 얘기에 유독 예민했다. 그래서 그녀는 결국 홧김에 저지르고 말았다.

"후! 알겠습니다! 제대로 놀아드리면 될 게 아닙니까! 제가 이렇게까지는 안 하려고 했는데……!"

오문이 큰 결심을 한 듯 망설이자 무호는 놀람과 기대에 찬 눈으로 오문의 입이 열리길 기다렸다.

"한 곡조 뽑겠습니다!"

오문은 국수가닥을 뽑듯, 자신만만하게 노랫가락을 뽑겠다고 했다.

"노래를…… 하겠다고?"

"제가 원래 한 번 들은 것은 잘 기억하는 편입니다. 딱히 불러본 적은 없지만 어찌 부르는지 다 기억하고 있습니다."

"흠……."

무호가 원하던 대답은 그게 아니었으나 오문의 노래를 들을 수 있다니, 더 잘된 것 같았다.

뭐든 신통하게 해내는 녀석이니 그 노래는 또 얼마나 듣기 좋을까.

겉으로는 시큰둥하게 반응했지만 무호는 크게 기대하며 자리를 잡고 앉았다.

"어디 한번 불러보거라."

장우는 매우 꺼림칙한 표정과 머뭇대는 걸음으로 기예단을 향해 걸어갔다.

그가 다가오는 것을 보고 기예단 일동은 후다닥 일어나 그를 반겼다. 단 한 사람, 상만 제외하고.

"어쩐 일로 오셨습니까?"

광두가 허리를 굽실거리며 묻자 장우는 저를 본 체도 않고 일어나는 상에게서 눈을 뗐다.

"흠. 태자 전하의 명이 있으시네."

태자의 명이라는 말에 상도 떠나지 못하고 쭈뼛거리며 다가와 섰다. 물론 여전히 장우와 눈을 마주치지는 않았다.

"전하께서 저희에게 명을 내리셨단 말입니까?"

화는 초롱초롱한 눈빛을 발하며 기대에 찬 목소리로 물었다. 화뿐만 아니라 기예단 식구들은 자신들이 전하의 눈에 들어 무언가 명을 받을 수 있다는 것에 자부심을 느끼고 있었다.

"오늘부터 너희들은……."

장우는 부담스러울 만큼 눈을 빛내며 제 입만 바라보는 자들에게 이 말을 꺼내기가 쉽지 않았다.

"너희들은 식사를 맡아라."

"……예? 식사라니요?"

성격 급한 금이 모두를 대신해 물었다.

"말 그대로다. 오문은 태자께서 따로 명을 내리신 일로 바쁘다 하니 빈둥거리는 너희들이 식사 준비를 맡으라는 명이시다."

빈둥거린다는 말에 모두가 뜨끔했다. 따라오며 밥을 축내고 있는 것은 사실이지 않나. 물론 저희들도 목숨을 걸고 싸우긴 했지만 그렇다고 같이 가자 한 적도 없는데 얼렁뚱땅 쫓아다니며 남의 식량을 축내고 있으니 할 말이 없었다.

"저희는 이렇게 많은 사람들의 음식을 준비해 본 적이 없는데요……."

화가 걱정스럽게 말했다.

"그렇다고 아예 요리를 못 하는 건 아니지 않느냐."

떠돌이 생활을 오래 했으니 음식 정도는 할 수 있지 않냐는 뜻이었다.

하지만 기예단 식구들 모두 자신 없었다. 상대는 태자 전하이시다. 더군다나 이미 오문의 요리를 맛보시지 않았나. 저희도 먹어보고 얼마나 놀랐던가.

장우도 그들의 마음을 이해했다.

"못 먹을 정도만 아니면 된다. 사람이 먹을 수 있기만 하면 돼."

"그, 그렇지만……."

첨은 그 말을 진심으로 들을 수가 없었다. 고급스러운 입맛에 길들여진 태자께서 사람이 먹을 수 있는 음식의 기준을 어디까지 정해놓으셨는지 알 수가 없지 않나.

그런데 여태 가만히 있던 상이 돌연 입을 열었다.

"알겠습니다. 전하의 명이시니 따라야지요."

상의 다소곳한 말에 모두들 뜨악했다. 그 말의 내용은 둘째 치고 이렇게 정중하고 순종적인 말투라니! 원래라면 상이 가장 먼저 나서서 펄쩍 뛰었을 것이다.

"왜들 그러십니까? 걱정할 필요 없습니다. 힘드시면 제가 혼자 하겠습니다. 어린 오문도 했는데, 부족하지만 언니인 제가 못한다 할 수는 없지 않겠습니까."

상은 식구들의 시선에 아랑곳 않고 뻔뻔하게 말했다.

장우는 그런 상에게 물었다.

"그래. 부담 갖지 말고 그냥 하던 대로 하면 된다."

"예. 평소 저희 먹는 대로 편안하게 준비하겠습니다."

그때였다.

"아악―! 나―!"

저만치 떨어져 있는 태자와 오문 쪽에서 끔찍한 비명 소리가 들리기 시작했다.

"엄마야! 이게 무슨 소리야!"

화가 놀라서 어깨를 떨며 소리 질렀다.

모두들 그 소리에 귀를 기울였다. 무슨 소리인지 정확히 들리지도 않는 높은 목청소리는 마치 발악하는 비명 소리 같았다. 잘 보이진 않지만 태자가 오문의 어깨를 붙잡고 있는 거 외에는 아무 문제없어 보였다.

"왜 저러는 거지? 지금 오문이 소리 내는 거 맞죠?"

"전하께서 우리 오문을 괴롭히는 거 아닙니까?"

"어, 어서 가보십시오. 이건 마치 멱따는 소리 같습니다."

"대체 무슨 일을 시키길래 애가 저렇게 비명을 지르는 거죠?"

기예단들이 어서 가서 황제를 말려 보라고 성화들이었다. 무슨 일인지 모르는 건 장우도 마찬가지였기에 그리로 걸음을 옮겼다.

그러나 몇 걸음 가기 전에 장우는 발밑에 전해지는 미세한 땅의 진동을 느끼고 멈춰 섰다.

무호는 노래를 시킨 것을 후회했다.

"그만!"

그만하라는 소리가 들리지 않는 건지, 오문은 제 노래에 심취해 한층 더 목청을 높였다.

발악하듯 내지른 노래 소리에 오문의 목이 터지는 게 아닐까 싶었다. 노래는 심각할 정도의 소음으로 숲을 흔들어놓았다. 무호는 이 비명 같은 소리를 듣고 사람들이 제가 오문을 때리는 줄 오해할 거라고 걱정했다. 그래서 결국 오문의 어깨를 흔들고 입을 막아 노래를 멈추게 했다.

"그만하라지 않느냐!"

무호의 커다란 손에 입이 틀어 막힌 오문은 눈을 깜빡거렸다.

아무것도 모른다는 순진무구하고 천연덕스러운 표정을 보니 기가 막혔다. 그런데 무언가 더 말하려던 무호는 오문의 입을 막은 손을 떼지도 못하고 주변을 둘러보았다.

'노래를 멈췄는데 왜 아직도 지축이 흔들리는 기분이지?'

무호가 심각한 얼굴로 둘러보자 오문도 이상한 낌새를 채고 집중했다. 바람 한 점 없는 숲이 흔들리고 있음이 확실히 느껴졌다.

'뭐지?'

심지어 땅을 울리는 진동은 점점 더 가까이, 그리고 커지고 있었다.

무호는 이런 울림을 자주 겪어보았다.

'이건 분명히……!'

그 순간 오문도 이것이 무엇인지 알아차렸다.

'말이다.'

'그것도 최소 서른 마리 이상!'

두 사람 모두 같은 것을 떠올렸다. 곧 산채를 빙 둘러싸고 군마들이 포위해 오는 것이 느껴졌다. 살수의 느낌이 아니었다. 그러나 더욱 나쁜 예감이 엄습해 왔다.

어느새 무호는 오문의 입에서 손을 뗐고, 장우를 비롯한 친위대가 무호의 곁으로 다가왔다.

"관군인 것 같습니다."

풀숲에서 말머리들이 나오기 시작하자 장우가 확신에 찬 목소리로 말했다. 관군이라면 걱정할 필요가 없었으나 모두들 표정이 좋지 않았다. 무장한 관군들이 산채를 급습했는데, 자신들이 이 산채에 있다는 건 무슨 뜻이겠는가.

사사삭—

불길한 예감은 곧 맞아떨어졌다. 숲을 헤치고 말과 함께 모습을 드러낸 기병들이 자신들을 향해 활을 겨누고 있었다.

"무도한 산적 놈들! 네놈들은 모두 포위되었다! 죽고 싶지 않으면 순순히 투항하라!"

"……"

군관의 우렁찬 외침은 모두가 우려하던 내용인지라, 모두들 한숨만 푹 내쉬었다.

군사들은 칼날 같은 예기를 풍기며 엄중하고 빈틈없이 무호 일행을 압박해 왔다. 그러니 아무래도 지금 자신들이 사실대로 설명한다고 받아들여질 그런 분위기가 아닌 것이다.

그 모습을 본 군관은 산적들이 자신들의 기세에 눌렸다고 생각하고 더 기세등등하게 소리쳤다.

"뭣들 하느냐? 어서 무기를 버리고 무릎을 꿇지 않고!"

모두 어쩔 수 없다는 표정으로 태자를 바라보았다.

"전하. 일단은……."

장우는 일단 저들과 함께 관으로 가서 설명하는 것이 좋겠다고 말하려 했다.

그러자 무호가 한 발 앞으로 나서며 관군들을 향해 입을 열었다.

"수고가 많구나."

"뭐라?"

군관의 눈썹이 파르르 떨리며 휘어졌다.

무호는 그 얼굴을 보면서도 부드럽게 말했다.

"여기 살던 놈들을 찾는 모양인데 그놈들은 지금 여기 없다."

"……."

군관은 황당해서 화도 나지 않는 듯했다.

오문은 제 양손으로 얼굴을 가렸다. 분위기 파악을 못하는 태자 때문에 부끄러웠기 때문이다.

"하면, 그놈들은 어디 갔느냐?"

비웃음을 머금은 군관의 질문에 무호가 서슴없이 대답했다.

"죽었다."

"죽어? 어쩌다가?"

"목숨이 아까운 줄 모르고 설쳐 대다 죽었다."

"네놈들이 죽였단 말이냐?"

군관은 코웃음을 치며 물었다. 그들이 죽였다는 산적들은 최근 이 일대에서 태자를 사칭하여 약탈과 살인을 일삼는 자들로, 그 규모도 커서 웬만한 상단의 호위들도 놈들을 당해내지 못해 죽거나 도망치기 일쑤였다. 그런 자들을 이 인원으로 전부 죽였다는 것을 어찌 믿으란 말인가.

"그렇다."

"그렇다 치자. 하면 지금 네놈들은 예서 뭘 하고 있는 게냐?"

"주인 없는 물건들을 정리 중이었다."

고상하게 말해봤자 도적질이었다.

"하는 짓거리가 산적과 다르지 않건만, 아니라는 게냐? 하면 네놈들의 정체는 무엇이냐?"

군관이 마지막 인내심을 발휘한 질문이었다.

그 질문에 무호가 뭐라 대답할지 알기에 일행은 자포자기하고 상황을 받아들이기로 했다.

"나는……."

그런데 태자가 대답을 하려는데 오문이 한 손을 번쩍 들고 재빨리 외쳤다.

"태자 전하이십니다!"

"……."

침묵이 흘렀다.

말이 푸르륵거리는 소리가 가끔 들릴 뿐, 모두들 오문을 황당한 눈으로 바라보고 있었다. 오문은 부끄러웠지만 그래도 태자가 하는 짓을 보는 것보다는 덜 부끄러웠다.

"미, 믿기 어려우시겠지만 아까 태자를 사칭하던 무도한 무리와는 달리 진짜 태자 전하이십니다. 믿어주십시오."

오문이 진심을 가득 담은 눈빛으로 군관을 바라보며 애원하듯 말했다.

그런데 무호가 그것을 못마땅하게 생각했다.

"왜 사정을 하는 게냐?"

"왜냐니요? 오해를 풀어야 할 게 아닙니까."

"무슨 오해?"

"전하께서 이 산채의 주인인 악랄한 산적 수장이라는 오해 말입니다."

"불쾌하군. 그런 놈과 나를 동일시하다니."

"상황이 그렇지 않습니까."

"아무리 상황이 그렇다 해도 그놈은 나와 닮은 데가 하나도 없지 않느냐?"

"물론 그자보다 전하께서 좀 더 잘생기셨고, 키도 더 크시고, 몸도 좋으시지만 그래도 변명의 여지가 없는 상황 아닙니까?"

무호는 인정할 수 없었다.

"조금? 내가 겨우 조금 낫더냐?"

"그럴 리가요! 제가 말실수를 했습니다. 당연히 전하께서 휘얼씬 잘나셨지요! 아마 이 나라에 최고로 멋진 분이실 겁니다."

오문이 펄쩍 뛰며 저를 치켜세워 주자 무호는 그제야 마음이 풀린 듯했다. 누가 어찌 생각하는가는 중요하지 않았다. 오문의 눈에 제가 감히 누구와도 비교할 수 없는 잘난 놈이 되어야 했다.

"앞으로는 깊이 생각하고 신중하게 말을 하거라."

둘의 대화를 듣고 있던 사람들의 표정이 좋지 않았다. 특히 장우는 지금 그게 중요한 게 아니지 않느냐, 본질을 흐리지 말라 소리치고 싶었다.

군관 역시 그들의 대화를 더 이상 들어줄 수가 없었다. 시간이 흐를수록 빈틈없던 군사들의 예기가 흩어지고 활을 든 병사들의 팔이 떨리고 있었다. 거기에 차마 들어주기 힘든 자화자찬까지 듣고 있자니 속까지 울렁거렸다.

"네 이놈들! 감히 지금 우리를 놀리는 게냐! 태자 전하를 사칭하고도 끝까지 뉘우칠 줄 모르다니, 이 자리에서 죽어봐야 정신을 차리겠느냐!"

군관의 호통에 수십 명의 군사 역시 다시 바짝 긴장의 끈을 조였다. 활을 겨눈 병사들의 표정이 살기등등해지자 무호가 한 발 나가 오문의 앞을 가로 막았다.

오문은 저를 지켜주려는 것처럼 보이는 태자의 너른 등을 바라보며 듬직함을 느꼈다. 무슨 일이 생겨도 태자라면 위기를 벗어나 저희 모두를 구해줄 것만 같았다.

그러나 그 믿음은 태자가 입을 여는 순간 더욱 큰 불안감을 불러일으켰다.

"쏘아라."

"……!"

쏘라니. 왜 자꾸 일을 크게 만드시나. 태자만 아니면 저 등짝을 손바닥으로 후려치고 싶어졌다.

"뭐라?"

활을 쏘라는 무호의 도발에 군관은 입술이 뒤집어지도록 뺨을 씰룩이며 대꾸했다.

"그 활을 쏘고도 나를 죽이지 못한다면 다음 화살을 걸기도 전에 다 죽을 것이다."

"이 건방진 놈!"

"또한 내가 화살에 죽게 된다면 네놈들은 죽창에 꿰어 죽을 것이다."

어쨌거나 죽이겠다는 뜻이었고 군관은 크게 발끈했다.

"산적 나부랭이가 태자 전하를 사칭하고 다니더니 정말 태자라도 된 듯 아는구나! 뭣들 하느냐! 저놈들을 당장 붙잡지 않고! 투항하는 자 외에는 모두 죽여도 좋다!"

"잠깐!"

보다 못한 장우가 나섰다.

"전하. 일단은 관에 가서 차근히 이야기를 나누는 것이 좋겠습니다. 저들을 죽일 수는 없지 않습니까!"

"저런 눈을 달고 다니는 놈이 군관이랍시고 설쳐 대는데도 봐주란 말이냐?"

"어쨌거나 저들이 화살을 들고 있지 않습니까. 눈 먼 화살에 싸울 줄 모르는 오문이 맞을 수도 있습니다."

장우는 무호를 달래는 법을 잘 알고 있었다.

무호가 오문을 힐끗 쳐다보았다.

오문은 침을 꼴깍 삼키는 한편, 제가 태자에게 걸림돌이 되었나 싶어 미안하기도 했다.

무호는 기가 죽은 오문의 모습을 두려워하고 있는 것으로 잘못 이해했다. 그래서 오문의 모습이 마치 발에 채일까 잔뜩 겁을 먹고 경계하는 새끼 고양이처럼 보였다.

마음이 흔들린 무호가 결국 군관을 향해 어깨를 펴고 큰 소리로 말했다.

"좋다. 상황이 이러니, 나를 잡아가는 것을 허락하겠다."

오문은 양손으로 얼굴을 감쌌다. 부끄러움은 언제나 저 같은 아랫사람들의 몫이었다.

자기애가 강한 것도 정도가 있지, 때와 장소를 가리지 못하는 걸 보면 상당히 중증이었다.

❖

기단군의 군수 유현은 깐깐하고 신중한 사람으로 알려져 있다. 그만큼 청렴결백하고 자기관리가 철저한 사람이라 학식이 높고 공정한 자였다.

그러나 그만큼 까다롭기도 했다.

그는 융통성도 없는 데다가 자신을 비롯한 모든 이에게 엄격한 사람이었다. 때문에 아랫사람들이 모시기 힘들어 했고 백성들 역시 법대로 행하는 유현을 존경은 하되 썩 좋아하지 않았다. 때문에 이런 원칙주의자와 원칙 파괴자인 무호가 잘 맞을 리가 없었다.

산적으로 몰려 잡혀 온 무호와 그를 심판하는 군수 유현 사이에는 두 사람의 앉은 자리보다 더 길고 깊은 거리가 느껴졌다.

흐트러짐 없는 자세로 상석에 앉은 유현이 역시나 얼음과 바위를 떠올리게 하는 얼굴로 말했다.

"이 근방에 스스로를 태자라 칭하고 그의 친위대라는 놈들을 거느리고 다니는 자가 몇이나 있는지 아느냐?"

웃음기라고는 비웃음조차 없는 건조하고 근엄한 물음이었다.

"모르네만."

"네놈을 포함, 네놈이 죽였다는 저 시체까지 포함해 모두 다섯이다."

바닥에 앉은 무호는 제 옆쪽에 거적을 덮고 누운 시신에 눈길을 한 번 주고는 이렇게 되물었다.

"알면서 왜 물으시는가?"

보통 무호가 이렇게 나오면 상대는 불같이 화를 내거나 황당해서 어쩔 줄 몰라 하게 마련인데 유현은 무호만큼이나 태연하게 제 할 말만 했다.

"그 말은 네놈 역시 산적인 것을 인정한다는 것이냐?"

"태자를 사칭하는 무리가 넷이나 더 있다는 것을 새로 알게 되었을 뿐이네. 아니, 하나가 죽었으니 셋이 남았군."

"아직 네놈이 처형당하지 않고 살아 있으니 넷이 남았다 보아야지."

"나는 산적이 아니라 진짜 태자일세."

"남의 산채까지 빼앗은 악질 산적이지."

그래서 두 사람의 대화를 듣던 모두가 질린 얼굴로 혀를 내둘렀다.

"내가 산적이라는 증거를 대시게."

"산채를 약탈하고 있었다는 것이 가장 큰 증거다. 태자께서 산적들을 만나 엄중히 벌하셨다면 그 후에 굳이 산채로 가 약탈을 하지는 않았을 터."

"자네가 생각하는 것보다 나는 훨씬 현실적이고 물욕적인 인간이라네."

오문은 그딴 인품을 자랑하지 말라고 한마디 해주고 싶었다. 말하는 것마다 얄밉고 태자가 갖추어야 할 미덕과 거리가 멀어 보이니 어찌 저 군수가 무호의 말을 순순히 믿어주겠는가.

"하면 네가 진짜 태자라는 증거는 있느냐?"

"가짜 놈들을 전부 잡아오게. 하면 내가 진짜라는 것을 알게 될 테니."

"그놈들을 잡는 것과 네놈들에 대한 처분을 내리는 것은 별개의 문제다. 너희 모두 태자를 사칭하고 산적질을 일삼은 죄가 명백하니, 날이 밝는 대로 참수하여 본보기로 삼을 것이다."

군수 유현은 정말로 대쪽 같은 사람이었다. 그는 당당한 무호의 말에 조금도 흔들리지 않고 원칙을 내세워 심문하고 있었다.

그러나 유현보다 더 오문을 질리게 만드는 사람은 역시나 무호였다.

"하면 날이 밝기 전에 가짜 놈들을 잡아오면 되겠군. 그놈들을 잡으면 내가 태자인 것도 명백하게 드러날 테니, 그놈들을 처형해 국법의 지엄함을 보이시게. 나 역시 하루 이상 옥살이를 할 마음이 없네."

군수가 그것을 잘도 들어주겠다!

오문은 속으로 그렇게 외쳤다.

"그것은…… 어렵다."

오문의 생각대로 군수는 가차 없이 거절의 뜻을 밝혔다.

"어째서?"

"일단은 그놈들 전부를 하루 만에 찾아내기가 어렵다."

한데, 이야기는 어째 오문이 생각하는 것과는 다르게 흘러가고 있었다. 군수가 무호의 말도 안 되는 제안을 진지하게 심사숙고하는 듯 보였기 때문이다.

"하면 시간을 얼마나 주면 되겠는가?"

태자의 물음은 생사의 결정권이 제게 있는 것처럼 들렸다.

유현은 바보가 아니었다. 그는 무호의 전부를 속속들이, 낱낱이 파헤치려는 듯 빤히 들여다보며 잠시 침묵했다.

절대 그럴 리 없다고 생각하면서도 만에 하나라는 여지를 남겨두는 것은 고집 센 고위 관리들에게 쉬운 일이 아니었다. 그러나 유현은 신중한 사람이었기에, 만에 하나 제가 잡은 산적이 진짜 태자일 가능성을 염두에 두고 있었다. 그럴 경우 그를 참수한 저와 이 나라의 앞날은 어찌 되겠는가.

유현은 한참 만에야 입을 뗐다.

"이건 어떠냐?"

"말해 보시게."

"가짜들이 전부 잡힐 때까지 네 부하들과 노비들을 하루에 한 명씩 처형하는 것이다."

"……!"

"모두 열일곱 명 정도 되니, 십칠일이라는 시간을 벌 수 있다. 그동안 네가 태자 전하라는 것을 증명해 보여라."

유현은 대단히 영리한 한 수를 두었다. 진짜 태자와 태자의 수족들이라면 이런 제안에 어찌 나올지 뻔하기 때문이다.

"난 노비가 없네."

한데, 유현의 생각과는 전혀 다른 대답이 나왔다. 산적들이라면 서로 살겠다고 아우성 칠 것이고 태자의 수족이라면 죽여달라 할 것이다.

한데 이런 반응은 예상치 못했다.

아무도 나서는 자가 없는 것은 물론, 고요한 가운데 무호가 툭 던진 말은 긴장감을 떨어뜨리고 있었다. 십 수 명의 목숨을 걸고 있는 상황이었다. 말꼬리를 붙들고 늘어질 때가 아니지 않나.

"저 뒤에 있는 다섯 사람은 백골기예단이라는 떠돌이들이고, 여기 있는 이 소년은…… 아, 알고 보면 열여덟이나 먹은 계집이지. 아무튼 이 아이는 내가 고용한 숙수이지, 노비가 아닐세."

"숙수?"

"특별히 고용한 능력 있는 숙수일세."

이 와중에도 가슴을 펴고 숙수를 자랑하다니 유현이 보기에도 무호는 그리 정상 같지 않았다.

"그런 거였습니까? 전 제가 노비인 줄 알았습니다."

유현이 이번엔 남장을 하고 있다는 숙수를 쳐다보았다.

열여덟이라는 계집의 얼굴은 앳된 목소리만큼이나 천진난만해 보였다.

"주인의 말을 타는 노비가 있더냐?"

"그러게 말입니다. 갑자기 말을 타라 하셔서 얼마나 놀랐는지 모릅니다."

죽을지도 모르는 상황에 저리도 태평한 것을 보면 머리가 나쁘거나 지나치게 낙천적인 놈 같기도 했다.

"태자 전하의 숙수라……?"

유현은 오문 또한 이리저리 살펴보았다.

"그러기엔 많이 어리지 않느냐."

"이래 봬도 꽤 유명한 국수 명인이네. 옥살이를 하는 동안 내 숙수는 저 아이로 해주게."

"……."

갈수록 가관이었다. 옥에 갇힐 자가 숙수를 지정하다니.

"방금 말한 자들만큼은 살리고 싶다는 뜻이냐?"

"일행이라 하기에는 부족한 사람들이란 뜻일세."

그 말에 백골기예단은 안심하는데 숙수라는 아이는 서운한 듯 보였다.

유현은 그것을 못 본 척하고 물었다.

"하면 나머지 부하들은 죽여도 된다는 것이로군."

"저는 반대입니다."

이 판국에 이번에는 친위대장 장우가 나섰다.

"어쩌겠느냐? 그게 친위대의 운명이다."

무호의 말에 장우가 발끈했다.

"이런 곳에서 개죽음을 당하려고 전하를 모신 것이 아닙니다."

"그러게 내가 뭐랬느냐? 그냥 그 자리에서 해결했더라면 예서 이러고 있지 않아도 되었다."

"전하께서 말씀하시는 해결이란 관군들을 전부 죽이자는 것이온데, 그 방법은 정말로 산적이 되시는 것입니다. 관군은 폐하의 군사들임을 잊지 마십시오."

유현은 조금 안도가 되었다. 그나마 장우라는 자는 옳은 말을 하는, 제법 말이 통하는 자 같았기 때문이다. 조금 전까지 이들의 태도로 신분을 유추해 보려던 생각은 완전히 멈추었다. 태자를 위해 죽겠다는 맹목적인 충심도 보이지 않고, 살겠다고 아우성치지도 않는 무인의 고상함에 이끌렸다.

"생각해 둔 방법이 있느냐?"

유현의 질문에 장우가 망설이지 않고 대답했다.

"우리가 그 도적떼들 전부를 잡아와 증명해 보이겠소."

"도망갈 궁리를 하는군."

"우리 전하께서는 숙수를 무척 아끼시오. 그러니 이 아이를 볼모로 잡아두시면 될 일이오."

"내가 그리 어리석지는 않다. 이 숙수를 버리고 네놈들이 도망가려는 속셈 아니냐."

그러자 오문과 무호가 동시에 외쳤다.

"그러실 분이 아닙니다!"

"그런 일은 있을 수 없다!"

두 사람이 동시에 외친 후에 서로를 마주 보았다.

오문이 부끄러운 듯 배시시 웃으며 말했다.

"제가 사람 보는 눈은 정확합니다."

"그럼 장점에 추가하거라."

무호가 기특하다는 듯이 말했다.

아무리 꽉 막힌 유현의 눈에도 그런 두 사람의 관계가 심상치 않아 보였다.

"네놈이 진짜 태자라면 네 숙수를 이렇게까지 아낄 리는 없다. 태자 전하는 지금껏 어떤 여인과도 깊은 관계를 나누신 적이 없는 분이시다."

그 말을 들은 무호는 마치 침을 뱉듯 불쾌한 표정으로 말을 뱉었다.

"그럼 군대에서 계집을 끼고 놀까?"

"……."

그 역시 맞는 말이라 유현은 다시 생각에 잠겼다.

'저렇게까지 말하는 걸 보면 진짜 태자 같긴 한데, 태자가 저리 상스럽게 말을 한단 말인가. 그리고 천한 계집을 연인처럼 보고 있지 않나. 흠. 하나 만약 진짜 태자라면 내가 태자를 죽이고 어찌 살아날 수 있겠는가.'

그가 속으로 여러 경우의 수를 따져보고 있음을 눈치챈 장우는 속이 터져 버릴 것 같았다.

'답답한 사람 같으니!'

장우는 태자와 군수의 언쟁도 태자와 오문의 꽁냥거림도 더 들어주고 싶지 않았다. 여러모로 지긋지긋했던지라 짜증 섞인 목소리로 말했다.

"전하도 옥에 가두시지요. 그동안 제가 부하들과 함께 태자 전하를 사칭하는 무리들을 잡아오겠습니다. 만약 제가 도주하더라도 전하께서 산적의 수장이라면 그를 붙잡은 것만으로도 충분하지 않습니까."

"하나, 그 잔당들을 내보낸다는 것은 또 다른 산적이 나올 수도 있다는 얘기 아닌가."

"이보시오. 그대는 지금 한 가지 간과하고 있소."

"······?"

"우리가 마음만 먹는다면 지금 그대를 베어버리고 이곳을 벗어나는 것쯤은 아무것도 아니란 말이오."

"무모하고 무도한 짓이지."

유현은 장우의 협박에도 눈썹 하나 까딱하지 않았다. 어떤 의미로는 대단한 강심장이었다.

"무모함과 무도함이야말로 중장대의 미덕이었소."

그 말을 하면서 장우는 속으로 한숨을 내쉬었다.

'나도 어느새 나쁜 물이 들었구나.'

유현은 사태 파악을 못하는 무호보다 눈빛이 올곧고 강인해 보이는 장우의 말에 더 믿음이 갔다. 관군에 몸담은 지 오래되어 그런지 장우에게서는 유현이 추구하는 관리의 바른 몸가짐이 느껴졌기 때문이다.

"너희들이 강하다는 것은 믿는다. 산적 놈들을 전부 해치우고 그들의 산채까지 찾아냈으니, 우리 관군보다 강하다 할 수 있겠지."

사실 유현은 그들이 스스로 포박당해 끌려왔다는 말에서부터 이미 조금 이상하다고 생각했다. 잡혀 오면 무조건 참수인데, 화살에 맞더라도 발악하고 도주하는 것이 옳았다. 놈들이 아주 간사하고 대범한 자들이라 저희들까지 속여 유유히 빠져나가려는 술수이거나, 아니면 소문처럼 진짜 태자가 조금 괴짜일지도 모른다.

"하나, 산적들을 땅에 묻고 산채를 약탈하는 것은 잘못된 일이다. 관에 알려 그 뒤처리를 맡기고 조사를 받는 것이 당연한 절차 아닌가. 이를 무시하고 사리사욕을 누리려 한 자들을 어찌 태자 전하라 믿을 수 있겠는가. 이는 황실을 모독하는 짓이다."

군수의 말을 들은 오문이 태자를 빤히 쳐다보았다. 저 말을 듣자면 태자는 스스로 황실을 모독하고 다닌 것이다.

그 부끄러운 말에도 태자의 표정은 조금도 변하지 않았다.

"왜 그리 쳐다보느냐?"

"생각해 보니 저분 말씀이 옳으신 것 같습니다. 황실의 체통이라는 게 있지 않습니까. 산적들이 꼬불쳐 둔 걸 털어먹다니, 좀 쪼잔하신 것 같습니다."

다음부터는 그러지 마시라는 뜻에서 건넨 말이었으나 무호는 콧방귀를 뀌며 말했다.

"저자가 잘못 안 것이다. 제화국의 황실에 체통 따위는 없다."

제 아버지인 황제를 직접 만나보면 너도 이해할 것이라는 뜻에서 한 말이지만 지금의 오문은 그것을 이해할 수 없었다.

물론 유현도 이해하지 못했다.

"황제 폐하마저 능멸할 셈이냐!"

그것만큼은 용서할 수 없었던지, 유현의 목소리가 처음으로 높아졌다.

태자는 그가 대단한 충신이구나 생각했다.

'쓸데없이.'

황제가 눈앞에 있지도 않은데 뭣 때문에 제 부모를 욕한 것처럼 부들부들 떤단 말인가. 아부와 아첨을 할 거라면 황제 앞에 가서 하면 모를까, 아무 소용없는 짓이다.

"그건 나중에 황제께 따로 고해바치든지 하시고, 지금 일부터 처리하시게. 장우의 제안을 받아들이겠는가?"

"으음......"

유현은 수염을 쓸어내리며 고민했다.

신분패를 갖고는 있으나 태자의 신분패는 아니었다. 태자 흉내를 내고 다니면서 가짜 신분패조차 가지고 있지 않으니, 더 진짜 같기도 했다. 하지만 이들 말만 믿고 다 잡은 산적들을 놓아주는 거라면 얼마나 큰 우를 범하는 것인가.

"흐음······."

"어휴!"

그 답답한 모습을 보다 못한 오문이 무릎을 꿇었던 다리를 펴고 주먹으로 다리를 두드리며 투덜거렸다.

"참수당하기 전에 다리가 저려 죽겠습니다. 얼른 좀 결론을 내주시면 안 되겠습니까?"

무호의 건방진 헛소리에도 꿈틀거리지 않던 유현의 눈썹이 휘어졌다.

그가 노려보자 오문은 방금 감정적으로 뱉었던 말을 조금 후회하며 조심스럽게 변명했다.

"아니······ 제가 무릎 꿇는 게 익숙하지 않아서 말입니다."

"좋은 자세다. 너도 나처럼 편히 앉아라."

무호는 오문의 당당한 태도가 매우 마음에 들었다. 오문의 뒷배에 제가 있다는 것을 잘 알고 있는 것 같지 않은가. 제 사람이 누군가에게 무릎을 꿇을 일이 어디 있단 말인가.

유현은 흔들림 없는 태도로 이 정신 나간 듯한 자들을 상대하느라 점점 체력이 고갈되고 있었다.

그리고 또 한 사람, 유현보다 더 오래 못 볼 꼴을 봐야 했던 장우가 감정을 눌러 담은 목소리로 말했다.

"전하. 모르시는 것 같아 드리는 말씀입니다만, 옥살이를 하시면 오문과 한 방에 있지는 못하십니다."

"그쯤은 알고 있다."

"또한 감옥 밥은 군영 밥보다 더 맛이 없다고 합니다."

"……."

이제 무호는 태연할 수 없었다.

"그러니 힘드시더라도 제가 산적 놈들을 전부 소탕할 때까지 믿고 기다려 주십시오."

"잠깐. 난 이 계획, 허락 못 한다."

"전하께서 허락하고 말고 하실 일이 아니옵니다. 지금은 어쩔 수가 없는 상황 아닙니까. 군수님, 아니 그렇습니까?"

얼떨결에 질문을 받은 유현은 마침 집중력이 떨어져 저도 모르게 대답하고 말았다.

"물론이다."

"그러니 전하께서는 여기 계시고, 제가 모두와 함께 산적들을 잡아오겠습니다."

장우는 불만 가득한 태자에게서 고개를 돌려 믿음직하고 강렬한 눈빛으로 유현을 바라보았다.

허락해 주시면 당장이라도 싸우러 가겠다는 그 기세에 눌려 유현은 결국 허락을 하고 말았다.

"관군들과 함께 태자를 사칭하는 무리들을 잡아들여라. 죽여도 좋다."

"믿어주시오. 반드시 잡아올 테니."

"단, 시간은 오래 주지 못한다. 보름의 시간을 주겠다. 그때까지 모두를 잡아들이지 못하거나 너희 중 한 명이라도 도주한다면 네놈들이 태자라 부르는 저놈의 목을 벨 수밖에 없다. 그래도 하겠느냐?"

장우는 순순히 그렇다고 대답하지 않았다.

"나 역시 조건을 걸겠소. 만약 저기 계신 분이 진짜 태자 전하라는 것을 증명하게 되면 그때는 전하를 옥에 가둔 그대의 죗값을 받을 것이오."

장우는 무호가 옥에 갇히는 것이 통쾌하긴 했으나 제가 모시는 주군을 지켜야 할 의무가 있었다. 때문에 혹 태자가 옥에서 봉변당하는 일이 없도록 은근히 협박을 했다.

유현도 이를 알아들었다.

"아직 죄인이라 단정할 수 없으니, 특별히 대우를 해줄 것이다."

그가 말한 '특별히'의 의미를 장우가 미리 알았더라면 아마도 그 협박을 취소했을 테지만 지금의 장우는 그저 만족하고 있었다.

영춘은 매우 순수한 청년이었다. 그는 어린 시절부터 태자와 함께 궁에서 지냈고, 태자밖에 모르고 살아왔다. 그래서 그는 이 부담스러운 마을에서 한시바삐 떠나고 싶었다.

"영춘이. 우리 집도 와서 손 좀 봐줘. 비가 새서 죽겠네."

"안 돼. 오늘은 우리 집부터 오기로 했어."

과부촌의 과부들은 혼자인 영춘을 가만 내버려 두지 않았다. 그들은 오문의 곁에 있는 태자에게는 마음껏 하지 못했던 일을 서슴없이 하고 있었다. 노골적인 추파를 던지거나 영춘의 몸을 더듬는 짓을 해도 오문 같은 짝이 없으니 눈치 볼 필요가 없었기 때문이다.

"이번엔 나한테 양보해. 곧 비가 올지도 모르는데 비가 새는 집부터 수리해 줘야지. 안 그래, 영춘이?"

"우리 집 창문이 떨어져 나갔단 말이야. 창을 새로 안 만들면 비가 다 들어올 거 아니야! 나 먼저 해주기로 했으니까 다른 말하기 없어,

영춘이!"

영춘은 여인들의 부탁을 거절할 수가 없었다. 그녀들이 죽어가는 저를 구해주지 않았더라면 진짜 죽었을 테니 말이다. 이번에 배고픔이 뭔지, 그것이 얼마나 외롭고 고통스러운지를 뼈저리게 깨달았고, 그녀들이 주는 따뜻하고 맛있는 음식의 유혹에서 벗어날 수 없었다.

그리고 그 대가로 노비나 다름없는 신세가 되고 말았다.

떠나려던 영춘은 보답으로 여인들이 하기 힘든 일을 해달라는 부탁을 받았고, 이를 거절할 만큼 은혜도 모르는 매정한 성정이 못 되었다.

덕분에 이곳에서 잘 먹고 부지런히 움직여 체력을 충분히 보충할 수는 있었다. 이제 언제 이곳에서 탈출할 수 있는가가 관건이었다.

툭툭.

"……!"

누군가 영춘의 엉덩이를 툭툭 치자 손길에 놀라 뒤를 돌아보았다.

"왜 이렇게 놀라?"

저보다 열 살은 많아 보이는 푸근한 인상의 여인이 귀엽다는 듯이 제 엉덩이를 두드린 것이다. 벌써 며칠째건만 영춘은 그녀들의 손길이 익숙하지 않아 매번 소스라치게 놀라고 있었다.

"아, 아닙니다."

그럼에도 불구하고 아무렇지 않은 척 화도 내지 못하는 게 가장 괴로웠다.

"몸은 좀 어때?"

"많이 좋아졌습니다. 바로 떠나도 될 만큼요."

지금이라도 나가고 싶다는 뜻에서 한 말이었다. 아무도 영춘을 강제로 묶어두지 않았으나, 여인들의 간절한 눈빛이 발을 묶고, 보드라운 손으로 팔에 매달리면 족쇄보다 강하게 묶인 기분이 들곤 했다.

그러니 제발 이제 그만 누가 가라고 등을 떠밀어주었으면 싶은 것이다. 어째서 며칠이나 일을 했는데도 사내가 필요한 일들이 아직도 이렇게 많이 남아 있단 말인가.

"다행이네. 그래도 너무 무리하지 마. 안 그래도 지금 오리탕을 끓이는 중이야. 기껏 살린 몸 또 상하면 안 되니까 그거 먹고 쉬엄쉬엄 천천히 해."

천천히 하라는 말은 오래 있으라는 뜻이었다.

하지만 아사로 죽을 뻔했던 영춘은 없던 식탐이 생긴 상태였다. 평소라면 그런 말에 휘둘리지 않았겠지만 지금의 영춘은 이미 이 생활에 길들여져 있었다.

"예. 신경 써주셔서 감사합니다."

오리탕이 먹고 싶어서 남는 건 아니라고, 아직 제 몸이 다 나은 건 아니라서 그런 거라고 스스로를 기만하며 오늘도 역시 과부촌을 나서지 못했다.

"다녀왔어요!"

마침 마을 밖에 다녀온 여인들이 들어오자 나머지 여인들도 소란을 떨며 삼삼오오 몰려들었다.

"뭘 사왔어?"

여인들은 돌아가면서 밖에 나가 장도 보고 세상 이야기를 가지고 들어왔다. 사 온 물건들을 늘어놓으며 물건을 품평하거나 온갖 풍문들로 이야기꽃을 피웠다.

이 순간만큼은 영춘도 여인들의 관심 속에서 자유로웠다.

슬쩍 일이나 하러 가려고 자리를 피할 때였다.

"태자 전하를 사칭하는 산적들이라니, 어떻게 그럴 수 있지?"

"……!"

태자와 관련된 이야기가 나오자 자리를 뜨지 못하고 귀를 기울였다.

"진짜 태자 전하를 한 번이라도 봤으면 그런 짓을 할 엄두를 못 낼걸."

"그러니까 말이야. 그 잘생긴 분을 산적들이 흉내 낸다니 미친 거지."

"오문은 전생에 나라를 구한 모양이야. 그런 분을 매일 보고 살 수 있다면 나도 나라를 구할 텐데."

"하아. 그러게 말이야. 그나저나 정말 오문이 전하랑 잘될 수는 있는 걸까?"

어느새 여인들의 화제는 오문과 태자로 넘어갔다.

영춘은 그 자리에 못 박힌 듯 우뚝 멈춰 섰다.

'오문을 알아?'

이들이 오문을 알고 있다니!

머리부터 찬물을 끼얹은 듯한 기분이었다.

"전하께서 오문을 그렇게 아끼시는데 안 될 게 뭐 있어."

"사내들 마음 변하는 거 순식간이니까 그렇지."

영춘은 더 이상 그들의 수다가 들리지 않았다.

"태자 전하를 보셨습니까? 오문을 아십니까?"

"헉. 깜짝이야!"

"왜, 왜 그래! 애 떨어질 뻔했네!"

영춘은 무시무시한 얼굴로 여인의 어깨를 잡고 흔들었다.

"태자 전하를 어찌 아십니까! 오문은 또 어떻게 아는 겁니까!"

"이, 이거 좀 놔 봐!"

"말씀해 주세요!"

"어휴! 여기 왔었어! 영춘이처럼 여기서 요양하다 가셨단 말이야!"

"그걸 왜 이제야 말하는 겁니까!"

"물어는 봤었어?"

"이런 젠장!"

영춘은 불같이 화를 내다 여인을 놓아주며 숨을 몰아쉬었다.

"후우——"

"왜, 왜 그래! 무슨 원수라도 돼?"

"원수가 아니라, 제가 전하의 호위란 말입니다! 그분 지금 어디 계십니까!"

여인들은 어리둥절한 표정으로 서로를 마주 보았다. 태자에 이어 그의 호위까지 구한 인연을 쉽게 받아들이긴 힘들었다.

늦은 밤이었으나 군수의 집무실은 여전히 등불이 밝았다.

규칙적인 생활을 하는 유현이기에 평소라면 벌써 잠이 들었을 시각이었으나, 오늘은 얼마나 시간이 지났는지도 모를 만큼 집중하고 있었다.

"흐음……."

붓을 든 유현은 종이에 먹물이 뚝뚝 떨어지는데도 섣불리 글을 써 내려가지 못했다. 그의 주변에 이미 구겨진 종이가 가득한 것을 보면 얼마나 고심하고 있는지 알 수 있었다.

"아니야. 이도 아니야!"

유현이 또다시 종이 하나를 구겼다. 옥사에 있는 태자라는 놈을 생각하니 구겨진 종이마냥 얼굴이 구겨졌다. 조금 전 그놈과 나누었던 대화를 다시 떠올리는 것만으로도 심장이 벌렁거렸다.

처음엔 저를 속이려는 수작 같았으나 그 대화를 곱씹어 볼수록 태자가 아니면 풍길 수 없는 오만함이 느껴졌다.

신중함이 지나친 유현은 위장이 따끔거렸다.

그 녀석이 진짜 태자일지 아닐지 알 수 있는 가장 좋은 방법은 황제께 직접 여쭙는 것이었다. 한데 황제께 글을 쓰려니 어찌 써야 하나 고민이 이만저만이 아니었다.

'태자인지 모를 놈, 아니, 그분을 잡아 옥에, 아니, 그냥 모시고 있는데…… 태자를 사칭하는 산적 무리가 있어 진짜를 확인할…… 제길! 뭐라 써야 한단 말인가!'

항상 잔잔한 연못 같던 유현의 마음이 짜증으로 출렁거리고 있었다.

태자가 궁 밖으로 나와 기행을 저지르고 다니니 이런 일들이 생기는 게 아닌가.

물론 좋은 일을 많이 했다.

그러나 그런 것은 태자가 할 일이 아니었다. 그런 일이 알려질수록 황실에 대한 백성들의 신망은 높아지겠지만 관리들의 권위는 땅으로 떨어진다.

그런 불만들이 쌓이다가 태자라면 우리를 이해해 주겠지 싶은 마음에 태자를 사칭하는 도적떼들이 나오는 것이다.

웬만하면 제 선에서 해결하고 싶었다. 태자를 사칭하는 도적떼라고 해 봐야 잔챙이들이니 그냥 죽여서 조용히 덮으면 될 일이다. 한데 자신이 진짜 태자라고 큰소리치는 데다가 가짜 태자 무리를 죽인 자가 나왔다.

그들은 큰소리를 치는 만큼 실력도 출중해 보였다.

만약 그들이 도적들을 전부 소탕한다면 그들이 태자인 것을 믿어야만

하는 것일까? 만약 그들이 태자가 아니라 더 큰 도적떼라면 더 큰일이 아니겠는가? 이런 조직적인 무리까지 생겨났다면 황제께 전부 고할 수밖에 없었다. 만약 이들이 진짜 태자라면 더욱 고해야 했다. 하지만 어디서부터 어떻게 설명을 해야 할지 난감한 것이다.

그가 머리를 쥐어뜯고 싶을 만큼 고심하고 있을 때였다.

"군수님."

"무슨 일이냐."

이 시각에 부관이 저를 찾는 소리가 들리다니 좋지 않은 예감이 들었다.

"전할 것이 있습니다."

"들어오너라."

공손히 안으로 들어온 부관은 유현에게 무언가를 내밀었다.

그것은 목걸이처럼 보이는 작은 옥패였다.

"이것이 무엇이냐?"

"그 태자라 칭한 자가 이것을 군수께 전해달라 했습니다."

"내게 이것을 왜?"

"혹 황제께 서신을 보내실 작정이십니까?"

"응?"

아직 아무에게도 말한 적이 없었다. 혼자 문장을 만들어내며 고심하긴 했지만 보내야 할지, 그자들이 도적들을 소탕하길 기다려야 할지, 갈피를 잡지 못하고 있었기 때문이다.

"그자 말이, 아마 군수께서 황제께 서찰을 보낼 것이라며 이것을 탁본해 함께 보내달라 청했습니다."

"뭐라? 그자가 감히 황제 폐하께 이것을 보여주라 했다고?"

"예. 옥패는 다시 돌려줄 사람이 있어 주지 못한다며, 탁본만 해서 황제 폐하께 보내 여쭈어봐 달라 했습니다."

유현은 그가 감히 그런 청을 할 생각을 했다는 데 놀랐지만, 무슨 내용을 전하려 한 것인지 궁금증이 더 컸다.

"뭐라 여쭈라더냐?"

"이 옥패를 가진 자가 있다면 어찌해야 하는지 여쭤 달라 했습니다."

"허허……! 도대체 그자의 정체가 뭐란 말이냐. 정말 태자라도 된단 말이냐! 소문에는 태자가 무신보다 강하고 사신보다 두렵다지 않아! 대체 그런 얼빠진 놈이 어째서 태자라는 게냐!"

쾅─!

유현이 서탁을 내리치자 부관이 어깨를 움츠리며 그 앞에 쩔쩔맸다. 군수를 모신 지 십 년이 넘었으나 그가 이렇게 화를 내는 것은 처음 보기 때문이다.

"후우……. 좋다. 물어봐 주지. 이 옥패가 무엇인지, 나도 궁금하군!"

손톱만 한 반쪽짜리 옥패는 유현의 눈에도 예사롭지는 않아 보였다.

제 24 장
옥바라지

기단군의 옥사는 늘 비좁았다. 엄한 군수가 백성들이 아무리 작은 죄를 지어도 그냥 넘어가는 법이 없었기 때문이다. 그래서 옥사는 늘 만실이었고, 새로운 죄수가 들어오면 원래 있던 죄수들은 한숨을 쉬거나 심하게 짜증을 냈다.

　그러다 보니 옥사에는 자연스레 계급이 생겨났다.

　그 계급의 가장 상위에 있는, 모든 옥방을 통틀어 일인자로 군림하는 자, 일명 도끼라 불리던 자의 얼굴에 오늘따라 살기가 가득했다.

　"도끼 형님. 저놈을 어떻게 손을 볼까요?"

　똘마니 하나가 가뜩이나 누구 하나를 잡아먹을 듯 흉흉한 기세를 내뿜는 도끼를 부추겼다.

　"쳇, 있는 놈들은 죄수가 돼서도 호사를 누리는구먼! 재수 없는 새끼!"

　그러자 바로 옆방에 있는 무호가 창살 너머로 시선을 던지며 물었다.

"있는 놈이라면 설마 나 말이냐?"

아주 큰 소리로 재수 없는 새끼라 욕하는 것을 들었을 만한데도 무호는 있는 놈이라는 것만 골라 듣고 물었다.

"그럼 네놈 말고 누구겠느냐?"

윽박지르는 도끼의 말에 무호는 한쪽 무릎을 세우고 앉은 느긋한 자세로 사방을 둘러보고는 천천히 대답했다.

"있어 보이는 분은 나밖에 없군."

"저 새끼가 누굴 놀려! 어!"

"차, 참으십시오, 형님! 지금은 참으십시오. 옥졸들이 보고 있습니다."

도끼는 옥살이 한 이후로 지금처럼 진심으로 화났던 적은 없었다. 불쾌한 척, 화난 척, 무게를 잡고 신입들을 겁주었을 뿐이었다.

한데 지금은 진짜였다.

창살 너머에 있는 눈앞의 신입은 저희와는 다르게 비싸고 귀한 옷감의 옷을 입고 있었고, 평생 글만 팠을 것 같은 백면서생의 얼굴을 하고 있었다.

아니, 그것만으로는 다 설명할 수 없는, 아름답다는 표현이 어울리는 공자님이었다. 뭐랄까, 묘한 색기가 흘러서 사내인데도 눈이 마주치면 마음이 동하는 듯한 그런 얼굴이었다.

도끼는 어떻게 하면 저놈을 혼내줄 수 있을까, 어떻게 하면 저놈이 눈물을 흘리며 저 재수 없는 면상을 일그러트릴까 하는 생각밖에 없었다.

그도 그럴 게, 저놈은 같은 죄수인데도 신분이 높고 가진 것이 많다는 이유로 특별 대접을 받고 있었기 때문이다. 그리고 그 피해는 고스란히 자신들의 차지가 되었다. 우선 저놈 하나 때문에 가뜩이나 좁은 옥사가 더욱 좁아졌다. 그가 혼자 방을 쓰길 원했기 때문이다. 옥졸은 그의 말 같지도 않은 요구를 전부 들어주었다.

그뿐인가!

그는 바닥이 더럽다며 옥졸들에게 청소를 시켰고, 옥졸들은 저희에게 그 청소를 하게 했다.

대단한 집 자식인 것은 짐작하지 않아도 딱 보기만 해도 알 수 있었다.

아마도 이곳에 오래 있지도 않고 곧 나갈 것이다. 하지만 나가기 전에 꼭 한번 손봐 주고 싶은 놈이었다. 그나마 옥사에 있을 때는 같은 죄수지만 나가면 서로의 위치가 확연히 달라지지 않나. 그러니 이런 곳에 있을 때라도 분풀이를 해야 했다.

게다가 분풀이를 핑계 삼아 다른 욕구를 풀 수 있을지도 몰랐다.

저 같은 것들이 언제 저런 잘난 공자님 몸에 올라타 보겠는가. 감옥에 갇힌 지도 벌써 몇 년째. 곱상한 사내가 계집으로 보일 때가 되었다. 색기가 흐르는 건방진 공자의 입에서 비명 섞인 교성이 흘러나오는 것을 한 번은 들어봐야 속이 시원할 것 같았다.

그것은 비단 도끼 한 사람의 염원이 아니었다. 다른 죄수들 역시 오늘 처음 본 무호에게 감정이 많이 쌓였다.

죄 짓고 들어온 주제에 까다롭게 구는 꼴도 짜증나는 데다가, 그에게 방 하나를 내준 덕에 이렇게 다닥다닥 붙어서 자려니 잠도 오지 않았다. 다리를 펴는 것조차 쉽지 않으니, 그간 도끼에게 많이 시달렸던 죄수들까지도 이번만큼은 무호를 노려보며 도끼가 뭔가 사고를 쳐주길 바라고 있었다.

"하! 이 새끼……. 계집처럼 생겼다고 계집애들처럼 까탈을 부리네. 재수 없게! 퉤!"

무호는 도끼가 심한 욕설을 해서인지, 침을 뱉어서인지, 상당히 불쾌한 얼굴로 도끼를 노려보았다.

"뭘 봐! 확!"

"아이고! 형님. 참으시라니까요!"

도끼가 손을 들어 올리며 위협하자 똘마니들이 또 그의 팔을 붙잡고 말렸다.

'두고 보자. 기회만 생기면 손 좀 봐주지.'

지금은 손이 닿지 않는 것도 문제지만 나중에 다 같이 밖으로 나올 기회가 있으니 그때 옥졸들 몰래 손봐주면 될 일이다.

도끼가 하룻밤만 참자고 팔짱을 끼고 눈을 감을 때였다. 원래라면 저는 대자로 뻗어 자던 놈이었는데 웅크리고 자려니 영 몸이 뻐근해서 잠이 잘 안 왔다. 그래도 억지로 잠을 청하려는데, 매우 거슬리는 소리가 귓구멍을 파고들어 왔다.

"흠……. 바닥이 딱딱하군."

그 소리에 모두가 눈을 번쩍 떴다. 다들 얼굴에 짜증이라고 쓰고 부스럭 일어났다.

"아이씨……."

"뭐야……."

"거 잠 좀 잡시다!"

결국 여기저기서 불만이 쏟아져 나와 도끼에게 명분을 불어넣어 주었다.

"이 미친 새끼야! 여기 네놈 때문에 우리가 어떻게 자고 있는지 안 보이냐! 어!"

도끼가 팔을 걷어붙이고 나무창살을 잡고 흔들자 옥졸들이 달려왔다.

"뭐야! 밤중에 웬 소란들이야!"

"아이고, 마침 잘 오셨습니다. 저 공자님 말입니다, 저분 때문에 잠을 잘 수가 없습니다. 아주 사람을 미치게 만듭니다."

도끼는 일부러 더 엄살을 부리며 죽는 소리를 했다. 아무리 대단한 공자라도 옥졸들에게 미운털이 박히면 제가 괴롭히는 것을 눈감아주기 때문이다.

그런데 뭔가 좀 이상했다. 옥졸들은 얼굴을 잔뜩 구기긴 했지만 웬만하면 그놈에게 말을 걸지 않으려는 듯 주저하고 있었다.

"자기가 젤 편하게 독방을 차지하고서는 잠을 못 자겠다고 투덜거리니 저희야말로 시끄러워서 잘 수가 없습니다. 어찌 좀 해주십시오!"

도끼가 더욱 불쌍한 목소리로 사정하자 옥졸이 아니라 무호가 대답했다.

"그래. 다들 나 때문에 잠을 못 자는 것 같아 미안하니, 대책을 세워야겠다."

대책이랄 게 뭐가 있단 말인가. 순순히 인정하는 것은 좋지만 그냥 입만 다물고 자면 되는 일 아닌가.

옥졸들도 같은 생각이었다. 하지만 그들은 한껏 난처한 표정을 지으며 조심스럽게 물었다.

"저…… 무슨 대책이랄 게 있겠습니까?"

그 모습을 본 죄수들은 복장이 터질 것 같았지만 옥졸들은 어쩔 도리가 없었다.

군수께서도 특별히 편의를 봐주라 했고, 어쩌면, 정말 재수가 없어 진짜 태자를 잡아 가둔 것이라면 나중에 어찌 되겠는가. 일단 말하는 걸 들어보면 제정신이 아닌 것처럼 보이긴 하지만 그래도 보통 사람과는 풍모가 확연히 다르긴 했다.

"내가 종종 노숙을 하긴 했다만 그래도 거긴 흙 밭이라 푹신했었다. 한데 이곳은 바닥이 너무 딱딱해서 잘 수가 없구나."

"하, 하오면 깔 것이라도 가져다 드릴까요?"

도대체 얼마나 높은 분이시기에 옥졸들이 저리도 설설 기며 깔 것을 준비해 주겠다 한단 말인가. 죄수들이 울화통이 터져 주먹을 쥐고 부들부들 떨 때였다. 이어지는 무호의 말에 죄수들이 거의 폭동을 일으킬 지경이 되었다.

"그러지 말고 이왕 가져다줄 거라면 침상을 놓아다오. 하루 이틀 잘 것도 아니니 그게 낫지 않겠느냐?"

"뭐가 어쩌고 어째! 야, 이 새끼야! 여기가 무슨 객잔인 줄 알아! 죄수면 죄수답게 처자란 말이다!"

참지 못한 도끼가 악을 쓰며 소리치자 다른 죄수들도 전부 들고 일어나 창살을 흔들며 욕설을 뱉었다.

"쓰벌! 없는 것도 서러워 죽겠는데! 감옥에서도 차별을 받아!"

"침상 같은 소리 하고 자빠졌네! 평생 바닥에서 누워 지내게 해줄까! 엉!"

"어차피 난 죽을 목숨인데 니놈 하나 더 죽이고 죽지 뭐!"

"이놈들이! 조용히 못해!"

놀란 옥졸들이 창살로 몽둥이를 휘두르며 흥분한 죄수들을 억누르려 했지만 오히려 역효과였다.

"죽고 싶지 않으면 당장 자리로 돌아가!"

"자리? 자리가 어디 있어! 야, 이 새끼들아! 눈 있으면 봐라! 좁아 터져서 누울 수나 있나!"

"저 새끼 침상 갖다주면 내가 불을 지르고 만다!"

"뭐가 어째! 헉!"

옥졸 하나가 죄수들에게 가까이 다가간 것이 실수였다. 죄수들이 우르르 달려들어 옥졸의 몽둥이를 빼앗았다.

"다들 뭐 해! 이거 부수고 저놈 들이받자고!"

그들은 비교적 덜 단단한 옆방을 가로막고 있는 창살을 두드리고 발로 차기 시작했다. 두껍고 단단한 몽둥이로 후려치고 여럿이서 힘차게 발로 차니 장정 팔뚝만 한 나무 창살도 흔들리는 것 같았다.

"그, 그만두지 못해!"

"네놈들 전부 매를 맞아야 정신을 차릴 테냐! 멈추라지 않아!"

그러나 마치 폭도처럼 변한 죄수들은 알아들을 수 없는 욕설과 괴성을 내지르며 점점 더 포악한 광기로 날뛰고 있었다.

그런데 모두들 막상 자신들의 화를 쏟아부으며 분풀이를 하느라 무호가 어쩌고 있는지는 보지 못하고 있었다. 아니, 어쩌면 그가 당연히 겁을 먹고 사색이 되었으리라 생각했을지도 모른다.

"미안하구나."

"……!"

잠잠한 그의 음성이 희한하게도 그 시끄러운 소란 속을 뚫고 모두의 귀에 똑똑히 들렸다. 별 소리도 아닌데 그 음성에서 느껴지는 힘이 대단했다. 일순 모두가 동작을 멈추고 침묵한 채 그를 바라보았다.

"이, 이제 와서 미안하다면 다야! 진작 이렇게 나왔어야지!"

도끼는 잠깐 당황하긴 했지만 곧 정신을 수습하고 세게 나갔다. 역시 아무리 신분이 높고 잘나도 폭력에는 기가 죽는 법이었다. 아직도 고상하게 사과를 하는 모습이 맘에 들지 않지만 여기서 조금만 더 몰아세우면 무릎을 꿇고 빌지 않겠는가.

"사과하기에는 이미 늦었다. 이놈아!"

"이제 와서 사과를 하는 것은 너희들의 고충을 그전에는 몰랐기 때문이다."

"눈으로 보고도 몰라? 하! 눈 뜬 봉사냐!"

"아무튼 지금이라도 알았으니, 내 너희들이 예전처럼 편히 잘 수 있도록 도와주마."

"뭐? 도와줘? 이 새끼가 아직도 정신을 못 차렸네!"

엎드려 빌어도 팰 생각이었는데 어디서 뒷짐까지 지고 자비를 베푸는 척한단 말인가. 도끼는 이 재수 없는 놈을 반드시 어디 하나 부러트리고 말리라 결심했다.

도끼가 눈알을 부라리고 목에 핏대를 세우거나 말거나 무호는 태연하게 말했다.

"모두 뒤로 물러나라."

"하! 이놈 봐라? 진짜 사태 파악을 못하네. 어? 여긴 죄인들 오는 곳이야. 살인, 방화, 강간, 온갖 악행을 저지른 놈들이 우글우글하단 말이다. 네놈 신분 따위를 우리가 겁낼 것 같아? 어?"

"살인, 방화, 강간이라……. 화려한 죄목이군."

"이게 끝까지……! 계집같이 생겨서는 겁도 없구나!"

"편히 자게 해줄 것이니 뒤로 물러나라."

무호는 같은 말만 반복했다.

도끼를 비롯한 그의 똘마니들은 무호를 비웃으며 그의 말을 듣지 않았다.

그러자 무호는 어쩔 수 없다는 듯 제가 뒤로 물러나기 시작했다.

"쟤 뭐 하냐?"

"큭큭. 겁먹은 주제에 잘난 척은!"

죄수들은 무호가 너무 두려워서 도망친 것이라 여기고 우스워했다.

하지만 무호는 딱 다섯 걸음 뒤로 물러난 뒤에 발에 힘을 주고 멈춰 서서 죄수들이 다닥다닥 붙어 있는 나무창살을 노려보았다. 그러더니 갑자기 '다다다다' 달려와 땅을 박차고 뛰어올랐다.

"헉!"

죄수들은 갑작스럽게 돌변한 무호의 모습에 헛바람을 들이키며 놀랐지만 몸을 피할 시간이 전혀 없었다. 공중으로 뛰어오른 무호가 그 힘을 실어 나무 창살을 걷어차기까지 겨우 눈 깜빡할 새에 일어난 일이기 때문이었다.

콰앙— 콰직.

"컥!"

"……!"

무호의 발에 단단하던 나무창살이 두부처럼 으스러지고, 창살을 뚫고 나온 그의 발이 도끼의 배를 걷어찼다. 몸이 반으로 접혀 튕겨나간 도끼는 다른 죄수들의 몸을 밀어내며 반대쪽으로 날아갔다.

그 일련의 모습들은 눈으로 보면서도 믿기 힘들어 지켜보는 사람들 모두를 얼어붙게 만들었다. 죄수들은 게거품을 물고 혼절한 도끼의 안위를 신경 쓸 겨를이 없었다. 다시 뒷짐을 지고 아무 일도 없었다는 듯 태연히 서 있는 사내를 공포스럽게 바라보고 있었기 때문이다.

모두를 경악하게 만든 무호는 방금 전 괴력을 보인 자와 같은 사람이라 볼 수 없을 만큼 부드러운 목소리로 말했다.

"나 때문에 좁았다니, 미안했다. 이제 우리 사이에 벽을 허물었으니 이 방에서 자고 싶은 자들은 편히 들어와 자거라."

"……."

친절하고 다정한 표정이었으나, 방금 전 보여준 모습과는 소름 끼치도록 괴리감이 느껴졌기에 죄수들은 침을 꿀꺽 삼키며 아무도 그 방으로 다가가지 않았다. 아니, 그 방 근처도 가지 않으려고 뒤로 물러나다 보니 아까보다 더 좁게 웅크리고 앉아야만 했다.

"왜들 그러느냐? 좁다고 하지 않았느냐?"

모두들 서로서로 눈치만 볼 뿐 무호와 눈도 마주치려 하지 않았다. 창살이 허물어진 자리에 공포와 경외라는 더 크고 두꺼운 벽이 생겨났다.

무호는 사색이 된 옥졸들의 표정을 살피며 미안하다는 듯 말했다.

"이것 참……. 기물파손죄를 범한 게 아닌가 모르겠군."

"아, 아닙니다! 워, 원래 좀 낡아서……."

"예, 예! 그냥 낡아서 망가진 것뿐입니다."

옥졸들이 손사래를 치며 무호에게 죄가 없다고 해주자, 무호는 활짝 웃으며 다행이라는 듯 말했다.

"하면 이제 침상을 놓아줄 수 있겠느냐?"

그날 밤, 악명 높은 기단군의 옥사에 침상이 있는 독방이 생겼다.

백골기예단은 토벌대에 합류했다. 장우가 기예단의 실력이 출중해 함께하겠다 했기 때문이다.

처음엔 도망칠 꼼수를 부리는 것이라며 안 된다고 했던 군수가 허락한 것은 상의 기지 덕분이었다.

「제 동생을 예 두고 도망가지 않습니다. 누명을 벗고 동생을 살리기 위해서라도 반드시 그 도적떼들을 퇴치할 것입니다. 저를 보내주십시오.」

오문을 동생처럼 여기지만 친동생은 아니지 않나.
그러나 눈치 빠른 오문이 상의 가슴에 얼굴을 묻고 펑펑 우는 명연기를 펼치자 두 사람은 누가 봐도 애틋한 자매 사이로 보였다.

「언니. 가지 마. 무서운 산적들이랑 어떻게 싸우려고. 가지 마. 제발. 위험하잖아. 응?」

오문의 애끓는 목소리 때문에 이제 감옥에 남는 것이 더 안전한 것처럼 느껴질 정도였다.
군수는 상이 쌍검을 휘두르는 실력을 눈으로 확인한 후에야 장우의 말이 거짓이 아님을 알고 상 역시 함께 보내주었다.
결국 오문과 태자만 남기고 모두 떠난 셈이었다.
"아무 대책도 없이 이렇게 산을 휘젓고 다니다니, 설마 도주할 셈은 아니겠지? 아니면 무턱대고 산으로 가면 산적을 만날 수 있는 줄 아는 게냐?"
처음 산채에서 맞닥뜨린 군관이 이번에도 산적 소탕에 함께했다. 그는 군수에게 장우 일행을 잘 감시하라는 명을 받은 터라 조금의 빈틈도 허용하지 않았다.
가는 내내 잔소리를 해대니 장우는 귀가 따가워 슬슬 짜증이 났다. 가뜩이나 날도 덥고 울퉁불퉁한 산길을 걷느라 지치는데, 군관 혼자 말을 탄 채 잔소리를 해대니 그 꼴 또한 마뜩잖았다.
"내가 도주할 작정이었으면 지금쯤 그대는 땅에 파묻혀 있었겠지. 그러니 그 입 다무는 게 좋을 게다."

"뭐……!"

버럭하려던 군관은 장우의 눈빛에 살기가 느껴지자 입을 다물었다.

덕분에 분위기가 매우 험악해졌다. 다들 침묵하며 장우를 따르는데 갑자기 뒤에서 '악' 하는 소리가 들렸다. 예민해져 있었기 때문에 모두가 고개를 뒤로 홱 돌렸다.

"아……으."

상이 주저앉아, 넘어질 때 다친 무릎을 문지르며 아파하는 것이 보였다.

"쯧쯧. 이렇게 허술해서야!"

그러자 군관이 장우에게 당한 화풀이를 하듯 신경질을 부렸다.

"계집을 이런 데 데려오는 게 아니었는데! 귀찮게 하는군!"

그 말에 상이 움찔거리며 억지로 몸을 일으키려 했다.

이를 본 기예단 사람들이 후다닥 다가가 상을 살폈다. 광두는 그녀가 많은 사람들 앞에서 무안당한 것을 감싸주려고 되레 큰 소리로 나무랐다.

"어이구. 평소에는 안 그러더니 왜 이리 덤벙거려!"

"언니. 일어날 수 있겠어?"

"응……. 괜찮아. 발목을 좀 접질린 거뿐이야."

"어쩌다가 그랬어. 누님답지 않게!"

첨도 군관의 눈치를 보면서 야단쳤다.

"잠깐 딴생각을 하다가 돌부리에 걸렸어."

그러자 금이 냉큼 주저앉아 등을 내밀었다.

"자, 업혀!"

"돼, 됐어."

"싸울 때를 대비해서 체력을 아껴 둬야지. 괜찮을 때까지 좀 업혀."

"됐어. 오라버니도 힘든데. 괜히 힘 빠지면 싸우지도 못해."

"날 어찌 보고! 업히래도!"

그렇게 실랑이를 하는데 금의 몸 위로 그림자가 드리워졌다.

모두들 말을 멈추고 금의 앞으로 다가온 인영을 바라보았다.

금이 고개를 앞으로 쳐들자 역광을 등지고 선 건장한 사내의 윤곽이 보였다. 곧게 편 그의 몸은 사내가 봐도 주눅이 들 정도로 바위처럼 단단하고 묵직해 보였다.

"조심하지 그랬느냐?"

장우와 눈이 마주친 상은 얼른 고개를 숙이고 차갑게 느껴질 만큼 짧게 대답했다.

"주의하겠습니다."

"일어날 수 있겠느냐?"

그러자 상은 입술을 꽉 깨물고 다리에 안간힘을 쓰며 고집스럽게 혼자 일어났다.

"……!"

갑자기 상의 몸이 하늘을 향해 누워 둥실 떠올랐다. 장우가 그녀를 안아 올렸기 때문이다.

"무, 무슨 짓입니까!"

"우리에겐 시간이 없다."

"놓아주십시오! 걸을 수 있습니다!"

상은 많은 사람들이 저를 보고 있는 것만으로도 얼굴이 터질 것처럼 붉어졌다.

이 많은 사람들 앞에서 사내의 팔에 안겨 가다니!

'좋았어! 생각보다 더 반응이 빠른데?'

노리고 있던 한 수가 심하게 제대로 먹혀 들어가, 속으로는 회심의 미소를 짓고 있었다. 그러나 겉으로는 죄송하고 민망해 죽겠다는 듯이 쩔쩔매고 있었다.

장우는 사람들의 시선도, 상의 몸부림도 신경 쓰지 않고 군관 앞으로 다가가며 상에게 물었다.

"말을 탈 줄 아느냐?"

"예? 예……."

그러자 장우가 군관을 노려보며 말했다.

"내리시게."

"뭐, 뭐라?"

"이 사람을 잃을 순 없다."

"……!"

이번에는 상이 진심으로 놀랐다. 이런 반응은 생각해 본 적이 없었다.

'뭐 이렇게 직설적이야? 말하는 게 참 요령이 없네. 설레게!'

물론 장우가 한 말은 그런 간질간질한 뜻에서 한 말은 아니었다. 전력 상 손실을 말하는 것이었고 상도 알아듣기는 했다.

하지만 그 말을 듣는 순간은 상 외에 모든 사람들도 가슴이 철렁할 만큼 놀라긴 했었다. 무뚝뚝한 사내가 여인을 챙기며 잃을 수 없다고 말하는데 고백으로 들리는 게 당연하지 않나.

"무, 무슨 말인가! 그깟 계집 하나를 데려가겠다고……!"

"이깟 계집이 자네보다 더 쓸 만하니 어쩌겠는가. 내려라. 어서!"

군관은 계집보다 못하다는 비교에 목까지 시뻘게졌다. 그는 목에 핏대를 세우며 씩씩거렸다.

"같은 무인으로서 어찌 그런 소리를 할 수 있단 말인가!"

"같은 무인이라니? 어디서 그런 망발을 지껄이는가? 무인이란 자가 저보다 연약한 여인이 다쳤는데 말에 올라타 호통이나 치다니! 비겁하기 짝이 없는 자와 같은 무인이라는 것이 더 수치스럽다!"

장우의 신랄한 꾸짖음에 일순 삼엄한 침묵이 감돌았다. 다들 숨 쉬기조차 힘들 만큼 장우와 군관의 눈치를 살폈다. 군관은 입을 벙긋거렸지만 할 말이 없는지 목소리가 나오지 않았다.

이 중에 단 한 사람, 상만이 다른 의미로 숨을 쉴 수가 없었다.

'아……. 어쩜 좋아. 이 사람, 진짜잖아. 이러면 나 진짜 넘어가는데. 미치겠네.'

상은 쉴 새 없이 뛰는 심장 때문에 숨을 쉴 수가 없었다.

옥사의 하루는 노동으로 시작했다. 죄인들은 일을 해야만 아침 식사를 할 수 있었다. 식사라고 해봐야 거친 잡곡 주먹밥이 다였다. 가끔 특식으로 주먹밥 안에 잡고기 한 조각이 들어 있거나 고기 국물이 나오긴 했지만 그런 경우는 드물었다. 보통은 집에서 사식을 넣어줄 형편이 안 되기 때문에 주는 밥으로 배를 채우는 것도 힘들 정도였다.

"아이고……. 벌써부터 날이 푹푹 찌는구나."

관청 여기저기 보수공사나 농사일에 끌려갔다 온 죄수들의 지친 걸음은 땅이 파일 정도로 무거웠다. 하지만 그들을 기다리고 있는, 소박하지만 배를 채워 줄 식사를 생각하면 한시바삐 옥방으로 들어가고 싶은 심정이었다. 평소라면 허기를 달래 줄 고마운 한 끼. 기쁜 마음으로 안으로 들어가던 죄수들의 걸음이 우뚝 멈추었다. 그들은 흔들리는 눈동자로 무호가 있는 옥방을 바라보았다.

어젯밤 푹신해 보이는 침상을 놓았던 무호의 방에 이제는 긴 식탁이 놓였다. 침상과 식탁이 들어가 있으니 십 수 명이 뒤엉켜 자던 방이 매우 좁아 보였다. 거기까지는 그래, 뭐 침상도 놓았는데 식탁이 대수일까 싶지만 죄수들의 눈에 절망과 질시가 담긴 것은 그래서가 아니었다. 식탁 위에 가득한 기름진 음식이 그들의 조촐하지만 소중한 식사를 쓰레기처럼 만들어놓았기 때문이다.

"뱀 대신 장어탕을 끓였습니다. 어떠십니까?"

이른 아침 무호는 오문을 볼 핑계로 요리를 해오라 명했다. 덕분에 이번에도 옥졸들은 무호와 군수 사이를 오가며 쩔쩔매느라 진땀을 빼야 했다.

"국물이 진하고 고소하군."

"그렇죠? 하나도 비리지 않죠?"

"잘했다."

그러면서 무호는 장어탕을 밀어놓고 가지 볶음만 집어 먹었다.

"근데 왜 그만 드십니까? 좀 더 드십시오."

오문은 살겠다고 몸부림치는 장어를 고아 내느라 무척 고생스러웠기 때문에 무호가 장어를 겨우 한두 번 먹고 말자 서운했다.

"여기 갇혀서 하는 일도 없는데 장어를 먹으면 곤란하지 않겠느냐?"

"왜요?"

"힘쓸 데가 없으니 남는 힘을 어쩌란 말이냐?"

오문은 고개를 갸웃했다. 사내들은 장어를 먹으면 호랑이 기운이 솟아

나는 것처럼 말하는데, 저는 먹어도 별로 힘이 세지는 것 같지 않았기 때문이다. 무호가 장어탕이 먹기 싫어서 괜한 핑계를 대는 것 같아 오문은 입을 삐죽거리고는 부서진 창살을 쳐다보며 말했다.

"힘쓸 데가 없긴 왜 없습니까. 어젯밤에도 한바탕하셨던데."

"저런 건 힘을 썼다고 하는 게 아니다. 저건 그냥 건드린 것이다."

오문은 무호의 허세에 피식 웃었다.

"그럼 장어 먹고 솟아난 힘은 어느 정도 됩니까?"

무호는 오문이 아무것도 모르고 순진한 표정으로 묻는 것이 귀엽기도 하고 저를 가소롭게 여기는 것이 괘씸하기도 해서 놀려주고 싶었다.

"장어를 먹고 힘을 쓰는 것을 보고 싶으냐? 그게 보고 싶다면 이 장어다 먹어주마."

"무슨 큰일이라도 벌이실 것처럼 말씀하십니다? 제가 겁먹을 이유가 있겠습니까?"

"물론 네가 단단히 각오를 해야지."

"제가 왜요?"

"그러니까 그걸 확인해 보고 싶으면 내가 이 장어를 다 먹어주겠다지 않느냐."

무호의 능글맞은 웃음을 보니 오문은 슬금슬금 불안감이 엄습했다.

"돼, 됐습니다. 뭔진 잘 모르겠지만 제가 감당해야 하는 거라면 그만두시는 게 좋겠습니다."

"네가 감당해야 할 건 맞다만 과연 싫기만 할까?"

무호가 얄궂은 눈을 하고 잡아먹을 것처럼 오문의 얼굴을 쳐다보았다. 오문은 마치 육식동물 앞에 선 토끼가 된 기분을 느꼈다. 그러면서 무호가 무슨 말을 하는지 본능적으로 깨달았다.

"시, 싫습니다! 그런 데다가 힘쓸 거면 드시지 마십시오!"

무호는 매우 의심스러운 눈길로 오문을 살펴보았다.

"몽정도 모르는 녀석이 어찌 알아들었나, 모르겠군."

"할 일도 없으신데 괜히 기름진 음식 드시면 소화만 안 됩니다. 이건 그냥 제가 먹을 테니, 여기 가지 볶음이랑 향채무침만 드시는 게 좋겠습니다."

밖에서 두 사람의 이야기를 듣던 죄수들은 어젯밤 본 무호의 괴력을 잊을 만큼 분노했다. 정작 진짜 힘을 써야 할 저희들은 조 껍데기나 씹어야 하는데 누굴 놀리는 것도 아니고 옥사에서 장어탕이 웬 말이란 말인가!

"거, 힘쓸 일이 없으시면 우리라도 좀 먹읍시다."

결국 참지 못한 누군가가 시비조로 불만을 터트렸다.

무호가 그 면상을 가만 보니 어제 본 그 도끼라는 자는 아니었다. 도끼는 어제 호되게 당한 후로 저 뒤에 숨어서 무호와 눈도 마주치지 못하고 쪼그러져 있었다.

"죄수들이 그런 호사를 누릴 수야 없지."

무호의 단호한 거절에 이번에는 대다수의 죄수들이 발끈했다.

"그러는 공자님은 죄인 아니오!"

"말 나온 김에 물읍시다. 도대체 어찌 이리 당당하십니까!"

흥분한 죄수들 앞에서 무호는 한쪽 팔을 턱에 괴고 느긋한 음성으로 말했다.

"난 죄가 없다."

당연히 사람들은 더욱 들끓어 올랐다.

"하! 그리 말하면 여기서 죄 지은 사람이 누가 있단 말이오!"

"맞소! 억울하지 않은 사람이 있으면 나와 보라지!"

"도대체 무슨 죄목으로 여기 들어왔나 그걸 묻는 게 아닙니까! 예? 들어나 봅시다. 무슨 죄로 들어오면 그리 제멋대로 할 수 있는지 들어나 보자고요!"

무호는 그들 모두의 귀에 똑똑히 들리도록 또박또박하게, 그러나 높낮이 없는 음성으로 대수롭지 않게 말했다.

"약탈, 살인."

"……."

죄의식이라고는 없는 그 말투를 듣고 다들 그 사악함에 치가 떨리는지 입을 벌리고 말을 잇지 못했다. 게다가 그게 끝이 아니었다.

"태자 사칭 죄."

"……!"

듣는 사람들이 가슴이 철렁할 만큼 무서운 죄목이었다. 그런 대역죄를 짓고서 옥에서 신선놀음이라니, 그 죄를 모를 때보다 더 경악스럽고 이해가 가지 않았다.

"물론 나는 죄가 없다."

뻔뻔하기가 이루 말할 수 없는, 아무리 생각해도 가문의 세를 믿고 제멋대로 살아온 그런 악랄한 공자임이 분명했다.

"도대체 공자님은 뭘 믿고 그리 당당하시오! 공자님 뒷배가 얼마나 대단하면 그런 죄를 짓고도 철면피가 될 수 있습니까!"

"내 아버지가 힘을 좀 쓰신다."

"그 잘난 아버지가 누구신데 공자님을 이리 막나가는 분으로 키우셨습니까!"

"키우다니? 내가 스스로 큰 것이다."

듣고 있던 오문이 한숨을 푹 내쉬며 투덜거렸다.

"지금 그게 중요한 게 아니지 않습니까. 그냥 말씀해 주십시오."

"말한다고 믿겠느냐? 괜히 미친놈 취급이나 받겠지."

"그거야 지금도 그렇게……. 아, 아니. 그게 아니라, 뭐 원래 그런 거 신경 쓰시는 분은 아니지 않습니까."

"나는 네 생각보다 훨씬 섬세한 사람이다."

"예. 예. 오죽하시겠습니까. 이 나라 태자 전하 되시는 분이 범인과 같을 리가 없지요. 다 이해합니다. 아버지를 황제로 두신 분이시니 어찌 섬세하지 않을 수 있겠습니까."

답답했던 오문이 제 입으로 전부 말해 버렸다.

그 말의 여파는 천천히 퍼져 나갔다. 불같이 일던 죄수들의 분노는 오문의 말을 여러 번 곱씹으며 서서히 식어 갔다.

"거, 거짓말……!"

"그, 그럴 리가, 전하께서 여기 계실 리가 없잖아……."

"그, 그래. 소문에 전하는 무척 강하시고……."

사람들은 저도 모르게 어젯밤 무호가 한 발로 부숴놓은 창살을 바라보았다.

"또, 계집이 울고 갈 만큼 잘생기신 분이라고……."

창살을 보던 사람들이 고개를 돌려 남심을 흔들어놓을 정도로 아름다운 무호의 얼굴을 바라보았다. 반신반의하면서도 그들의 안색은 점점 하얗게 질려 갔다.

어째서 군수가 저 미친놈의 말을 전부 들어주었는지, 그의 호화로운 수감 생활이 이해가 되기 시작했다.

군수 역시 그들과 같은 심정이었을 것이다.

'가짜라도 대단한 놈이고, 진짜라면…… 우린 다 죽은 목숨이다!'

"저, 정말 태자 전하이십니까?"

대부분의 백성들은 매우 순진했다. 누가 감히 태자를 사칭하겠는가. 그런 생각을 하고 있으니 태자를 사칭한 산적들에게 물건을 뺏기고도 관에 신고조차 못한 이들이 수두룩했다. 국가의 중대사를 위해 태자께서 빌려 가신 것이라 생각하고 비밀에 부치는 것이다.

더군다나 지금 태자는 오는 길에 벌인 온갖 기행으로 백성들에게 인기가 높을 때였다. 그가 하는 일이라면 이유가 있을 것이다. 본래 과감하게 일을 진행하시니 필시 무슨 큰일을 하시느라 백성들의 것을 빌리시는 것이리라. 산적 같은 행사가 느껴지긴 하지만 이도 작전의 일부일 것이다.

그렇게 생각한 이들이 많았다는 것이다. 그래서 지금 저희들에게 물은 자도 진짜 태자가 맞을 것이라는 기대를 품고 있는 듯했다.

오문은 고개를 저으며 혀를 찼다. 보통은 여기 이렇게 태자를 사칭하며 옥에 갇혀 있으면 미친놈으로 보거나 대역 죄인으로 보는 것이 옳았다.

'이렇게 순진들 하시니 죄를 짓고 잡혀 오는 겁니다.'

약은 자들은 처신도 잘했다. 그들은 더 큰 죄를 짓고도 법을 비켜가 처벌받지 않는다. 물론 이들 중에서도 정말 악랄한 범죄자도 있었으나 그들은 일부였다.

"이분은 진짜 태자 전하가 맞으십니다. 오해가 있어 잠깐 예 머무르는 것이지요."

무호 대신 오문이 설명했다.

무호는 그런 설명을 한다는 것 자체를 구차하게 느끼고 있었다.

"그…… 어, 어떻게 그걸 믿을 수가……."

누군가 그래도 믿기 어렵다고 침을 꿀꺽 삼키며 말하자 무호가 퉁명스럽게 말했다.

"네놈들의 믿음 따위는 내 알 바 아니다."

믿든 말든 알아서 하라는 말을 참으로 재수 없게 했다. 그랬더니 죄수들이 웅성거리기 시작했다.

"저리 거만한 투로 말씀하시는 걸 보니 진짜 태자 전하이신가 봐."

"그래. 소문에 사람들 말을 그렇게 무시한다지 않아."

"맞아. 맞아. 제 위에 아무도 없는 것처럼 예의도 모르고 막말을 그렇게 잘한다잖아."

어째 그런 건 소문이 그렇게 잘 날까. 작게 속닥거린다고 하는데도 너무 잘 들려서 오문은 힐끗 태자를 바라보았다. 제가 들었으면 태자도 들었을 것이다. 귀가 밝은 분이니.

하지만 태자는 아무것도 못 들은 듯한 표정으로 가지 볶음만 열심히 집어 먹고 있었다.

"왜 못 들은 척하시는 겁니까?"

"백성들은 황실을 욕할 자격과 의무가 있다. 못 들은 척하는 게 맞다."

태자는 역시나 제가 듣고 싶은 말만 듣고, 듣고 싶은 대로 듣는 편리한 두뇌를 갖고 계신 것이 맞았다. 저들이 언제 황실을 욕했단 말인가. 태자를 욕했지.

그리고,

"대범한 척하지 마십시오. 지난번에는 단왕부의 세자보다 못하시다는 말에 발끈하지 않으셨습니까?"

알고 보면 자기 욕에 관대한 사람도 아니었다.

"누구든 비교를 당하면 기분이 나쁜 법이다. 그러는 너는 그…… 상이라고 했나? 아무튼 상과 비교하면 기분이 좋겠느냐?"

"거기서 상 언니 얘기는 왜 나옵니까!"

태자는 상의 성숙한 여인의 모습 전부와 오문의 어린아이 같은 면모를 두고 한 말이었으나 오문이 듣기에는 그것은 가슴과 키를 비교하는 말로 들렸다.

"갑자기 단유천을 끌어들인 건 너다!"

누가 먼저 시작했는지는 중요하지 않았다.

"저는 사실을 얘기한 것뿐입니다. 전하께서 먼저 그렇게 속과 겉이 다른 듯이 말씀하시니 증거를 댄 것뿐이지요. 그런데 어째서 전하는 저같이 어리고 여린 계집을 상대로 인신공격을 하시는 겁니까!"

어리고 여리다는 말에서부터 무호는 이미 말 같지 않은 소리로 들렸으나 그것은 그냥 넘어가 주기로 했다.

"인신공격이라니?"

"상 언니와 저를 비교하신 건 엄연히 인신공격입니다. 사람마다 다 취향이라는 게 있는 겁니다. 저도 제 나름대로 예쁘고 귀여운 맛이 있습니다."

"네 입으로 말한 것처럼, 너는 충분히 매력적이고 사랑스럽다!"

부끄러움을 모르는 두 사람의 대화는 죄수들과 옥졸들의 입에서 무거운 한숨이 나오게 했다.

무호의 갑작스러운 칭찬에 어안이 벙벙해진 오문은 얼굴이 붉어질 틈도 없었다.

"사, 사, 사랑스럽……. 뭐, 그, 그렇게까지 많이 예쁘다는 게 아니라……."

"너만의 매력과 사랑스러운 면모가 있으니 자신감을 가져도 좋다."

잠깐 말을 멈추고 태자를 뚫어져라 쳐다보던 오문은 이 낯 뜨거운 순간을 벗어나기 위해 애썼다. 제가 무슨 말을 하려다가 여기까지 왔을까를 억지로 생각하며 '사랑스럽다'는 단어를 밀어낸 오문이 버벅거리며 말했다.

"제, 제가 좀 저만의 매력 뭐, 그런 면이 있긴 하지요. 아니, 그게 중요한 게 아니라 그러니까…… 꼬, 꼭 가슴이 크고 호리호리한 여인만이 아름답다 할 수는 없는 거 아닙니까!"

무호는 오문이 또 가슴에 집착하고 있음을 깨닫고 혀를 찼다.

"쯧쯧. 내가 전에부터 말했다만 너는 그 머리가 문제다. 가슴이 아니라 머릿속을 성숙하게 만들라고 몇 번이나 말했느냐? 이런 말을 사내 앞에서 함부로 한다는 것 자체가 네가 상보다 성숙하지 못했다는 증거니라."

오문은 태자의 말에 크게 반박했다.

"성인군자 같은 말씀을 하시지만 실은 계집에게 동하지 않는 분이신 건 아니십니까?"

"뭐?"

오문은 실눈을 뜨고 은근한 목소리로 무호를 떠보기 시작했다.

"흐음— 아무래도 이상해서 말입니다. 창관에서도 그렇고……. 군 생활을 오래 하셔서 쌓인 것도 많으실 텐데. 제가 사내를 잘 모르지만 요릿집에 드나드는 사내분들에게 들은 건 많아서 말입니다."

"한 번만 더 헛소리를 지껄이면 후회하게 해주마."

"옥에 계신 분이 누구신지 잘 생각해 보십시오. 옥살이를 하시면서 큰소리 칠 입장은 아니시지 않습니까? 아! 혹시 장어를 거부하시는 게……."

오문은 무호에게 가까이 다가가 옆방의 죄수들을 힐끗 보며 귓가에 속삭였다.

"힘쓸 일이 너무 많으실 것 같아서 겁이 나시는 겁니까? 병영에서처럼 말입니다."

그 말을 들은 무호의 눈이 가는 초승달처럼 휘어졌다.

얼핏 웃고 있는 듯했지만 따끔따끔한 살기가 오문을 찔러 대고 있었다. 위기감을 느낀 오문이 뒤로 물러났다. 아니, 뒤로 물러나려 했다.

"헉!"

무호가 오문의 허리를 붙잡고 끌어당겨 버렸다. 그것도 아주 억세고 강한 힘으로.

놀란 오문이 도망가려는데 조그만 오문의 몸은 무호의 한 팔로 제압당하기에 충분했다.

"내가 병영에서 무슨 일을 당했는지 네가 직접 느끼게 해주지!"

"아, 안 그래도 됩……!"

오문은 귀에 닿는 촉촉하고 뜨거운 감촉에 놀라 말을 멈추었다. 그리고 이내 덮쳐 오는 뜨끔한 아픔에 펄쩍 뛰어오르며 비명을 질렀다.

"아악!"

물론 실제로는 뛰어오르지도 못하고 무호에게 꽉 잡혀 있을 뿐이었다.

무호는 오문의 귀를 잘근잘근 깨물고 있었다. 피가 날 정도로 세게 깨문 것도 아닌데 오문은 생소한 아픔에 놀란 것 같았다.

"아, 아파요! 그만! 악! 잘못했어요! 안 그럴게요!"

안 그래도 너무 아파하는 것 같아 놓아주려던 무호는 오문이 제 가슴팍을 손으로 팡팡 치며 사정하자 매우 흐뭇하게 입술을 떼며 짓궂은 음성으로 물었다.

"기분이 어떠냐?"

"어우. 아파요……."

"옥사에서 사내들과 또 이러고 있길 바라는 게냐?"

"설마 이렇게 세게 깨물었을까!"

"물론 그렇진 않았다. 하지만 이것보다 더 불쾌했지. 차라리 깨무는 게 나을 것이다."

귀를 깨물리는 것보다 더 기분 나쁜 일이라니, 오문은 제가 당하게 될 게 뻔한데도 호기심이 일었다.

"워, 원래는 어떻게 했는데요?"

"당해 보고 싶으냐?"

"아니……. 그냥 조금 궁금해서요."

"궁금한 걸 참으면 병이 된다니……. 할 수 없지."

무호는 벌겋게 부어오른 오문의 귀에 다시 입술을 갖다 댔다. 뜨거운 숨결이 귓속으로 파고들자 오문은 간지러운 듯 어깨를 움츠렸다. 움찔거리는 것이 귀여워 싱긋 웃다가 아픔을 달래 주듯 그녀의 귓불을 살살 베어 물었다.

"흡!"

오문은 간지럽고 놀라서 숨을 들이켰으나 곧 따갑던 귓불이 따뜻해지는 것 같고 그렇게 싫지 않은 느낌이 귓불에서부터 서서히 번져 갔다.

태자의 입술이 오물거릴 때마다 발끝이 저릿한 것이 입맞춤을 했을 때보다 더 기분 좋은 뜨거움이 목덜미를 물들였다.

"히익!"

갑자기 태자의 숨결이 귓속 깊숙이 파고들었다. 오문은 크게 놀라 그의 무릎 위에서 엉덩이를 들썩이며 큰 소리를 냈다.

"어떠냐? 좋으냐? 난 이 짓을 사내들에게 당했다. 내가 즐길 수 있었겠느냐?"

오문은 무호의 입장 따위를 생각할 정신이 없었다.

"조, 조, 좋을 리가 있겠습니까!"

좋았다. 방금 건 너무 놀랐지만, 뭐랄까, 그것도 그렇게 기분 나쁜 그런 건 아니었다. 오히려 너무 강렬한…….

'쾌감!'

오문은 문득 떠오른 단어에 스스로가 한심하고 부끄러워 미칠 것 같았다.

무호는 오문이 그런 생각까지 하고 있는 줄은 몰랐지만 의외로 이런 짓을 싫어하는 것 같지 않아 골려주는 중이었다.

"좋아하는 것 같았는데?"

"더, 더럽게 왜 남의 귀에 침을 바르고 그러십니까!"

강한 부정을 하다 보니 저도 모르게 말이 너무 과하게 튀어나갔다.

"더럽다니!"

"뭐……. 침을 발랐는데 깨끗하다고는……."

"내 침이 네 귀보다는 더 깨끗할 것이다!"

"무슨 그런 말씀을 다 하십니까! 제가 얼마나 깨끗한지 아십니까!"

"잘 씻지도 않는 녀석이!"

"잘 씻지도 않는 제가 만든 요리를 전하의 혀가 아주 좋아하지 않습니까!"

다시 시작된 유치한 싸움에 옥사 안팎의 사람들이 괴로움에 몸부림을 쳤다. 무호가 오문을 끌어안고 귀를 깨물 때부터 지켜보던 사람들의 표정이 경악에 물들었으니 지금 꼴은 도저히 눈 뜨고 봐줄 수 없는 지경이었다.

여기가 저희들끼리만 있는 그런 곳이 아니지 않나!

설사 진짜 태자라 해도, 아무 데서나 아무 여인을 안아도 흉이 아닌 태자라 해도 이렇게 몸도 마음도 지쳐 있는 절망적인 사람들 앞에서 해선 안 될 꽁냥질 아닌가!

차마 입 밖으로 뱉지 못한 짜증에 몸을 배배 꼬고 귀를 막고 가슴을 치며 눈을 감고 고개를 흔들었다.

"예! 알겠습니다. 진짜 태자 전하 맞으시지요! 예. 믿어드리겠습니다!"

가장 참을성 없는 자, 그리고 어차피 죽을 거라 눈에 뵈는 게 없는 사형수가 소리쳤다.

덕분에 무호와 오문의 다툼이 멈추었다.

"진짜 태자 전하이시면 우리들 억울함도 좀 풀어주십시오!"

"예! 같이 억울한 누명을 쓰고 옥살이하는 처지 아닙니까! 저희들을 살펴주십시오!"

여기저기서 아우성을 쳤다.

그러자 무호는 예의 그 차가운 표정으로 가차 없이 말했다.

"같이라니? 나를 네놈들과 동일시하지 마라."

장우와 상은 말을 나란히 달렸다.

상은 앞만 보고 말을 타고 있었으나 실은 온통 장우에게만 신경이 쏠려 있었다.

반면 장우는 더 많은 것을 보고 듣고 마음 쓰고 있느라 혼란스러웠다.

군청을 떠난 지 오늘로 사흘째다. 장우는 태자와 함께 서강에 있을 때 추격 임무를 더 많이 해왔다. 그렇기 때문에 장우의 여러 가지 감과 정황에 따르면 지금쯤 이 부근 어딘가에서 산적들을 한 무리라도 만났어야 했다.

딱히 태자가 걱정돼서 초조하거나 한 건 아니었다. 이왕 옥에 갇혔으니 기간을 꽉꽉 채워 최대한 오래 가두고 싶었기 때문이다.

지금 장우의 걱정은 그게 아니었다. 그의 신경이 너무 분산되어 있다는 것이 문제였다. 발목을 접질린 상의 상태가 신경 쓰이고 한마디도 하지 않고 저를 본 척도 않는 상의 태도도 너무나 거슬렸다. 말을 타고 이동할 때 외에 상은 제 옆에 오지도 않았다. 아니, 올 때가 있긴 했다.

상인으로 위장한 관군들은 일부러 식사 때마다 불을 피워 산적들을 유인하는 중이었다. 식사를 도맡은 이들이 백골기예단이었기에 제게 음식 그릇을 나눠 줄 때는 어쩔 수 없이 마주해야 했다.

그럴 때마다 상은 실수로라도 손이 부딪치거나 눈이 마주치지 않게 조심해서 장우의 속을 뒤집어놓았다.

생각보다 음식 맛은 나쁘지 않았다. 그렇다고 좋은 것도 아니지만 먹을 만하다는 게 중요했다. 잘 먹었다, 먹을 만하다, 칭찬을 건네려 해도 먼저 물어보지 않으니 제가 나서기도 이상하지 않은가. 음식을 했으면 어떠시냐, 물어보는 게 당연한 게 아닌가? 오문은 늘 그리했다.

상은 지나치게 저를 피하기 급급해서 부자연스러워 보였다.

「두 번 다시 얼굴을 보이지도, 눈앞에 제 옷자락 하나 나타나지 않도록 주의, 또 주의하겠습니다.」

그 말을 너무 충실하게 지키는 탓에 오히려 제가 더 신경 쓰게 만들고 있지 않나. 제가 언제 그렇게까지 하라고 했단 말인가. 생각할수록 억울하고 부끄러운 일이었다.

"발은 좀 어떠냐?"

결국 견디지 못한 장우가 물었다.

"많이 좋아졌습니다."

상은 속으로 회심의 미소를 짓고 있었다. 일부러 다리를 접질렸던 것은 신의 한수였다. 설마 이게 이 사람한테 이렇게까지 잘 먹힐 줄 몰랐다. 적당히 관심을 끌어 보려고 했는데 그 이상이었다.

게다가 제가 해준 음식, 비록 혼자 한 것은 아니지만 제가 건넨 음식 그릇을 싹 비워 올 때면 내색은 안 했지만 어찌나 기분이 좋은지, 심장이 쫄깃해졌다. 무언가 할 말이 있는 듯 잠시 잠깐 머뭇거리기까지 하는데 언제쯤 말을 건넬 것인가 저 역시 조바심 나게 기다렸었다. 지금 상의 가슴속에는 불꽃이 피어나고 있었다.

"다행이구나. 하면 이제 말에서 내리거라."

"……!"

이것은 상이 의도했던 것이 아니었다. 상은 놀란 눈으로 장우를 쳐다보았다.

조금 전만 해도 말은 없지만 다정하고 부드러운 표정으로 저를 보살펴주던 장우가 갑자기 싸늘한 표정으로 저를 보고 있었다.

심장이 철렁했다. 근데 더 미치겠는 건, 그런 장우의 모습마저도 좋다는 거였다.

'아, 이 오라버니 진짜 매력 쩌는구나.'

그러나 장우의 매력은 그게 다가 아니었다. 상을 더욱 미치게 만든 건 그 다음에 이어지는 말이었다.

"기마술을 배운 게 아니라면 내려라."

"……!"

"이제 시작인 듯하다. 내 옆에 꼭 붙어 있어라."

장우는 상이 그토록 찾아다녔던 진짜 상남자였던 것이다.

제 25 장

원기 회복

매우 조촐하지만 정갈하고 품위 있는 식탁 위로 두 사람의 젓가락이 몇 번 움직였다. 엄숙하게 느껴질 만큼 고요한 식탁이라 젓가락을 내려놓는 소리조차 유난히 크게 들렸다.

　아직 음식이 반이나 넘게 남았음에도 유현은 식사를 멈추고 일어났다.

　부인이 급히 따라 일어나며 물었다.

　"요즘 통 입맛이 없으십니다. 어디 편찮으신 것은 아니신지요?"

　유현의 부인은 군수가 된 후 하루하루 야위어 가는 부군 때문에 걱정이 많았다.

　"내가 언제는 음식 맛을 알았소? 별일 아니니 걱정 마시오."

　유현은 본래 혀를 사특하게 여기는 사람이었다. 식욕 역시 이성을 흐리는 인간의 욕망 중 하나이기에 맛을 탐하는 것을 싫어했다. 평생을 그리 살아온 탓인지 유현은 유독 먹는 행위를 등한시하는 경우가 많았고,

요즘처럼 신경 쓰는 일이 생기면 더욱 식욕이 떨어졌다.

늘 그래 왔음에도 요즘 따라 부인의 근심이 깊어진 것은 바로 무호 때문이었다. 유현은 군수가 된 이래로 이번처럼 골치 아픈 일은 겪어본 적이 없었다. 태자를 사칭한 산적 무리들만 생각하면 위장이 뒤틀리고 고민과 갈등으로 잠을 설치다 보니 본래 없던 입맛이 아예 뚝 떨어져 버린 것이다. 그것이 하루 이틀도 아니고 벌써 이레째니, 예순에 접어든 유현의 마른 몸은 금방이라도 쓰러질 듯 위태로워 보였다.

문을 나서는 유현의 뒷모습을 지켜보는 중년 부인의 눈가에 자글자글한 주름이 잡혔다. 마침내 군수의 모습이 보이지 않자, 늙은 집사가 조심스레 부인을 불렀다.

"저 마님."

"무슨 일인가?"

"일이 있는 것은 아니옵고, 저기 요즘 옥사에서 여러 말들이 들려오는데 그중에 오문이란 아이 이름이 자주 거론이 됩니다."

"옥사에 이상한 자들이 잡혀 왔다는 이야기는 들었다. 한데 오문이란 아이는 누구기에?"

"그 태자를 사칭한 자의 숙수라는 아이온데, 본래 황성에서 작은 국수집을 했던 국수 명인이라 합니다."

"그래? 특이한 아이구나. 어린데 벌써 명인이라니. 한데 그 얘기를 왜 내게 하는가."

"그것이, 그 아이가 태자라는 자의 옥바라지를 하고 있지 않겠습니까."

"하!"

옥바라지라니 어이없는 말이었다. 숙수가 누군지, 그런 것은 듣지 못했지만 사식을 많이 넣고 있다는 것은 들었다. 아니, 모를 수가 없었다.

원칙을 중요시하는 군수께서 그 식비를 사비로 모두 대고 있다고 했다. 제 곳간에서 나가는 재물을 안사람인 부인이 모를 수가 있겠는가.

즉, 옥바라지를 하는 건 제가 하는 것이나 다름없으니 코웃음이 날 정도였다.

"매일 사식을 가져오는데 국수뿐만 아니라 온갖 요리를 기가 막히게 맛있게 만들어낸답니다. 그 태자라는 자가 먹고 남긴 음식을 한 번이라도 맛본 옥졸은 더 먹고 싶어 못 견디고 매달릴 정도라지 뭡니까."

들을수록 황당해서 화가 날 지경이었다. 함께 잡혀 온 아이가 옥바라지를 한답시고 옥사 안팎을 제집처럼 드나드는 것도 말 같지 않은 소리거늘!

그래도 그런 것이야 군수께서 허락하셨으니 무슨 생각이 있으시겠지 싶어 모르는 척하고 있었다. 한데 옥졸들이 죄수와 함께 어울리다니 이 무슨 경을 칠 소리가 다 있나!

"다들 제정신이 아니구나! 대인께서 아시면 어쩌려고 그리 해이해졌단 말인가!"

부인이 노하는 것도 무리는 아니었다.

"그, 그건 그렇긴 합니다만, 요즘 대인께서 영 입맛이 없으시니, 그 아이를 시켜 몰래 음식을 해드리면 어떨까 해서 말입니다."

부인은 긴 한숨을 내쉬었다. 저도 그런 꼼수는 여러 번 해보았다. 잔치가 있는 날에는 유명한 요릿집 숙수를 불러 은근히 맛있고 특별한 음식을 드시게도 했지만 소용이 없었다. 제 부군은 미각이란 게 없는 사람처럼 먹는 데 취미가 없었다. 마흔 해 넘게 함께 살아왔지만 그가 좋아하는 음식도, 싫어하는 음식도 모르고 있으니, 자신이 부인의 자격이 없는 것처럼 한심하게 느껴질 때도 있었다.

"하아⋯⋯. 그건 너무 위험하네. 만약 그 아이가 나쁜 마음을 먹고 음식에 독이라도 타면 어쩐단 말인가. 게다가 부군께서는 단출한 음식만 드시는데 괜히 이것저것 차렸다가 혼쭐이 날 걸세."

"그래도 한 번 시도는 해봐야 하지 않을까 해서요. 이러다가 정말 쓰러지시겠습니다. 또 그 아이더러 평범한 음식을 내오라 하면 되지 않겠습니까. 원래 국수를 팔던 아이라 하니⋯⋯."

화려한 요리를 하는 아이는 아니니 주방을 맡겨 보는 게 어떻겠냐는 의견이었다.

"정체를 알 수 없는 나이 어린 계집의 솜씨가 뭐 그리 대단하겠느냐? 옥졸들이 음식 맛을 그리 잘 알 리도 없겠고, 대인께서는 유명한 숙수의 요리도 좋아하지 않으신 분이네."

"그렇긴 합니다만, 그 아이가 요즘 계속 장어 요리를 하는데 태자라는 자가 입도 대지 않아서 다른 이들이 나눠 먹고 있다 합니다. 그래서 안 먹어본 자가 거의 없고 다들 하나같이 칭찬하는 것이⋯⋯."

"장어?"

장어라는 말에 부인의 눈동자가 흔들렸다. 조금 전 비척거리며 걸어나가던 부군의 마른 어깨가 다시 떠올랐다.

"예. 어쩐 일인지 자꾸만 장어 요리만 한답니다. 장어탕에 장어구이에 장어튀김 등등⋯⋯."

"그 아이 어디 있느냐?"

부인이 갑자기 큰 흥미를 보였다.

그 시각 무호의 옥사는 늘 그렇지만 소란스러운 때를 맞이하고 있었다.

"대체 이게 무슨 짓이냐?"

무호는 매번 식탁에 올라오는 장어 요리 냄새에 질려 갔다. 물론 제대로 먹지는 않았다. 사실 장어 좀 먹는다고 제 몸이 뭐 얼마나 힘이 넘치겠는가. 그렇지 않아도 남아도는 힘이 미미하게 넘칠 뿐이었다.

하지만 이제 오기가 생긴다. 제가 안 먹으니 매일 장어를 가져온다. 이건 힘쓸 일이 없어 안 먹겠다는 말에 오문이 저를 괴롭히는 것이라 생각됐다. 이 좁은 옥사에서 주체하지 못하는 힘으로 괴로워하라는 것이 아니면 뭐란 말인가.

"옥살이하시느라 몸이 허해지실까 봐 특별히 준비한 건데 왜 자꾸 안 드시겠다는 겁니까?"

"고문일 뿐이다!"

"무슨 고문요? 드시고 싶으신데 참으시니 고문 아닙니까? 드세요. 어서! 드시라고요!"

오문은 태자가 말한 '힘쓸 데가 없다'의 의미를 충분히 알 것 같았다. 태자가 이런 곳에서 저에게 흑심을 품으면 곤란한 건 자신이었다. 그런데 어쩐지 저 같은 것이랑은 힘쓸 일이 없을 것 같다고 들리는 게 자존심 상했다.

언제까지 저를 애 취급 하느냐 말이다.

며칠 전의 장난도 그랬다. 저만 좋았단 말인가? 태자는 정말 아무렇지도 않았단 말인가?

저는 그날 밤 귓불에 남은 그의 감각에 밤새 몸서리를 치며 한숨도 자지 못했다. 그런데 그는 그저 아이에게 장난치듯 저를 깨물고 간질였을 뿐이었던 것 같다.

'지붕 위에서 입도 맞췄는데! 그것도 심폐소생술이었습니까!'

오히려 심장이 더 빨리 뛰는 것이었지, 죽어 있던 건 아니지 않나. 그건 분명히 제가 끌려서 입을 맞춘 것이다.

"제가 오늘도 장어탕을 얼마나 끓였는지 아십니까! 솥에 한가득 끓여놨습니다. 드실 때까지 계속할 겁니다!"

"그러니까 왜! 왜 그런 짓을 해!"

"장어가 싸서 많이 샀단 말입니다! 말려놓은 건 다 먹어야지요!"

무호는 개소리라는 말이 목구멍까지 올라왔지만 잘 삼켰다. 어쩐지 오문에게는 예전처럼 막말을 할 수가 없었다. 아무튼 제가 아무리 물가를 몰라도 장어는 싸다고 많이 살 수 있는 게 아니라는 것 정도는 잘 알고 있었다. 그리고 사놓는다고 이런 날씨에 썩지 않을 리도 없었다.

"솔직히 말하거라. 너 혹시 내가 안 먹을 걸 알면서 이러는 게지? 많이 해놓고 버리면 안 된다는 핑계로 다른 사람들 먹이려는 속셈이 아니더냐?"

"아, 아닙니다!"

그런 마음이 아주 없었다고 할 수 없었기에 오문은 정곡을 찔린 표정이었다.

"아닌데 왜 말을 더듬어! 내가 한 번은 그냥 속아 넘어가 줬다만 두 번은 못 참는다!"

역시나 태자가 그 난민들을 먹인 일에 대해 다 꿰뚫어 보고 있었던 것이다.

"못 참으시긴요, 며칠째 참으시더만요!"

오문은 입을 삐죽거리며 순순히 시인했다. 시인하지 않을 수가 있겠나.

며칠 만에 옥사의 죄수도, 옥문을 지키는 옥졸들도 푸석푸석하던 얼굴에 기름기가 돌고 있지 않나.

사실 처음부터 이러려던 것은 아니었다. 제가 처음 음식을 가져온 날 죄수들의 처량한 눈빛이 너무 마음에 걸렸던 것이다.

배를 곯은 사람들의 간절한 식욕.

그 견디기 힘든 본능의 욕구를 누구보다 잘 아는 오문이었다. 게다가 그들의 눈빛은 죄수라고 하기에는 그다지 악랄하지도 않았던 것이다.

오문은 살수집단에서 자라서인지, 아니면 하도 여기저기서 많은 사람들을 보고 자라서인지, 눈빛만 봐도 사람의 마음을 알 수 있었다. 전부 다라고는 할 수 없지만 태자나 무인, 그리고 살수들처럼 자신의 감정을 속 안으로 갈무리하는 법을 배운 자들이 아니고서야 열에 아홉은 눈에 다 드러났다. 그런 그들의 눈은 억울하다고 말하고 있었다. 가족들이 보고 싶고 아직도 분하고 또 어떤 이들은 절망에 차 있었다.

오문은 이런 옥사에 갇히는 백성들의 대다수가 누명이거나 민생을 저버린 관리들의 횡포가 원인이라는 걸 알고 있었다. 군수 유현은 법을 법대로만 행하는 철두철미한 냉혈한이었고 아마 그들의 숨은 속사정 같은 것은 들어줄 생각도 하지 않았을 것이다.

법대로만 처리한다면 관리가 왜 필요하겠는가. 황제가 원하는 것도 실은 국법을 바로 잡되, 백성들의 민심을 돌보라는 것일 테지만 유현은 법으로 질서를 잡은 것이 최고라 여기는 사람이었다. 물론 그 법대로 공평하게 행해 귀족들도 유현을 두려워했으나 국법상 같은 죄를 지었을 때 백성들의 벌이 더 무거운 것이 문제였다.

그래서 유현의 백성들은 모두 살얼음을 걸어 다니는 기분으로 숨죽이며 살아야 했다. 그나마 다행인 건 유현을 두려워하는 귀족과 관리들의 횡포가 다른 곳에 비해 적고 치안이 확실하긴 했다.

하지만 사람이 살다 보면 언성이 높아지고, 주먹이 오고 가고, 때로는 불행히 실수로 사람을 죽이게 되는 경우도 있었다. 본래 악한 사람이 아닌데, 너무나 원통한 일을 당해 법이 해결해 줄 수 없을 때 복수를 하는 사람도 있고, 더러운 세상을 등지고 살겠다고 발버둥 치다가 원치 않게 더 나쁜 길로 빠져드는 경우도 있었다.

"해도 해도 너무한 처사 아닙니까. 저는 속았을 뿐입니다. 저를 속인 더 큰 도적놈들은 증거가 없다고 풀려났는데 시킨 대로 한 저는 이리 잡혀 왔습니다."

"제가 노름을 하긴 했습니다만 그날 처음 한 것이었습니다. 판돈이 그리 큰 줄도 모르고 갔다가 영문도 모르고 잡혀 왔는데 노름꾼으로 태형을 받게 되었습니다. 한참 농사철 아닙니까. 이리 잡혀 온 것도 그렇지만 태형으로 몸이 상하면 일은 어찌합니까."

딱한 사람들이 한둘이 아니었다.

오문은 이곳이 아니어도 그런 사람들을 많이 봐왔다. 그리고 그렇게 잡혀 온 사람들 대부분이 벌을 받는 것은 당연했다. 그들이 죄인이 아니라는 게 아니었다. 오문이 보기에는 유현의 처사가 너무 과했다.

보통 죄질이 매우 사악하거나 대역 죄인이 아닌 이상 정상참작이라는 것으로 죄인의 딱한 처지를 감안해 벌을 감형해 주고 있었다. 유현은 그런 인정과 피치 못할 사정 등 감정의 호소를 깡그리 무시했다. 살인은 살인, 도적질은 신 한 짝을 훔쳐도 도적질, 폭행은 쌍방 합의를 무시하고 폭행. 모든 것이 그런 식이었던 것이다.

그들은 태자를 사칭하고 들어왔다는 자신들을 두려워하면서도 지푸라기라도 잡는 심정으로 매달렸다. 그러나 태자는 그래 봤자 죄수들이라며 유현과 별반 다르지 않은 태도로 그들의 청을 무시했다. 오문은 냉정한 태자가 도와주지 않는 것을 보고 그들의 허한 배 속이라도 따뜻하게 채워 주고 싶었던 것이다.

"정도껏 하거라. 네 처지도 썩 나은 것은 아니니."

태자는 제 주제도 모르고 사람들을 거둬 먹이는 오문에게 따끔하게 경고했다.

"저, 저야 뭐 전하께서 계신데 뭐가 걱정이란 말입니까?"

"그런 믿음은 아주 훌륭한 자세다."

"전하야말로 대단하십니다. 어찌 이런 데서 이렇게 느긋하게 계실 수 있는지 존경스럽습니다."

오문은 진심으로 감탄하며 빈정거리지 않았다. 아무리 옥방 하나를 차지했다지만 태자라는 고귀한 분이 더러운 옥사에서 며칠이나 지내기가 쉬울 리가 없었다. 게다가 자칫 목이 떨어질지도 모르는 상황에 웬만한 정신력이 아니고서는 이렇게 태연하고 편안하게 보낼 수가 없지 않나.

"이보다 더 좁은 옥에도 갇혀 보았다. 개밥을 먹으면서 말이지."

무호는 군영에서도 옥에 갇혔을 때 병영에서 지내는 것보다 편안했었다. 그런데 지금은 그때에 비해서도 천국이었다. 옥사 동지들이 제 옆에 오지 않고 숨죽여 지내니 독방에 갇혔을 때와 똑같은 느낌이었다.

옥졸들에게 부탁해 책을 읽거나 편안한 자세로 잠을 자거나 조금 찌뿌듯하다 싶으면 일어나서 부러진 창살을 목검 삼아 몸을 풀곤 했다. 심지어 옆방 죄수들이 청소까지 도맡아 해주었다.

안마를 하겠다고 달려든 놈의 손목을 꺾은 뒤로 귀찮게 하는 놈도 없으니 얼마나 좋은가. 먹고 자고, 아무 생각도 안 해도 되고 멀리 이동하지 않아도 되니 아주 편안했다. 잔소리하는 영춘도, 자꾸만 뭔가 시키지 못해 안달인 황제도 없다. 오문을 불러다 함께 식사나 하고 담소나 누리면 되니 천국이다.

　오문은 무호가 콧대를 치켜세우며 당당해하자 한심하다는 듯한 눈빛으로 말했다.

　"옥사가 익숙하신 건 자랑스러워하실 만한 게 아닙니다."

　오문의 질책에도 무호는 떳떳해했다.

　"가끔 이렇게 요양을 할 때도 있어야 한다."

　"옥사는 요양을 하는 곳이 아닙니다. 죄를 뉘우치고 반성하는 곳이지요."

　"글쎄다. 내 눈에는 죄를 뉘우치고 반성하는 작자가 보이지 않는구나."

　"그중 누가 젤 심한지 생각해 보시지요."

　"이왕 이렇게 됐으니 너도 그냥 마음 편히 놀도록 해라."

　"어찌 그리 마음이 편하실 수 있습니까? 친위대장님이 며칠이나 소식이 없는데 우리 목을 간수하려면 정신을 바짝 차려야지요."

　"닥치면 생각하겠다."

　"후……. 친위대장님은 그렇다 치고 왜 호위님이 이렇게 안 오십니까. 정말 무슨 사달이 난 게 아닐까요?"

　"글쎄. 네가 생각하는 것만큼 그리 나약한 녀석이 아니래도."

　저는 그리 나약한 녀석이 아니었다. 한데 지금 제 꼴을 보면 그런 것은 변명에 지나지 않았다.

　영춘은 억울했다. 바로 어제, 그들을 만나지 않았다면 이렇게 되지 않았을 것이다.

산을 내려오는 한 무리의 사람들이 태자 전하를 만났다고 저희들끼리 흥분을 감추지 못하고 떠들썩했다. 영춘은 반가운 마음에 그들에게 물어 한달음에 달려갔다.

"전하! 태자 전하! 저 영춘입니다! 영춘이 왔습니다! 전하!"

그런데 그렇게 앞뒤 가리지 않고 뛰어간 것이 저의 크나큰 실수라는 것을 깨달았다.

돌아서는 태자의 얼굴이 제가 알던 태자가 아니라는 걸 느끼는 순간 영춘은 너무 혼란스러워서 일순 무슨 행동을 해야 할지, 제 눈을 의심하며 우뚝 멈춰 섰다.

멍한 시간은 실제로는 눈 깜짝할 새였던 것 같다.

상황 파악이 안 되고 있던 영춘과 달리, 놈들은 모든 것을 알고 있는 자들이었다. 그들은 '영춘'이라는 이름을 듣는 순간 가슴이 철렁했고 영춘의 놀라고 황당한 눈을 마주한 순간 확신했다.

'다른 영춘이다!'

요즘 여기저기에서 태자를 사칭한 놈들이 많아졌는데 영춘을 여기서 보게 됐다는 건 지난번 모 산채 하나가 다른 놈들에게 쓸린 것과 무관하지 않은 것 같았다. 산채를 쓸어버린 놈들이 관청에 갇혔는데, 영춘은 보이지 않았다고 했으니 확실했다.

'상도도 없는 것들! 제 구역에서만 설칠 것이지!'

놈들은 눈짓 한 번 주고받고는 영춘을 공격해 왔다.

그제야 정신이 번쩍 든 영춘이 급히 칼을 뽑았다.

"이놈들!"

영춘은 감히 태자를 사칭하고 진짜 태자 일행인 저를 죽이려 하는 놈들을 용서할 수 없었다. 이들의 정체가 무엇인가. 백성들을 호도하는 역도들인가. 아니면 태자 전하를 모함하기 위해 사특한 짓을 벌이는 이들인가.

'뭐가 됐든 그냥 보내줄 수는 없지!'

그렇게 영춘이 그놈들 전부를 거의 쓸어버릴 기세로 미쳐 날뛰었다. 그런데 그들의 실력을 확인한 순간 더욱 혼란에 빠졌다. 놈들은 저를 둘러싸고 각자의 연장을 휘둘렀다. 그들의 공격은 힘만 좋고 쓸데없는 움직임만 큰, 어설픈 산적들의 난도질과 비슷했다. 때문에 수십 명이 동시에 덤벼도 제 상대가 되지는 못했다.

영춘은 얼핏 보기에는 펄쩍펄쩍 마구잡이로 뛰어다니는 것 같았지만 그의 움직임 하나하나를 살펴보자면 아주 효율적인 보법을 밟고 있었다. 그것이 너무 빨라 정신없어 보였던 것뿐이었고, 절대 다수를 상대할 때는 이렇게 적의 허를 찌르고 다녀야만 유리했다.

가짜 태자들은 영춘의 움직임에 경악하며 제대로 싸워보지도 못하고 급기야 도망을 치기 시작했다.

'뭐야, 이놈들! 내 놓칠까 보냐!'

반드시 놈들을 잡아 정체를 밝혀야 했기에 영춘은 도주하는 그들의 뒤를 바짝 쫓아갔다.

"멈춰라! 멈추면 살려줄 것이다!"

아무도 그 말을 듣지 않았지만 영춘은 목이 터지라 외치며 놈들의 등을 베어 나갔다.

그렇게 얼마쯤 왔을까. 앞서 달려 나가던 놈들의 움직임이 부자연스러워졌다. 전력 질주를 해도 부족할 판에 엉거주춤 또는 조심스럽게 뛰는 것 같았다.

'함정!'

영춘은 눈치 빠르게 알아차리고 제 앞에 달려 나간 놈들의 걸음을 유심히 살펴보며 똑같이 밟고 지나갔다.

그런데 이게 웬일일까!

앞서 간 놈들이 일렬로 서서 멈추는가 싶더니 누군가 나뭇가지 하나를 잡아당겼다.

"……!"

영춘의 머리 위로 커다란 추가 달린 그물이 떨어졌다.

'제길!'

함정처럼 보이게 한 것은 영춘의 걸음을 느리게 하려는 속셈이었던 것이다. 함정을 위한 함정. 산적들답지 않게 잔머리를 굴릴 줄 알았다.

'감탄할 때가 아니잖아!'

천하의 양영춘이 고작 28세의 나이에 고작 이런 허접한 것들과 싸우다가 명을 다한단 말인가.

'무슨 그런 개떡 같은 운이 다 있나!'

그런 영춘의 절규를 하늘이 들어주었는지도 모른다. 지금 영춘은 다행히 죽지 않고 온몸이 꽁꽁 묶여 수레에 짐짝처럼 실려 가는 중이었다. 놈들은 영춘을 당장에 죽이지 않았다. 대신 이렇게 싣고 다니고 있었다.

가만 보니 첫날에 잡혀 왔을 때는 그들 산채에 저를 가두었고 저처럼 잡혀 온 자들이 몇 있었다. 그런데 둘째 날 몇 명이 실려 나가 돌아오지 않더니 이번엔 저를 수레에 싣고 다니고 있었다.

'나도 돌아오지 못한다는 소린데……. 뭐 이것만 풀리면 오히려 잘된 일이지.'

인신매매를 하는 모양인데 저는 차라리 팔려갔을 때 기회를 틈타 도망가면 될 거라 생각하고 한시름 놓고 있었다.

날이 어둑해지자 구릉진 곳에 수레가 멈추었다. 또한 맞은편에서 누군가와 마주쳤다. 마치 기다리고 있었다는 듯이 인사를 나누는 것을 보면 이곳이 목적지 같았다. 드디어 기회가 왔다고 귀를 쫑긋 세우고 집중할 때였다. 영춘은 절망적인 소리를 듣고 말았다.

"이번 고기는 좀 질길지도 몰라."

"질기면 곤란한데."

"늙어서 질긴 건 아니고, 싱싱하고 기름기가 적어서 그런 거니까 식감은 좋을 거야."

"그런 거라면 뭐. 그래도 값은 크게 못 쳐줘."

"지난번이랑 비슷하게 맞춰줘. 소문나지 않게 고기 구하는 게 쉽지가 않아."

소름이 돋았다. 그들이 말하는 고기가 저를 말하는 것이라는 걸 바로 알 수 있었다.

'젠장!'

이리 되면 단단히 묶인 줄을 풀게 될 일은 없을 것이다. 그리고 저는 소, 돼지처럼 끔찍하게 도축되고 말 게 분명했다.

오문은 새벽부터 일어나 정성껏 만두를 빚었다. 고기로 속을 채운 만두는 무슨 고기를 넣은 것인지, 냄새가 기가 막혔다. 덕분에 아침부터 군청 사람들의 목구멍에 침이 넘어가게 만들었다.

그렇게 수백 개나 빚은 만두를 들고 아직도 옥살이 중인 태자를 찾아
갔다.

"수상하군."

태자는 젓가락으로 만두를 들고 한참이나 살폈다.

"뭐가 말입니까?"

오문은 내심 뜨끔했지만 겉으로는 눈 하나 깜짝하지 않고 태연히 물었
다.

"어째서 오늘은 장어가 없느냐?"

"하도 장어가 싫다 하시니 포기했습니다."

"그렇다고 갑자기 아침부터 만두를 빚어 오다니, 아무래도 이상하군.
또 보나마나 사람들과 나눠 먹겠다고 한 짓일 테지만."

무호가 고개를 갸웃거리자 오문이 한숨을 푹 내쉬었다.

"후. 실은 그럴 일이 있습니다."

"네가 무슨 일이 일어날 게 어디 있느냐?"

태자가 저를 무시하는 투로 말하자 오문이 볼멘소리를 냈다.

"이게 다 전하 때문입니다."

"응?"

"어젯밤 군수님의 부인 되시는 분께 불려 갔다 왔습니다. 군수님의 식
사를 만들어줄 수 없냐고요."

"오호. 그것참 잘됐구나."

"뭐가 잘된 겁니까. 일만 더 늘지 않았습니까. 요즘 군수님이 통 입맛
이 없으시답니다. 가뜩이나 음식에 까다로운 분이시라 부인 마님의 걱정
이 많으시더라고요. 몇 가지 신신당부를 하시며 부탁하셨는데 주문이 보
통 어려운 게 아닙니다."

무호는 오문의 불평을 제대로 듣는 것 같지 않았다. 아니나 다를까, 오문의 말이 끝나자마자 툭 하고 제 할 말만 던졌다.

"독초를 타라."

"예?"

"왜 놀라느냐? 잘하는 짓 아니냐?"

"그럴 생각 전혀 없습니다!"

오문이 정색하는데도 그러거나 말거나 무호는 태연히 김이 모락모락 나는 만두를 입에 집어넣었다.

진담인지, 그냥 하는 소리인지 도무지 갈피를 잡을 수가 없었다.

"아무튼 그래서 이것저것 만들어보는 중입니다. 너무 과한 음식도 안 되고 간단히 빨리 먹을 수 있어야 하면서도 영양가 높은 고기여야 한답니다."

"그래? 까다롭군."

무호가 만두를 씹어 삼키고 입을 열자 오문이 눈을 반짝이며 물었다.

"맛이 어떠십니까?"

"기름지면서도 아주 고소하군. 한데 속에 넣은 것이 고기는 맞는 듯하다만, 무슨 짓을 한 것이냐?"

그러면서 무호는 만두 하나를 더 입에 넣었다.

"무슨 짓이라니요? 그 의심스러운 눈빛 좀 거둬주십시오. 누가 보면 인육이라도 넣은 줄 알겠습니다. 왜 매번 제가 새 요리만 해오면 의심을 하시는 것입니까?"

"신기해서 그러는 게다. 그나저나 말해주지 않을 테냐? 고기가 질기지도 않고 누린내도 나지 않아. 그러면서도 아주 부드럽구나. 분명히 돼지고기가 씹히는 것 같은데 거기다가 아주 촉촉해. 만두피가 기름을 바른 듯 반질거리는 것이 일품이다. 내 여태 먹어본 적 없는 만두 맛이야."

무호는 의심하면서도 칭찬을 아끼지 않고 또 다른 만두를 입에 넣었다.

"맛이 있다니 다행입니다. 그럼 이걸 내드려야겠습니다."

"그게 좋겠다."

오문은 계속해서 만두를 집어 먹는 그의 모습을 빤히 쳐다보았다.

"왜?"

"정말 그리 맛이 좋으십니까?"

"그렇다지 않아."

"막 원기가 회복되는 그런 기분도 드십니까?"

"응?"

"군수님께서 몸이 많이 허해지셨다고 해서요. 특별히 고기에 신경을 많이 썼습니다."

"그런 거라면 차라리 장어탕이나 내주지 그랬느냐?"

"그러니까요. 저도 그러고 싶었는데 장어탕 같은 건 싫어하신다지 뭡니까. 그런데 꼭 장어 요리로 해주면 좋겠다고 당부하셔서요."

"장어는 안 되는데 장어 요리로 해달라니 그게 무슨 헛소리냐? 요망한 여인이로군. 그런 식으로 트집을 잡아 사람을 괴롭히는 부류구나!"

"아니요. 흥분하지 마십시오. 그런 분 아니십니다."

오문은 갑자기 흥분하는 태자를 달랬다. 설사 그렇다 한들 그가 흥분할 일이 아닌데 별로 정의롭지도 못한 분이 왜 이런 일에는 발끈하는지 알다가도 모를 일이었다.

"네가 멍청할 정도로 순해 빠진 탓에 눈치채지 못하는 게다!"

멍청하다는 말에 오문이 피식 바람 빠진 웃음을 뱉었다.

"아무것도 모르면서 비웃기는."

"전하께서 저더러 멍청하다고 하시니 어이가 없어서 말입니다."

"······?"

무호는 영문을 모르겠다는 표정이었다.

"돼지고기에 말린 장어를 같이 넣고 다져서 속을 만들었답니다. 진한 장어 육수에 한 번 담갔다가 건져서 그렇게 촉촉하고 고소한 것이지요. 어떻습니까, 장어 맛이? 없던 힘도 막 솟아날 것 같지 않습니까?"

"······."

누가 더 멍청하냐고 말하지 않아도 오문의 빙글거리는 낯이 그리 말하고 있었다.

"그래야 할 텐데요. 마님께서 조금만 먹어도 힘이 나는 보양식을 부탁하셨거든요."

기어이 장어를 먹이는 데 성공한 오문이 태자의 굳은 얼굴 앞에서 승자의 미소로 환하게 웃어 보이며 깐죽거렸다.

무호는 천천히 자리에서 일어나 손가락을 꺾어 보였다.

"오냐. 힘이 아주 남아나는구나. 두 번 다시 그 손으로 만두를 빚지 못하게 해주마."

역시나 농담인지 진담인지 모를 소리였지만 오문은 만약을 대비해 잽싸게 옥문 밖으로 도망쳐 문을 걸어 잠갔다.

"이리 오지 못하겠느냐!"

"제가 좀 바빠서 말입니다. 그래서 말인데 당분간 자주 오지는 못할 것 같습니다. 짬짬이 들릴 테니 옥살이 좀 하고 계십시오. 힘쓸 데 없다고 괜히 기물 파손 하지 마시고요. 저거 고치는 것도 다 백성들 혈세로 나가는 겁니다."

"너는 내 숙수다! 어딜 가겠다는 게냐!"

놀아주지도 않을 거면서 힘쓰라고 먹여놓다니, 괘씸하지 않나.

"지금은 태자 전하가 아니라 죄수로 여기 계시니 어쩌겠습니까. 저는 태자 전하의 구명을 위해 군수님께 잘 보이려는 겁니다. 저만 믿고 예서 편히 요양을 즐기십시오. 그럼 이만."

"구명은 무슨! 개……!"

개소리라는 말이 목구멍을 넘어오는 걸 꿀꺽 삼킨 무호가 욕을 뱉지 못한 답답함을 주먹에 담아 옥문을 세게 내리쳤다.

쾅.

"히익!"

그 소리에 화들짝 놀란 죄수와 옥졸들이 안 그래도 멀리 떨어져 있는데 굳이 주춤주춤 물러났다.

무호는 벌써 저만치 달려가 돌아보지도 않는 오문을 쏘아보며 중얼거렸다.

"유현……. 내 가만 안 둘 것이다!"

영문도 모른 채 고작 만두 때문에 태자에게 미운 털이 박히고 만 유현은 평소와 같은 시각에 점심 식사를 시작했다. 늘 그렇듯 그날 무슨 음식이 올라와 있는지는 특별히 신경 쓰지 않았다.

호화스러운 요리를 낭비라고 생각하기 때문에 그런 요리만 올라오지 않으면 눈살을 찌푸리지도 않았다. 배만 채우면 그뿐, 음식 맛을 크게 따지지 않고 즐기지도 않기에 그저 차려진 음식을 의무감에 먹을 뿐이었다.

유현은 식탁에 오른 국수와 만두를 아무 감흥 없이 보며 젓가락을 들었다. 최근에는 더욱 입맛이 없었기 때문에 간단히 입에 넣을 수 있는 만두에 먼저 손이 갔다.

부인은 크게 기대하지 않았지만 그래도 혹시나 하는 마음에 유현이 만두 먹는 모습을 긴장하고 지켜보았다.

유현은 만두 하나를 꼭꼭 천천히 씹어 넘겼다. 맛이 있다, 없다, 어떤 말도 없었다.

그가 젓가락을 내려놓으려 하자 부인은 허무한 듯 눈썹을 들어 올리며 그에게 들리지 않도록 작은 한숨을 내쉬었다.

'그러면 그렇지. 바랄 걸 바라야지.'

그렇게 그녀 역시 포기하고 만두를 집으려 할 때였다.

"......!"

그녀가 집으려던 만두를 유현의 젓가락이 먼저 집고 있는 것이 보였다.

'만두를 연이어 두 개나 드시고 계시잖아!'

감격한 그녀는 유현이 눈치채지 못하게 평소와 같이 단정한 목소리로 말했다.

"목이 막히시겠습니다. 국수 국물도 같이 드십시오."

이 국수 역시 오문이 말린 장어로 국물을 낸 것이다.

'드십시오. 드십시오! 그게 어떤 국물인데, 드셔야 합니다!'

부인은 정숙하고 온화한 미소를 짓고 있었지만 마음속으로는 간절하게 염원했다.

그것이 통했을까.

그가 숟가락을 들었다.

부인의 얼굴이 더할 나위 없이 환해졌는데, 유현은 연이어 국물을 떠먹느라 그것을 보지 못했다.

장우는 마지막 한 놈의 등을 향해 들고 있던 검을 던졌다.

"컥!"

그저 그런 일개 똘마니 산적은 개구리처럼 사지를 뻗고 등에 칼을 꽂은 채 엎어져 죽었다.

아무리 큰 죄를 지은 자라지만 사람을 죽이는 건 그리 유쾌한 일이 아니었다. 도망치지 않았다면 굳이 이 자리에서 죽이지 않았을 테지만 다들 뿔뿔이 흩어져 도망을 치니 어쩔 수 없었다. 저들도 아는 것이다. 그냥 산적질을 한 것도 아니고 태자를 사칭했으니 참수만으로도 감지덕지하다는 것을.

어쨌거나 산채 하나를 없애는 데는 성공한 듯했다. 군관이 부하들을 시켜 수급을 챙기고 산채의 재물을 몰수하라 명하고 있었다. 상황이 정리되고 있으니 저는 그냥 피나 닦고 한숨 돌리면 될 듯했다.

방금 죽인 놈의 등에 꽂힌 검을 회수하러 가는데 어느새 상이 절뚝거리며 걸어가 칼을 뽑고 있었다. 시뻘건 피가 튀는데 상은 아무렇지 않아 보였다. 다리를 접질리고 주저앉아 쩔쩔맬 때는 천생 계집 같았는데 이럴 때는 다른 사람 같았다.

그러고 보니 백골기예단이라는 곳도 수상했다. 차력이나 검무 정도만 익히는 검술이 가문의 비기가 느껴지는, 독특하고 체계적인 검로를 따르고 있었기 때문이다. 게다가 순박한 기예단 사람들의 손이 사람을 해하는 데 그다지 망설임이 없어 보였다. 마치 이런 일을 자주 겪은 사람들처럼.

'차차 알아봐야겠다.'

장우가 상에게 가까이 다가가자 그녀는 그제야 제 몰골이 어떤가 생각났는지, 소매로 얼굴을 닦기 시작했다.

장우는 말없이 상에게서 검을 건네받으며 동시에 그녀의 손에 손수건을 쥐여 주었다.

"······!"

상이 놀라서 쳐다보는데 장우는 제가 손수건을 준 일을 모른 척하면서 다른 말을 꺼냈다.

"내 옆에 있으라고 했는데 언제 여기까지 왔느냐?"

"어찌 옆에만 있을 수 있습니까? 도망치는 놈들을 따라가다 보니 이리 되었습니다."

"그렇게까지 네가 열심히 나서서 싸울 필요는 없었다."

상의 손을 빌려야 할 만큼 절박한 싸움도 아니었다. 괜히 나섰다가 상이 다치면 그게 더 골치 아프니 뒤처지면 뒤처지는 대로 기다리고 있는 게 나았다는 뜻이었다.

그런데 상은 희미하지만 미소를 지으며 말했다.

"저를 잃을 수 없다 하셨습니다. 쓸모 있다는 것을 증명해 보이고 싶었습니다."

그래야 장우의 입장이 곤란하지 않았다.

"그 말을 그렇게 신경 쓰지 않아도 된다."

"압니다. 다른 뜻에서 하신 말씀이 아니라는 것을요. 다만, 다른 분들이 오해할 수 있을 것 같아 더욱 증명해 보이고 싶었던 겁니다. 대장님께서는 저를 한 사람의 무인으로 인정해 주셨다는 것을 저들에게도 알게 하고 싶어서 말입니다. 저로 인해 괜한 오해를 받으시면 제가 죄송해서 견딜 수 없을 것 같습니다."

즉, 장우가 저를 특별하게 감싸고 돈 것 때문에 사람들이 사랑한다 오해할까 봐 더욱 열심히 싸웠다는 것이다.

장우는 상의 그 마음이 고마우면서도 한편으로는 자꾸만 저를 어렵게 대하고 물러나는 것이 짜증났다.

"사람들의 오해보다 네 오해가 더 불쾌하군."

"……!"

제가 누구를 좋아하고 아끼든, 사람들이 오해를 하거나 말거나 그건 부끄러울 것도 억울할 것도 없었다. 남들이 어찌 생각하는 게 무엇이 중요하단 말인가. 막말로 제가 상을 좋아한다 해서 손가락질 받을 만큼 잘못한 것도 없잖나. 하지만 상이 저에 대해 오해하고 있는 것은 찜찜해서 견딜 수가 없었다.

"아……. 저, 절 좋아하고 계시다는 그 오해라면 저는 이제……."

"아니! 그게 아니지!"

"예?"

"너는 자꾸 알겠다고 하면서 나를 피하고 있다. 내가 또 오해할지 모른다며 나를 피하는 게 아니냐! 그러면서 날 이해한다며 모든 것이 네 잘못이라고 인정해 버리는 것은……!"

화를 내던 장우가 말을 멈추고 머뭇거렸다. 입안에 맴도는 말을 해도 될지, 자존심이 허락하지 않았지만 말하지 않으면 더 답답할 것 같았다.

"날…… 계집보다 더 옹졸한 한심한 사내로 보는 것이지."

상은 눈을 동그랗게 뜨고 무슨 그런 말씀을 하시냐는 표정으로 바라보았지만 장우가 냉담하게 몸을 돌렸다.

그러자 상이 재빨리 그의 소맷자락을 붙잡았다.

장우가 소매를 힐끗 쳐다보며 멈춰 서자 상은 또 흠칫 놀라며 소맷자락을 놓았다.

"저…… 죄, 죄송합니다. 그냥 이리 보내 드리면 안 될 것 같아서……."

"할 말이 있다면 해도 좋다."

"저, 저는 대장님을 옹졸하고 한심하다고 생각해 본 적 한 번도 없습니다."

"듣기 좋은 소리를 해줄 필요는 없다. 위로가 날 더 수치스럽게 만드는군."

"아닙니다! 정말 아닙니다! 누가 대장님같이 멋진 분을 그리 본단 말입니까. 감히 제가 대장님 같은 분을 사랑한다 여기신 것이 죄스러웠을 뿐입니다. 얼마나 불쾌하셨을지……. 저 같은 게 어떻게 넘볼 수 있단 말입니까. 저를 재수 없다 여기실까 봐 피해 드린 것뿐입니다. 실은 정말로 흠모하고 있습니다. 무, 물론 그건 그런 뜻이 아니라……."

상이 풀 죽은 목소리로 울먹이며 말하자 장우가 이해할 수 없다는 듯이 꾸짖었다.

"왜 그리 한심한 생각을 하는지 모르겠군! 너는 괜찮은 여인이다."

"예, 예?"

뜻밖의 말에 상이 화들짝 놀라 고개를 들었다.

그러자 장우가 마치 부하를 어르듯이 그녀의 어깨에 손을 얹으며 말했다.

"너 같은 것이 아니라, 너만 한 여인을 찾아보기가 힘들 정도로 매력적인 여인이지. 그러니 자신감을 가져라."

장우의 얼굴을 이렇게 가까이에서, 그가 오롯이 저만을 담은 눈으로 바라보자 상은 놀란 토끼눈을 하며 얼굴을 붉히고 순진한 표정을 지었다.

그러나 실은 그 깊은 눈동자에 푹 빠져 황홀할 지경이었다.

'압니다. 저만 한 여인이 없지요. 저도 알고 있습니다.'

여태 많은 사내들과 스쳐 지나가듯 좋아하고 이별하며 만남을 가졌지만 이토록 제 맘을 단숨에 빼앗아 간 사내는 처음이었다. 혼기를 훌쩍 넘기고도 아무와도 혼인하지 않고 기다리길 정말 잘한 것이다.

그의 손이 떠난 어깨에 아직도 묵직한 사내의 체향이 느껴졌다.

기단군의 군수 유현은 어제부터 부쩍 배고픔을 느끼고 있었다.

'이상하군. 평소보다 많이 먹은 듯한데 배가 고프다니.'

음식이 생각난다니 생소한 기분이었다. 어제 점심 때 먹은 만두도, 국수도, 저녁 때 먹은 죽도 평소와 크게 다를 게 없는 음식들이었다. 그러나 이상하게 그것들이 문득문득 떠오르질 않나, 그때마다 입에 침이 고이면서 허기가 졌다.

'안 되겠군. 오늘은 일찍 들어가 봐야겠다.'

늦게 배운 도둑질이 무섭다고, 유현은 식욕을 참기가 힘들어 자신이 하던 업무를 중간에 내려놓았다. 그렇게 일어나려는데 밖에서 소란이 일었다.

"대인! 나와 보셔야겠습니다!"

오늘은 업무를 일찍 파하려고 했기에 조금 짜증이 치밀었다. 하지만 그는 내색하지 않고 문을 열고 나가보았다.

엄한 모습으로 뒷짐을 지고 내려다보는데 수레가 잔뜩 들어왔다.

"이것이 무엇이냐?"

"토벌대가 보내온 것이라 합니다. 산채 하나를 정리했는데 산적 놈들이 도망을 치려하거나 죽겠다고 덤벼서 산채로 붙잡지는 못했다 합니다."

"그래?"

매우 반가운 소식이었다. 토벌대가 나간 지 나흘 만에 이룬 쾌거였다.

'놈들이 실력이 있긴 하군.'

한편으로는 그것이 골치가 아프긴 했다. 믿고 싶지 않지만 옥사에 갇힌 이가 진짜 태자 전하일 듯했다. 황제께 서찰을 보내고 경거망동하지 않은 것은 정말 잘한 일이었다.

"확인해 보시겠습니까?"

"아니다. 네가 확인한 후에 정리해 두거라."

"예?"

부관이 놀라며 물었다. 제가 모신 이후로 한 번도 일을 아랫사람에게만 맡겨 가볍게 처리하신 적이 없기 때문이다.

그러자 유현이 오히려 뭐가 문제냐는 듯이 되물었다.

"왜 그러느냐? 너도 내 밑에서 일한 지 오래되었다."

즉 이 정도 일쯤은 너를 믿고 맡겨 보겠다는 뜻이었다. 찰떡같이 알아들은 부관이 허리를 숙이며 감격한 목소리로 외쳤다.

"차질이 없도록 빈틈없이 처리하겠습니다!"

그러거나 말거나 유현의 걸음이 바빠졌다.

'오늘 저녁은 또 뭐가 올라올까.'

저도 모르게 무심코 그런 생각을 떠올리며 태자의 일도, 산적의 일도 잊어 갔다.

"전하! 소식 들으셨습니까!"

옥사에 들어선 오문이 들뜬 목소리로 외쳤다.

"무슨 소식 말이냐?"

"드디어 대장님께서 산채 하나를 박살 내셨답니다! 이제 산채 두 채만 쓸어버리면 되니까 우리 목이 잘 붙어 있을 것 같습니다."

무호는 그 소식을 썩 반기는 기색이 아니었다. 그는 그것이 놀랄 일도 아니라는 듯 시큰둥하게 말을 받았다.

"그것보다 네가 독초를 타는 것이 더 빠를 거라는데 말을 안 듣는군."

"그러다 잡히면 정말로 제 목이 달아납니다. 그러길 원하십니까?"

"내가 있는 한 그럴 일은 없다."

오문은 고개를 절레절레 저으며 그냥 상이나 차렸다.

"또 장어는 아니겠지?"

"어휴. 저도 이제 지겨워서 장어는 관뒀습니다."

"부인이 포기하던가?"

"잘 설득했지요."

군수 유현이 오문이 만든 음식을 처음 먹은 날, 부인은 감격해하며 오문을 직접 찾아왔었다. 군수가 이렇게 음식을 남기지 않고 다 드신 적이 처음이라고 했다. 그러면서 앞으로도 계속 장어 요리를 해달라고 한 것이다.

오늘도 부인은 대인께서 나날이 쇠약해지시는데 음식조차 잘 드시지 못한다며 장어를 고집하셨다.

오문은 아무리 맛있고 좋은 음식이라도 자꾸 먹으면 물리고 나중에는 먹기 싫어지는 법이라고 부인을 달랬다. 그래서 오늘 저녁 식사는 맑고 깔끔한 야채 육수에 고소한 풍미를 더한 두부탕을 냈다. 며칠이나 기름진 음식을 드셨으니 속도 불편할 때가 된 것 같아 일부러 최대한 채소와 콩,

버섯 등으로 개운하게 끓였다.

"잘했다. 안 그래도 또 장어가 들어간 음식을 해오면 군수와 담판을 지으려던 참이다."

"아마 곧 군수님을 만나게 되실 겁니다."

"왜?"

"제가 구명 활동을 아주 열심히 한 덕이지요."

"다시 말하지만……."

오문이 태자의 입에 불쑥 수저를 넣어 두부를 먹였다.

"다시 말씀드리지만 독초는 안 넣을 겁니다."

무호는 그렇게 심지 굳은 녀석이 어째서 장우에게는 독을 먹였나, 따지고 싶었지만 적당히 따뜻한 두부가 입안에 녹자, 그런 마음도 살살 녹아버렸다.

맛을 음미하며 여유롭게 식사를 끝낸 무호가 정리하는 오문의 손을 붙잡았다.

"무슨 하실 말씀 있으십니까?"

진지해 보이는 얼굴에 오문이 그릇을 내려놓고 물었다.

"너. 오늘은 여기서 자고 가라."

"흡!"

사레 걸린 소리는 오문이 낸 것이 아니었다. 옆방에서 남은 두부를 솥채로 놓고 떠먹고 있던 죄수들이 낸 소리였다.

"조용히 먹어라."

무호가 있는 듯 없는 듯 소리 내지 말 것을 명했다. 짧은 말에는 분명 그런 위협이 담겨 있었다.

그러자 죄수들은 솥을 긁는 소리도 내지 않고 쥐 죽은 듯 조용히 먹기 시작했다.

"자고 가."

"……왜, 왜요?"

"심심하구나."

"…….."

이곳이 진짜 태자의 방이거나, 하다못해 허름한 객잔만 되어도 설레었을지도 모른다.

"옥사에서요?"

"날마다 청소를 했다."

"아뇨. 그런 문제가 아닌 것 같은데요……."

태자가 뻥 뚫어놓은 벽면, 아니, 그 이전에 이미 창살 사이로 사람들이 다 보이지 않나. 이런 곳에서 같이 자자는 말이 어떻게 나올 수 있단 말인가.

오문의 눈빛에서 느껴지는 게 있는지 태자가 찌릿하게 옆방의 죄수들을 노려보며 말했다.

"아무도 없는 것과 마찬가지다."

오문은 죄수들의 어깨가 움츠러드는 것을 보고 중얼거렸다.

"전혀 그렇지 않은데요……."

"아무튼 오늘 밤은 같이 있는 게 좋겠다."

"꼭 무슨 꿍꿍이가 있는 것처럼 말씀하십니다? 왜요? 도주라도 하시게요?"

피식 웃으며 그냥 해본 말이었다. 한데 무호가 눈을 크게 뜨며 속삭였다.

"어찌 알았느냐?"

"……."

가만히 있으면 일이 해결될 것인데, 왜 굳이 도주를 해서 일을 복잡하게 만드신단 말인가. 그렇게 말하려고 했다. 입술을 떼려는데 별안간 '털썩' 하고 사람이 쓰러지는 소리가 들렸다.

"……!"

옥졸들이 픽픽 쓰러지고 그 다음은 두부를 먹던 죄수들이 모두 쓰러졌다.

"어, 어찌 된 일입니까!"

"내가 음식에 뭘 좀 탔다."

"뭐, 뭣을요!"

"날이 밝을 때까지 푹 잘 수 있을 게다."

"이게 무슨 짓입니까! 대체 독은 어디서 나신 거고요!"

그러고 보니 아까 솥을 옮겨준다며 안 하던 행동을 하신다 했더니 그때 그런 모양이었다.

"이런 것쯤은 먼 길 갈 때 늘 가지고 다녀야 하는 것이다."

무호는 독을 상비약 정도로 생각하는 것 같았다. 그는 안절부절못하는 오문을 끌고 옥문 앞으로 가 옥졸의 허리춤에 있는 열쇠를 빼앗았다.

"그, 그만두시는 게 낫지 않겠습니까? 아무래도 이건 아닌 것 같습니다! 대장님이 잘 해결하고 오실 겁니다! 네?"

"걱정 마라."

"걱정 안 하게 생겼습니까?"

"도망치려는 게 아니다."

"예? 그럼……?"

"군청 밖으로는 한 걸음도 나가지 않을 것이다."

그 말을 들은 오문이 크게 안도하며 한숨을 쉬었다.

"후……. 그냥 갑갑해서 달구경이나 하시려는 것이지요? 그럼 그리 말씀하시지 왜 사람을 놀라게 하십니까?"

"달구경이라……. 그것도 좋겠군."

"예? 산책이나 하시려던 게 아니셨습니까?"

"겸사겸사, 산책 나간 김에 군청이나 뺏어 볼까 한다."

"예. 산책……. 예? 뭐, 뭘 뺏는다고요?"

"생각해 보니 내가 어리석은 것 같더구나."

무호의 말이 끝나기가 무섭게 오문이 길게 만류하는 소리를 숨도 안 쉬고 다급하게 말했다.

"갑자기 왜 그런 생각을 하셨는지는 모르겠습니다만, 지금까지 아주 현명하셨습니다. 이제 막 어리석어지시려고 하고 있습니다. 왜 이러십니까, 예?"

"아니야. 어리석었다. 인질 하나만 잡으면 됐을 것을."

"이, 인질이라니요? 설마……."

오문의 불안감이 짙어졌다.

"장군을 잡아야 판이 끝난다."

제 26 장
의형제

겨우 찾은 두 번째 산채는 산채를 지키는 몇 명만 빼고 다들 어디론가 가고 없었다. 장우 일행은 그자들을 베고 산채에서 하루를 보냈다.

　그냥 하루가 아니었다. 각자 몸을 숨기고 철저하게 잠복했다. 혹 몰라, 산채로 오는 길목마다 부하들을 배치해 놓았다.

　그런데 이상한 일이었다. 산채에는 쌓아둔 재물도 많았고 심지어 붙잡힌 사람들도 몇이나 있었다. 한데, 산적들은 꼬박 하루 밤낮이 지났는데도 오지 않았다.

　"어쩔 것입니까? 나중에라도 산적들이 오게 되면 빈 산채를 보고 눈치 챌 것인데, 그럼 그놈들을 잡기가 더 힘들어지지 않겠소."

　첫 전투를 함께한 후 군관은 매우 정중한 태도로 장우를 대했다. 그것은 장우를 정말 태자의 친위대로 인정한다기보다 무인으로서 장우를 존경한다는 느낌이었다. 어쨌거나 옹졸한 사람은 아니었는지, 장우와 다투

었던 일도 더 이상 기분 나빠하지 않고 상에게도 부드럽게 대하고 있었
다.

이런 점들을 보면 과연 깐깐한 군수 밑에 있을 만한, 신뢰가 가는 자였
다.

때문에 장우도 그에게 공손하게 대답해 주었다.

"어차피 일이 틀어진 것 같으니, 붙잡혀 있던 사람들에게 물어보는 것
이 좋겠습니다."

장우는 상과 화를 불러 붙잡힌 사람들이 놀라지 않도록 상황을 잘 설
명하고 풀어주라 명했다.

두려움에 떨며 광에 갇혀 있던 사람들은 장우 일행 역시 산적으로 알
고 있었기 때문이다. 두 여인이 나서서 사람들을 달래 데리고 나오자 장
우가 이것저것 알아보기 시작했다.

"그자들은 사나흘에 한 번 꼴로 잡혀 온 사람들 한두 명씩을 끌고 가서
그날 밤에 돌아왔습니다. 끌고 간 사람들은 다시 돌아오지 않았지만요."

가장 오래 붙잡혀 있었다는 늙은이는 그들이 이틀 동안이나 돌아오지
않았다고도 증언했다.

"흠. 이틀이나……."

군관이 무거운 신음을 내며 고심에 빠지는 동안 장우는 새로운 의심이
생겼다.

"이틀이나 놈들이 오지 않았고 또 그전부터 여기 갇혀 있었던 사람들
치고 다들 혈색이 좋아 보이는군."

그러자 군관도 사람들을 유심히 살폈다. 약간 초췌해진 것 같긴 하지
만 마르고 쇠약해진 느낌은 아니었다. 오히려 그 반대였다.

"저, 저희를 의심하시는 것입니까?"

아직 그들에게 아무것도 따지지 않았는데 사람들은 두려움에 떨며 너도 나도 한마디씩 외치기 시작했다.

"그놈들이 이상하게 먹을 것을 잘 줬습니다."

"예! 이 안에서 무슨 정신이 있겠습니까. 먹기 싫다고 해도 억지로 먹이고 그랬습니다."

"정말입니다! 저희는 산적들과 아무 상관이 없습니다. 집에 돌아가서 토끼 같은 자식새끼들 안아보고 싶은 마음밖에 없습니다!"

상인으로 보이는 한 젊은 사내의 처절한 울부짖음에서 거짓이 느껴지지 않았다.

"튼튼해 보이도록 먹였나 보오. 인신매매를 한 것이 분명한 듯하니."

장우도 군관의 말에 고개를 끄덕이고는 있었지만 어딘가 찜찜했다. 어쨌거나 놈들이 이틀이나 오지 않았다는 것은 자신들이 발각되었거나 아니면 그들이 무슨 일을 당했다고 봐야 했다.

더는 여기 있을 이유가 없어진 장우 일행은 서둘러 산채를 정리하기 시작했다. 그리고 일행은 사람들을 안전하게 집으로 돌려보낼 겸, 갑자기 사라진 산적들의 보고를 위해 군청으로 내려가기로 했다.

산 중턱쯤 내려왔을 때였다. 두 갈래로 나뉘어졌던 길이 아래를 향하며 하나로 합쳐지고 있었다. 그런데 덜컹거리는 수레 소리가 들렸다. 저희 수레에서 나는 소리가 아닌 것은 분명했다.

"저쪽 길에 또 누가 오나 봅니다."

수레를 모는 것을 보면 상인이겠지만 방금 산채에서 내려왔기에 바짝 긴장했다. 그러나 나무 사이로 보이는 저편 길에 언뜻언뜻 비치는 사람의 수가 얼마 되지 않는 듯했다.

'저리 큰 수레를 모는데 사람이 겨우 둘?'

확실한 것은 아니지만 수레를 모는 사람 둘 외에 걸어서 따라오는 이들은 없었다. 상단이라면 짐수레가 하나라 해도 짐을 지켜 줄 무사와 일꾼을 대동하는 법이다. 커다란 수레 위에 짐을 저렇게나 가득 싣고도 사람이 없는 건 부자연스러웠다.

"알아봐야겠소."

장우의 말에 군관이 고개를 끄덕이며 저쪽 길에서 따라오는 수레와 속도를 맞추었다.

장우는 느낄 수 있었다. 저쪽 수레에서도 역시 자신들을 주시하고 있는 것을.

'미끼인가?'

사라진 산적들이 신경 쓰였다. 놈들도 관군이 저희들을 잡아 죽이고 있음을 모르지는 않을 터. 그들끼리 손을 잡고 함정을 쳐놓고 저희들이 걸려들기를 기다리고 있었을지도 모른다. 어쨌거나 산에 대해서는 저희들보다 더 많이 아는 자들이니, 실력만 믿고 함부로 방심할 수 없었다.

멀리 나무 사이로 햇살과 함께 비치는 수레와 사람을, 눈이 빠져라 주시하며 이동 속도를 낮추었다. 그러자 상대도 속도를 낮추는 것이 느껴졌다. 마침내 길이 만나는 곳에 다다랐다.

서로의 정체를 확인하며 마주치는 순간, 날 선 예기가 폭발하는 듯 강렬하게 눈빛이 부딪쳤다.

"……!"

긴장했던 만큼 서로를 확인한 충격 역시 컸다. 수레를 모는 꾀죄죄한 몰골의 사내는 뜻밖에도 장우가 잘 아는 인물이었다.

"여, 영춘?"

"형님!"

"이, 이게 어찌 된 일이냐!"

"형님! 전하는요? 전하는 어디 계십니까? 이 사람들은 다 뭐고요? 여기서 뭘 하고 계시는 겁니까?"

영춘은 반가움과 놀람 그리고 의구심을 한 번에 쏟아 내고 어쩔 줄 몰라 하고 있었다.

영춘이 흥분해하는 반면, 장우는 얼떨떨한 기분이었다.

'아, 이 녀석이 있었지.'

그러고 보니 너무 정신이 없어서 생각도 못 하고 있었다. 당연히 어디서 살아 있을 것이라 여겼던 것이다.

'그래. 그럴 것이다. 내가 동료를…… 잊을 리가 없지.'

영춘의 존재감과 자신의 인간성에 대한 고찰을 할 때가 아니었다.

"누구요? 아는 자요?"

장우와 그 일행들이 웅성거리거나 반가워하는 기색을 보고 군관이 물었다.

"아, 전하의 호위, 양영춘이라는 자인데……. 너야말로 어찌 된 것이냐?"

장우는 군관의 질문에 건성으로 대답하고 영춘을 다그쳤다.

"저야 뭐 운이 좋았달까…… 나빴달 까……. 아무튼 우여곡절이 많았습니다. 늦어서 죄송합니다. 걱정을 끼쳐 드렸습니다."

"아니, 뭐……. 죄송할 것까지야……."

걱정은 고사하고 떠올리지도 못했기에 장우는 영춘을 똑바로 볼 수가 없었다. 그래서 그는 영춘의 옆에 앉은 또 하나의 인물로 관심을 돌렸다. 훤칠하게 생긴 인물로, 저와 연배가 비슷해 보였다. 몸을 보니 그자도 한가닥 하는 실력자임을 알 수 있었다.

"한데, 저자는⋯⋯."

말끝을 흐리자 영춘이 '아' 하는 소리를 내며 호탕한 목소리로 대답했다.

"제 형님입니다!"

"뭐?"

"하하하! 자, 이쪽은 우리 태자 전하의 친위 대장이신 장우 형님입니다. 그리고 이 형님은 제 생명의 은인이라 앞으로 형님으로 모시기로 한 분이지요."

"이렇게 만나뵙게 되어 반갑습니다. 유강이라 합니다. 오는 길 내내 태자 전하에 대해 들었는데 거짓인 줄 알았습니다. 이렇게 정말 일행이 있을 줄은⋯⋯."

유강이란 자가 단정한 몸가짐으로 인사를 건네다가 송구한 표정을 지으며 말을 흐렸다.

"것 보십시오! 절 그리 못 믿으시더니!"

"네가 워낙 허풍쟁이처럼 말이 많으니 어찌 믿겠느냐?"

두 사람이 만난 지는 오래된 것 같지 않은데 죽이 잘 맞는 데다가 영춘에 대해 잘 파악하고 있었다.

'사람 볼 줄 알고 신중한 자 같긴 한데.'

태자를 모시는 사람으로서 아무나 동행하는 것은 위험했다. 장우는 이쯤에서 그와 헤어지도록 슬그머니 말을 꺼냈다.

"그러실 만합니다. 어쨌거나 영춘을 구해주셨다니 참으로 감사드립니다."

"뭘요. 일부러 구하려 한 것도 아니고, 어쩌다 보니 그리 되었습니다."

"사례를 하고 그간의 이야기를 듣고 싶으나 실은 지금 사태가 매우 급박한지라……."

"아! 전하와 함께 계시지 않으시군요. 제가 눈치도 없이 오래 붙잡아 두었습니다. 영춘아. 넌 이만 네가 갈 길로 가야겠다."

"형님. 그러지 말고 함께 가시는 건 어떻겠습니까? 의형제를 맺은 지 얼마 되지도 않았는데 벌써 이리 헤어지다니 아쉽습니다."

장우는 머리가 지끈거렸다.

'이놈은 자각이 있는 놈인가!'

아무나 태자 전하의 옆에 데려가 어쩌자는 것인가. 아무리 생명의 은인이라도 전하의 곁을 지키는 호위가 이토록 인정에 휘둘려 본분을 망각하다니. 그러나 갑자기 상과 백골기예단이 떠올라 영춘을 탓할 게 아니라는 생각이 떠올랐다.

'그들을 데려가자 한 것도 나였지.'

장우의 생각은 더 이어질 수 없었다.

유강이란 자가 하는 말 때문이었다.

"너는 전하를 모시는 자니, 어서 가거라. 그리고 나는 이것들을 군청으로 가져가 그간의 일을 고해야 하니, 갈 길이 다르지 않느냐."

군청. 기단군의 군청이라면 목적지가 같았다. 장우는 뭔가 일이 복잡해지는 기분이라 또 머리가 아파 왔다. 그리고 군청으로 돌아갔을 때 장우의 두통은 더욱 심해졌다.

서강의 태수 구자서는 최근 매우 지루함을 느끼고 있었다. 골칫거리인 무호와 중장대가 떠나고 나니 서강에는 평화가 찾아왔고 무호가 없어도 자신의 군대는 예전처럼 서강의 전선을 잘 지켜 내고 있었다.

'그게 문제지…….'

지켜만 내고 있었다. 무호라면 지금쯤 한 번 정도는 사고를 쳐서 적장을 잡아 오든, 땅따먹기를 하든 했을 것이다. 게다가 그가 없으니 어쩐지 군사들의 사기도 떨어진 듯했다.

물론, 사기가 떨어진 것은 무호가 태자라고 밝혀진 순간부터였다.

그동안 무호에게 못할 짓을 하거나 괴롭혔던 자들은 삶의 의지를 잃은 것처럼 보일 정도였으니 말이다. 그런데 무호를 좋아했던 사람들마저도 기운이 없어 보이는 것이 진지의 분위기가 영 가라앉아 있었다.

이런 와중에 황제로부터 비밀스러운 서신이 당도했다.

정식으로 보낸 것이 아니었다. 황제의 밀사가 은밀하게 보내온 서찰.

'올 게 왔구나.'

무호가 황궁으로 가 다시 태자가 되었으니 서강 진지에는 벼락이 떨어진다 해도 이상할 게 없었다. 어쩌면 저를 비롯한 모든 군사들이 매를 빨리 맞길 기다리느라 기운이 없는 것인지도 몰랐다. 스스로 태수 자리를 물러나길 권유하거나, 또는 태자께 무례를 범한 이들을 색출해 벌하라거나, 그런 명을 기대하며 서찰을 읽어 내려갔다.

구자서의 표정은 그리 긴 글을 읽는 것이 아닌데도 여러 번 바뀌었다.

[……그러한 이유로 태자 무호의 편에 서 주게.]

구자서의 손이 떨리고 있었다. 황제가 저를 은밀하게 포섭하려는 글이었던 것이다. 그리고 마지막 줄의 글귀는 구자서가 갈등할 여지조차 남기지 않았다.

[그럼 그런 줄 알고 나는 태자의 혼례 준비나 하고 있겠네. 꼭 초대장을 보낼 테니 선물을 준비하시게.]

황제가 말한 선물이 무엇인지 구자서가 모를 리가 없었다.

그는 주먹을 불끈 쥐고 부들부들 떨었다. 황제가 서강의 사자라 불리는 저를 쥐고 흔들려 하고 있었다. 자존심이 상했지만 이내 한숨을 푹 쉬었다.

'그 아들놈에게 흔들린 것보다는 나을 테지.'

생각해 보면 저는 지금까지 무호에게 휘둘리고 있었다. 그에 비하면 황제에게 휘둘리는 것쯤은 아무것도 아니었다.

아니, 어차피 이기지도 못할 싸움이란 것을 구자서는 잘 알고 있었다.

토벌대가 마을로 들어섰다. 마을을 통과해 군청으로 들어가는 길에 장우는 뭔가 분위기가 이상하다는 것을 깨달았다.

군관도 이를 느끼고 있는 것 같았다.

"백성들이 우리를 피하는 것 같지 않소?"

"겁을 먹은 것처럼 보이기도 하는데……."

저희를 본 사람들이 화들짝 놀라 허둥지둥거리는 것을 똑똑히 본 것이다. 무도한 산적들을 토벌하고 전리품까지 챙겨 왔는데 환영은커녕 싫은 기색이 역력하니, 아무래도 이상했다.

'설마 이 산적들이 태자 전하를 사칭해 의적 놀이라도 한 것인가!'

그렇다면 들끓은 민심을 달래기가 어려울 듯했다.

이런저런 고민을 안고 군청에 당도했다. 그런데 문을 지키는 병사들마저 백성들처럼 허둥거리며 저희를 보고 진땀을 흘리는 게 아닌가.

"이놈들! 어째서 가서 보고 하지 않고 이리 굼뜬 것이야!"

군관이 제 부하들의 실책에 얼굴이 벌게져서 소리쳤다. 자유분방한 듯 보여도 일사분란하게 움직이는 장우의 부하들에게 감탄했기 때문에 제 부하들의 어수룩한 모습을 보인 것이 무척 부끄럽고 분했던 것이다.

장우는 딱히 그런 것을 신경 쓰지 않았다.

"예, 예! 보, 보고하겠습니다."

그것보다 이 병사들이 무엇 때문에 이렇게 잔뜩 위축되었는가가 더 궁금했다. 그는 앞서 달려간 병사가 아닌 함께 서 있던 병사에게 물었다.

"혹, 무슨 일이 있느냐?"

"······!"

정공으로 파고드는 장우의 질문에 병사는 화들짝 놀라 어깨를 들썩였다.

"일이 있군."

"그, 그게······. 이, 일단 안으로 들어가 보시면······."

병사가 군관의 눈치를 살피며 말을 더듬자, 군관의 눈이 뒤집어질 것처럼 희번덕거렸다.

"똑바로 말하지 못해!"

"그, 그게······. 들어가 보시면 아실 거라······. 마, 말하지 말라고 하셔서······."

"무슨 헛소리냐! 누가 말하지 말라 했단 게냐!"

군관이 화가 나서 길길이 날뛰자 장우가 그를 제지했다.

"들어가 보면 알지 않겠소."

알고 들어가는 것과 모르고 들어가는 것이 큰 차이가 있지만 어쩔 수 없었다. 저 안에 제가 모시는 태자가 있으니 호랑이 굴이라 해도 그냥 들어가야 했다.

그러나 군청 안은 호랑이 굴보다 더 경악스러운 곳으로 변해 있었다.

장우는 군청 대청 위에 뒷짐을 지고 선 태자를 멍한 눈으로 올려다보았다.

"생각보다 빨리 왔구나."

그건 태자의 말이 맞지만 선뜻 '예. 그렇게 되었습니다.' 라는 말이 나오지 않았다. 일단 지금 이게 어떤 상황인지부터 파악하는 게 우선일 듯했다. 장우가 입을 열려는데 갑자기 영춘이 끼어들지 않았다면 그리했을 것이다.

"전하!"

영춘은 감격에 찬 목소리로 부르며 한 걸음 달려 나갔다.

그러자 태자가 영춘을 보며 표정 하나 바뀌지 않고 말했다.

"너도 왔군."

지금에야 영춘을 발견했다는 목소리였다. 마치 오는 길에 잘 만나서 들어왔구나 하는 듯이. 눈치 없는 영춘도 이번만큼은 그것을 알아차렸다.

"절 찾긴 하셨습니까!"

약간 원망을 담아 외치자 태자가 고개를 저으며 대답했다.

"너를 찾을 이유가 있겠느냐? 어련히 알아서 올까."

서운해해야 마땅할 말에 영춘은 가슴을 펴며 스스로를 자랑스러워했다.

"그럼요! 이 영춘이 누군데 그런 곳에서 죽겠습니까!"

"그래. 어쨌거나 다행이구나."

"전하께서 무사하신 것이야말로 천만 다행입니다!"

"전하. 이게 어찌된 일입니까!"

장우가 두 사람의 의미 없는 인사말을 싹둑 잘랐다.

영춘과 태자가 동시에 장우를 쳐다보았다. 그리고 장우 옆에서 새파랗게 질려 있는 군관을 발견했다.

"어찌되긴? 기다리는 동안 따분해서 일을 하는 중이다."

"일이라니요! 전하께서는 지금 옥에 계셔야 합니다! 그리고 군수님은 어디 계신 겁니까! 이자들은 또 다 뭐란 말입니까!"

장우가 잔뜩 화가 나서 물었다. 왜 나서서 사고를 치고 다니느냐 말이다. 생각해 보면 서강의 골칫거리를 그냥 놔두고 오는 게 아니었다. 제가 옆에 있었어야 했다.

지금 군청의 병사 대부분은 진짜 병사들이 아니었다. 좀 전의 문지기 병사들만 해도 어딘가 이상했는데, 안으로 들어와 보니 확실했다. 이들은 군청의 병사들이 아닌 것이다. 즉, 병사들과 군수는 어딘가 보내 버리고 태자가 멋대로 이리한 것이 틀림없었다.

"그건 걱정 마라. 과중한 업무로 지쳐 보이기에 내가 쉬게 해준 것뿐이다."

군관은 바뀐 병사들의 얼굴이 낯이 익은 듯해서 쳐다보다가 저와 눈이 마주친 병사가 움찔하는 걸 보고서야 그들의 정체를 알게 되었다.

"쉬게 해주시다니요! 아니, 저자들은 죄수들이 아닙니까!"

군관이 저도 모르게 무호를 진짜 태자나 상관을 대하듯 말했으나 아무도 그 점을 이상하게 생각지 않았다. 지금은 그것보다 그 말의 내용이 더 어마어마했기 때문이다.

그가 경악해서 소리를 치자, 장우도 두 눈에 힘을 빠악 주고 태자에게 따지듯이 물었다.

"그런 것이었습니까? 죄수라니요!"

이건 미친 짓이었다. 사유보와 그쪽 관청에서 있었던 일도 폐하께서 진노하셨는데, 이건 그때보다 더한 짓이다. 적어도 그때는 옥에 있는 죄수들을 빼내 군청을 장악하지는 않았다.

이건 명백한 반란이었다. 태자가 별 생각 없이 한 짓이라 해도 밖에서 보기에는, 아니, 누가 보아도 지금 태자는 폭도들의 수장이 된 것이나 마찬가지였다.

한데 태자는 태연했다.

"걱정 마라. 이제 죄수가 아니다."

"그건 또 무슨 말씀이십니까!"

제대로 알아듣게 차근차근 한 번에 설명해 주면 좋으련만 태자는 말을 안 하면 안 했지 묻지도 않은 것을 친절하게 설명해 줄 사람이 아니었다. 장우가 몇 년이나 당해오지 않았던가. 그래서 궁금한 것은 하나하나 다 세세히 물어야 했다.

"군수가 몸이 허해서 요양이 필요한 듯하더구나. 그래서 내가 대신 일을 처리하다가 억울한 일을 당하거나 정상참작을 해줄 수 있는 자들은 폐하의 은혜를 입을 수 있도록 해주었다."

"폐하의 은혜라니요! 폐하께서는 모르시는 일이 아닙니까!"

"내가 폐하의 아들이니 뭐 괜찮지 않겠느냐?"

"안 괜찮습니다! 그리고 군수께서는 어디 계십니까! 진짜 병사들은요!"

"다들 좋은 곳에서 요양 중이다."

군관과 병사들은 무호의 정신 나간 말투에 혼이 빠질 지경이었다.

어쩐지 좋은 곳에서 요양이란 말이 편안하게 쉬게 해주었다는 듯이 들렸고, 이 상황에 그런 말은 보통 극락을 의미하지 않나. 처음 그들이 산적들을 가차 없이 죽였던 흉악한 놈들이었다는 것, 화살을 쏘라고 큰소리치며 다 죽여 버리겠다고 했던 것이 새록새록 떠올랐다.

'우, 우리도 죽겠구나!'

장우는 벌벌 떠는 군관과 병사들의 오해를 알지도 못했고 그것을 풀어줄 여력도 못 되었다.

지금 그는 무호가 서강에서 망나니짓을 하던 딱 그때로 돌아간 듯한 기분이라 무호의 상관으로 돌아와 있었다. 말투만 공손하지 당장 달려가 무릎을 차주고 싶었다.

"폐하의 엄중한 경고를 잊으셨습니까! 아무리 전하라 하셔도 관을 점령하셔선 아니 됩니다! 이 일을 어찌 수습하실 것입니까! 정말로 폐하의 화를 입으실 수 있습니다. 아니, 충분히 그러고 남을 일입니다! 전하의 목숨과 우리 모두의 목숨이 달린 일에 어찌 이리도 무모하실 수 있습니까!"

장우가 엄중하게 나무라자 여태 태연자약하던 무호도 더 이상 가볍게 넘길 수 없게 되었다. 무호는 얼굴을 굳히고 노한 듯이 말했다.

"너는 나를 아주 생각 없는 놈으로 보는군."

"예. 예전부터 쭉 그리 보고 있었습니다! 이것이 충동적으로 벌인 일이 아니면 무엇이란 말입니까!"

"잘 들어라. 나는 이 나라의 태자다. 내 아버지가 황제 되시는 분이시지."

"그러니 더욱 태자다운 진중한 면모를 보이시고 황제께 충성을 다해야 하는 것입니다. 폐하의 뜻을 어기는 일을 아드님이신 태자 전하께서 행하시면 어느 신하가 폐하를 따르겠습니까. 황제께서도 분명 용서치 않을 것입니다!"

"내가 폐하의 아들이기에 나는 폐하에 대해 아주 잘 안다."

"잘 아시는 분이 이러십니까! 폐하께서는 아주 무서운 분이십니다. 천하를 호령하고 내로라하는 권력자들을 쥐고 흔드시는 분입니다!"

"그분은 욕심이 많아 절대로 아들 외에 다른 이에게는 황위를 주지 않으신다."

"예? 무, 무슨……!"

"그렇기에 이번 일도 눈감아주실 것이다. 그러실 거라 생각하고 저지른 일이다."

기껏 생각하고 저질렀다는 게 그런 생각이었던 것이다!

장우는 속이 부글부글 끓어올랐다. 지금 태자의 말은 우리 아버지는 나밖에 몰라. 내가 하는 일은 다 용서해 줘, 라고 말하는 어린아이와 다를 바 없었다.

장우의 생각을 읽었는지 무호가 영춘에게 턱짓을 하며 말했다.

"저놈한테 물어봐라. 내 아버지가 어떤 분이신지."

장우는 물어보고 싶지 않았지만 영춘이 격하게 고개를 끄덕이며 말했다.

"예. 폐하께서 가정교육이 좀…… 그러신 편입니다."

"봐라, 저놈은 내가 태어날 때부터 내 옆에 있던 놈이다."

황제의 부끄러운 자식 사랑과 잘못된 교육이 무슨 자랑이라고 이리 떠벌린단 말인가. 장우는 하필 이 시점에 영춘을 만나 데려온 것이 불행이라 생각했다.

'더군다나 정체 모를 자도 있는 마당에! 황실의 치부가 다 까발려지는구나!'

아무튼 또 어이없는 결론으로 논점이 벗어났다. 재차 태자에게 휘말린 것이다.

"그게 중요한 게 아니지 않습니까!"

"그것보다 나는 저자와 저자가 가져온 수레가 궁금하구나."

태자는 장우의 잔소리를 더 듣고 싶어 하지 않아 했다. 더 설명하고 대답해 주기도 귀찮은 것이다. 대신 영춘과 함께 있는 사내에 대해 알고 싶어 했다.

장우가 한숨을 쉬고 물러나자 영춘이 재빨리 말했다.

"저와 의형제를 맺은 형님이십니다!"

"의형제?"

"예! 이 형님이 제 목숨을 구해주셨습니다. 하마터면 인육만두 속에 들어갈 뻔했는데!"

"무슨 개소리냐?"

영춘이 그간 있었던 제 모험담을 읊기 시작했다.

오는 길에 이미 한 번 격정적인 어조로 생생하게 들었던 이야기라 장우 일행은 지루한 표정으로 이야기를 들어야만 했다. 그래서 과부촌 이야기를 자세하게 하려고 하자 장우가 나서서 싹뚝 잘랐다.

"과부촌에서 전하의 소식을 듣고 떠났다가 산에서 태자를 사칭하는 산적을 만났는데 바보같이 함정에 걸려 인육도축장에 팔려갔다 합니다."

깔끔하게 압축된 이야기는 변명의 여지도 없이 영춘을 멍청하게 만들어놓았다.

"저런 걸 호위라고."

태자가 무서운 얼굴로 나무라자 영춘은 입을 뺑긋거리며 변명도 제대로 못했다.

"그래서 그곳에서 저자가 구해주었단 말이냐?"

"예. 그렇다 합니다. 저자도 팔려 나갈 뻔했는데 숨겨둔 칼날로 줄을 끊고 둘이 함께 살아 나온 모양입니다. 저 수레는 그놈들이 가지고 있던 사람…… 고기와 뭐 그놈들 시신입니다."

"쓸모없는 걸 주워 왔군."

산더미처럼 쌓인 게 재물이 아니라서 실망한 무호가 영춘의 의형이란 자를 쳐다보았다.

그러자 그가 인사를 올렸다.

"저는 북천 땅에서 장사를 하고 먹고사는 유강이라고 합니다. 오는 길에 얘기를 들었을 때만 해도 긴가민가했는데, 이렇게 전하를 직접 뵈오니, 분명 전하가 맞으신 듯합니다. 저 같은 일개 상인이 전하를 뵙게 되다니 감개가 무량하옵니다."

격앙된 목소리로 적당히 치켜세워 주는 화법은 본래 인품이 그런 것인지, 처신이 노련한 것인지는 모르겠지만 상대를 기분 좋게 해주기에는 충분했다.

그런데 무호는 그런 말에 별로 감흥이 없어 보였다.

"저 모자란 놈을 쓸데없이 살려주어 고맙다."

고맙다는 건지, 원망하는 건지 알 수 없는 말이었다. 유강은 웃음을 꾹 참고 말했다.

"제가 영춘을 살렸다기보다는 영춘이 있어서 저도 도망칠 수 있었습니다."

"그러니까요! 저도 꽤 활약을 했단 말입니다!"

영춘이 체면을 살릴 기회를 놓치지 않고 나섰지만 장우가 또 그의 말을 막았다.

"오문은 어디 있습니까?"

아까부터 가장 거슬렸던 것이 그것이었다. 고목나무의 매미처럼 붙어 있던 오문이 보이지 않는다. 이런 소란이 일었는데 나와 보기라도 해야 하는 거 아닌가.

그러자 영춘도 주변을 살피며 놀란 듯이 물었다.

"그러게 말입니다. 오문은 어디 간 것입니까?"

태자는 뭘 그런 걸 다 묻냐는 식으로 통명스럽게 대답했다.

"밥때가 됐으니 밥하러 갔겠지."

허리를 꼿꼿이 세우고 눈을 감은 채 침상에 앉아 있던 유현이 눈을 떴다.

"오늘은 날이 더운 것 같아서 냉국수로 준비했습니다!"

오문이 명랑한 목소리로 옥사 문을 열고 들어왔기 때문이다.

"생각 없다."

차갑게 거절한 유현이 다시 눈을 감았다. 옥사에 갇힌 지 삼 일째, 무호가 쓰던 독방이 이제 그의 방이 되었다.

"에이. 어제도 그렇게 말씀하시고는 다 드셨지 않습니까. 고집 부리지 마시고 불기 전에 드십시오."

유현의 이마가 꿈틀 솟아올랐다. 이런 상황에 음식을 받아먹었던 것이 수치스러웠기 때문이다.

'내가 이렇게 추잡스러운 놈이었다니!'

유현은 폭도들에게 잡혀 억류된 상황에도 그들이 준 음식을 먹은 것에 크나큰 자괴감을 느끼고 있었다.

사흘 전, 유현은 한밤중에 섬뜩한 기운을 느끼고 눈을 떴다.

"이게 무슨 짓이냐."

밤중에 누군가 자신의 목에 칼을 들이대고 있는데도 유현은 나지막한 음성으로 꾸짖었다. 그 한결같고 점잖은 성품이 감탄할 만했지만 칼을 대고 있는 상대는 그런 것을 높이 쳐주지 않았다.

"요즘 몸이 안 좋다 들었다."

목소리를 들은 유현은 상대가 누군지 알 수 있었다.

"약조한 것과 다르지 않나. 이런 식이라면 네가 태자 전하라는 것을 더 믿을 수 없겠구나."

"이제 그런 건 상관없다."

"뭐라?"

"것보다 내가 잠깐 그대를 도와줄까 한다."

"무슨 헛소리냐!"

"몸이 좋지 않다니, 걱정이 돼서 말일세."

"누가 누굴 걱정한단 말인가!"

드디어 유현의 언성이 높아졌다.

"몸이 허해 장어만 먹고 있다고 들었다. 부인의 심려가 크더군."

"장어? 장어라니! 그건 또 무슨 소리인가!"

유현은 미각이 뛰어난 사람도 아니고 다양한 음식을 먹어본 사람도 아니라서 제가 장어 육수와 다진 장어 살을 먹고 있었다는 사실 자체를 모르고 있었다.

"쉬는 것을 허락할 테니, 푹 쉬고 있게. 내가 그대의 업무를 대신해 줄 테니, 아무 염려 말고."

미치고 팔짝 뛸 노릇이었다. 상대는 말이 통하지 않는 미친놈이었고,

그날 이후 유현은 옥에 갇히는 신세가 되고 만 것이다.

유현은 제가 가둔 죄수들이 새로 재판을 받아 감형이 되거나 풀려나는 것을 지켜보아야만 했다. 병사들과 한 번 싸워보지도 못하고 한 사람에게 당해 모두가 옥에 갇힌 것만으로도 치욕스러운데, 그가 저의 판결을 뒤집고 있었다.

더 화가 나는 것은 이러한 사정이 바깥에 알려졌는데도 백성들은 오히려 반기는 듯했다. 아무도 이 태자가 가짜라고 생각하지 않고 의심조차 하지 않는 것이다.

'진짜 태자라 믿고 싶은 게지.'

제가 쌓아 올린 것들이 하루아침에 허무하게 무너지고, 가족들과 병사들의 목숨이 위태로운 와중에 배고픔을 느끼다니 얼마나 한심한 노릇인가.

그러나 유현은 어제 오문의 꼬드김에 넘어가 볶음밥을 먹고야 말았다. 자신이 먹지 않으면 가족들도, 병사들도 전부 굶을 수밖에 없다며 딱 한 숟갈만 먹으라는 말에 입을 댄 것이 화근이었다. 볶음밥은 도저히 한 숟갈로 멈출 수 없는 맛이었다. 고소한 밥은 자극적인 맛도 아닌데 불안한 제 마음을 달래 주듯이 허기진 배를 달래주었다. 신기한 것은 음식을 먹고 나니 근심이 반으로 줄어든 것 같았고 더 깊은 생각에 잠길 수 있었다는 것이다. 하지만 그것을 핑계로 또 음식을 먹는 건 유현의 자존심이 허락하지 않았다.

"어제 먹었으니 됐다. 굶어 죽는 일은 없을 것이니 가져가거라."

"그럼요, 그럼요. 이 정도로 굶어 죽진 않습니다. 굶어 죽을 정도가 되면 흙도 씹어 먹고 싶어지거든요. 헤헤."

웃으면서 하는 말이 지독한 독설이었다. 이 정도로는 죽지 않으니 더 굶어보라고 조롱하는 말로 들렸기 때문이다.

"그거 한번 보고 싶군."

"……!"

무호의 목소리가 들려서 돌아보니 사람들을 데리고 옥사로 다가오는 게 보였다.

"굶겠다는데 굳이 먹일 것 없다. 흙을 주워 먹는 진귀한 모습도 구경할 겸."

"무슨 말씀을 그리하십니까! 가뜩이나 마음이 불안하신 분께!"

오문은 태자의 정나미 떨어지는 말을 나무랐다.

"쉬라고 했는데 왜 불안해하는지 모르겠군."

"그걸 왜 모르시는지를 모르겠습니다. 어? 호위님! 호위님, 오셨습니까!"

"하하. 그래. 나다! 너도 무사했구나."

영춘은 오문과 그리 살가운 사이가 아니었으나 이렇게 반겨주니 저도 모르게 예전부터 친했던 사람처럼 재회의 기쁨을 나누었다.

"군수님!"

장우와 함께 토벌을 떠났던 군관도 군수에게 달려갔다.

"음……. 너마저 잡혀 왔구나."

군수는 깊이 신음했다. 토벌대가 모두 돌아왔으나 어차피 장우의 세까지 합쳐져 있으니 풀려나긴 힘들 것 같았다.

"잡혀 온 것이 아니라……. 저기 군수님, 아무래도……."

군관은 군수와 태자를 번갈아 보며 눈치를 보다가 조심스럽게 제 생각을 말했다.

"아무래도 제가 진짜 태자 전하를 잡아 온 듯합니다."

"뭐라?"

"송구합니다. 제 생각에는 저분들이 정말로 태자 전하와 그 친위대인 것 같습니다. 저의 불찰입니다. 모든 것은 제가 책임지겠습니다."

"허······!"

군수는 그가 책임지겠다는 말이 무슨 뜻인지 알고 있었다. 태자를 믿지 못하고 도적으로 몰아 옥에 가두었으니 그 죄가 작지 않았다. 적어도 군수가 관직에서 물러날 정도는 될 것이다. 하니, 제가 목숨으로 갚겠다는 뜻이었다.

하지만 군수는 어째서 이들이 진짜 태자인지 납득할 수 없었다. 태자라면 절대 해선 안 될 행동들을 저지르고 다니지 않나.

"말도 안 된다! 어째서 저런 무도한 인물이 한 나라의 태자가 될 수 있단 말이냐! 태자라면 적어도 품위는 있어야 할 게 아니냐! 저런 왈패 같은 놈을 어째서 태자라 여길 수 있어!"

예민해진 군수가 그답지 않게 욕까지 섞어 소리쳤다. 진짜 태자라면 태자 앞에서 욕을 한 셈이 아닌가. 그런데 다들 그 말에 수긍을 하는 분위기였다. 단 한 사람, 오문만 빼고.

"그건 군수님이 모르셔서 하시는 말씀입니다. 우리 전하랑 한 번만 같이 식사를 해보십시오. 그럼 전하가 얼마나 품위가 넘치는지 알게 되실 겁니다."

"뭐?"

유현의 의문과 동시에 모두가 오문을 쳐다보았다.

"저는 지금까지 전하처럼 자연스럽게 품위가 넘치는 모습으로 식사하시는 분을 뵌 적이 없습니다. 엄청 잘 드시는데도 엄청 멋있으십니다."

무호는 제가 먹는 모습을 별로 신경 쓴 적이 없기 때문에 '그랬었나' 하는 표정을 지었지만 '멋있다'는 말에 기분이 좋아졌다.

그러나 군수는 오문의 말을 인정할 수 없었다.

"그, 그런 것으로 어찌 사람을 판단할 수 있단 말이냐!"

"무슨 말씀이십니까? 먹을 때만큼 사람이 잘 드러날 때가 없습니다. 그때가 제일 사람이 무방비할 때거든요. 그러니까 사람을 죽일 때는 음식에 독을 타는 게…… 아니, 이건 말이 그렇다는 겁니다."

오문은 왜 그런 것도 모르냐는 듯 자신 있게 말하다가 실수로 괜한 사족을 붙였다.

"그, 그렇다 해도 태자 전하라면……!"

오문이 이제 답답하다는 듯이 손을 저었다.

"에이. 군수님은 너무 고지식하십니다. 태자 전하도 사람이신데 그렇게 완벽할 리가 없지 않습니까. 사람이 어떻게 배운 대로 똑같이 살겠습니까. 게다가 전하는 배운 대로 살려는 의지조차 없는 분이신데요. 허술한 데가 많은 분이십니다."

무호는 눈썹을 조금 찌푸렸다. 칭찬과 욕을 연이어 들었는데, 칭찬보다 욕이 더 그럴 듯하고 구체적이고 무게가 큰 것처럼 느껴져서 조금 혼란스러워졌기 때문이다.

잠깐, 아니, 좀 오래 소란이 일었지만 군청은 다시 예전의 모습으로 돌아갔다. 옥에 갇혀 있던 병사들과 군수의 식솔들이 모두 풀려나 자신의 위치로 돌아간 것이다. 하지만 옥사는 예전과 달리 텅텅 빈 곳이 많았다.

"그들의 죄를 그리 쉽게 용서해 줄 수는 없습니다!"

군수는 이제 무호가 진짜 태자라는 것을 인정했다. 그럴 수밖에 없는 것이, 그의 뻔뻔하고 안하무인적인 성품과 세상 무서울 게 없는 행위들에 질려 버렸기 때문이다.

더군다나 황제의 답변을 기다려야 해서 떠날 수 없다고까지 버티는데, 태자가 아닐 리가 있겠는가. 태자가 아니라면 벌써 도주했을 것이다.

유현은 이제 그가 누구라도 상관없으니 제발 떠나주길 바라고 있었다. 알고 보니 사기꾼이었다 해도 어쩔 수 없다고 생각했다. 이제 산적 토벌의 뒤처리도 거의 끝이 났으니 지긋지긋한 그를 그만 보고 싶었다. 그는 여러모로 저와 안 맞는 사람이었다.

그간 태자가 풀어주었던 백성들을 다시 심사하여 옥에 가두려는데 그것을 태자가 극구 반대하고 나섰다.

"백성들을 다 잡아 가두면 누가 일을 해서 세금을 내겠는가? 국고가 비면 곤란하다."

"세금을 내게 해야지요. 가족 한 사람이 옥에 갇혔다 해서 세금을 면해주는 것은 아니지 않습니까."

"쥐어짠다고 없는 돈이 나오는가? 남은 가족들마저 범죄를 일으키고 옥에 갇히겠지. 그렇게 죄수가 늘어나면 그들을 먹여 살릴 세금까지 거둬야 하네."

"그렇다고 처벌을 가볍게 한다면 국법을 우습게 여길 것입니다."

"가볍게 하라 한 적 없다. 그대의 백성들을 법이 아니라 부모의 마음으로 살피라는 뜻이지."

"그것은……!"

"그대가 공평한 사람이라는 것은 잘 아네. 하나, 공정한 것만이 심사관의 덕목은 아니지. 두 번 다시 같은 죄를 짓지 않도록 하는 것이 더 중요하단 말일세. 그대의 군에서 죄인들이 점점 늘어나고 있는데 살기가 좋다

할 수는 없지 않나."

군수는 태자의 말에 반박할 수 없었다. 제가 옥에 갇혀 보니, 백성들도 병사들도 저를 좋아하지 않는다는 것을 확실히 깨달은 것이다. 제 깐깐함이 모두를 핍박해 왔던 모양이었다.

"그리고, 좀 쉬어 보니 어떻던가?"

"예? 쉬다니요?"

"아무것도 안 하고 먹고 자는 것도 해볼 만하지 않던가?"

"글쎄요. 잘 모르겠습니다. 별로 편치는 않았습니다."

옥살이를 쉰다고 표현하는 것만으로도 태자의 머리가 잘못된 것 같았다.

"여유를 가지시게. 너무 팍팍하게 살지 말고."

인생의 세 배를 더 산 사람에게 할 만한 조언은 아니지 않나. 그 불쾌함을 태자가 눈치챘는지 피식 웃었다.

"전하께서는 신하들의 연륜을 무시해선 아니 될 것입니다."

힘과 권력만 믿고 까불지 말라는 경고였다.

그러자 태자가 기다렸다는 듯이 물었다.

"그대의 연륜을 믿어보지. 그대가 보기에 내 숙수인 오문이란 아이가 어때 보이는가?"

"갑자기 그것은 왜 물으십니까?"

"내게는 중요한 문제지. 말해보시게. 저 아이, 아니, 아이가 아니지. 열여덟이나 먹은 어엿한 여인이지. 저 여인이 어떤 사람 같은가."

유현의 고개가 창밖을 향했다. 성숙한 여인의 자태와는 한참 거리가 면, 꼭 소년 같은 계집이 깔깔 웃으며 태자의 친위대들과 어울리고 있었다. 매번 제게 음식을 가져다주면서 눈치 없는 소리를 해댔다. 그러면서도 한 번도 음식을 허투루 내온 적이 없었다. 저렇게 꺼벙해 보여도 음식은 늘 정갈했고 먹는 사람을 배려한 세심한 면이 느껴졌었다.

"어딘가 좀 모자란 아이 같습니다."

"역시 그런가?"

태자는 빙긋 웃으며 그 말을 인정했다.

유현은 어쩔 수 없다는 듯 한숨을 쉬며 어쩌면 태자가 듣고 싶어 할지도 모르는 말을 해주었다.

"사람을 미워하는 법을 몰라, 미워할 수가 없는 그런 여인입니다."

잠깐 침묵이 이어졌다.

두 사람은 격렬한 토론을 멈추고 한참이나 오문을 바라보고 있었다. 시간이 얼마나 지났는지도 모를 때 태자의 한마디가 침묵을 깼다.

"뭐, 결국은 모자라단 소리지."

유현은 그 말에 조금 놀라며 물었다.

"저 아이, 많이 아끼는 게 아니셨습니까? 궁으로 들이는 문제로 물으시는 줄 알았습니다만."

황후가 되지는 못할 것이나 후궁으로 들어가면 욕심 없고 꾸밈없는 성품으로 태자의 마음을 어루만져 줄 것 같았다. 삭막한 궁에 그런 숨 쉴 자리 하나 정도는 있어야 하지 않은가. 유현은 오문이 태자에게 그런 존재가 돼 줄 거라 생각했다.

태자는 유현의 말에 대답하지 않았다. 대신 다른 것을 물었다.

"하면 저자는 어떤가? 그대의 연륜으로 살펴볼 때 저자는 어떤 사람 같은가."

유현의 시선이 태자의 시선 끝에 있는 자를 향했다. 호위무사 영춘의 옆에서 사람 좋은 웃음을 짓고 있는 점잖은 사내. 유강이라는 젊은 상인.

"상인으로 보이지는 않습니다."

무호는 유현의 말을 들었는지 못 들었는지, 그저 유강이란 사내가 오문의 손을 잡는 것을 노려볼 뿐이었다.

"손금도 볼 줄 안다니, 우리 형님은 진짜 못하는 게 없는 것 같소."

영춘은 제가 좋은 형님을 얻은 것이 자랑스러운지 제가 잘난 것도 아닌데 매우 기뻐했다.

"어……. 손금 같은 거 전 별로……."

오문은 누군가 제 과거를 들여다본다는 것이 찜찜했다. 미신을 다 믿는 건 아니지만 그래도 용한 점쟁이들이 하는 말은 꽤 그럴듯했고, 그러다가 저의 떳떳하지 못한 과거사가 거론될까 봐 두려웠기 때문이다. 손금도 마찬가지다. 손금에는 사람의 인생이 담겨 있다지 않나.

오문이 조심스럽게 거부하며 손을 빼자 유강이란 공자가 덥석 손목을 붙잡았다.

"하하. 손금 하나 보는 게 뭐가 그리 수줍어서 이러느냐? 보기보다 쑥맥이구나."

"쑤, 쑥맥이라서가 아니라, 저는 그런 미신 별로 안 좋아합니다."

"네 말대로 미신인데 뭐가 문제냐? 재미로 보는 것인데."

"제가 지금 좀 바빠서요."

오문은 도망치고 싶었다. 웃는 얼굴로 저를 다정하게 바라보는 공자가 어쩐지 기분이 나빴다. 처음부터 그랬다. 이상하게 시선이 느껴져서 보면 공자가 저를 보고 싱긋 웃어주었다.

부드러운 웃음이었다. 분명 다른 사람이 그런 웃음을 지어 보이면 편안하게 마주 보고 웃어줄 것 같은 그런 웃음.

한데 저는 그 웃음을 보고 어쩐지 뱀의 비늘을 훑어 내리는 듯한 기분에 휩싸이곤 했다. 저한테 해코지를 하지 않는 이상 누군가를 싫어한 적이 없는데 이상한 일이었다. 호위님을 도와줬다는 생명의 은인에게 나쁜 마음을 갖는 것 같아서 이런 자신이 싫기도 했다.

　때문에 더욱 이 공자를 대하기가 불편했다. 차라리 부딪치지 않으면 상관없겠는데, 이런 식으로 저를 붙잡고 관심을 보일 때마다 너무 난감한 것이다.

　"수상한데? 혹시 내가 손금을 너무 잘 볼까 봐 걱정하는 건 아니고?"

　"그, 그런 걸 왜 걱정합니까?"

　"숨기고 싶은 과거가 있거나⋯⋯."

　"그런 거 없습니다!"

　"왜 그리 발끈하느냐?"

　유강이 정말 놀란 듯이 눈을 크게 뜨고 멋쩍어했다.

　"죄, 죄송합니다. 제가 빨래를 한다는 걸 깜빡해서 바빠 가지고요⋯⋯."

　"아니, 네가 죄송할 것까지야⋯⋯. 바쁜 사람 붙잡은 내 탓이지. 어서 가보거라."

　"예. 다, 다음에 꼭 손금 봐주십시오."

　"하하. 알았다."

　"다음은 무슨."

　"⋯⋯!"

　대충 분위기가 수습되려는데 퉁명스럽고 배배 꼬인 무호의 음성이 들렸다.

　"전하!"

유강이 허리를 숙이며 태자를 어려워했다.

무호는 그런 유강은 본체만체하면서 오문을 나무랐다.

"손금이 보기 싫으면 단호하게 거절해라."

"거절…… 했습니다."

"더 단호하게. 싫다는 사람 손목을 잡는데 깨물어서라도 놓게 해."

"저…… 일단 그렇게 하는 건 너무하는 것 같고요. 여기 앞에 본인이 계신데 그렇게 말씀하시는 건 좀 듣기 거북한 것 같습니다."

오문이 그것을 굳이 자세히 지적하는 것도 듣기 거북한 것은 매한가지 이건만 두 사람은 유강이 이곳에 없는 것처럼 대화를 이어나갔다.

"강제로 손목이 붙잡혀 있는 것도 속이 거북하긴 마찬가지다."

"뭘 또 속이 거북할 것까지야……. 그 정도는 아니었습니다."

"거북하긴 했단 거로군."

"……."

결국 듣다 못한 유강이 조심스레 입을 열었다.

"흠……. 제가 너무 가볍게 행동하여 저 아이를 불편하게 만든 것 같습니다."

유강이 공손하게 사과를 하는데 태자는 찌릿 그를 쏘아보며 말했다.

"얼렁뚱땅 어린애 취급 하지 말라."

"예?"

"어엿한 여인의 손목을 잡고 희롱한 것이다."

"……!"

오문은 눈을 깜빡깜빡거리며 제가 잘못 들었나 하고 태자를 쳐다보았다.

뒤늦게 태자의 말을 이해한 유강이 당황해서 말을 더듬었다.

"아……. 저, 저는 그런 의도는……."

"손금이라니, 고전적인 수법이군."

"그리 오해하셨다니 송구합니다."

"내게 송구할 건 없다. 오문에게 사과하게."

저더러 사과하라는 말에 멍하게 있던 오문이 화들짝 놀라며 손사래를 쳤다.

"아, 아닙니다. 뭘 그렇게까지나……!"

"아니다. 미안하구나. 내가 여인을 희롱한 게 맞다. 경솔한 행동을 했구나. 불쾌하게 해서 미안하다."

"아니요, 아닙니다! 저, 정말 괜찮습니다. 하하."

오문이 어색하게 웃으며 태자의 눈치를 살피는데 영춘이 입을 삐죽거렸다.

"전하의 오해이십니다. 제가 곁에 있어 봐서 압니다만 저희 형님은 그럴 의도가 전혀 없었습니다. 오문이 귀여워서 장난을 좀 쳤을 뿐입니다."

"형님은 개뿔."

"헙! 왜, 왜 그러십니까! 제 생명의 은인이자, 저보다 나이도 많은데 형님이라 불러 드리는 게 뭐 그리 잘못되었다고 그러십니까! 아니, 우리 형님이 맘에 안 드시는 겁니까? 왜요?"

"호위라는 놈이 나를 그리 몰라!"

"뭐, 뭐를 말입니까!"

"내가 낯을 가린다는 것을 몰랐단 말이냐!"

제 27 장
호랑이와 늑대의 시간

황제는 파발로부터 급한 서신을 받았다. 서신의 내용을 확인한 황제는 태자가 또 묘한 일에 휘말려 든 것이 한심해서 '거기서 아예 푹 쉬어라!' 라고 소리를 쳤다.

그러나 곧 함께 동봉한 그림과 마지막 문장의 글귀를 보고 동공이 크게 확장되었다. 그 둘을 계속 번갈아보던 황제는 종이가 찢어질 정도로 손을 부들부들 떨고 있었다.

'으, 은도명의 옥패가 왜! 어째서 태자가 이것을 가지고 있어!'

정확히는 은도명의 여식에게 준 반쪽짜리 옥패였다. 그것을 먹물로 찍어 보낸 그림이었다. 사자의 머리에 봉황의 날개를 달고 말의 다리를 가진 짐승. 그것은 젊은 시절 제가 직접 은도명에게 그려준 문양이자 그들만의 증표였다.

"알겠나. 도명. 언젠가 내가 폭군이 되어 그대를 해하려 한다거나, 아니면 마음이 변해 그대를 벗으로 여기지 않거든 이 옥패를 보여주게."

"이건 얼마 전에 장난으로 그리신 문양 아닙니까."

은도명과 황제는 정말로 허물없는 사이였다. 사람들이 그들의 우정을 두고 남녀라면 연인이 되었을 거라고 말할 정도였다.

"장난이라니? 난 진지하게 솜씨를 발휘한 걸세. 세상에서 가장 강한 자네의 모습을 최선을 다해 형상화한 것인데."

"제가 이렇게 생겼다고요? 흉측합니다."

"휴, 흉측하다니! 이렇게 멋진 생물을!"

"아무튼 뜻은 감사합니다만 무슨 옥패가 이리 작습니까. 옥을 너무 아끼신 거 아닙니까?"

"이런 것은 둘만 알고 있어야 하니, 되도록 사람들 눈에 띄지 않게 작게 만든 것일세. 장인이 얼마나 진땀을 흘리며 이 문양을 팠는지 아는가? 작아서 더 귀한 것일세."

"장인이 힘들었던 것은 문양이 이상하게 생겨서인 것 같습니다. 쓸데없이 너무 많은 걸 담으려다 조잡해진 게 아닌가 싶습니다만."

"문양의 생김이 뭐가 그리 중요한가! 이 옥패의 의미에 관심을 가지란 말일세! 이걸 가지고 오면 나는 그대에게 면죄부를 준다고 약조하지! 설사 그대가 내게 반하는 일을 했다 하더라도, 나는 그대를 한 번은 용서해 줄 테니!"

파격적인 제안에 은도명의 심드렁한 눈빛도 진지해졌다.

"단, 그때는 이 옥패를 반으로 갈라 반쪽은 내게 주게."

"나머지 반쪽을 제게 남겨주시는 이유는 무엇입니까?"

"그대의 자손과 나의 자손을 맺어 줄 증표이지."

"우리의 옥패가 반으로 나뉜 것을 자손들로 하여금 잇게 하시겠단 말씀이십니까?"

"아니. 내가 무슨 일이 있어도 그대를 놓지 않으려는 욕심이지."

은도명은 탐나는 인물이었다. 신하로서, 벗으로서, 제화국 어디에도 그 같은 인물이 없었다.

그는 모든 것에서 황제인 저보다 뛰어났고 거만하지도 겸손하지도 않았다. 누구에게도 굽히지 않았지만 누구에게도 함부로 하지 않았다. 언제나 제 할 말을 다 했고, 유쾌하면서도 지적이고 강한 사람이었다.

그랬던 그의 옥패가 갈라진 것은 동시에 사랑했던 여인, 주혜령 때문이었다.

그는 옥패를 가르며 주혜령을 놓아달라 했다.

알고 있었다. 주혜령 또한 은도명을 마음에 두고 있었다는 것을.

주혜령은 최고의 여인이었고, 그런 그녀에게 어울리는 최고의 자리를 마다하고 은도명을 따랐다.

그날을 떠올리면 지금도 가슴이 욱신거릴 정도로 마음이 좋지 않았다.

차라리 옥패를 가루로 만들고라도 주혜령을 얻었어야 했다. 그랬다면 주혜령도, 은도명도 화마로 사라지지 않았을 것이다. 화통한 척 두 사람을 놓아주며 멀리 보낸 것이 화근이었다. 황후를 잃은 자신이 주혜령 같은 귀한 여인을 그 힘든 자리에 묶어둘 자신이 없었던 탓이 아니겠는가.

그렇게 가장 사랑했던 두 사람을 잃고 절망할 때 또 다른 벗인 단왕으로부터 산호를 구했다는 소식을 들었다. 그 순간은 너무 기뻐서 옥패의 존재를 확인하지도 못했었다.

제가 언제나 산호의 목에 걸어 두라 한 옥패였다. 은도명이 이를 어길 리가 없었다. 그 아이가 정말로 산호라면 그 반쪽짜리 옥패를 가지고 있을 것이다.

그러나 그것을 일찍 발설한다면 단왕이 무슨 수를 쓸지도 모른다는 생각이 들었다.

단왕도 벗이지만 은도명과는 달랐다. 단왕은 야심이 많았고 은도명처럼 속을 털어놓는 자도 아니었다. 늘 어딘가 한 걸음 떨어져 있던 단왕이지만 그 역시 주혜령에게 흑심을 품고 있는 것도 알고 있었다. 그렇기 때문에 그가 의심스러워지기 시작했다.

갑자기 옥패를 보이라 하면 그가 어찌 나올까. 옥패는 저와 은도명밖에 모르는 증표 아닌가.

역시나 그는 수상하게 나왔다.

차라리 잃어버린 것 같다, 모르겠다 했다면 의심을 지웠을지도 모른다. 물건은 잃어버릴 수 있는 것이니. 한데, 그는 산호가 아파 태자비로 보낼 수 없다 했다. 그 말에 무언가 이러지도 저러지도 못하는 패를 버리지 못하고 있는 우유부단함이 느껴졌던 것이다.

'그래서 태자를 보냈건만, 대체 이게 어째서 태자의 손에 있단 말인가!'

황제는 한참이나 서성였다.

태자는 옥패에 대해 전혀 알지 못한다. 옥패를 가진 자를 만났다면 산호를 만났거나, 산호를 아는 자를 만났다는 것이다. 하지만 산호는 지금 몸이 좋지 않아 단왕부에 있다.

'태자가 옥패에 대해 물은 것은 이 옥패를 가진 자가 수상하기 때문이지. 그렇다면 나도 있는 그대로 말해줄 수가 없다.'

제 눈으로 직접 옥패를 가진 자를 만나보아야 했다. 아무것도 모르는 태자에게 이것을 가진 자가 진짜 산호다, 라고 말했다가는 함정에 걸릴지도 모르는 일이 아닌가.

'흐음……. 태자가 현명하게 처신할 수 있도록 해야 하는데…….'

태자에게 답신을 보내는 일로 이토록 고심해 본 적이 없었다. 마음은 다급한데 뾰족한 수가 떠오르지 않으니 더 초조했다. 사태를 파악해야 했고, 있을 수 있는 여러 가지 일을 떠올렸다. 그러다가 조금 복잡하지만 정확한 한 수가 생각났다.

'그렇지! 이 문제는 단왕이 옥패를 한 번이라도 제대로 보았는가를 알 수 있으면 된다!'

그 사실만 밝혀낼 수 있다면 태자의 질문에 답을 해줄 수 있었다. 이 옥패를 가진 자가 있다면 어찌해야 하는가를.

황제는 주렴을 걷고 안쪽 방으로 들어갔다. 그러고는 넓은 방을 지나 그림 족자가 걸린 벽으로 다가갔다. 족자를 걷고, 벽을 누르자 찰칵하는 소리가 들렸다. 황제는 벽 전체를 문처럼 밀었다. 숨겨진 벽장에는 황제의 개인 소장품들이 잔뜩 쌓여 있었다. 그것은 전대 황제로부터 물려받은 황제들의 보물이기도 했고, 또 어떤 것은 사연뿐인 쓸모없는 물건이기도 했다.

구석에 있는 작은 함도 사연뿐인 현 황제의 보물이었다. 그것을 꺼내드는 황제의 눈에 회한이 서렸다.

함을 열자 오랫동안 보지 못한 반쪽짜리 옥패가 있었다. 사자의 머리가 새겨진 반쪽이 아직도 은은한 빛을 내고 있었다. 황제는 그것을 꺼내 손에 꽉 쥐었다. 그러고는 큰 결심을 한 듯 답신을 쓰기 시작했다.

『네가 말한 그 옥패를 절대 누구에게도 빼앗겨서는 안 된다. 만약 그것을 탐내는 자가 있다면 이 옥패를 건네라. 만약 이것을 받고도 옥패가 다른 것을 모른다면 그자는 너의 적일 것이며, 본래 옥패의 주인은 반드시 궁으로 데려와야 한다. 명심하라. 네가 보고 들은 것이 전부가 아님을. 이번만큼은 아비의 당부를 결코 가볍게 생각해선 안 되느니라.』

그렇게 몇 번이나 신신당부한 황제는 태자에게 줄 서찰을 옥패와 함께 함에 넣고 먼저 은밀하게 사람을 불렀다. 그러고는 기단군의 군수 유현에게 보낼 서찰은 따로 작성하여 파발을 보냈다.

오랜만에 많은 생각을 했더니 머리가 다 지끈거렸다.

"후……. 옥패를 가진 자가 나타나다니……. 아무래도 불길하군."

그래도 단왕을 믿고 싶었기에, 이 평화를 지키고 싶었기에 단왕부에 있는 산호가 옥패를 갖고 태자와 함께 궁으로 오길 바라고 있었다.

'그리하면 그간의 모든 의심을 깨끗이 지울 수 있으련만…….'

황제는 단왕부가 아닌 곳에서 옥패가 나온 사실에 큰 충격을 느끼고 있었다. 동시에 옥패를 가진 자가 누구인가가 궁금해서 미칠 것 같았다.

'참아야 한다. 지금 움직였다가는 아무것도 알아내지 못해.'

단왕부에 죄가 있다면 그 죗값을 받도록 꼼짝 못할 증거를 찾아야 했다. 그러려면 단왕이 덫에 걸리길 기다리는 수밖에 없었다.

'태자가 잘해야 할 텐데.'

불같은 성정에 일을 그르칠까, 그것이 걱정이었다.

기단군의 군청은 때 아닌 잔치로 북적거렸다. 가난한 백성들이 배불리 먹을 수 있도록 어죽을 끓여 나눠 주고, 관원들과 지인들, 병사들까지 모두 초대해 잔치를 베풀었다.

많은 양의 음식을 하느라 유현의 너른 사택에는 하루 종일 기름 냄새가 풍겼다. 생선을 튀기고 찌고, 고기를 굽고, 끓이고, 온갖 조림과 볶음 요리가 마당의 넓은 상에 가득했다.

오문은 원조미각에서 잔칫집에 불려 다닐 때 어깨너머로 배운 모든 음식을 거의 다 만들었다.

오문이 능숙하게 그것을 해내는 것을 보고 유현의 부인은 그녀를 더 신뢰했다.

"놀랍구나, 놀라워. 네 나이에 이런 성취를 이룬 숙수 얘기는 들어본 적도 없는데, 그것도 여인의 몸으로 참으로 대단하구나."

"아닙니다. 실은 제가 기억력 하나는 좋아서 그냥 본 것을 다 외워 버린 것뿐입니다. 사실 오래 숙련된 숙수들과는 비교가 안 됩니다."

"전부 외워? 네가 나를 놀리는구나. 그것이 더 어려운 일인데 잘난 척을 하고 싶었구나."

"아, 아닙니다! 요리는 그냥 외운다고 잘할 수 있는 일이 아니라는 뜻에서……."

"그래. 그냥 외우는 것도 아닌데 잘하니 네가 과연 타고난 숙수로구나."

"아우. 정말 그런 건 아닌데요……."

오문은 머리를 긁적이고 몸을 배배 꼬면서도 싫지는 않은지 혀를 쏙 빼물고 웃었다.

부인은 그런 오문을 귀엽고 대견하다는 듯 바라보며 말했다.

"아무래도 내가 아이를 가진 것이 네 덕인 듯하구나."

놀랍게도 군수의 부인이 젊지 않은 나이에 아이를 가진 것이다. 아이를 갖지 못할 나이는 아니었으나 그래도 놀라운 일이었다.

유현은 부인보다 더 기뻐했다. 지금까지 딸만 하나 두고 자식이 없었기 때문에 유현의 놀라고 기쁜 마음은 이루 말할 수 없었다. 감정을 겉으로 잘 표현하지 않는 유현이 얼마나 기뻤으면 부인과 자식의 안위를 비는 잔치를 베풀었겠는가.

"그게 왜 제 덕이겠습니까. 전부 마님의 덕입니다."

"아니다. 네가 해준 장어 요리가 아무래도 효험이 있었던 모양이다."

"예? 에이, 설마요. 하하."

오문은 부인의 농담을 이해하고는 얼굴을 붉히며 웃었다.

사실 부인이 그냥 웃자고 말한 것만은 아니었다. 유현이 식욕을 찾고 조금이나마 원기를 회복한 것이 장어 요리 덕분이 아니면 무엇 덕분이겠는가.

"앞으로도 종종 부탁하고 싶으나 잡을 수 없어 안타깝구나."

"제가 없어도 다른 사람이 만들 수 있도록 방법을 적어 두고 갈 것이니 염려 마십시오."

"장어뿐만 아니라 그냥 네 요리 전부를 좋아하시는 게다. 참으로 신기하구나. 네 요리가 맛이 있긴 하지만 다른 요리와 크게 다른 것 같지는 않은데, 무엇으로 대인의 입맛을 사로잡았는지 말이다."

"별건 없습니다. 그저 대인께서는 미각과 후각이 너무 예민하신 분이라 음식의 잡냄새를 잡는 데 공을 들여야 하고, 강한 맛을 못 드시는 것뿐입니다."

"그래? 그것참 신기하구나. 나는 여태 대인께서 오히려 맛을 잘 못 느끼시는 분인 줄 알았는데……."

"워낙 예민하신 분이시고 절제해야 한다는 강박관념이 있으셔서 작은 맛도 크게 느끼는 것인지도 모릅니다."

부인은 오문이 지금까지 해온 요리가 단순한 음식이 아닌, 음식을 먹는 사람을 보살피는 정성이란 것을 알게 되었다.

"덕분에 내가 많이 배웠다. 나도 뭔가 도움이 되고 싶어 선물을 준비했으니 받아다오."

"예? 선물이라니요? 저는 그저 잔치를 열어주시니 맛있는 음식을 먹을 수 있어서 그걸로 좋습니다."

오문이 사양했지만 부인은 기어이 아랫것들에게 시켜 오문을 데리고 나갔다.

백골기예단은 오랜만에 자신들이 어울리는 자리에 섰다. 날씬한 몸을 강조한 옷을 입고, 화는 귀여운 미소를 지으며 단검을 날렸다. 그녀가 단검으로 어려운 표적을 맞출 때마다 여기저기서 감탄 어린 함성과 박수가 터져 나왔다.

맏이인 금은 훤칠한 장신을 이용해 시원하게 봉을 휘둘렀다. 봉을 휘두를 때마다 공기를 찢는 바람 소리가 예사롭지 않아 친위대 대원들은 진지하게 금의 공연을 관람했다.

긴장감 넘치는 금의 공연 이후에 아무 재주도 없어 보이는 첨이 등장했다. 첨은 통통한 몸을 유연하게 굴리거나 줄을 타고 접시를 돌리는 등 익살스러운 재주를 선보여 잔치 분위기를 한껏 띄워 주었다.

연이어 단주 광두가 우스꽝스러운 차력을 보인 뒤 상이 등장했다.

상은 화와는 다른 분위기의 옷을 입고 있었다. 넓은 소맷자락이 우아해 보였고, 허리는 잘록하고 가슴은 더욱 강조되어 있었다. 한쪽 다리 부분은 치마가 절개 되어 움직일 때마다 딱 붙는 속바지가 보였다. 활동성이 강조되면서도 여인의 성숙한 매력을 돋보이게 하는 옷이었다. 그 옷을 입고 검무를 추기 시작하자, 양손에 든 검은 더 이상 검이 아니라 그녀의 손에 감긴 비단 천처럼 부드럽게 느껴졌다.

모두들 그 모습을 넋을 놓고 바라보았다.

상은 마치 버드나무 가지처럼 부드러웠고, 날개를 펼친 새처럼 우아했다. 어딘가 비애에 찬 몸짓은 애처로움을 느끼게 했다.

장우는 술잔을 들었다. 찰랑거리는 술 위에도 검무를 추는 상의 쓸쓸한 눈빛이 떠올랐다.

'심란하군.'

못 볼 것을 봤다는 건 이럴 때 하는 말일 것이다. 장우는 술잔을 단숨에 입안으로 털어 넣었다. 오랜만의 술이라 그런지 쓰고 떫은맛이 났다.

잔치가 한참 흥이 올랐는데 태자는 잔치에 어울리지 못하고 여기저기 서성이며 다녔다. 오문이 해준 음식을 그렇게 좋아하면서 아직 입도 대지 않고 여기저기 기웃거리는 모습을 군수 유현이 발견했다.

오늘 유현은 매우 기분이 좋았기 때문에 그런 태자를 골려 주고 싶었다. 그간 당한 일에 비하면 그 정도는 해도 될 같았다.

"누굴 찾으십니까?"

"오문을 보지 못했는가?"

유현은 힘이 빠졌다. 태자가 오문을 찾고 있는 것은 저도 눈치채고 있었다. 제가 그리 물으면 태자가 애써 아닌 척할 것을 기대했을 뿐이다. 그러면 저는 또 은근하게 오문을 찾는 줄 알았다고 말할 셈이었는데, 역시 태자는 부끄러움을 모르는, 지나치게 솔직한 자였다.

"오문이 어디 있는지 알려 드릴 테니 제 청도 들어주시겠습니까?"

"됐네. 내가 직접 찾아보지."

"들어 보기나 해주십시오. 들어서 나쁠 건 없습니다."

"청을 거절하는 것보다 듣지 않는 것이 나을 듯해."

"제 청은 보잘 것 없지만 제 청을 들어주지 않으시면 오늘 좋은 구경을 놓치실 것이옵니다."

"좋은 구경은 무슨. 나는 오문만 찾으면……!"

불현듯 그가 말한 좋은 구경이 오문을 뜻한다는 것을 알고 불길한 생각이 들었다.

"이제 아셨습니까?"

유현이 짐짓 목소리를 낮추고 위협적으로 말하자 무호는 불같이 화를 냈다.

"그 아이에게 무슨 짓을 한 게냐!"

"제 청을 들어주시면 안내해 드린다 하지 않았습니까?"

유현은 곤란한 질문으로 태자를 골탕 먹이는 것보다 오문을 이용하는 법이 더 낫다는 것을 터득했다.

"좋다. 어서 말하라."

"태어날 제 아이의 이름을 지어주십시오."

"……?"

태자는 유현의 뜻밖의 질문에 당황했다.

"아들이든, 딸이든 전하께서 주신 이름으로 살게 할 것입니다. 그만큼 복된 일이 어디 있겠습니까?"

"복은 무슨. 나만큼 재수 없는 인간도 없거늘."

"……태자로 태어나신 것만으로도 운이 좋으셨습니다."

아니면 저 지랄 맞은 성정을 누가 참아 줄 수 있겠는가. 억지로 삼킨 말이 입안을 맴도는데 태자의 마지못한 허락이 떨어졌다.

"알았네. 둘째라 했으니 마침 좋은 이름이 떠올랐네."

"그것이 무엇입니까?"

벌써 그리 좋은 이름이 떠올랐다니 유현은 듣던 대로 태자의 학식이 깊구나, 감탄하며 기대에 찬 눈빛을 했다.

"이호."

"예? 이호라니요……. 설마 이, 이호라 하심은…… 설마 두 번째라는 뜻으로……."

"좋은 이름이다. 정감이 가는군."

"첫째를 일호라 이름 짓지 못한 것이 안타깝습니다."

유현이 차마 욕을 할 수 없어서 그리 말한 것을 태자는 진심으로 들었다.

"지난 일을 후회해서 뭐 하겠는가? 자, 이제 오문에게 데려다주게."

참으로 밉살맞은 소리였다.

오문은 경대에 비친 제 모습을 보고 눈이 휘둥그레져서 저도 모르게 외쳤다.

"와! 정말 다른 사람 같습니다."

창관에서 대강 꾸며본 적은 있지만 본격적으로 솜씨 좋은 시녀들의 도움을 받아 치장을 하고 나니 대가 댁 아씨라 해도 믿을 만큼 기품이 넘치는 모습이었다.

자그마한 체구에 동안이라 선홍빛으로 뺨을 물들였더니 어린 아가씨의 귀엽고 청초함이 보였다. 분홍 꽃 자수가 놓아진 하늘빛 고운 비단 옷감은 살에 닿는 감촉도 매끄럽고 좋았지만 오문의 하얗고 건강한 피부를 더욱 돋보이게 해주었다.

"예쁘다!"

이리저리 몸을 돌려 보며 신이 나서는 제가 자화자찬을 한 줄도 모르고 있었다.

부인이 그 모습을 흐뭇하게 보았다. 오문은 볼수록 재밌는 아이였다.

보통의 천한 아이라면 제가 이렇게 꾸며 주겠다고 데려왔을 때, 주제에 맞지 않는다, 과분하다 등등 오히려 겁을 먹고 거부할 것이다. 그게 아니라면 탐욕스러운 눈빛을 보이거나.

한데 오문은 마냥 신기해하며 즐기고 있었다. 예의상 한 번 괜찮다고 했을 뿐, 골라주는 옷을 마다 않고 전부 입어 보았다. 그중 하나를 골라주겠다는데, 잔뜩 들떠 좋아서 어쩔 줄 몰라 했다. 화장을 해주면 또 뭐가 그리 궁금한지, 이것저것 물어보며 적극적으로 치장하는 것을 즐길 뿐이었다.

그렇다고 욕심을 부린다거나 약은 소리를 하지도 않았다. 그냥 변해가는 자신의 모습에 연신 순수하게 감탄할 뿐이었다. 솔직하게 제 모습이 예쁘다고 말하고, 어울리지 않는 짓을 했다 부끄러워하지도 않았다. 모자라 보일 만큼 낙천적이고 무슨 소리를 해도 잘 웃고 다니지만, 실은 자신을 낮추지 않는 자존감이 강한 여인이었던 것이다.

"아직 끝이 아니다. 머리가 허전하구나. 비녀를 꽂아야지."

비녀라는 말에 오문은 뭔가 생각났다는 듯이 눈을 빛내며 말했다.

"아닙니다! 그건 괜찮습니다! 잠시만요!"

뭐가 괜찮다는 건지, 오문은 배시시 웃으며 달려 나갔다.

부인이 오문의 뒷모습을 보며 인자한 미소를 지었다.

"어쩜 저리 밝을까. 기운이 넘치는구나."

"비녀는 어찌할까요?"

시녀가 묻자, 부인은 고개를 저었다.

"두어라. 아마 좋은 비녀를 갖고 있는 모양이다."

"하면 연통을 넣을까요?"

"그러지 않아도 될 것 같구나. 젊은 사람들이니 어련히 알아서 할까."

예쁘게 꾸민 오문이 누구에게 달려갈지는 뻔한 일 아닌가.

후다닥 밖으로 나온 오문은 제가 묵은 방으로 달려가 봇짐에서 비녀를 꺼냈다. 태자가 선물해 준 그 비녀였다.

'한 번밖에 못해 봐서 아까웠는데.'

비녀를 꽂았으나 경대가 없어 제 얼굴을 보지 못한 게 안타까웠다.

'그래도 분명 더 예쁠 거야.'

오문은 자신감을 갖고 밖으로 나갔다.

'뭐야? 어디 계시는 거야?'

잔치가 한창인 사람들 사이를 지나가는데, 태자는 보이지 않았다.

'이상하다. 먹는 자리를 일찍 뜨실 분이 아니신데.'

오문이 여기저기 기웃거리며 술에 취한 사람들 사이를 지나갔다.

사람들은 그녀가 오문인 줄은 모르고 웬 낯선 여인이 분주하게 뛰어다닌다고 생각했다.

백골기예단도 먹고 마시느라 누가 지나가는 줄도 몰랐다.

그러다가 나폴나폴 치마를 흩날리며 뛰어다니는 여인에게 하나둘 관심을 보였다. 그녀가 너무 고왔기 때문이다. 어디서 저런 고운 소녀가 등장했을까, 군수의 친척일까, 웅성거리면서 감히 누구 하나 나서서 묻지는 못했다.

그런데 낯이 익었다. 술에 취하지 않았다면 더 또렷하게 기억이 날 것 같았다. 누구였더라……?

그때 그녀가 영춘을 보며 큰 소리로 물었다.

"호위무사님! 태자 전하는 어디 계십니까!"

아름다운 소녀에게서 오문의 목소리가 들리자 사람들의 표정이 해쓱해졌다.

"어……. 어? 오, 오문이냐?"

영춘은 마시던 술을 뱉어내지 않도록 꿀꺽 삼키고 믿을 수 없다는 듯 물었다.

"저 못 알아보시겠죠? 완전 예쁘죠?"

"어? 어……. 그래."

"그래서 태자 전하께도 보여 드리고 싶은데 안 보이시네요. 어디 계신지 아십니까?"

"그, 글쎄. 아까 군수님과 어디로 가시던데."

"군수님? 아! 알겠습니다. 그럼 군수님을 찾아볼게요."

후다닥 달려가는 오문의 뒷모습을 영춘과 일행이 멍한 눈으로 쳐다보았다.

특히 백골기예단 사람들은 몇 번이나 눈을 비볐다. 아무리 옷이 날개라지만 정말로 날개옷을 입은 선녀처럼 아름답지 않은가.

그런데 그 시선을 느끼기라도 한 듯 오문이 우뚝 멈춰 섰다. 오문이 뒤를 홱 돌아보자 다들 뜨끔해서 눈길을 피했다.

"참! 음식은 어떠십니까?"

"마, 맛있다. 뭐. 네가 한 게 맛이 없을 리가……."

"역시 그렇죠? 헤헤. 제 거 남겨놓으세요. 다 드시지 말고! 금방 다녀오겠습니다!"

그렇게 오문은 한 차례 사람들을 놀라게 하고 떠났다.

영춘은 오문이 마지막으로 했던 말을 곱씹으며 중얼거렸다.

"잘도 금방 다녀오겠다."

그 모습으로 사내를 만나러 가는데, 금방 돌아올 수 있을 리가 없지 않
나.

'그냥 보내시면 사내도 아니시지.'

영춘은 음식을 남길 필요가 없다는 걸 깨닫고 마음껏 고기를 뜯었다.

그리고 그 옆에서 옅은 미소를 지으며 술을 마시던 유강은 영춘과는
다른 생각에 빠졌다.

'옥패가 없어.'

오문의 양 손목에 옥패가 보이지 않았다. 목에도 마찬가지였다.

'남은 건 발목인가⋯⋯.'

어떻게 해야 오문의 발목을 볼 수 있을까, 생각하느라 음식 맛도 술 맛
도 제대로 느끼지 못하고 있었다.

'귀찮은 계집 같으니. 차라리 그냥 죽이고 빼앗는 것이 낫겠다.'

손가락 하나 까딱하면 오문을 죽일 수 있었다. 저는 귀문의 최고 살수
귀접이니까.

유강, 아니, 단유천은 단왕부로 가기 전에 아무도 몰래 오문의 옥패를
뺏을 셈이었다. 그리고 나중에 단왕부 갔을 때는 태자를 가까이서 뵙고
싶어 모두를 속였노라 능청스럽게 말할 계획이었다. 그때쯤에는 오문은
당연히 죽고 없을 테고, 옥패는 처음부터 그랬던 것처럼 산호의 손에 있
을 것이다.

마음 같아서는 오문이 아니라 태자를 죽이고 싶었지만 그것은 쉬운 일

이 아니었다. 실패라도 하게 된다면 더 큰일이었다. 위험부담을 안고 그런 짓을 벌여 성공한다 해도 단왕부로 가던 중에 태자가 죽는다면 단왕부가 의심을 받을 게 뻔하지 않겠는가.

그래서 지금 유강은 옥패를 뺏고 오문을 죽이는가, 오문을 죽이고 옥패를 뺏는가 그것을 갈등하는 중이었다. 오문의 손목에 옥패가 걸려 있었다면 문제가 없었을 텐데, 아직도 보이지 않으니 죽이고 나서도 옥패를 찾지 못해 낭패를 볼까 걱정이기 때문이다.

'발목이나 품속에 옥패를 갖고 있긴 할 텐데……. 만약 그곳에도 없으면 어쩐단 말인가.'

이런저런 생각으로 말없이 술을 마시는데 영춘이 그의 잔에 술을 따라 주며 말했다.

"형님. 너무 고민하지 마십시오."

"응?"

단유천은 제 속을 꿰뚫어보고 있는 듯한 영춘의 말에 화들짝 놀랐다.

"오문 말입니다."

단유천의 심장이 세차게 뛰기 시작했다.

"오문……?"

모르는 척 묻자 영춘이 안타까운 얼굴로 말했다.

"후……. 다 압니다. 오문이 참 괜찮지요. 애가 좀 이상한 소리를 잘하긴 합니다만 그래도 영특하고 재주도 많고 예쁘지요. 신분도 확실한 건 아니지만 부모님이 상인이었다는 걸 보면 그리 천한 신분도 아닐 테고……."

"무슨 말을 하는지……."

"한데 태자 전하 아니십니까. 포기하십시오. 상대가 너무 강합니다."

"아니, 나는……."

"자, 자, 제 술 한 잔 받으시고 다 잊는 겁니다!"

영춘은 유강의 말을 들으려고도 하지 않았다.

단유천은 속이 부글부글 끓어올랐다. 아무리 제가 거짓으로 행세를 하고 있다지만 오문 따위를 좋아한다는 오해는 받고 싶지 않았다.

'태자의 주변 것들은 왜 하나같이 이 모양이란 말인가!'

한편 오문은 가는 길에 군수를 만나 태자가 자신의 숙소에서 쉬고 있다는 이야기를 들었다.

"전하가요? 왜요? 어디 편찮으신 겁니까?"

오문은 있을 수 없는 일이 일어난 것처럼 호들갑을 떨었다.

"글쎄다. 쉬겠다니 쉬시라 했을 뿐, 난 잘 모르겠다."

"어휴! 전하가 먹는 걸 마다하실 분이 아닌데, 어디가 많이 안 좋으신 게 분명합니다. 의원을 좀 불러 주십시오."

유현은 오문이 태자를 식충이로 여기는 것을 듣고 통쾌했으나 짐짓 걱정스러운 표정으로 고개를 끄덕였다.

"알았다. 그러마."

"그럼 저는 의원님이 오실 때까지 전하를 보살펴 드리고 있겠습니다."

"그러거라. 잘 보살펴 드리거라."

유현이, '잘'이라는 단어에 힘을 준 것은 모르고 오문은 다급하게 태자의 숙소로 뛰어 들어갔다.

'저리 예뻤었나.'

유현의 눈에도 오늘의 오문은 참으로 고왔다.

군수 부부는 태자와 오문이 서로 많이 좋아하고 있음을 느꼈다. 하지만 태자의 주변에 있는 사내들은 이런 일을 어찌 해야 하는지 전혀 모르고 있었고, 두 사람도 서로 더 가까워지는 법을 모르는 것 같았다. 좋아하는 여인에게 요리나 시키면서 데리고 다니다니 한심하기 짝이 없었다.

'숙수는 무슨.'

핑계를 대도 하필 그런 핑계란 말인가. 그러니 좋아하는 여인에게 식충이 취급이나 받는 것이다.

군수 부부는 연륜이 있어 두 사람을 맺어주는 방법을 잘 알고 있었다.

'전하의 여인이 되어 함께 궁에서 살면 되는 것이지. 뭘 그리 어렵게 생각하는지.'

젊은 사람들이 이런 일에는 저보다 더 고지식한 것 같았다.

'군에 너무 오래 계셔서 잘 모르는 것은 아니시겠지?'

설마 여인을 품는 법을 모르시진 않을 터. 군수는 노파심에 떠오른 걱정을 털어냈다. 사랑하는 여인을 품는 법도 모른다면 사내라 할 수 없지 않나.

'오늘 밤이 기일이라면 좋겠구만.'

혹시 아는가. 나중에라도 오문이 황후는 못 되겠지만 황비라도 된다면 앞으로 태어날 제 아이에게도 황실의 든든한 뒷배 하나가 생기는 것이다.

'이호가 뭔가. 이호가!'

이름을 생각하면 또 울화통이 터지지만 생각해 보면 괜찮았다.

이 이상한 이름을 지어 준 이가 태자이고, 그가 앞으로 황제가 될 테니, 마음껏 떠벌리고 다니면 아무도 이 이름을 비웃지 못할 것이다.

'폐하께서 지어주신 이름을 누가 욕하겠는가.'

헐레벌떡 문을 열고 들어간 오문은 다급한 목소리로 태자를 불렀다.

"전하! 괜찮으십니까!"

"……?"

무호는 숨을 헐떡이며 불안해 보이는 오문을 보고 영문을 모르겠다는 표정을 했다.

"식사를 안 하시다니 어디 편찮으신 거잖아요! 어디가 어떻게 안 좋은 겁니까? 네?"

무호는 할 말이 너무 많아 섣불리 입을 열 수가 없었다. 갑자기 안으로 들어온 선녀 같은 아이가 오문의 목소리를 낸다. 그것으로 이미 정신이 혼란스러운데, 멀쩡한 저더러 괜찮냐고 한다.

사실 괜찮지 않다. 혼이 나갈 지경이었다. 지금 누가 제 등 뒤로 다가와 검을 휘두른다면 그냥 당하고 말 것이다.

어린 시절 황궁에서 지낼 때, 꽃 같은 궁녀들이 수발을 도왔지만 누구도 예쁘다는 생각이 들지 않았다. 어려서가 아니었다. 인형같이 아름다운 궁녀들은 말 그대로 그저 인형이었다. 누구 하나 제 마음에 들어와 박힌 적이 없고, 제 눈에 빛나 보이는 이가 없었다.

오문이 지붕 위에서 하늘을 날던 그때, 달 선녀를 보았다고 느꼈던 무호의 눈은 정확했던 것이다. 무호는 그때의 오문에게서 딱 지금 같은 모습을 보았다. 그렇기에 지금 제가 보고 있는 것이 허상인지, 정말로 이러고 나타난 것인지 알기가 힘들었다.

"헉! 넋이 나가셨어요! 어쩜 좋아! 조금만 참으세요. 의원이 곧 올 겁니다."

오문은 호들갑을 떨며 양손을 무호의 뺨에 가져다 댔다.

무호는 태자의 얼굴을 아무렇지 않게 만지는 것을 야단치고 싶지 않았다. 계속 그렇게 저를 서슴없이 대해주길 바라고 있으니 말이다.

하지만 자꾸 이렇게 손을 대고 있으면 곤란하다. 날이 어두워지고 있었고 눈앞의 여인은 사내를 짐승으로 만들기에 부족하지 않았으니까.

무호는 오문의 손을 붙잡아 내렸다.

"의원이라니?"

"정신이 드십니까?"

"네가 내 정신을 빼놓지만 않으면."

"제가 언제요?"

"웬 호들갑을 그리 떠는지."

"식사를 안 하셨다니 그렇지요. 제가 얼마나 놀랐는지 아십니까? 몸이 편찮으신 것도 아닌데 왜 식사를 안 하신 겁니까? 그럴 분이 아니지 않습니까."

그러니까 즉, 저같이 먹는 걸 좋아하는 자가 식사를 하지 않으니 당연히 아픈 줄 알았다는 얘기였다.

"내가 식충이인 줄 아느냐?"

"정말 괜찮으신 겁니까?"

"멀쩡하다. 너야말로 어찌 된 게냐?"

겨우 오문을 진정시킨 무호가 찬찬히 물었다.

무호가 아프지 않다는 말에 의아해하던 오문이 그제야 태자를 찾던 목적을 떠올리고 손뼉을 쳤다.

"아! 저 정말 다른 사람 같지요? 너무 예쁘지 않습니까?"

"하……."

오문이 치맛자락을 붙잡고 빙글 돌아 보이자 무호가 짧게 탄식했다.

제 입으로 예쁘다고 감탄하는 모습이 황당하지만 또 그래서 더욱 순수하고 귀여워 보이니, 제가 미친 것 같았다.

"입이 다물어지지 않을 만큼 아름답습니까?"

"어찌 된 것이냐?"

오문은 무호가 듣고 싶은 대답을 해주지 않자 입을 삐죽거렸다. 오문의 얼굴에 실망한 기색이 역력했다.

"선물 받았습니다."

"선물?"

"예. 요리해 준 거 고맙다고 부인께서 선물로 치장해 주셨습니다. 그리고 이 옷이랑 신이랑 전부 제가 가져도 된답니다. 화장하는 것도 가르쳐 주셨는데 제가 잘할 수 있을지는 모르겠습니다. 자꾸 해봐야 는다는데 그건 너무 비싸거든요."

오문은 갑자기 조잘조잘 안 해도 될 얘기를 떠들어 댔다. 들뜬 것처럼 보이지만 그게 다가 아니었다.

그래서 무호는 알 수 있었다. 오문은 당황하거나 곤란해질 때마다 말이 많아지곤 했다. 제 입으로 예쁘지 않냐고 모자란 듯 말하고 있지만 실은 수줍어서 이런다는 걸. 아무렇지 않은 척, 강한 척, 태연한 척 보이기 위해 사력을 다하고 있다는 것을.

"내가 사주마."

"예? 아, 아뇨. 제가 화장할 일이 또 얼마나 있다고요! 그냥 해본 소리였는데, 사달라는 걸로 들렸습니까? 어떡해! 저 정말 그런 거 안 바랍니다."

말실수를 한 것이 송구했는지 오문은 또다시 부산스럽게 말이 많아졌다.

"바라지 않는다는 거 안다."

"에? 네?"

"그래도 사주마. 예쁘게 하고 다녀라."

"어……. 그건 안 됩니다."

"왜?"

"예쁘게 하고 어떻게 일을 합니까?"

"일을 하지 않으면 되지."

"제가 일을 안 하면 다들 식사랑 빨래는요?"

"네가 없을 때도 먹고 자는 데 아무 문제가 없었다."

"그럼 제가 필요 없는 게 아닙니까?"

도망갈 궁리만 하던 게 엊그제 같은데, 이제는 제가 없어도 된다는 듯이 말하는 게 서운했다.

"꼭 필요가 있어야 하느냐?"

"예?"

"쓸모없는 사람이면 안 되는 게냐?"

"……"

오문은 멍한 표정을 지으며 아무 말도 못하고 있었다. 태자의 물음은 오문에게 커다란 충격을 안겨주었다.

"그냥 있으면 된다."

"그냥……?"

"사람이 존재하는 데는 쓰임이 있어서만은 아니다."

"예? 그게 무슨……?"

"네가 살아 있음을 증명할 필요가 없다는 얘기다."

"……!"

귀문에서는 모두가 도구였다. 사용되기 위해 길러지고 쓸모가 있어야만 존재의 이유가 있었다.

그것이 익숙해서였을까. 오문은 세상 밖을 나와서도 필사적으로 무언가를 했다. 일을 하지 않으면 정말로 제가 살아 있을 이유가 없는 것 같아서, 목표 없이 하루하루를 보내는 삶은 생각할 수가 없었다.

하지만 생각해 보면 그때는 그럴 수밖에 없었다. 있어야 할 곳, 기댈 수 있는 곳이 없으니, 저를 필요로 하는 곳에 몸을 의탁하며 살아왔던 것이다. 도망치는 주제에 필사적으로 사람들이 많은 곳만 다닌 것도 그래서였는지도 모른다. 사람들과 어울리는 방법을, 저 역시 사람이라고 외치는 방법을 그것밖에 몰랐다.

그런데 지금 태자의 말을 들으니, 제가 왜 그랬을까, 하는 의문이 든다. 그냥 있으면 된다. 자연스레 벗이 되고, 이웃이 되고, 사랑하는 사람이 되고 그렇게 살면 되는 것이었다.

그리고 지금은 여기 태자 옆에 그냥 있으면 된다.

"알아들은 표정이군."

오문은 상기된 얼굴로 고개를 끄덕였다.

"조금…… 알 것 같습니다."

오문은 귓등으로 머리카락을 넘기며 수줍게 말했다.

"전하께서는 대단하신 것 같습니다."

"응?"

"어떻게 그렇게 세상 이치를 잘 아시고, 저도 모르는 저에 대해서 이렇게 잘 아십니까? 전하께서 딱히 완벽하고 인품이 훌륭하신 분도 아닌데, 뭐든 잘 아시니까 신기합니다."

"너도 참 대단한 것 같다. 칭찬을 하면서 욕을 할 수 있는 건 흔한 재주가 아니다."

"제 생각에도 그런 것 같습니다."

오문이 그 특유의 입가가 풀리는, 배시시 하는 웃음을 지었다. 그러더니 이제 생각났다는 듯 벌떡 일어났다.

"가서 의원을 부를 필요 없다고 말해야겠습니다! 군수님도 걱정하실 텐데, 괜찮으시다고 전할게요."

"잠깐. 군수가 널 이리로 보냈느냐?"

"어디 계시냐고 여쭈었더니 여기 계시다고 하셨습니다."

그러자 무언가 잠깐 생각한 무호가 인상을 구겼다.

이제 보니 유현과 그 부인이 꾸민 짓이었다. 무호가 기분 나쁜 것은 저 몰래 이런 짓을 꾸몄다는 것이 아니라, 오문을 제 방에 보내 저를 모시도록 한 것이 불쾌했다. 그렇지 않아도 동녀로 팔려간 끔찍한 기억이 있는 아이 아닌가.

"내 이자들을 당장⋯⋯!"

"왜, 왜 이러십니까!"

무호가 살기를 풍기며 벌떡 일어나자 오문은 갑자기 변해 버린 그의 분위기에 놀라 그를 붙잡았다.

"감히 저자들이 멋대로 내 의중을 넘겨짚어 날 우습게 만들었다!"

"뭐가요, 뭐가 우습단 말입니까?"

"나를 기만하고 사욕을 채우려 했겠지! 비켜라!"

오문은 더욱 무호의 앞을 막아섰다. 그러고는 단호하게 말했다.

"저는 괜찮습니다."

"뭐?"

"정말 괜찮습니다. 저 때문에 화가 나신 거라면⋯⋯. 전 정말 괜찮습니다.”

“…….”

그녀의 말대로 무호는 오문이 한낱 시중드는 계집으로 보였다는 것에 크게 화를 냈던 것이다. 제가 오문을 아끼는 것을 보고 멋대로 착각한 그들에게 화가 났고, 자신이 오문을 그렇게 보이게 만들었다는 데 분노했다.

한데, 오문이 이 사실들을 아는 것처럼 저를 달래고 있다. 천진난만한 아이 같은 녀석이 이 더러운 일에 대해 아는 것처럼 말하고 있다.

“제가 전하를 모시는 것이 싫으십니까?”

“너…… 알고 있었느냐?”

오문은 싱긋 웃으며 고개를 끄덕였다.

태자가 아프지 않다 했을 때, 이미 눈치챘었다. 생각해 보면 부인께서 고맙다는 이유로 제게 이런 좋은 옷을 입혀 주고 정성껏 꾸며 줄 리가 없었다. 하지만 오문은 부인께 고마워하고 있었다. 부인은 진심으로 저를 위해 그리했을 것이다. 태자의 하룻밤을 시중들라는 게 아니라 저희를 맺어주려 했다는 것을 이해할 수 있었다.

인자한 부인의 미소는 결코 거짓이 아니었으니까.

“그런데 뭐가 괜찮단 말이냐!”

“저라서 괜찮단 뜻입니다.”

“그게 무슨……!”

알아듣지 못할 오문의 말에 호통을 치던 무호는 갑자기 무언가 깨닫고 말을 멈추었다.

오문은 무호가 생각한 것이 맞는다는 듯 부드러운 미소를 지으며 말했다.

"오늘 밤 누군가가 태자 전하를 모셔야 한다면 싫을 것 같습니다."

오문의 차분한 음성이 흥분한 무호의 머리를 차갑게 식혀주었다.

"설마 네가 원한다는 말이냐?"

믿기 어려운 말이었다. 저를 위해 거짓말을 하는 건 아닐까, 무호는 무리하지 말라고 말해주고 싶었다.

"예. 제가 원합니다. 창관의 밤손님도 싫고, 사유보 같은 놈도 싫어서 죽어라 도망쳤던 제가 원하고 있습니다."

단호하지만 떨고 있었다.

그 떨림에서 무호는 오문의 아픔과 두려움을 느꼈다. 안쓰러움이 일어 저도 모르게 손을 뻗어 손끝으로 그녀의 뺨을 쓸어내렸다.

오문은 간지러움을 느껴 눈썹을 파르르 떨었지만 피하지 않았다.

"오문아. 나는 너를 이런 식으로 대하고 싶지 않다."

"이런 식이 어떤 것입니까?"

"하룻밤 접대로 너를 안고 싶지 않단 뜻이다."

"왜 하룻밤만입니까?"

"……!"

무호는 오문의 대범한 말에 놀랐다. 옷을 바꿔 입어서일까. 오문은 오늘 그 겉모습뿐만이 아니라 속까지 전혀 다른 여인이 되어 있었다.

"우리에게 언제 또 이런 날이 올지 알 수 없지 않습니까. 전하께서는 궁으로 가셔야 하고, 저는…… 저는 전하와 함께할 수 없을지도 모릅니다."

"끝내 나와 함께하겠다는 약조도 못하면서 너를 안아달라 한단 말이냐?"

"언제 죽을지도 알 수 없는 것이 사람 목숨인데, 이 몸을 아껴 뭐 하겠습니까?"

늘 죽음을 가까이 두고 살아온 오문이 처연하게 말했다.

무호는 오문을 안아 그녀의 등을 쓰다듬으며 달래듯이 속삭였다.

"너는 하룻밤으로 만족할 수 있을지 모르나, 나는 그러지 못한다."

"그건 장담하시면 안 됩니다."

"너도 봐서 알겠지만 나는 집착이 강하다."

"하면, 저를 붙잡으십시오. 제가 아무 데도 가지 못하게 하룻밤의 인연으로 저를 평생 묶어두십시오. 그거야 전하께서 하시기 나름 아니겠습니까."

무호는 제가 오문에게 휘둘리고 있음을 눈치챘다.

"요망한 것."

"흡!"

밉살스러운 말만 하는 앙증맞은 입술을 깨물어 가벼운 응징을 하고는 오문을 안아 침상으로 걸어갔다.

그녀를 안은 채 침상에 눕히자 긴장한 숨소리와 떨리는 몸을 느낄 수 있었다.

무호는 피식 웃음을 던지고 퉁명스럽게 말했다.

"어디서 여린 척이냐. 처음도 아니지 않느냐?"

"처, 처음입니다! 저는 사유보한테서도 그렇고, 창관 같은 데서도 아무 일도 없었습니다!"

오문이 억울해하며 큰 소리로 항변하자 무호가 얼굴을 찌푸렸다.

"그 더러운 작자들 얘기는 꺼낼 것도 없다. 누가 그런 것을 신경 쓴다더냐!"

"하, 하면 무슨 말씀이십니까?"

"내 몸을 본 것 말이다. 그게 처음이 아니지 않냐 물었다."

"어……. 그게, 그런 건…… 자꾸 봐도 질리지 않습니다."

"듣던 중 반가운 소리군. 나도 오늘이 처음은 아니다만 그동안 잘 기억이 나지 않아 아쉬운 마음이 컸었다. 오늘 제대로 보고 늘 기억하고 떠올리도록 하지."

심폐소생술을 한다며 오문의 옷을 열어젖혀 가슴을 본 적이 있었다. 그것을 떠올린 오문이 얼굴을 화악 붉히며 새치름한 눈으로 말했다.

"놀리실 거면 그만하겠습니다!"

"놀리다니?"

갑자기 달라진 오문의 태도에 무호가 어리둥절한 얼굴로 물었다.

그러자 오문이 버럭 화를 내며 따졌다.

"너무 작아서 잘 못 봤단 말씀 아니십니까!"

"……"

한 번도 그런 생각을 해본 적이 없던 무호는 신선한 오해를 풀어주고 싶은 의지조차 생기지 않았다. 그리 생각하고 싶으면 생각하라지.

"엇! 자, 잠깐만요!"

무호는 지난번처럼 머뭇거리지 않고 대담하게 그녀의 옷고름을 풀었다. 허락을 한 여인의 옷을 천천히 벗길 이유가 없었다.

"엇! 가, 갑자기 이러시는 게……! 앗! 바, 방금 하던 말을……!"

무호는 오문의 귀여운 몸짓을 못 본 척하고 그녀의 새하얀 나신을 마주했다.

"반칙입니다! 왜 저만 이렇게!"

오문은 부끄러워 어쩔 줄 몰라 하며 괜히 소리를 쳤다.

그러자 무호가 스스로 겉옷을 벗어 던지기 시작했다.

옷을 벗느라 살짝 헝클어진 머리가 눈을 가렸다. 머리카락 사이로 보이는 검은 눈동자가 오문을 빨아들일 것처럼 끈적거렸다.

아무리 봐도 질리지 않는다는 그의 건강한 몸을 훑어보며 오문은 저도 모르게 꿀꺽 마른침을 삼켰다.

이를 본 그의 입술이 말려 올라간다.

굵고 단단한 팔이 침상을 짚고 그녀를 가둔다. 그의 너른 가슴이 그녀의 위로 지붕을 만들었다.

"숨은 쉬어야지."

"쉬, 쉬고 있습니다."

하지만 오문은 실제로 숨 쉬는 게 쉽지 않았다. 제가 만져 보지 않았던가. 단단하고도 탄력 있는 그의 가슴을. 그 가슴에 짓눌릴 생각만으로 벌써부터 숨이 막히고 있었다.

"아닌 것 같은데?"

무호의 긴 손가락이 오문의 가슴을 꾹 누르며 짓궂게 말했다.

"……!"

예고 없는 손길에 오문은 몸을 파르르 떨며 어깨를 움츠렸다.

무호는 제 손가락이 닿자 단단하게 맺히는 주름진 열매를 느끼고 피식 웃었다. 짓궂은 소년의 장난질처럼 더욱 오문을 괴롭히고 싶어졌다.

"벌써부터 이러면 진짜 심폐소생술을 해야 할지도 모르겠군."

"그 심폐소생술, 사실은 더 위험한 게 아닙니까?"

"위험하지. 위험한 만큼 짜릿할 테지만."

"줄타기만큼 위험하고 짜릿합니까?"

"그보다 훨씬, 네 발끝이 허공을 밟는 기분이 들 것이다."

"전 그런 거 좋아합니다만, 자신 있으십니까?"

"자신 없는 일은 시작도 안 한다."

부드럽기만 하던 무호의 손에 힘이 들어갔다. 오문의 젖가슴이 그의 손아귀에 짓눌리는 것이 시작을 알리는 신호였다.

오문은 저를 덮쳐 오는 그의 입술에 놀라지 않고 입을 벌리고 그의 목을 끌어안았다.

조금 더, 조금 더 그와 가까이하고 싶었다.

얄미운 소리만 해대던 그의 혀가 오문의 입속을 탐미하며 사랑을 속삭인다.

사랑?

그가 정말 그렇게 말하는 걸까?

부드럽게 입속을 간지럼 태우는 것이, 집요하게 입술을 물고 제 가슴을 희롱하는 것이 어째서 사랑한다는 소리로 들리는 것일까?

오문은 정신이 혼미해져 갔다.

배꼽 아래에서부터 뭉근한 열꽃이 살랑살랑 그녀를 간질이며 애를 태우는 것 같다.

가슴을 주무르던 그의 손이 배를 쓰다듬으며 아래로 내려간다.

배꼽을 지나 작은 둔덕 아래의 계곡을 향해.

아무도 닿은 적이 없는 그곳에 그의 곧은 손가락이 갈라진 계곡 사이로 들어갔다.

"……!"

오문은 한 번도 느껴보지 못한 감각에 그와 입맞춤 중인데도 불구하고 숨을 들이켰다.

"숨 쉬래도?"

"……"

짓궂은 무호의 말에 이번만큼은 오문이 반박할 수 없었다. 말문이 턱 막히고 온통 다리 사이에만 신경이 쓰여서 그의 말이 잘 들리지도 않았다.

그럴 수밖에 없는 게, 오문은 제 몸의 열띤 반응에 당황해서 그의 말대로 숨 쉬는 것조차 잊고 있는데, 무슨 말을 할 수 있을까.

그의 손가락이 세로로 갈라진 살점 사이를 쓰다듬는다.

간지러움. 말로 표현할 수 없는 묘한 간지러움은 무호가 만진 곳뿐만 아니라 더 깊은 곳까지, 그녀의 손이 닿을 수 없는 안쪽까지 괴롭혔다.

"그, 그만하세요. 이상해요!"

오문의 새빨개진 입술에서 쏟아진 외침은 우습게도 들뜬 열기가 녹아 있었다.

"그만하라는 것치고는 좋아 죽겠다는 얼굴이구나. 내 몸을 훔쳐보던 때보다 더 들떠 보이는데?"

"그럴 리가요! 이렇게 이상한 짓은 싫습니다."

"수준 높은 춘화집으로 공부했다 들었는데, 순진한 척하지 마라."

오문은 따박따박 옳은 소리만 해대는 무호가 얄미웠다.

"그 수준 높은 춘화집에도 여길 손으로 만져 대는 그림은 없었습니다."

"당연하지. 이건 수준 낮은 입문자 과정이다. 처음인 네가 아프지 않도록 특별히 오래오래 만져 주마."

"흡!"

그의 말이 끝나기 무섭게 쓰다듬기만 하던 손가락에 더욱 힘이 들어갔다. 그녀의 살 속을 더 노골적으로 파고들어 진주같이 숨어 있던 작고 매끄러운 돌기를 짓누르며 희롱하기 시작했다.

오문은 그의 손가락이 움직일 때마다 제 몸이 떨려오는 것은 둘째 치고, 아래가 점점 촉촉해지는 것을 느끼고 어찌할 바를 몰라 했다.

'태자 전하의 손가락을 이런 식으로 적시다니!'

아직 경험이 전무하고 어디서 딱히 상세히 들은 바도 없기에, 애액이라는 것을 모르는 오문은 점점 질척거리는 아랫도리에 안절부절못했다.

"그, 그만해야겠습니다. 더, 더럽습니다!"

무호는 오문이 목까지 물들이고 울 것 같은 얼굴로 말하는 것을 듣고 너무 귀여워서 크게 웃을 뻔했다. 그러고 보면 동정도 모르던 순진해 빠진 녀석이 호기심만 가득했던 모양이다. 무호는 웃음을 꾹 참고 오문을 놀렸다.

"더럽긴. 거지꼴을 하고 있던 네 얼굴보다 깨끗하다."

그러면서 그는 대뜸 아래로 내려와 그녀의 다리 사이에 입을 맞추었다.

"헉! 무, 무슨 짓입니까!"

놀란 오문이 재빨리 다리를 오므리며 벗어나려는데, 무호가 그녀의 다리를 턱 붙잡으며 씨익 웃었다.

오문은 제 다리 사이에서 사악한 미소를 짓는 무호를 보며 도망가긴 글렀다는 절망감을 느꼈다. 언제나처럼 막다른 길 앞에서 그에게 사로잡히고 만 것이다.

"이제야 젖어서 겨우 맛이 나려는데, 어딜 도망가려고?"

"마, 맛이 나다니요!"

"네 몸에서는 무슨 맛이 나는지 전부터 궁금했다."

무호는 기어이 오문의 몸을 끌고 와 그녀의 다리를 활짝 벌렸다. 그녀가 가장 부끄러워하는 곳을 낱낱이 보며 입술을 가져갔다.

"흐으…… 웃."

그가 아무 거리낌 없이 젖은 오문을 핥고 빨아들이자, 오문은 뜨거운 혀에 몸이 녹아 없어지는 것만 같았다.

이상한 것은 무호가 아무리 빨아들여도 오문은 더욱 젖어 들어갔고, 차츰 부끄러움 역시 사라져 갔다. 저도 모르게 엉덩이를 움찔거리며 그의 혀를 받아들이고 있었다. 다리가 달달 떨리고 아랫배에 힘이 들어가면서 점점 정신이 혼미해져 갔다.

그러나 오문은 꼭 묻고 싶은 것이 있었다.

"무, 무슨 맛이 납니까?"

온몸을 떨고 있는 오문의 쥐어짜는 듯한 목소리에 무호가 잠시 고개를 들었다.

그러고는 긴 손가락으로 그녀의 좁은 입구를 두드리며 망설임 없이 대답했다.

"여태 맛본 적 없는 귀한 맛이 난다."

"......!"

그의 손가락이 오문의 안으로 파고들어, 그녀가 더 이상 아무 말도 하지 못하도록 만들었다.

높고 높은 계곡. 바닥이 보이지 않는 높은 허공 위에 한 발을 딛는 기분이 이럴까.

심장이 멎을 것만 같은 밤은 이제 막 시작되고 있을 뿐이었다.

오문은 하늘 끝까지, 달과 입맞춤을 할 만큼, 높이 날아오를 준비가 되어 있었다.

제 28 장

늦대의 이빨

잔치가 끝난 자리는 엉망이었다. 평소 깔끔한 것을 좋아하는 유현은 밤을 새워 놀았던 흔적을 보고 경악했다. 빈 그릇뿐만 아니라 혼이 빠져나간 사람들까지 너부러진 것을 보고 분노해서 당장 치워놓지 않으면 가만두지 않겠다고 호통쳤다.

때문에 하인들과 함께 병사들까지 동원되어 모두들 새벽부터 쓰린 속을 붙잡고 치우기 바빴다.

"으아. 속 쓰려 죽겠는데 왜 오문이 안 보이지?"

"그러게…… 해장할 거 없나."

평소 태자의 엄명으로 술을 멀리했던 친위대 대원들은 오랜만의 음주에 무척 속이 부대꼈다. 하지만 어쩐 일인지 부지런한 오문이 보이지 않았다.

"과음하고 어디 쓰러져 있는 거 아니야? 술이라면 환장하잖아."

"가만! 그리고 보니까 그 녀석 어제 살랑살랑거리면서 돌아다닌 걸 본 것 같은데. 내가 잘못 봤나?"

"어라? 그리고 보니까 그러네. 어제 뭔가 꿈인 것처럼 비현실적인 일이 있었던 것 같은데?"

오문이 아주 예쁘게 변한 헛것을 본 것 같은데, 꿈인지 생시인지 모두들 긴가민가했다. 생각해 보면 동시에 같은 꿈과 환상을 볼 리는 없으니, 그것은 사실이었다. 물론 오문이 못생긴 건 아니었다. 꽤 귀엽게 생긴 얼굴이었지만 처음 만났을 때 상처투성이의 거지 소년의 모습이 워낙 강하게 뇌리에 각인되었다. 얼마 전, 여장을 했을 때도 예쁘긴 했지만 어제는 분위기가 너무 달랐다.

잘 어울리는 옷과 화장 덕분일까. 날 때부터 귀하게 자란 밝고 어여쁜 소녀로 보이게 해주었다. 자유분방함마저 당당하고 발랄한 모습으로 보일 정도로, 좋은 교육을 받고 아픔 없이 사랑받고 자란, 그런 소녀 같았다.

걸친 옷이 달라지면 사람의 분위기가 바뀌긴 한다지만 오문의 변신에 사람들이 놀라는 건 다른 이유가 있었다. 어젯밤 그녀의 그런 모습이 마치 본 모습인 것처럼 전혀 위화감을 느낄 수 없었기 때문이다.

"우리 어제 너무 취했나?"

"그러게. 근데 걘 진짜 어디 갔어? 좋은 옷 한번 입어 보더니 이제 막 나가려나 보네!"

"언제는 걔가 안 그랬냐? 내 말 맞다니까. 어디서 술 먹고 뻗어 있을걸?"

그러고 있는데 영춘이 머리가 아픈지, 잔뜩 인상을 쓰고 나타났다.

"우리 형님 못 봤나?"

"아니, 호위님은 아무리 생명의 은인이라지만 전하를 찾으셔야지 왜 의형을 찾고 있습니까?"

"그러게 말입니다. 누가 보면 두 분이 그렇고 그런 사이인 줄 알겠습니다."

큭큭거리며 놀리는 말에 영춘은 고개를 절레절레 저었다.

"그 헛소리에 일일이 화낼 기운도 없고, 태자 전하라면 일부러 찾지 않는 거니까 내 깊은 뜻을 모르면 가만히들 있으시지?"

"무슨 깊은 뜻요? 질투 작전 같은 건 아니시지요?"

친위대 대원들은 태자를 따르는 영춘의 집착을 늘 재밌게 구경했기 때문에 애정을 갈구하는 영춘을 종종 놀렸었다.

그런데 오늘은 어째 영춘의 반응이 미적지근하다.

"후……. 눈치없는 사람들 같으니."

"예?"

"어젯밤에 오문이 태자 전하를 찾는 걸 보고도 몰라? 여우처럼 꼬리 치면서 폴짝폴짝 뛰어갔는데 그 뒤로 본 적이 있어?"

지금쯤 태자는 오문과 함께한 침상에서 서로를 껴안고 꿀잠을 자고 있을 것인데, 방해해서야 되겠는가.

영춘은 마치 제가 해낸 것처럼 가슴을 펴며 자랑스러워했다.

그러나 대원들은 모두 그런 건 문제 삼지 않고 매우 놀랍고 기쁜 표정을 지었다.

"헉!"

"그, 그러고 보니까!"

"오오! 드디어!"

"합방 한 번 하는데 오래도 걸리네!"

이미 두 사람이 마음이 통한 것을 눈치채고 있었기 때문에 다들 진전이 없는 것을 답답해하고 있던 참이었다.

오문이 워낙 어린애 같고, 태자는 그쪽으로는 지나치게 깔끔한지라 단왕부에 가야만 담판을 짓고 결론이 날 줄 알았다. 한데 의외로 빨리 해결을 본 것이다.

"근데 그게 잘된 건가? 단왕부에 가면 태자비 되실 분이 계신데."

"그러게. 다른 계집을 달고 왔다고 좋게 보지 않을 것 같은데?"

"괜히 오문만 죽어나는 거 아니야?"

"그래서 대장님이 그렇게 두 사람을 방해했었지……."

"아, 그러고 보니까 대장님은? 대장님 어디 계시지?"

오늘 따라 보이지 않는 사람이 많았다.

그 보이지 않는 사람 중 한 사람인 장우는 아직도 침상에 있었다. 완전히 곯아떨어졌으나 햇볕이 눈을 찌르는 것을 느끼고 안면을 꿈틀거렸다.

'덥군.'

잠결에 그는 무척 덥다고 느꼈다.

'더울 때가 되긴 했지.'

하지만 추운 북쪽으로 올라가고 있는 중이라 봄에 출발을 했음에도 여전히 봄이었다.

'그렇지. 한데 왜 덥지?'

눈을 찌르는 햇빛이 밝긴 했지만 그렇게 뜨거운 것 같지는 않았다.

그런데 잠에서 깨면서 장우는 몸이 무겁다는 기분을 느꼈다.

'너무 과음을 했나…….'

그러고 보니 어젯밤 상이 검무를 추는 모습을 본 이후로 무슨 일이 있었는지 기억이 나지 않는 것 같았다.

화려하고 느린 검무는 나비의 날갯짓처럼 우아했다. 그러나 때로는 벌새처럼 날카롭게 날아들어 제게 안겼다…… 어?

기억의 어딘가가 꼬였다.

'나한테 날아들었다고? 그렇지, 분명히…… 어?'

그녀의 체향과 살결이 코끝에도 손끝에도 아직도 생생하게 느껴졌다.

놀란 장우가 눈을 번쩍 떴다.

"……!"

그리고 그는 더욱 놀라고 말았다. 장기에서 진 마라한의 왕이 복수하겠다 설쳐 대며 무호를 잡아갔을 때, 마라한이 초토화된 광경을 본 것보다 더 놀랐다.

가늘고 하얀 손가락이 제 벗은 가슴에 놓여 있다. 그 손가락이 제 손이 아니라는 것은 확실했다. 손가락을 따라 저와는 확연히 다른 얇은 손목과 팔, 어깨……. 믿고 싶지 않은 광경에 눈을 감고 싶었지만 다시 눈을 떠도 옷을 입고 있지 않은 여인의 웅크린 몸이 저를 안고 있었다.

장우는 침을 꿀꺽 삼켰다. 콧등에 맺힌 식은땀을 닦고 싶은데, 그녀가 깰까 봐 움직일 수도 없었다.

머리가 하얗게 된 기분이었다. '그녀가 깨기 전에 이 일이 어떻게 된 것인지, 설명할 말을 준비해야 했다.

'생각하자. 생각해 내야 한다!'

장우는 눈을 감고 미간을 찌푸리며 어젯밤 일을 기억해 내려고 애썼다.

「제가 춤추는 걸 계속 보고 계셨지요?」

여인의 은근한 목소리와 함께 화악 하고 주향이 닿았다.

「잘하더구나.」

장우는 순순히 대답했다.

「잘하기만 했습니까?」

반쯤 풀린 눈동자는 취기에 젖어 있었다.

「무슨 뜻이지?」

「저는 대장님을 유혹하기 위해 최선을 다해 춤을 추었습니다.」

「나를 유혹하기 위해?」

「느끼지 못하셨다면 대장님은 사내도 아니십니다.」

새치름한 말투로 저를 도발한다.

「나를 유혹하기 위해서라면…… 내 앞에서만 춤을 춰.」

그리고 난 후에 그 달콤한 주향을 머금은 입술을 덮쳤다.

'이런 미친!'

결국 제가 사고를 쳤다. 누가 먼저 유혹했든, 어쨌거나 일을 냈다는 게
문제였다.

"으…… 음."

"……!"

상이 이제야 잠에서 깼는지 신음과 함께 뒤척였다.

이를 보는 장우의 표정에는 당황한 기색이 역력했다. 이제 막 기억을
떠올렸을 뿐, 어찌해야 할지 하나도 정리하지 못했기 때문이다.

"으음……."

마침내 상이 눈을 떴다. 그때까지도 장우는 꼼짝도 못하고 그녀를 바
라보고 있을 수밖에 없었다.

눈을 뜬 상은 장우가 그랬던 것처럼 눈에 보이는 상황을 잘 이해 못하는지 어리둥절한 표정이었다.

잠시 눈을 깜빡거리며 제 눈앞에 있는 굵은 사내의 팔과 제가 손을 얹고 있는 판판하고 뜨거운 가슴에 대해 생각하는 듯했다.

"……!"

그러던 상은 제가 사내를 껴안고 있다는 것을 깨닫는 순간 화들짝 놀라 몸을 일으켰다. 소리도 내지 못하고 일어나던 상은 저 역시 알몸인 걸 깨닫고 그제야 비명을 지르며 이불로 제 몸을 가렸다.

"헉! 꺄…… 흡!"

그러나 상의 비명은 장우의 손에 의해 입이 틀어 막힌 후 더 이상 밖으로 새어 나오지 못했다.

상은 어느새 장우에 의해 당겨져 침상에 눕혀졌고, 두려움을 담은 눈동자는 장우를 향해 간절히 애원하고 있었다.

'이, 이러지 마세요.'

장우는 상의 눈빛에 깊은 한숨을 내쉬었다.

'누가 보면 내가 겁간이라도 하려는 줄……! 하아. 지난 밤 일을 뭐라 설명한단 말인가.'

장우의 기억에 상은 입맞춤이 시작되자마자 그녀의 팔로 제 목을 끌어안고 스스로 가슴을 부딪쳐 왔다.

'하지만 술에 취해 있었고, 이 눈을 보면 아무것도 기억 못하는 듯하니…….'

이 일의 잘잘못을 따지고 들면 상은 보나마나 지난번처럼 '제가 오해하게 만든 탓입니다. 두 번 다시 눈에 띄지도 않겠습니다' 라는 태도로 나올 것이다.

그러면 저는 또 옹졸하고 비겁한 사내가 될 것이고, 이번 일은 그보다 더한 일이었다.

여인의 순결과 정절은 사내의 그것과 비교할 수가 없는 일 아닌가.

네가 술을 먹고 날 유혹했다. 네가 직접 네 입으로 한 말이다.

그런 소리를 어찌 할 수 있단 말인가! 여인에게 평생 씻을 수 없는 수치스러움을 느끼게 할 비열하고 잔인한 말이 아닌가.

장우는 입을 틀어막은 상의 얼굴을 가만히 응시했다.

'어젯밤 내가 네게 마음이 동한 것은 사실.'

그녀의 겁먹은 눈동자가 조금씩 차분해졌다.

그녀도 어젯밤 제가 술을 먹은 사실 정도는 기억할 테니, 제가 무슨 짓을 했는지 기억하려고 애쓰고 있는 듯했다.

그러자 장우가 부드러우면서도 단호하게, 한 치의 이견도 허용하지 않겠다는 듯이 말했다.

"내가 개 같은 놈이었다."

"……!"

"미안하다."

"……."

"네 잘못은 없으니 생각하려고 애쓰지 마라."

괜히 떠올려 봐야 죽고 싶어지기밖에 더할까. 장우는 그녀가 아무 생각도 못하도록 제 할 말만 하며 그녀를 흔들어놓았다.

특히 마지막 말은 정말로 상의 머리를 텅 비게 할 만큼 충격적이었다.

"내가 책임지겠다."

'책임?'

상이 멍한 얼굴로 장우를 쳐다보자 장우가 그녀의 입에서 손을 뗐다.

"나라도 괜찮다면 너와 혼인하겠다."

"……!"

상의 입은 한동안 다물어질 줄 몰랐다.

그러나 상은 속으로 휘파람을 불었다.

'와. 이 오라버니. 생각보다 순진하네?'

어젯밤 술을 입에만 머금고 전부 뱉어냈던 상은 뜨거웠던 장우의 숨결까지 생생하게 기억하고 있었다.

멈출 줄 모르고 달리던 그의 거친 힘에 지난 밤 몇 번이나 까무러쳤지만 기억을 못하는 건 아니었다.

'그 좋은 걸 왜 잊겠어?'

상은 쉽게 속아 넘어간 장우가 귀엽기도 하고, 조금 미안하기도 했다. 그리고 자신을 보호해 주려고 하는 장우의 마음도 느껴져서 그가 더 좋아졌다.

그래서 상은 결심했다.

"괜찮습니다."

"……?"

"저는…… 어차피 떠돌이 계집입니다."

장우는 그녀가 태연하게 처연한 소리를 하는데 어쩐지 가슴이 뜨끔 죄여 왔다.

"그래서 절 내치지 않고 안아주신 것만으로도 충분히 감사드리고 있습니다. 그 이상 무리하실 필요 없습니다."

"무슨……!"

"진심입니다. 진심으로…… 이제 정말 그만해야겠습니다. 이러다가 정말 함께 살자고 매달리고 싶을 것 같거든요."

상이 고백하듯 하는 말을 장우도 알아차렸다. 그동안 상이 앙큼하게 장우를 유혹해 왔다는 것을.

"저한테 너무 과분하신 분이라는 거 저도 압니다. 제가 그동안 너무 짓궂게 굴었습니다. 화를 내셔도, 뺨을 때리셔도 할 말이 없습니다. 죄송합니다."

하지만 장우는 화가 나지 않았다. 놀라서도 아니고, 황당해서도 아니었다.

"장난으로……? 아니면 그냥 하룻밤 즐기고 싶어서?"

그것이 너무 궁금했다. 상의 진심이 무엇인지가. 제가 혼인하자 하니 질색해서 이러는 것인지, 제게 마음은 있으나 자격지심에 이러는지, 그것은 짚고 넘어가고 싶었다.

상은 그 질문에 처연한 미소를 지으며 애써 밝게 말했다.

"좋아했던 건 사실입니다. 한데, 제가 생각한 것 이상으로 좋은 분이시라, 안될 것 같습니다. 대장님 같은 사내는 아까워서 제가 못 갖겠습니다. 부디, 좋은 분 만나십시오."

그 말을 하는 상은 장우가 여태 보아 왔던 그녀의 어떤 모습보다도 진실되고, 어깨를 안아주고 싶을 만큼 곱고 여려 보였다.

그래서 장우는 결국 화를 낼 수밖에 없었다.

"어젯밤 내가 별로였느냐?"

사내의 자존심이 걸린 질문답게 장우는 굳은 표정과 화난 음성으로 물었다.

"예. 예?"

뜻밖의 질문에, 아니, 모든 사내가 확인하는 질문이긴 했지만 상은 당황했다. 지금은 그걸 확인할 분위기가 아니지 않나.

"영 제 구실을 못하는 것 같아 서운했단 말이다."

"아, 아뇨! 그럴 리가요! 절대 그렇지 않았습니다. 왜, 왜 그런 생각을 하시는지 모르겠습니다. 자존심 상하실 필요가 전혀 없으십니다. 반대로 자랑스러워하셔도 될 만큼 대단하셨습니다!"

"그럼, 네 말은 못 들은 것으로 하겠다."

"네?"

"오는 건 네 맘대로 될지 모르겠지만 가는 건 그렇지가 않다."

"저…… 지금 제 얘기를 잘못 이해하신 것 같습니다. 저 같은 걸 굳이 책임지실 필요가 없다는 겁니다. 그냥 저는 정말 어제 하룻밤만으로도 황홀하고 만족하고 있다니까요? 무리하지 않으셔도 된다는 얘기입니다. 이제 알아들으셨습니까?"

장황하고 친절한 상의 설명에 장우가 피식 웃으며 말했다.

"알아들었다. 하면 날 유혹한 죄로 네가 날 책임져야겠지."

"……!"

상의 눈이 휘둥그레졌고 장우의 웃음은 무서울 정도로 짙어졌다.

"우선은 내 몸부터 책임을 져야겠다."

오문은 남장은 벗었지만 제 신분에 어울리면서 활동하기 편한 기예단의 도복으로 갈아입었다. 그러나 머리에는 값비싼 비녀를 꽂고 목에는 무명 손수건을 감아서, 전체적으로 봤을 때 정체를 알 수 없는 복장을 하고 있었다.

전날 모두가 감탄했던 오문의 모습은 비녀만 남기고 온데간데없이 사라졌다. 마치 훔친 비녀를 하고 있는 것처럼 어울리지 않는 모습으로 나타난 오문은 혼이 나간 듯 비척거리며 걸어 다녔고, 이를 본 사람들이 귀신을 본 것처럼 흠칫 놀라 감히 말을 걸지 못했다.

마침 상을 찾아다니던 첨과 화가 그런 오문을 발견하고는 걱정스러워하며 오문의 곁에서 떨어지지 않았다.

"몸이 왜 그리 약해? 이 정도 날씨에 감기가 걸리면 북천 땅에서는 못 살아."

첨은 목에 손수건을 감고 골골거리는 오문을 안쓰러워했다.

"그러게……."

오문은 갈라진 목소리로 건성건성 대꾸했다.

그러자 화가 첨에게 짜증을 내고는 오문을 나무랐다.

"첨이 오라버니도 참! 그런 문제가 아니잖아. 몸이 약한 건 둘째치고, 얼마나 마셨기에 밖에서 잠이 들어!"

술 먹고 밖에서 잠들었다가 병이 났다는 오문의 말을 믿는 사람은 첨과 화밖에 없었다.

모두들 대충 눈치채고 있었던 것이다. 오문의 목에 감긴 손수건이 목을 보호하는 것인지, 자국을 보호하는 것인지를. 또한 오문의 병이 술병인지, 다른 병인지를.

허리도 제대로 못 펴고 목이 잠길 만큼 몸살이 났다. 폭포에서 뛰어내리고 노숙을 밥 먹듯 해도 병이 나지 않았던 오문 아닌가.

"잔소리할 기운 있으면 나 대신 음식 좀 해줘."

"그래. 뭐, 아프다는데 내가 솜씨 좀 발휘할게."

"부탁해. 숙수께 죄송하다고 전해줘."

"알았어. 아무 염려 말고 푹 쉬어!"

이곳 군청에도 숙수가 있고, 일행은 군청의 병사들과 함께 식사를 하고 있었다.

그런데 오문이 군수의 식사를 준비하다 보니 어느새 같은 주방에서 숙수와 같이 준비하게 되었다. 태자가 일을 하지 말라고 했지만 분명 아침에도 숙수 혼자 이 많은 이들을 먹이느라 힘들었을 텐데 어찌 외면할까. 죄송한 마음에 아픈 몸을 이끌고 가던 중이었다.

'거기 더 있다간 나 죽어.'

태자와 함께 있는 것보다 주방 일이 훨씬, 백배는 편했다.

'아우 씨. 내가 장어를 먹이는 게 아니었는데.'

어찌 된 사람이 중도를 모르고 정도가 없단 말인가. 절제할 때는 고자나 남색이 의심될 정도로 무심하던 사람이 한 번 고삐가 풀리자 자제가 안 되는 모양이었다.

오문은 첫 경험에 멈출 줄 모르는 태자 덕분에 너무 많은 것을 배웠다.

너무 힘들어서 이제 하늘 구경을 그만해도 될 것 같다고 하면 태자는 계속 같은 것을 물었다.

「왜? 좋지 않으냐?」

그러면 저는 그 빛나는 눈앞에서 솔직하게 대답할 수밖에 없었다.

아니, 거짓말이라도 해야 할 판이었다. 그의 기대에 못 미치는 대답을 했다가는 그는 씻을 수 없는 치욕과 자괴감을 느낄 것 같았다.

그의 눈빛이 그만큼 절박했다.

나 잘하지? 라고 칭찬해 주길 기다리는 커다란, 아주 커다란 개 한 마리를 보는 것 같았다.

「아뇨. 조, 좋긴 좋은데요, 엄청 좋아요. 그런데…… 힘…….」

좋았다. 진심 황홀경이 뭔지 깨달았다. 누가 첫 경험은 끔찍하게 아프다고 했었는데, 오문은 그렇지 않았다. 태자의 손길이 닿는 곳마다 제 몸

안의 새로운 감각이 깨어나는 것 같았다.

하지만 아무리 좋은 것도 적당해야 하는 법 아닌가.

「그래? 겨우 그걸로 좋아하긴 이르다. 더 좋은 걸 알게 해주마.」

힘들다는 제 말은 씹어 드시고, 좋다는 말에 격앙되어 더 잘하는 모습을 보여주려고 하고 있었다.

「저, 전하는 어디서 이런 고급 기술들을 배우셨습니까? 경험이 참 많으신 것 같습니다.」

엄밀히 비꼬는 말이었다. 이제 그만하자는 뜻에서 한 말이었다.

「잘 봤다. 나는 어릴 때부터 궁에서 이런 것들을 배웠다. 황태자의 의무이지. 물론 잘한다는 칭찬을 받고 성취도 빨랐다.」

별게 다 자랑스럽구나 싶을 만큼 태자는 오문에게도 자신의 배움을 전수해 주었다.

'아, 칭찬은 개도 걸어 다니게 한다고 누가 그랬더라?'

오문은 어젯밤 일을 떠올리며 태자 같은 사람들은 칭찬이 독이라는 것을 깨달았다.

'아우. 내가 나이나, 신분이나 둘 중 하나만 좀 됐어도 혼을 내주고 싶은데. 후······.'

그래도 실은 태자의 그 집요함이 싫지 않았다.

밤새 저를 괴롭혔지만 저를 위해서라는 태자의 속삭임이 저를 녹여 버렸다. 세상에서 가장 고귀한 여인이 된 것처럼 제게 매달리는 그의 집착에 저 역시 그를 끌어안을 수밖에 없었다.

'위험한 짐승 같으니. 당분간 근처에 가면 안 되겠다.'

떠나기 전, 마음이 끌리는 대로 그를 받아들이기로 했었다.

예전에 소면집 할머니가 투덜거리면서 해준 말씀이 있었다.

「무슨 일이든, 해도 안 해도 후회할 거면 하고 후회하는 게 낫다. 기회를 놓치고 해보지 않은 일은 계속 생각이 나거든. 기회는 다시 오지 않으니까. 하지만 하고 나서 하는 후회는 깨닫는 게 있지. 이를테면 내가 우리 영감하고 산 걸 후회하는 것처럼. 그런 놈팡이와 살 바엔 혼자 사는 게 나았다는 큰 깨달음을 얻었지.」

「그럼 안 하고 후회하는 편이 낫잖아요?」

「아니지. 살아 보지 않으면 그놈이 놈팡인지, 혼자 사는 게 나았을지 어떻게 알았겠니? 이게 좋을까, 그럴 걸 그랬나, 평생 곱씹고 후회하고 고민할 필요 없이 답을 얻었다는 게 중요한 게다.」

무엇 때문에 그 말이 나왔는지는 잘 기억나지 않지만 할머니의 현자 같은 말에 큰 감명을 받았었다.

행동하고 후회하는 것.

적어도 그것은 답을 얻을 수 있다. 경험과 배움을 얻을 수 있다.

'그래. 너무 오래 굶은 짐승은 조심하는 게 좋다는 걸 배웠어.'

그리고 저는 지금 후회하지 않고 있었다. 다행히 제 선택이 옳았던 모양이다.

'전하는 어떠실지 모르겠지만, 저는 어젯밤을 놓쳤으면 평생 후회했을 겁니다.'

제가 또 언제 어디서 그런 사랑을 나눠보겠는가. 당장 내일 죽을지도 모르는데 소중한 기억 정도는 갖고 있고 싶었다. 물론 후회되는 게 한 가지는 있었다.

오문은 지금까지 도망치며 살면서 두려움은 느꼈을지언정, 슬픔은 느끼지 못했었다. 그런데 즐거움과 기쁨을 알아버린 대가로 우울하고 슬픈 감정도 알아버린 것이다. 어머니가 돌아가셨을 때도 오문은 제 앞에서 비참하게 죽어가는 여인에 대해 슬프다는 감정보다, 하늘을 잃은 듯한 커다란 상실감과 참혹함을 느꼈던 것 같았다. 사실 정확히 어떤 감정인지 모호했었다. 그때도 느끼지 못한 것을, 앞으로의 일을 생각하면 가슴이 죄여 오는 것처럼 우울했다.

그와 저는 가야 할 길이 너무 달랐다. 저는 어쩌면 태자의 적일지도 모르고, 그가 저를 죽여야 할 때가 올지도 모른다.

아무리 제 마음이 그렇지 않다 해도 황궁에서는 출생만큼 중요한 게 없었다. 할아버지가 역모죄에 연루되면 죄 없는 어린 손자도 같이 죽는다. 제가 가진 옥패가 정말로 적국이나 어떤 모종의 집단과 관련이 있다면 태자가 절 살리고 싶어도 황제나 대신들이 죽이려 할 것이다.

그렇기 때문에 그를 아프게 하고 싶지 않아서라도, 혹은 그의 손에 죽는 것이 너무 아플 것 같아서 오문은 단왕부로 가면 도망치기로 결심했다.

'국경을 넘을 거야.'

저를 찾기 위해서만은 아니었다. 이제 그건 뭐가 됐든 상관없었다. 더군다나 그의 적일지도 모르는 집단, 혹은 가문으로 스스로 들어가고 싶지 않았다.

단지 그가 찾지 못하는 곳으로 가려면 그곳밖에 없을 것 같아서였다.

'설마, 국경을 넘지는 않을 테니까.'

태자의 집요함과 무모함이 국경 너머까지 미치지는 못할 거라고 지금의 오문은 그렇게 속 편한 생각을 하고 있었다.

한편 태자는 지친 기색이라곤 없이, 아니, 평소보다 더 힘이 들어간 어깨와 더욱 당당해진 걸음걸이로 영춘과 장우와 함께 군수를 찾아가고 있었다.

영춘은 말없이 걷고 있는 두 사람을 힐끔거리며 수상하다는 눈빛을 보냈다.

"전하께서는 유독 기운이 넘치십니다. 뭐 밤새 좋은 일이라도 있으셨습니까?"

"장어를 먹어서 그렇다."

"아, 예."

다 알고 있는데도 태자의 대답은 뻔뻔하기 짝이 없었다.

영춘은 장우에게로 관심을 돌렸다. 어젯밤 갑자기 사라져서 일찍 자러 간 줄 알았더니, 한숨도 못 잔 얼굴로 이제야 나타난 것이다.

"전하야 뭐 그렇다 치고, 장우 형님은 뭐 하시느라 늦잠을 다 주무셨습니까?"

장우는 전혀 뜨끔한 기색 없이 태연하게 대답했다.

"말도 마라. 거머리한테 피가 빨린 것 같은 기분이다."

"거, 거머리요?"

"후……. 나도 장어를 먹어야겠다."

"그게 무슨 말씀이십니까?"

장우는 멍한 얼굴의 영춘을 보다가 피식 웃으며 등을 두드려 주었다.

어쩐지 위로받는 듯한 느낌에 영춘은 썩 기분이 좋지 않았다. 게다가 이어지는 장우의 말은 마치 안됐다는 듯이 들렸다.

"넌 그 의형이란 자와 밤새 대작한 모양이구나."

"밤새까지는 아닙니다만. 아니, 그나저나 이 형님은 어디 가셨지? 아침부터 계속 찾아다녔는데 어디 갔는지 보이지가 않습니다."

"상인이라니 제 갈 길을 갔나 보지."

"저한테 인사도 없이 가다니요? 그럴 리가 있겠습니까."

"너한테 질려서 도망쳤나 보다."

장우가 심드렁하게 말하자 영춘이 펄쩍 뛰었다.

"질리다니요? 제가 어디가 어때서요!"

"어떻긴? 피곤한 놈이지."

"헉! 제가 얼마나 사려 깊은데 피곤하다니요?"

"그러니까."

두 사람이 다투는 동안 무호는 뭔가 생각하다가 돌연 멈춰 섰다.

그가 멈추자 다른 두 사람도 싸움을 멈추고 무호를 쳐다보았다.

무호가 심각한 얼굴로 물었다.

"그놈이 없어졌다고?"

"예? 예……."

여태 그 얘기를 하는데 이제야 무슨 큰일이라도 난 것처럼 묻고 있다. 별로 관심도 없던 사람을.

"언제부터?"

"언제부터……일까요? 그러니까, 어제 밤늦도록 같이 마신 것 같은데……. 숙소로는 돌아오지 않았고, 밖에서 자고 있나 했더니 그도 아니었습니다. 더 찾아보려고 했는데 전하께서 기침하셨다기에……."

"그놈을 찾거든 내 앞에 데려와라."

"예? 왜, 왜요?"

"네 생명의 은인이라는데 너무 소홀했군. 포상을 할 것이니 데려오너라."

그러자 영춘은 매우 기쁜 얼굴로 감사해했다. 제가 좋아하는 사람을 모두 박대하는 것 같아 기분이 별로였기 때문이다.

그러는 동안 군수의 집무실에 도착했다.

유현은 지난밤의 소란에도 꿋꿋하게 일찍 자고 일찍 일어나 성실하게 업무를 보던 중이었다. 일에 몰두해 있던 터라 찾아온 손님들이 그리 반갑지 않았지만 그래도 가장 좋은 차를 내왔다.

"언제 가실 것입니까?"

태자가 찻잔에 입을 대기도 전에 축객령이 떨어졌다.

무호는 느긋하게 찻물로 입안을 적신 후에야 대답했다.

"내 아버지께서 연통이 없으시군."

은근히 황제가 뒤에 있다고 상기시키자 유현이 말했다.

"폐하의 답신이 무슨 소용이 있겠습니까. 신은 이미 전하가 전하임을 인정했습니다. 제가 붙잡아둔 것도 아니니 언제든 떠나시면 됩니다."

제발, 얼른 가달라고 등 떠미는데 무호는 뻔뻔하게 응수했다.

"그대야 그렇겠지만 나는 받아야 할 게 있어서 예서 좀 더 머물러야겠네."

"다음 목적지를 알려주시면 파발을 그리로 보내 드리겠습니다."

"우리는 폐하의 밀명을 받고 은밀하게 움직이는 중일세."

"밀명을 받으신 분이 관청을 탈환하고 다니시니, 이미 밀정이라 할 수 없사옵니다."

"그래도 또 어느 관청을 뺏을지는 알 수 없는 일 아닌가."

유현은 한마디도 물러서지 않는 태자 때문에 부아가 치밀어 단도직입적으로 물었다.

"예 계속 머무르시는 진짜 이유가 무엇이옵니까?"

"나를 내쫓으려는 진짜 이유가 무엇인가?"

"그런 적 없사옵니다."

"지금 그러고 있네만?"

물러섬 없는 두 사람의 언쟁은 유현이 '끙' 하고 앓는 소리를 내면서 끝났다.

무호는 의자에 등을 기대며 오만한 말투로 말했다.

"어젯밤 그대의 접대가 매우 훌륭해 좀 더 머무르고 싶군."

오문은 괜찮다고 했지만 무호는 아직 어젯밤 유현이 멋대로 제 의중을 추측한 것에 화가 나 있었다.

"마음에 드셨다니 다행입니다. 떠나시기 전에 제대로 한번 대접해 드리고 싶었을 뿐이옵니다."

유현은 태자의 말투에서 불쾌함을 느꼈으나 모르는 척하고 끝까지 축객령을 고수했다.

그러자 태자는 단숨에 찻잔을 마시고 강경한 태도로 말했다.

"이제 그만 본론에 들어가지."

지금까지 유현의 간곡한 부탁은 듣지 못한 것처럼 태자는 제 할 말만 했다.

"경청하겠습니다."

유현이 무슨 힘이 있겠나. 그는 부글부글 끓어오르는 화를 내색하지 못하고 할 수 있는 한 가장 충심이 묻어나는 표정을 지어 보였다.

"부인의 뱃속에 있는 이호 말고 위로 또 다른 자식이 있다 했었지?"

"여식이 하나 있사온데, 혼인을 해서 떠났사옵니다."

갑자기 그것은 왜 물으시는가 모두들 태자의 의중이 궁금해서 그의 말에 귀를 기울였다.

"그렇군. 적적하겠군."

"적적할 틈이 없사옵니다."

"그대의 부인은 매우 적적해 보이더군."

"제 부인이 적적하다니요?"

태자는 마치 유현의 부인과 대화를 나누어 본 듯 말하고 있었다.

짧다면 짧고, 길다면 긴 시간을 태자와 함께 보낸 유현은 이제 그의 어디로 튈지 모르는 화법과 정신 나간 언행일치의 고집에 대해 잘 알게 되었다. 그래서 또 무슨 말을 하려고 이러시는 것인가, 유현의 불안감이 짙어지기 시작했다.

태자는 긴장으로 굳어지는 유현의 얼굴을 보면서 안심하라는 듯 부드럽게 말했다.

"어젯밤 부인께서 오문을 데리고 인형놀이라도 한 듯해서 말일세."

"그건……."

"아마도 부인이 여식을 훌륭하게 키운 듯해."

어딘가 뼈가 있는 말투였다. 어젯밤의 일이 뭔가 잘못된 것일까. 오문이라는 아이에게 사실은 마음이 없으셨던 것인가.

소문대로 사내를 좋아하시는 것인가?

온갖 생각이 드는 와중에 유현은 혹 제 가족에게 무슨 불똥이라도 튀는 게 아닐까 해서 서둘러 말했다.

"훌륭하다 할 수는 없사오나 나름 부끄럽지 않을 정도로 키웠습니다."

하나밖에 없는 딸이라 유현은 아끼는 만큼 엄하게 키웠다. 부인도 마찬가지였다. 귀한 아이가 잘못되거나 남에게 손가락질 받지 않도록 최선을 다했고, 다행히 딸은 그런 부모의 마음을 알아주어 남들이 부러워할 만큼 잘 자라 주었다. 유현의 유일한 자랑거리인 셈이라 겸양을 떨지 않았다.

또한, 어째서 갑자기 태자가 제 여식의 이야기를 꺼냈는지가 불안해서 여식만큼은 건드리지 말아 달라는 듯 강렬한 어조로 말했다.

그렇게 잔뜩 긴장한 유현에게 태자는 흘러가듯 평온한 음성으로 대수롭지 않게 말했다.

"역시 부인의 인품과 교육이 아주 훌륭하신 모양일세."

태자의 말을 이죽거림으로 들은 유현은 결국 고개를 조아렸다.

"전하. 혹시 부인이 무언가 실수를 한 게 있사옵니까? 그런 것이 있다면 모든 것이 저의 불찰이오니, 저를 벌해 주시옵소서."

"응? 난 단지 그대의 부인에게 오문을 맡기고 싶을 뿐이네."

"……예?"

"이왕이면 수양딸로 삼아주면 좋겠군."

"……!"

태자는 멍한 유현의 얼굴을 지그시 바라보며 그의 대답을 기다렸다.

"수, 수양딸이라니요?"

"전하!"

대답 없는 유현 대신 장우와 영춘이 소리쳤다. 이건 무슨 뻐꾸기도 아니고 남의 둥지에 새끼를 기르겠다는 듯이 말하고 있었다. 그러니 유현이 대답을 못하는 것은 당연했다.

장우도, 영춘도 황당하고 놀라는 표정을 짓고 눈만 껌뻑거렸다.

"영특한 아이이니 잘 가르치면 금방 그대의 여식이 될 수 있을 걸세."

"전하! 아무리 전하의 명이시라도 가문에 자식을 들이는 일은 그리 간단한 문제가 아니옵니다!"

"가문을 이을 아들을 양자로 들이라는 것도 아닌데 무엇이 문제인가?"

"문제가 됩니다! 전하께서는 지금 오문에게 세를 만들어주려는 것이 아니오니까! 고아가 된 산호 아가씨 뒤에 단왕부가 있는 것처럼 말입니다!"

흥분한 유현이 정곡을 파고들어 가 소리쳤다.

태자의 의도가 확실해지자 장우도 놀라서 만류했다.

"전하! 그것은 아니 되옵니다. 오문은 산호 아가씨와 다릅니다. 신분이 확실치 않은 아이이옵니다. 폐하께서 반기실 리도 없거니와, 군수와 단왕은 그 세력이 다릅니다. 훗날 군수께서 위험해지실지도 모릅니다."

유현이 우려한 것이 바로 그것이었다. 저는 태자의 싸움에 이용당하고 싶은 마음이 전혀 없었다.

사실 태자가 원한다면 오문을 궁으로 들이는 일은 아무 문제가 되지 않는다.

물론 총애를 받는 후궁과 태자비 사이에 많은 갈등이 있겠지만 힘없는 후궁이 핍박을 받는 정도로 끝날 것이다. 그 후궁이 황손을 잉태하고 엄한 욕망에 사로잡히지만 않는다면 황궁도 어느 집안이나 마찬가지였다. 여인들의 질투로 조금 시끄러워지는 것쯤이야 큰 문제가 되지 않는다.

하지만 그 후궁이 세가 있다면 이야기는 달라진다. 파벌이 나눠지면 한쪽은 파멸이다. 잘하면 양쪽 다 끝장 날 것이다. 정국이 안정되고 태자에 대한 신망이 높은 지금 여인들의 다툼으로 나라를 흔들어놓는 것을 보고만 있을 수 없었다.

장우는 열변을 토했다.

"더군다나 폐하께서 산호 아가씨를 매우 애타게 기다리시면서 안쓰러워하시는데, 지금까지 전하를 기다려 주신 산호 아가씨를 박대하시면 아니 되옵니다!"

"그리 안쓰러우시면 직접 거두실 일이지, 나는 얼굴도 모르는 계집에 관심이 없다."

"전하! 무슨 그런 큰일 날 말씀을!"

영춘도 절대 안 될 일이라고 펄쩍 뛰었다.

네 사람 중 태자만이 제정신이 아닌 듯했지만, 태자만이 이성적이기도 했다. 전혀 동요하지 않고 제 할 말을 하고 있으니 말이다.

"나는 그대들이 생각하는 것처럼 큰 그림을 생각하고 있지 않다."

그러자 예전부터 무호의 무모함에 치가 떨리던 장우가 큰소리로 나무라기 시작했다.

"크게 생각을 하셔야 하옵니다! 지금 그저 오문이 좋다고 해서 오문을 보호해 줄 세를 찾는 것뿐이라 하셔도 그것이 나중에는 큰 화를 불러일으킬 것입니다. 태자 전하이시기에 모든 것을 생각하셔야 합니다. 아무나 사랑하고 아무나 벗을 삼을 수 없는 것이 태자의 굴레임을 모르지는 않으실 테지요!"

장우가 그간 나무라고 싶던 무호의 무모함을 속 시원히 꼬집었다.

무호는 반박도 하지 않고 가만히 침묵하다가 모두가 경악할 말을 아무렇지 않게 꺼냈다.

"그럼 산호가 태자비가 되지 않으면 다 해결될 문제군."

"전하!"

이번엔 영춘이 소리쳤다. 황실에서 지냈던 영춘은 황제께서 산호 아가씨를 어찌 여기고 계신지 누구보다 잘 알고 있었다. 게다가 태자가 태자가 아닐 때도 산호 아가씨는 태자의 곁으로 오겠다고 했었다. 그런 정숙하고 선한 여인을 버리시겠다니, 제가 다 화가 났다.

"어찌 그러실 수 있단 말입니까! 남녀 사이에도 의리라는 게 있는 법 아니옵니까!"

"의리 때문에 인생을 망칠 수는 없지."

"산호 아가씨 때문에 전하의 삶이 망가지기라도 한단 말이십니까!"

"아니. 산호, 그녀의 인생을 두고 하는 말이다. 아마 그녀도 나를 직접 만나보면 알 것이다."

"알긴 뭘 안단 말입니까?"

"내가 미친놈이라는 것을."

"……!"

장우는 두 사람의 놀람과 다른 의미로 매우 놀랐다.

'본인이 미친 걸 알고 있어!'

얼마나 장족의 발전이란 말인가. 그동안 저 미친놈, 아니, 태자가 사고를 치려 할 때마다 설득할 수 없었던 이유가 그가 스스로 미쳤다는 것을 모르고 오히려 멀쩡한 사람들을 한심해했기 때문이었다. 그런데 이제 알지 않나, 자신이 미쳤다는 것을!

"미, 미, 미친…… 놈……. 아니, 전하는 그렇지 않습니다! 그냥 조금 보통 사람들보다 괴팍하신 것뿐입니다."

"너희들도 알고 나도 잘 알고 있다시피 나는 폐하께서도 내놓은 막 나가는 자식이고, 오문 역시 그리 정상적인 사고방식을 갖고 있지는 않다."

"그건…… 그렇습니다."

장우가 수긍했다.

"그러니 내 생각에 나를 내조할 수 있는 여인은 나 정도는 미쳐 있어야 하고, 모르긴 모르지만 아마 산호라는 여인은 나를 감당하지 못할 것이다. 그런 의미에서 오문은 내 상대로 제격이다."

태자는 혼인이 무슨 전투인 줄 아는 모양이었다.

어쨌든 본인에 대해 이리도 잘 알게 되었다니, 장우는 무호가 크게 성장했구나 하는 눈으로 기특하게 바라보았다.

"장우. 그 눈빛 불쾌하다."

"아…… 예."

너무 노골적이었던 모양이다. 지적을 당한 장우는 헛기침을 한 후 이렇게 말했다.

"그럼 이건 어떻겠습니까? 단왕부에 있는 산호 아가씨와 함께 지내본 후에 산호 아가씨의 마음을 들어보는 겁니다. 또 혹시 압니까? 그 산호 아가씨도 오문 못지않게 막강한 정신력을 가진 분이실지."

"음……. 그건 괜찮은 것 같습니다. 전하, 어차피 우리는 단왕부에 가야 합니다. 단왕부로 가는 이유가 단지 산호 아가씨를 모셔 오는 것만은 아니지 않습니까. 일단 이 일은 잠시 보류해 두셨다가 단왕부에 간 후에 다시 생각해 보는 것이 좋을 듯합니다."

영춘이 장우의 말에 찬성하고 나서자 유현이 한숨을 푹 쉬고 말했다.

"밀정이라 하지 않으셨습니까? 목적지가 단왕부였습니까?"

"헉!"

영춘은 제 실수를 깨닫고 사색이 됐다.

그러자 무호가 유현에게 자애로운 표정과 부드러운 목소리로 말했다.

"이제 남남도 아니니, 괜찮지 않은가. 내 단왕부에 다녀온 후에 좋은 소식을 전하겠네."

유현은 주먹을 불끈 쥐고 속으로 절규했다.

'괜찮긴 뭣이 괜찮아! 내가 싫다는데 뭣이 좋은 소식이란 말인가!'

그리고 또 한 명, 가장 중요한 당사자인 오문은 저를 두고 무슨 모의가 일어나고 있는지도 모른 채 기예단의 여인들 숙소에서 두 발 뻗고 단잠에 빠져 있었다.

상은 아직 장우의 숙소에서 자고 있었고 나머지 식구들은 군청의 잡일을 도와주느라 나가 있었다.

오문은 코는 골지 않았지만 쌕쌕거리며 세상에서 가장 무방비하고 편안한 자세로 잠들었다.

그때, '끼익' 하고 조심스럽게 문이 열렸다.

평소라면 작은 소리에도 잠에서 깨는 오문이지만, 전날 한 번도 겪어 본 적 없는 일로 무리했기 때문에 그 소리를 듣지 못했다.

천천히 열린 문으로 누군가 들어오더니 침상으로 다가왔다. 신기하게도 사내의 걸음은 귀신처럼 거의 소리가 나지 않았다.

'이런 놈 하나 죽이지 못했다니!'

유강, 아니, 단유천은 불길이 이는 눈으로 오문을 내려다보았다.

오문은 지금 제가 손가락만 하나 까딱하면 죽을 것이다. 무슨 대단한, 숨겨놓은 한 수라도 있을 줄 알았더니, 그간 운이 좋았거나 제 부하들이 생각 이하로 실력이 형편없었던 모양이었다. 쫓기는 신세라는 것을 잊은 것처럼 완전히 경계를 풀고 자고 있는 것을 보니 한심할 지경이었다.

'어리다지만 몇 년이나 귀문의 교육을 받은 녀석이 어찌 이리 태평할 수가!'

귀문의 아이들은 어리다고 해서 그 훈련의 강도가 약하지 않았다. 특히 살수의 몸가짐은 세뇌당하다시피 했다. 남을 죽이려면 죽이는 자 역시 살기를 피부로 느낄 수 있어야 하고 언제나 한 자루의 칼처럼 바짝 신경을 조여서 날을 세워야 한다.

거의 매일 밤, 자고 있는 아이들을 바늘로 찔러서 자면서도 경계심을 늦추지 않는 훈련을 해왔다. 나중에는 바늘이 피부에 닿기 직전에 눈을 뜰 수 있게 되고, 좀 더 나중에는 사람의 온기로 공기가 달라지는 것을 느끼고 깨어난다.

오문의 성취는 그 중간 단계였다. 그러나 그 뒤로 계속 도망치며 살았으니 절로 훈련이 되어 있어야 했다.

'쯧. 귀문의 수치다.'

단유천은 독이 묻은 뱀의 이빨을 꺼내 제 손톱에 붙였다. 진짜 뱀의 이빨은 아니었고 사고사로 위장하기 위해 만든 것이었다.

'옥패부터 찾은 후에 죽여주마.'

오문을 죽이기로 마음먹었지만 단유천은 살기를 갈무리하는 데 뛰어났다. 귀접이라 불릴 정도로 귀신같은 실력이니 오문 하나 죽이는 데는 제 기술이 아깝다고 여겨질 정도였다. 그는 오문의 손목을 다시 한 번 확인했다.

'없군.'

보고에 따르면 오문은 발목이나 손목에 옥패를 감고 다닌다고 했었다.

'발목인가? 그냥 죽여 버릴까.'

발을 건드리면 깰 것 같아 죽이고 가져가는 게 나을 것 같았다.

단유천은 더 고민하지 않고 오문의 목으로 손을 가져갔다. 공기의 흐름이 흐트러지지 않게, 아니, 그것을 느끼지도 못할 정도로 빠르게 단숨에 목을 움켜쥐어야 했다.

"……!"

그러나 그는 그러지 못했다. 거의 오문의 목에 닿았으나, 그는 재빨리 손을 거두어야 했다. 밖에서 누군가가 저를 찾으며 다가오는 소리를 들은 것이다. 그리고 너무 서둘러 손을 거둔 탓에 오문이 바람을 느끼고 눈을 번쩍 떴다.

"헉!"

오문은 벌떡 일어나 앉고는 단유천을 보고 놀라서 헛바람을 들이켰다.

단유천은 그 짧은 순간 재빨리 선량하게 표정을 바꾸고 당황한 듯 손사래를 쳤다.

"아, 아……. 미, 미안하구나."

유강의 얼굴을 확인한 오문은 안도의 한숨을 내쉬었다.

"후! 아닙니다. 순간 놀란 것뿐입니다."

"잠귀가 밝구나. 난 그저 이불을 덮어주려 했는데……."

유강이 미안하다는 듯 머리를 긁적였다.

"추운 날씨도 아닌데요, 뭐. 근데 여긴 어쩐 일로 들어오셨습니까? 여긴 기예단 식구들 숙소라서요."

"잘못 들어왔다. 내가 방향치라……. 나가려고 하는데 네가 어디가 아픈지 끙끙대는 소리가 들려서……. 목에 손수건도 감고 있기에 고뿔이 걸린 줄 알았다."

"어휴. 저 같은 것한테 뭘 그렇게까지 신경을 써주시고……."

오문은 유강이 저를 돌봐주려 했다는 말을 철석같이 믿고 고마워했다.

그러고 있는데 밖에서 유강을 찾는 목소리가 들렸다.

"형님! 혹시 여기 계십니까?"

"아……. 영춘이냐?"

유강의 말이 끝나기 무섭게 문이 벌컥 열리고 영춘이 안으로 들어왔다.

"아니, 형님! 왜 여기 계십니까? 제가 얼마나 찾았는지 아십니까?"

"그, 그게…… 어쩌다 보니…… 나도 너를 찾다가 그만……."

영춘이 따지듯이 묻자 유강은 안절부절못하며 당황해했다. 마치 오문과 밀회를 나누다 걸린 사람처럼.

"설마 여기 계실 거라고는 생각도 못했습니다. 혹시나 하고 와봤더니……."

영춘은 수상쩍다는 듯 의심 어린 눈초리로 유강과 오문을 번갈아보았다.

"방향치라서 길을 헤매셨대요. 헤헤."

오문이 당황해하는 유강을 대신해 태연하게 변명해 주었다.

이곳은 군청의 사택에서도 안채인 부인이 기거하는 곳이었다. 사내들이 함부로 드나들 곳이 아닌데 방 안에까지 들어온 것은 크게 의심을 받아도 해명할 길이 없었다. 길을 잃었다면 방 안에 들어와서도 안 되는 게 아닌가. 여인이라면 누구나 그것을 의심해 볼 것이다.

한데, 이 어린아이처럼 순진무구한 표정이라니!

그 허물없이 웃는 낯을 보고 영춘은 골치가 아파졌다.

『3권에 계속…』